U0472603

陈思和 王德威 主编

文學

2014
秋冬卷

上海文艺出版社
Shanghai Literature & Art Publishing House

目 录

声音·翻译：借镜的自我观看
实验性文学的翻译与翻译中的注释　文/戴从容　　…3
镜子的两面：翻译与写作的双向关系及其影响　文/黄昱宁　　…10
翻译暴力的中国文化语境探讨　文/俞冰夏　　…18
作为译者的写作者：双重身份之利弊　文/btr　　…28

评论
【新世纪的文学实验】　主持/刘志荣　　…35
蜻蜓、博物志与文学的自由　文/刘大先　　…37
　　——谈霍香结的小说《地方性知识》
凝视深渊者　文/黄孝阳　　…47
　　——读阿丁的《无尾狗》及其他小说
一个时代的样貌在小说里　文/黄德海　　…52
　　——徐皓峰的小说及其他
作者与总叙事者的较量　文/木　叶　　…61
　　——论赵志明的小说
先锋文学的新流变　文/刘　涛　　…71
　　——以四位"七〇后"作家的创作为例
今日先锋何处寻　文/张定浩　　…86
　　——以舒飞廉《绿林记》为例

I

心路
向内心的黑洞倾听慧光　文／姚　伟　　　　　　　　　　　　　…95
——《尼禄王》与我的心路历程

著述
赫西俄德和泛希腊主义诗学
　　文／格利高里·纳吉（Gregory Nagy）译／范若恩　校／王　晨　远清扬　…117

谈艺录
鲁迅与里维拉研究之研究　文／王观泉　　　　　　　　　　　　…169
《威尼斯商人》：一部令人心生酸楚的喜剧　文／傅光明　　　　　…180

对话
想象历史的方法　文／吴晓东　路杨　等　　　　　　　　　　　…233
——关于电影《黄金时代》的讨论

书评
把世界带回家：清末民初的西学东渐　文／余夏云　　　　　　　…277
网络多情：中国网络言情小说的生产与消费
　　文／殷海洁（Heather Inwood）　译／吴娟娟　校／康　凌　…282
反思中国性：游移于南洋文学世界中的华人身份
　　文／唐丽园（Karen Thornber）　译／于　弋　校／康　凌　…292
金光大道上的里程碑：1945—1980中国社会主义写作
　　文／陈江北（Roy Bing Chan）　译／吴伟红　校／康　凌　…297

本卷作者、译者简介　　　　　　　　　　　　　　　　　　　…302

声音

· 翻译：借镜的自我观看 ·

实验性文学的翻译与翻译中的注释

镜子的两面：
翻译与写作的双向关系及其影响

翻译暴力的中国文化语境探讨

作为译者的写作者：
双重身份之利弊

实验性文学的翻译与翻译中的注释

■ 文 / 戴从容

一般认为翻译上的困难或者来自语言中的障碍,或者源于文化上的差异,比如正是东西方对红色的不同理解,促使大卫·霍克斯将《红楼梦》的书名译为《石头记》。但事实上在翻译中还有一个让译者左右为难的问题,那就是文学作品中的修辞——或者说具有诗学内涵的语言表达方式——很难通过直译传递出来。如今中国读者的英语水平大大提高,对西方文化的了解日益深入,这使得他们对翻译的"准确性"——词句的各层含义得到全面翻译——的要求也日渐强烈。

此外,随着叙述方式在文学作品意义中所起的作用越来越大,传统的翻译方式也越来越凸显出自身的局限。目前这个问题主要依靠不同的译者根据自己的偏好随机处理,但是,这个问题事实上已经成为一个需要理论思考的共性问题。

长期以来,那种最符合译入语读者欣赏习惯的译本常被认为是好的译本。持这种观点的人认为,翻译的目的就是帮助原作在译入语读者中传播,因此只要能被他们接受的译本就达到了翻译的目的。译本由于商业或政治等目的急需在译入语社会迅速畅销时尤其如此。比如林纾的翻译在当时就带有较强的政治目的,翻译《黑奴吁天录》是为了惊醒国人亡国灭种的危机感,而不是以翻译文本本身为目的,这决定了他必然把中国读者的欣赏习惯放在第一位,对原作的忠实度反而不是他首先考虑的。

持这种观点的人忽略了一个问题,即翻译不仅仅是一个接受的过程,也是一个文化交流的过程,被翻译的作品不仅仅是源语文化的一个样本,帮助译入语读者观赏源语文化;而且被翻译的严肃文学作品也是一位优秀作家对整个人类命运的思考,这样的作品提出问题、影响读者、改变现实的意义远大于它在读者中的畅销。对这样的作品来说,重要的不是畅销与否,而是多少人能理解它的意义,并通过评论、研究、讲授、模仿等各种方式将它的意义传递出去。这类作品带着自身文化的特征,却思考着人类的共同问题,这就是陈思和教授说的伟大作品的"世界性因素"。[①] 在翻译这样作品的时候,衡量成败的标准不应该是它会在译入语读者中多么畅销,而应该是它能够得到多少译入语中的优秀读者的尊重并乐于将它传播出去。

当然这里所说的是一种理想的平等的翻译和接受过程,而"文化帝国主义"的影响在翻译中不可避免地存在。这首先体现在译入语文化的读者,尤其是那些优势文化的读者,未必乐于全面承认和译介弱势文化中的优秀作品。很多时候,这类读者只会选取弱势文化中若干主要作品作为样本,目的是取样和归类。其次,在面对弱势文化中的优秀作品时,优势读者常常更有自信,会从自己的立场和标准出发进行评介和翻译,在翻译的过程中也会从本国读者的欣赏习惯出发进行改动。在这样的译介过程中,源语文化中那些与译入语文化存在差异的精髓被屏蔽掉了,从而影响了源语文化在译入语读者心目中的形象和地位。

比如1960年代由垮掉派作家斯奈德和克鲁亚克开始的对唐代诗人寒山的译介,突出体现了译介过程中美国译者选择中国文本时的主观性。与李白、杜甫等唐代大诗人相比,寒山诗歌的语言和韵律都相当粗糙,但是一则寒山的疯癫、隐逸、禅宗以及亲近自然正好满足了"垮掉的一代"对物质和功利社会的反叛;另一方面寒山简单粗疏的语言降低了翻译原文流失的比例,通俗易懂,这两个方面一起带来了寒山诗歌在美国的流行。他的诗歌不断得到翻译并收入重要的诗歌选集和史料,甚至直到今天依然被很多美国读者视为李白和杜甫之后名列第三的中国诗人。寒山在美国的诗名无疑在一定程度上得益于诗歌语言的无法翻译而阻碍了众多优秀诗人的译介,以及美国读者对中国诗歌传统的陌生,这两个因素让美国读者无法真正认识到在寒山之前和之后还有那么多超过寒山的优秀的中国诗人。不过即便对寒山的误读情有可原,在这个译介过程中美国翻译者和研究者在评判中国诗歌时的自信和专断还是比较明显地表现出来,这与中国在译介美国文学时对美国批评界的看法和奖项的重视还是有所不同。

当然,由于语言和文化的差异,译入语文化的读者对源语文化的了解和理解

---

① 陈思和:《中国文学中的世界性因素》,上海:复旦大学出版社,2011年。

都必然是有限的，取样和诠释过程在翻译过程中在所难免。但是综观世界文学的翻译和接受史可以发现，那些优势文化往往能够得到更加全面的翻译，同时优势文化对自身作品的解释和评价也更能得到译入语文化读者的尊重和接受。换句话说，翻译中的偏差问题有时并不是翻译本身的问题，而是不同文化实力的对比问题。与人文学科的其他领域相比，翻译尤其容易受到社会现实的影响。

不过应该承认，在翻译史上，即便弱势国家在翻译强国文化的时候，也会有可能从自身的需要出发改变原文。比如十八世纪的法国文化相对于当时的中国文化尚属弱势文化，因此那时大量的中国器具流入法国。而法国作家伏尔泰在用元杂剧《赵氏孤儿》介绍中国的仁义思想时，却大胆地改动剧情变之为《中国孤儿》以适应法国读者的接受习惯。又如二十世纪早期中国在翻译外国电影时常取一些或香艳或文艺的名字，或者比如洪深将王尔德的名剧《温德米尔夫人的扇子》改译为《少奶奶的扇子》，并把原剧本中的时间、地点和人物，以及有关的剧情都中国化，可以说做成了一个中国版的《温德米尔夫人的扇子》。这些改动显然是从接受群体的需要出发，而较少考虑对源语文化的遵从。不过事实上在这之前，洪深上演萧伯纳的名剧《华伦夫人之职业》时完全尊重原著不做改动，但却惨遭失败，更不用提像《少奶奶的扇子》那样"有万人空巷之盛况"，这典型反映了大多数观众在审美取舍上的本位主义，与文化殖民无关。这种从自身需要出发对源语文化的选取和改写更确切地应被称为"文化本位主义"。

翻译中的文化本位主义随处可见，但是长期以来被掩盖在所谓的"归化"与"异化"的翻译争论之后。归化的支持者的主要依据就是归化的翻译容易被译入语的读者接受，译本的销量也往往是归化派支持者的一个重要依据。但是有趣的是，现在已经没有文学评论者用畅销量来作为评价一部文学作品好坏的依据了，那么为什么还要用畅销量来衡量一部译本的好坏呢？译作与创作难道有本质上的不同么？

评价标准的不同实际显示了批评者对作家和译者的不同看法：作家是创造者，他们引领社会，带来新的思想和感受，无需取悦读者，他们要做的是将读者改变和提高到他们的水平；译者则是工匠，他们没有也不需要有自己的观点和感受，他们的责任是像按照图纸制造家具的工匠一样尽量把家具造得美观诱人，但是，如果图纸上的家具本身就不美观诱人，甚至挑战读者的期待，那么工匠们还应该将其美化并为它的畅销负责么？此外，在对译著的畅销要求的背后，其实包含着另一个假设，即被翻译的文本必然是被众多读者接受的文本，即便不是畅销书，也应该是人们喜闻乐见的经典，因此必然能在译入语读者之中畅销。相反的例子比比皆是，上面洪深上演《华伦夫人的职业》的失败就是一个。

一位叫艾略特·温博格的译者提出，"翻译的一大动因是一个民族对自己的厌恶"，①这句话的意思是翻译非但不是出于民族本位主义，不是为了要给自己的民族锦上添花，恰恰相反，它出自对自身文化的不满足，出自改善自身的愿望。翻译不是要证明自己的文化在地球上的其他角落也存在，不是用别人的证据来获得自满，就像林纾翻译外国小说，却得出"天下文人之脑力，虽欧亚之儒，亦未有不同者"这样的结论，最终用外国小说"处处均得古文义法"来证明他的保守的文言文立场；②相反，翻译正是为了让自己面对那些陌生的东西，通过让自己面对挑战来开阔自己的头脑，而这很多时候并不是一个舒服的过程，会有不解、反感，乃至不屑。从这一点说，翻译并不是一条开满鲜花的阳光大道。然而，太多关于翻译作品在译入语文化广为流传的报道却掩盖了大多数翻译面临的并不顺利的处境。

但是，正如萨义德对文化帝国主义的批评多少改变了殖民文化对被殖民文化的态度一样，在过去历史上形成的这种翻译的民族本位主义同样不是理所应当的。如果说全球化时代人们对文化霸权更加警觉，那么在这个时代，人们同样应该对翻译中的民族本位主义更加警觉。在这样的时代，翻译者应该以一种了解和学习的心态来翻译和介绍他国作品，无论这个作品来自多么弱小的国家。从这一立场出发的翻译不一定要以译入语文化的读者为目标，而应该以忠实于源语文本为出发点。

不过，影响翻译对原文的忠实度的不仅有外部因素，还有文学本身的特点，即文学语言的"不可译性"。伊格尔顿指出，"由索绪尔和维特根斯坦到当代文学理论，二十世纪'语言学革命'的标志，是承认意义不仅是语言所'表现'或'反映'出来的东西，它实际上是语言'生产'出来的"，③这种转变使语言不再仅仅是意义的载体，而且是意义本身。这使得过去那种认为翻译就是"一系列构成源

---

① Linda Jaivin, "Found in Translation: In Praise of a Plural World". *Quarterly Essay*. Issue 522013, 10.
② 钱钟书：《林纾的翻译》，见钱钟书，《七缀集》，上海：上海古籍出版社，1985年，第82页。
③ 泰瑞·伊果顿：《文学理论导读》，关新发译，台北：书林出版有限公司，1994年，第82页。

语文本的能指符号被译入语语言中的一系列能指符号代替的过程"[1]的观念受到了很大的挑战。既然翻译已经不再是传递语言中的信息，而是传递语言本身，那么以语言转换为主的翻译必然面临一个难以解脱的悖论：一方面翻译必须离开原文的字句将其转变为新的字句；另一方面翻译必须尽可能地忠实于原文的字句，而原文字句的内涵（connotation）很多时候在翻译的过程中会丧失。这也是保罗·德曼为什么把翻译称为"碎片折断后的碎片"，[2]他借用本雅明的纯语言说，提出任何语言作品都只是它的碎片，译文则"打碎了碎片……永远不能复原"。[3]在这种语言观下，庞德宣称的"多一点感受，少一点句法"[4]是解决翻译中无可避免的语言困境的方式，还是对这一困境的逃避，已经不再是个人偏好的问题，而是涉及翻译的本质的问题了。

语言学立场的这一变化与现代文学表现方式的变化有很大关系，或者说两者相辅相成。从语言的角度理解文学，特别是文学形式，是二十世纪的一个普遍现象。拿修辞学来说，法国新诗学理论家J·柯亨就认为，"修辞学是有关文学特有语言的程序的研究"[5]；罗兰·巴特也曾反复强调文学作品的风格不应该指作者个人的心理表现，而应指文学作品中语言运用的特殊方式；至于结构主义的文本结构分析，几乎就是建立在索绪尔、雅各布森等人的语言学基础上的；同样，"叙述学与文体学均采用语言学模式来研究文学作品"。[6]总之，在二十世纪，语言本身已经一改过去的"上手的工具"的地位，成为意义的基础和落脚点，在这种情况下，依然认为只要比较准确地传递了原作的情节、情感、观念、意象，乃至生活和文化细节就完成了翻译的主要任务，无疑已经无法满足当代文学翻译的要求。这种困境在翻译当代诗歌，以及那些语言在表意中占重要地位的实验性文学时尤其突出。

直到今天诗歌之所以依然被很多人认为是无法翻译的，或者认为译诗本身就是一首新诗，主要就是因为诗歌是语言的艺术，诗歌的词语本身不仅常常双关多

---

[1] Lawrence Venuti, "Invisibility（Ⅱ）"，见马会娟等编，《当代西方翻译理论选读》，北京：外语教学与研究出版社，2009年，第193页。
[2] 保罗·德曼：《评本雅明的〈译者的任务〉》，陈浪译，见谢天振主编，《当代国外翻译理论》，天津：南开大学出版社，2012年，第362页。
[3] 同上，第362页。
[4] 尤金·奈达：《论对等原则》，江帆译，见谢天振主编，《当代国外翻译理论》，第45页。
[5] 李幼蒸：《理论符号学导论》，北京：社会科学文献出版社，1999年，第322页。
[6] 申丹：《叙述学与小说文体学研究》，北京：北京大学出版社，1998年，第1页。

意，而且承载了声音、情绪、文化、观念等众多内涵，要在译入语中找到一个能够同时包含这么多内涵的对应词几乎是不可能的，因此翻译诗歌的过程常常就是失落的过程，很多内涵在这个过程中势必丧失。

乔伊斯是一个以写诗的方式写小说的作家，或者说他的小说的语言具有诗歌语言的浓度和作用，他赋予他的作品语言高度的表现力，而这样的表现力在翻译中很难完全保留。这种情况在他的后期作品中尤其突出，但早在《都柏林人》中就已经有一定表现。比如《都柏林人》中的短篇《车赛以后》，表面写的是几个国家的青年在车赛之后的浪荡生活，但其实字里行间暗示着老于世故的法国人对天真有钱的爱尔兰青年吉米的诱骗，目的是让他心甘情愿地投资自己生意惨淡的车行，因此当几个青年走在夜晚的街道上时，乔伊斯写道："That night the city wore the mask of a capital"（那一夜这个城市戴上了资本/首府的面具），这里的"capital"显然是个双关，既有"首府"之意，又有"资本"之意，甚至"资本"要先于"首府"，因为都柏林本来就是一个首府，不需要戴上"首府"的面具。这样的双关在乔伊斯的作品中俯拾即是，但对于翻译来说，如果不采用注释，几乎必然丧失其中的多层含义。事实上目前国内的几个译本都只把"capital"翻译成"首都"，[①]虽然保留了译文的流畅，但是一定程度上影响了读者对这篇文章的理解。我曾在几届研究生的课上带领学生细读这篇短文，课前会把原文和国内已有的译文给学生看，并让学生概括这篇文章的含义，而只有我向他们指出"capital"的双关含义时他们才会发出恍然大悟的感叹声，看到这个文本中始终巧妙交织着的双层含义。要理解乔伊斯作品丰富的层面必须理解其中的双关，但双关在翻译中很容易丧失，此时如果过于注重译文的流畅就可能使乔伊斯的文本变得非常单薄。

乔伊斯的《芬尼根的守灵夜》的用词原则模仿了刘易斯·卡罗尔的《爱丽丝漫游奇境记》和《爱丽丝镜中奇遇记》，其中既有大量的双关，又有所谓的混成词（portmanteau word）。面对这样的特殊文本，赵元任先生在1922年也注意到了翻译的困难，并且承认能找到双关来译双关的机会是"很难得这么碰巧做得到的"。[②]当然应该承认赵先生在很多地方都找到了出色的对应的双关，至于无法"碰巧"的地方，他采用的方法是放弃双关，用一句"口气相仿"的句子来代替，

---

① 比如安知译的《都柏林人》（成都：四川文艺出版社，1995年，第60页）、徐晓雯译的《都柏林人·一个青年艺术家的肖像》（南京：译林出版社，2003年，第36页）、王逢振译的《都柏林人》（上海：上海译文出版社，2013年，第44页）等。
② 刘易斯·卡罗尔：《阿丽丝漫游奇境记》，赵元任译，上海：商务印书馆，1922年，第16页。

比如将"The more there is of mine, the less there is of yours"翻译成"所旷愈多,所学愈少"。用谚语来翻译谚语在中国翻译史上长期存在,但都是找到意思基本对应的谚语,在没有对应的情况下则选择直译。比如"Do as the Romans do"一般译为"入乡随俗",但"All roads lead to Rome"则直译为"条条大路通罗马",而这则谚语也逐渐被吸收成了当代中文的一句常用谚语。随着翻译技巧的推进,以及对忠实度的日益重视,当代的一些"爱丽丝"译本则采用了注释的方式。在冷杉的译本中,"The more there is of mine, the less there is of yours"被直译为"我的多了,你的就少",并在注释中放入英文原文,以及中文与之对应的成语"彼消此长"。①

注释在翻译中始终存在,只不过原来主要出现在学术文献之中,承担着重要的解释作用,② 而现在在文学作品的翻译中开始出现了注释。这一现象的出现一方面是文学作品从娱乐自己转向学习别人的结果,一方面是当代文学本身具有的高度的语言性决定的。《芬尼根的守灵夜》的中译是这一结果的突出表现:乔伊斯的高度文学成就决定了中国读者的阅读出发点是向他学习而不是寻找娱乐;同时《芬尼根的守灵夜》的高度语言实验性使它的翻译必然要借助注释这一新的翻译模式(事实上它的高度语言实验性使它到底是否属于"小说"都成了问题),从而确保其中的语言内容不会在翻译中丢失。

---

① 刘易斯·卡罗尔:《爱丽丝梦游仙境》,冷杉译,北京:中国社会科学出版社,2010年,第98页。
② 比如王德威翻译的福柯的《知识的考掘》(台湾:麦田出版社,1993年)有不少注释,对理解该书极有帮助,而谢强、马月翻译的福柯的《知识考古学》(上海:三联书店,1998年)倒是没有注释,但是完全不知所云。这里固然存在着翻译水平本身的高下,但是王德威之所以加入注释,显然与这本书本身的难读有关。换句话说,这是一本必须加注释来翻译的作品。

镜子的两面：翻译与写作的双向关系及其影响

■ 文 / 黄昱宁

一

在切入正题之前，有一个社会上普遍关心的问题可以充当引子（在一定程度上厘清这个问题，将使后文的主要论点更有说服力）：如何客观评估当下的文学翻译质量。

如今，随便打开一份读书类或文学类的报纸杂志，几乎都会看到对于翻译质量的指责和投诉，我本人也接受过很多次类似的采访。可以说，要谈我国当下的文学翻译现状，这是个绕不过去的问题。尽管必然招致争议，但我还是愿意旗帜鲜明地表态，尽管问题很多，尽管质量还谈不上尽如人意，但如果单纯纵向比较，在综合考量的基础上，我不认为总体质量比以前有明显下降，甚至某些单项还有提升。那么，为什么会给读者造成这样一种印象呢？我觉得原因如下：

首先，随着时代的发展，译介作品数量呈几何级数增加，懂外语的人口也以几何级数增加。其结果是，因为总基数大，所以其中质量不尽如人意的作品数量亦随之增加，而可以在对照原文的基础上发现问题、提出批评的人数和为这种批评提供的宣传渠道也远比几十年前大大增加，所以造成"翻译质量每况愈下"这种印象的放大效应特别明显。但这并不等于说，劣等译作在译作总数中所占的比例就比几十年前有明显增加。事实上，工具书、参考资料及互联网的发展，为当下译文的准确性提供了远比多年前优越的"硬件"，我们能轻易找出那些本身就欠缺资质的出版社出的不合格次品，列举那些因为"提速"而发生的"翻车"事件，但我们同样也能找到在各方面都居于水准之上的译作。仅就我个人工作多年来接触到的译作，就举得出很多我觉得拿到哪里都可以面无愧色的例子。

其次，考量译作的好坏，不能离开其诞生的历史背景和历史语境。桑塔格说过"一个个译本就像一座座建筑物，如果它们有任何出色之处，时间的光泽会使它们更出色。"那些经过时间考验留下的译作本身已经经过大浪淘沙，我们耳熟能详的都是其中的精品力作。此外，翻译作品对于母语文学所构成的新鲜刺激，那些起初可能会让读者轻微不适的感觉，是需要经过时间流逝才能被渐渐接受的；甚至，当那些新元素悄悄融入我们的母语，并最终改变我们的现代汉语时，我们回过头来才会觉得它们当初被翻译得如臻化境。我们在为那些学贯中西的名家的神来之笔击节赞叹之余，也不能不看到，因为资讯条件所限，当时有些译文在对原文的理解上，尤其是对其所携带的信息含量的理解和再现，还是有失之粗率、有值得商榷的地方的。为了让译文更流畅更适应中文的需求，随意曲解增删原文内涵的例子也屡见不鲜。桑塔格在她那篇写于1995年的《论被翻译》中说道："如今，对原文忠诚的标准，肯定要比二三十年前高得多，更不用说比一个世纪前。近年来，翻译，至少就翻译成英语而言，一直是由更着重字面意义的——即更严谨的——标准衡量的，尽管大多数译本仍然未尽人意。一部分原因是，翻译本身已经变成学术思考的对象，而译本（至少是重要著作的译本）都有可能受到学者的检视。翻译者的任务似乎已被学术标准同化。"在我看来，桑塔格的这番论断基本上也适用于我国。

再次，世界文学潮流的嬗变，本身也对我们衡量好译本的标准，提出了新的审美要求。读者对现在的译本提出批评时，往往会提到，如今译者的中文造诣远不如过去，译文读来常有生涩之感，"文采"阙如。问题是，我们现在这个时代所面对的原文，和傅雷时代所面对的原文，本身就发生了巨大的变化。现当代文学更跳跃更抽象，更重视文字所携带的意象和信息，而有意避开那些已成定式的华美程式；词语常常是符号，甚或是一种类似于网络链接似的出口，需要读者调动相应的知识储备才能领会。译者对现当代文学的这些特点需要有极强的领悟能力，相应的，我们对译作的评价标准也应该有适当的改变。自我从业以来，不断有读者通过各种渠道谴责我社福克纳的译本粗制滥造，或者投诉出现印刷事故，起因是连着两三页一个标点符号都没有。哪怕在我们告诉他们原作如此，且作者刻意如此是为了特殊的表达效果时，读者仍然认为我们有责任替作者断句，否则就不是合格的译文。既然像福克纳这样作品已经进入公版的作家，其标志性的文风特点尚且未被读者"习惯",我们当然有理由认为,至少部分对现当代译文的指责,实际上针对的是原文。在这种情况下,需要调整的并不是译文质量,而是当代文学观念的普及工作。举个例子,前两年在网上几乎"全民参与"的乔布斯情书的翻译,也有耐人寻味的地方:这是一封极简单的由近乎现代口语的文字写成的信,但很多网民激赏的、认为"文采斐然"的译文都是那种合辙押韵、辞藻华丽的东西。无独有偶,微博和微信上常常能见到类似的帖子,列举一些英文的"美文",然后用大量几乎完全脱离原文内容与形式,貌不合而神更离的译文来反证"中文的博大精深",比如把所谓的莎士比亚的十四行诗变成乐府诗、唐诗宋词,这样的游戏娱乐一下是可以,但那么多普通读者甚至文化名人都对此推崇备至,可见现今文学翻译的标准是何等陈旧和肤浅。在我看来,如果要增加民族自豪感,加强中国古典文学造诣,那还是去读纯正的乐府诗或者唐诗宋词,要来得更地道些。如果希望通过借鉴译文来丰富中文的表现力,打开创作思路,那为什么要如此洋洋得意地破坏原文的内容和结构而浑然不自知呢?对于这样的标准,我个人在翻译实践中是坚决抵制的。

在一个普遍认为"骈四俪六"才是文学至高境界的环境中,语言和文学实在太容易不思进取,它们的发展和活性都难免迟滞缓慢。而这种现象,归根到底,仍然需要更多、更忠实、更适应时代要求的译作来拯救。完美译本的概念,是由两种长期相反的翻译标准来衡量的。一种是最低限度的改编,也就是所谓的"异化",它意味着译本会给人一体的感觉:它保留甚至炫耀原文的节奏、句法、语调、用词癖好。这一理论的最著名的狂热倡导者是纳博科夫,他在将《叶甫盖尼·奥涅金》翻译成英语时强调直译到了非常极端的地步,我觉得这种偏执程度,以及为了实现理论而付出的努力,要远远超过同样倡导硬译的鲁迅。在《奥涅金》中,纳博科夫甚至是故意与流畅——以及为了照顾流畅而牺牲准确性的做法——宣战。他要刺激那些习惯于优雅流畅的译文的读者,他要坚持表明,他的译文并非要自成一体,作为单纯的英文与原文无涉,而纯粹是一系列围绕普希金的信号,要我们回身努力去理解《奥涅金》的每一个细微之处。他宁可用惊奇的手法耸人听闻,以破坏、去除根深蒂固的信念。他使他的译文很难阅读,理由之一就是要让那些更喜欢自身流畅轻松的译文的人不高兴。他拒绝提供流利、自足的英文,从而给读者一种忠实的提示,这样他们必须不停地回到俄文去。他有意而透明地歪曲英文,提醒我们这种英文自身没有独立的生命,唯有跟普希金的俄文放在一起才有价值。与此相对的做法,则是完全移植,也就是"归化"。它意味着翻译者必须把原文完整地化入新语言,使得在理想的情况下,我们不觉得是在读一个译本。无可避免地，这种驱散译本背后潜藏的任何原文的痕迹的做法，要求自由地处理原文。但是，对于我们这些文学翻译的实践者来说，就像桑塔格的那句中肯的说法：在这两个极端之间，才是大多数翻译者的用功之处。每一次翻译实践都是在理论的两极之间平衡的结果，每个人的平衡点位置都有所不同，每个时代的所有译者的平衡点的平均值也不一样。就我个人感觉而言，在我国，随着时代的演进，这个平均值是缓慢地向"异化"那一极挪移的。

二

厘清上述问题之后，我们再来审视翻译与写作的关系，或许就能有豁然开朗之感。置之于我国的历史与现状，完全可以这样说：翻译文学是近代以来深入改变中国文学走向的不可或缺的力量，这种影响在今时今日正向更纵深处发展。然而，出于种种原因，这种影响往往被低估或者曲解，或者流于表面，更多被提及的还是语言上的流变，程式上的借鉴，而非文学视野和思维方式上的渗透与对话。文学翻译作为一种特殊的"写作"的位置，其在理论上的认定与讨论仍远远落后于实践。

如前所述，现代中文（包含但不仅限于写作）对世界文化潮流的逐渐吸收和接纳，反过来对翻译文学的价值和标准，无论是内容还是形式上的转化，都提出了新的要求。我们现在的读者，尽管有的并无这方面的主观意识，但客观上，他们与严复、林纾时代对文学翻译作品的要求，是完全不同的。比如说，信达雅的标准，尤其是这个"雅"字，如今应该怎么理解；在读者对西语词汇和语法的宽容度越来越大的今天，"信"和"达"又该制定怎样的新标准；每天都在诞生的新词应该以怎样的标准和速度引入翻译，才是合适的；以前规范的译文中是绝对不可以出现原文的，现在这个标准是否有必要打破，有没有必要在一些需要让读者意识到原文形态（如某些语带双关的文字游戏）的地方附上原文词句；在互联网轻易就能提供简单检索的今天，我们有没有必要削减原先简单的说明性注解，而扩大阐释性注解的比例……这些问题上升到翻译理论就是所谓异化与归化之争，也确实在影响我们这些从业者每天的翻译实践。前面说过，文学翻译实践是在两个极端之间寻找平衡点的过程，我们每个翻译者的平衡点都不同，所有译者在同一时代形成的平均值在客观上就构成了时代的标准。我认为，在考虑这些问题时，在研究新标准的制定时，"翻译与写作的关系"应该作为一个重要的问题来研究。是否对这个问题有足够的重视，一定会影响到新标准的取向。如果不把这一点作为重要因素来考虑，而仅仅让"维护汉语纯洁性"这样大而无当的僵化理论作为指导思想来要求文学翻译，显然是落后于时代要求的。

为了更形象地说明问题，可以拿一个中国翻译史上或许最出名的公案举例。当年赵景深不知道 milky way 就是"银河"，想当然译作"牛奶路"，被鲁迅作诗嘲讽："可怜织女星，化为马郎妇。乌鹊疑不来，迢迢牛奶路。"如果我们查一查网络，以"牛奶路"为话题的翻译专业论文为数不少，也有人替赵景深翻案。其实，把来龙去脉理一理，就能看出，"牛奶"绝对是错了，这案子翻不过来，问题是，译成"银河"就一定对吗？据说，英文里第一次出现 milky way，是在乔叟的 House of Fame 里，典故来自希腊神话：话说宙斯拈花惹草，让有夫之妇阿尔克墨涅的肉身怀上神胎，得子赫拉克勒斯。宙斯想借老婆赫拉的乳汁赐爱子永生，又不敢明说，只好趁妻子熟睡时让儿子用力吸吮她的乳房。小赫用力过猛，老赫惊醒后大怒，将孩子一推，于是乳汁狂泻，变作漫漫天河。这个故事朴素可爱，在西方深入人心。对西方人来说，那确实是条跟奶有关的路，只不过那不是牛奶，而是"神乳"。当然，在一般仅仅需要表意的情况下，你牺牲一点文化背景，直接说成银河，也不一定有大问题。可是，如果是下面这个句子呢？

英国诗人理查德·克拉肖（Richard Crashaw，1613—1649）的《神圣格言》里讲到，罗马帝国驻犹太总督彼拉多判决了耶稣的死刑，后悔不已，每每想起便流泪不止，连洗手都用泪水，于是乎"The tears of the penitent flow unceasing; transformed into stars they form not simply a Milky Way in the heavens but a stream of cream."在这种情况下，你如果再说"银河"，就跟下面的"奶油"没有了可比性，这段文字的表达效果就大为逊色。所以，比较好的选择就是在字面上这么翻译："这位忏悔者的泪水流啊流啊，无休无止，变成星辰后不仅组成了一条神奶路，而且形成了一条奶油河。"然而，单单这样还不够完整，中国读者还是不知道"神奶路"和我们通常概念里横在牛郎织女之间的那条有什么关系。那么我们只能采取一个不是办法的办法，为"神奶路"做个脚注，交代来龙去脉。我曾经不止一次跟别人争论过文学翻译的注解问题，反方大都认为注解影响阅读快感，吃力不讨好。他们的理由往往是，小说不就是讲讲故事么，有必要去考虑文字里携带的文化信息有多少损耗率么，有必要去可惜这种损耗吗？我不这样认为。至少我读小说从来不仅仅是为了读故事——何况如果无视文化背景，好多情节本身也很难传达清楚。我们知道，亨利·詹姆斯、米兰·昆德拉、E·M·福斯特和戴维·洛奇都把"小说的艺术"作为讨论的主题——既然小说不仅是"故事"而且也是"艺术"，那么，我们每个译者，都应该对这种特殊的艺术的每一个细节抱以足够的尊重。对此，文学译者以及文学翻译理论的研究者，都应该比其他领域的译者有更清醒的认识。

　　上面这个例子只是文学翻译艰辛寻找平衡点的缩影。长期以来，翻译体或翻译腔在很多场合都是作为一个贬义词而存在的。但实际上，翻译文学与原创中文作品客观上确实在"体"、"腔"、"格"上的不同，而这种"不同"本身不仅应该是中性的，甚至也是十分必要的。形象地说，我认为，既然事关文体的沿革，那么译文既要兼顾每个特定时代读者接受度的平均值，也始终应该保持着比原创文学"快半拍"的节奏，保留一定程度的陌生感，以便形成对原创文学的刺激——惟其如此，在文学意义上，译文才更具有其存在的价值。回到上文中说到的关于福克纳作品的误会，我认为，在这个案例中，其实更应该反省的是现当代文学观念普及上的问题——我们的读者，究竟在多大程度上了解世界文学？与之"相映成趣"的现象是：我曾发现确实有不少译作，因为"迁就"读者和长期滞后于实践的出版业编校质量标准，把原文大量对话中不用双引号、直接用逗号或特殊字体标识的段落，一律改成规范的"直接引语"。这本来是现代写作中常用的手法，有其特殊的节奏和韵律，却轻易被译者和"标准"所遮蔽。相对于标点这样的细节，那些在语言意象甚至文本结构方面过度迁就目标语的现象，对原文的表达效果和造成的伤害甚至更大。那些最应该对目标语写作者产生刺激与启迪的地方，就这样被无形而无情地篡改成了"纯洁"的汉语。恰恰是无数这样的迁就和篡改，使新的标准始终处在一种貌似"不合法"的状态，诸如"读者要求译者替福克纳断句"的事，也就难以避免了。同时，这些问题的解决，其实不光要靠翻译界，创作界对读者的影响可能更直接，更重要。中国作家只有在创作中用更开放的心态容纳世界文学潮流，与之对话、互动、撞击，用更先进的标准"请进来"，反过来才有利于真正意义上的"走出去"。

三

　　说到这里，我们有必要把镜子转一个方向，从外译中反观中译外。为什么说"走出去"其实在根子上离不开"请进来"？怎样让"请进来"有利于"走出去"？我谈三点看法。

　　其一，仅就文学领域而言，尽管普遍认为我们对世界的了解远远多于世界对我们的了解，但其实"请进来"的工作还远远未达到理想状态。普通读者，甚至一般从业人员对世界文坛的了解仍然是比较表象和片面的。比如说，读者对于西方名著，尤其是十九世纪以后的经典著作的印象，往往还停留在当年苏俄制定的标准，我们印象中一流作品的书单，包括教育部门向学生推荐的书单中关于外国文学的部分，与世界文坛的主流仍然缺少足够的重合度；再比如，我们对于世界文坛的了解受语种局限很大，一些小语种的文学作品，无论在市场上还是在文学批评界的视野中，都处于相当弱势的地位；那些能真正代表外国文学水准的严肃文学作品，由于曲高和寡，仍然有大量应该介绍但没有被译介到我国的品种；另外，近年来，由于准入门槛的大大降低，市场上出现了一些相对粗制滥造的翻译作品。尽管无论从数量上还是规模上，都不能因此而抹杀文学翻译总体质量的稳定甚至进步（详见前文），但毕竟还是造成了不能回避的负面影响。

其二，"请进来"与"走出去"其实是一个互相促进、不可分割的整体，在很多层面上，保证高水平的"请进来"，正是促进"走出去"顺利进行的必要条件。长远地看，中国的作家、中国的编辑和中国的读者如果能更多更快地接触到真正能代表国际水准的外国作品和作家，中国才有可能形成坚实的、与世界文坛气息相通、求同存异的文学土壤，才有可能诞生一批具有国际视野的好作家好作品，才有可能让更多的世界文学评论家研究中国文学和汉语言文化，这样的"走出去"才是可持续发展的，才有可能最终向更占据主动的"（被）请出去"发展。日本近代以来不断涌现世界级别的作家，就是与该国常年大量引进国外文学作品，从而夯实该国的文学土壤，密切相关。切近地看，"请进来"并不仅仅等同于引进作品，还包括在此过程中，从业人员对于国际通行的版权贸易模式逐渐接受、熟悉和学习，也包括多种文化在交流中达成的碰撞、交融和默契。而文学，正是在互相理解的基础上才能充分传达其精髓的高级艺术形式。

其三，理想的文学翻译标准——即在归化与异化中找到最佳平衡点，同样适用于中译外，同样是"走出去"应该追求的目标。然而，在实际操作中，该平衡点的位置具体落在哪里，往往受到目标语受众对源语言文化的认知程度的极大制约。如果说目前外译中（主要指英译中）的平衡点平均值更偏向于"异化"的话，那么中译外则显然更偏向于"归化"。以葛浩文为代表的中译外专家，常常在翻译时对原文做出较大幅度的删改，并且坚持其在文化传播及商业运作中的必要性，究其根本原因，还是语言及文化在交流天平上并未构成绝对均衡的局面。对于这个问题，我认为：一方面，应该看到，无论是语言还是文化的交流，都要尊重历史条件下形成的客观事实，改变强弱势对比并非一蹴而就之事。另一方面，现状并不等于理想状态，也不会成为恒久不变的准则。随着交流的深入，随着中国当代文学越来越强大，随着越来越多更理解中国文化内涵的译者的出现，平衡点必将缓慢地向中间移动，中国文学也会越来越多地通过更为准确忠实的翻译，为世界文学的发展提供新鲜独特的刺激。同样地，如果想要推动这个移动的进程，归根结底，需要通过更广泛更深入地"请进来"吸纳世界文学精华，从而拓宽自身视野，增强自身实力。

值得一提的是，介于翻译与写作之间或两者兼备的译者/作家，是对上述种种互动与碰撞最敏感的人群。在世界范围内，最著名的例子，除了前文中提及的纳博科夫，还有村上春树、莉迪亚·戴维斯等。这些成就卓著的作家，毕生都对翻译事业投入极大的热情，而翻译实践反过来也极大地影响了他们创作的文字。这本身就构成了一个独特的文化现象，值得我们深入思考。当上海出现越来越多这样的"两栖"人才时，我们应该敏锐地意识到这种现象极有可能成为本地文学的显著特征，并给予其充分的研究和足够宽广的发展平台。无论从历史传统、环境优势还是人才特点等诸多因素考量，上海具备"从翻译与写作的双向关系切入，促进两者共同繁荣"的历史条件和良好基础。甚至，就这一点而言，应该当仁不让地说，上海具有全国最好的条件和基础。上海第三届青年创作会议将这个议题列在显要位置——这也是笔者撰写本文的缘起——就是一个良好的、具有远见的开始。

翻译暴力的中国文化语境探讨

■文 / 俞冰夏

毫无疑问，任何把文学翻译当作对象的理论研究从本质上是犯有尴尬的文化精英主义精神疾病的。对于这点，翻译理论界最孜孜不倦的人物，美国意大利语译者与翻译理论家劳伦斯·韦努蒂（Lawrence Venuti）可能最有发言权，他所发展的有关翻译的理论或者批评本质上在解决一个困扰他本人的最基本、最无聊也最质朴的问题，那就是译者究竟有没有地位？如果有，那又是个什么样的地位？更可疑的一个韦努蒂经常提出的问题自然是，应该怎样把译者的地位钻入文本当中？韦努蒂作为一个美国左翼学院文化的产物，有他的英雄主义以及他自认为卑微的地位所不能满足的英雄主义情怀。那本著名的《译者的隐形》里，韦努蒂首先关心的是译者的经济地位，也就是稿酬问题——在我们业已建立的行业规矩里，稿酬与地位之间有种可笑又可悲的关系，也就是说，稿酬高不等于就有地位了，但稿酬低，那绝对意味着译者是没有地位的——而其次，他关心的是翻译的文化地位问题，所谓文化地位，自然意味着通过文本得到的权力。"译文的生存是建立在译文本身与特定文化环境及社会环境的关系之上的，在这种特定的文化环境和社会环境下，译文才能得以产生并为人们所阅读。这种关系指向一种暴力，这种暴力存在于翻译目的和翻译活动本身：以目的语中预先存在的价值观、信仰、表达法重构原文，而这种重构总是在主流与边缘的等级系统中进行。它始终决定着文本的生产、流通和接受。"

韦努蒂所说的翻译的权力，或者说翻译的暴力，在他看来都是"无法避免"的，原因很简单，翻译的过程是流通的过程，它基于最原始的流通最大法则——

取悦最大数量的读者以便销售最大数量的书目，这是商业出版社最终的目的，而原始语言的"文化"和目的语言的"文化"之间的差异性导致翻译或译者得以成为某种取悦读者的二次营销工具。韦努蒂引用了他所欣赏的十八世纪德国哲学家弗里德里希·施莱尔马赫（Friedrich Schleiermacher），说翻译的方法只有两种，要么把读者领向作者，要么让读者安居不动，把作者领向读者。按照韦努蒂的理解，作为译者，你只有两种选择，要么取悦你本国的同胞读者（"民族主义"），要么取悦（单一、非同胞且没有被取悦需求甚至看不懂目的语的）作者（"文化精英主义"）。也就是说，一个译者可以选择用普通、"透明"、无"翻译腔"的目的语语言完成译作，或者"异化"、"外国化"、"带翻译腔"的语言逻辑完成译作。

作为一名译者（而非翻译理论研究者或西方学院左翼的产物），我对韦努蒂之翻译伦理的立场感到同情。他自觉深受"英语中心主义"之害，认为英美读者对外语文学（也就是译者之劳动）的无视是自大与无知的表现。在对待西欧语言中大量衍生词和生造词的过程当中，美国出版商、编辑甚至译者本人通常会很自然地作出所谓的"意译"或者解释性的重新书写。在韦努蒂看来，这种带有暴力倾向的取悦无疑在伦理上是有问题的，它用目的语言的价值观与接受度清洗了原文，同时使得译者成为迎合市场的工具。

在我们中国的译者或者读者看来，伦理问题很可能是最不重要的问题。我们讨论问题的理论基础不过停留在糊涂的"信达雅"阶段（此处我插一句，严复把赫胥黎的《进化论与伦理学》译成《天演论》，无疑是韦努蒂眼中目的语价值观暴力的最典型例子），我们的翻译文学面对审查和语言清洗不过是家常便饭，而与此同时，现代汉语和现代中国文化作为传输外国文学之容器的目的语文化，与任何一种源语言（或仅限于西方语言）文化之间都存在难以量化的巨大鸿沟。我们自然远未达到具备伦理讨论基础的阶段（这种讨论，在我们中的大多数人看来，也并无任何用处，当然此处我并不清楚"我们"是谁也不清楚"我们中的大多数"又是谁，因为国内目前在我认识范围内的文学翻译或理论界似乎尚不存在任何在我看来有效的理论发展模式或超过所谓"好不好"或者"对不对"甚至"错了多少"的批评性讨论，这与我们蓬勃发展的习惯文化进口的图书出版业与日益萎缩如今近似体无完肤的批评机制之间的鸿沟有最根本的联系）。

我本人并非翻译理论学者，对翻译的伦理问题纵然有兴趣也没有多少发言权。显然，在对生产之快速高效的追求面前，讨论伦理是无聊得不得了的事情，受人鄙夷也无可厚非，我国社会的方方面面都证明了这一点，文学翻译自然也不可能幸免，这本身，正是我国作为目的语文化的大环境，这种大环境产生的暴力最深重的无可厚非是对生产量和性价比近似疯狂又几乎下意识的追逐（在一些人的眼里，这种现象与其说是主观暴力，不如说是为意识形态与经济条件的双重现实所迫，我们的无产阶级文学传统如今仍然主导出版业和学术与教育行业，意识形态上荒谬地认为任何文学作品都是可以在正统文学教育几乎不存在的情况下普及化的），但除此以外，另有一些并不显见的、更复杂的文化意识形态层次上的问题。

我下面要写的几个方面试图基于对韦努蒂"翻译暴力"概念的理解，在中国的特殊文化环境下作出一些试探性的延展。

下文所要引用的所有文本与书目仅仅因为它们离我的写字台最近，既不代表我的批评针对这些文本及译者，也不代表这些文本和译者是此类"暴力"现象的突出代表，更不代表我的这种批评方法就优越于时下流行的朴素唯物主义批评方法。这里我只尝试展现一些在我看来有关常识性的建立与语言敏感度的开拓的问题——哪怕这些常识性问题最有可能违背的正是我们日常经济生活里的常识，而对于翻译语言逻辑之意识形态的敏感度很可能违背的正是汉语摈弃逻辑的语言逻辑。

一头雾水的暴力

有点讽刺，讨论文学翻译的暴力，汉语翻译版劳伦斯·韦努蒂的《译者的隐形——翻译史论》一书本身是一个很好的样本。这本书显然是某个高校学术研究项目经费的成果，书封上写着由张景华等三人"主译"，外语教学研究与出版社最早出版于 2009 年。

这本书署名"译者"（实际是一个规模庞大的翻译团队）的译后记以这样一句话开始——"翻译韦努蒂的这部代表作确实不易。中西方学者普遍认为韦努蒂的翻译思想非常艰涩、令人难以捉摸。"接着为了证明不仅仅是中方学者认为韦努蒂艰涩，这位由多名译者组成的"译者"团队引用了几位西方学者评论性的语言，最后认为韦努蒂的论辩风格"让本已复杂的翻译更是'雪上加霜'，令译者苦不堪言"。接着我们看到这些淳朴勤劳的高级知识分子译者（几乎都是博士以上的学历）翻译这本不到 400 页的书过程的确长达六年之久，整个团队从初译到审校超过十人，却对韦努蒂的思想仍然表示"一头雾水"，甚至在短短四页的译后记里仍然犯了几个最初级的错误，比如把英文 Canon（典律，或者名著）拼写成了 Cannon（大炮）。

众所周知，中国的学术业内人士习惯于各种谦卑虚伪的表达，因此我们的文学或文化批评永远陷于表述与思想不统一的扭曲状态。然而在我看来一个简单的事实是，任何译者最基本的责任是"理解原文"——如果一个译者在翻译完一本书以后仍然表示不理解原文的思想或者原文的意思，那这整件事不得不说荒诞可笑了。这类现象在我国文学与理论翻译界可谓十分常见。由于我们的理论思想基础与西方的理论思想基础差距很大，而我们的译者在生活与文化经历上与西方差距更大，导致我们的译者无法，或本能地拒绝尝试理解原文，却并没有因此理应放弃他们不该继续进行的工作，反而热衷于"迎难而上"，（有意或无意）试图把原文简单转化成一种中国读者愿意或可以理解的文本。

"理解"原文应当是讨论翻译问题的基础，然而这点对我们的译者来说并不容易做到。如今从事翻译工作的大多数译者没有在西方长时间的生活经验，使得他们在翻译一些作品的时候对文化意义上的"上下文"（Context）缺乏了解，更重要的是，在很多译者眼里，读者对文化上下文的理解更为匮乏。举一个简单例子，英美人名中经常出现的"某某 Junior."，比如 John Smith Jr.，理论上应该译成小约翰·史密斯（因为这位约翰·史密斯的父亲也叫约翰·史密斯），由于这种情况在汉语环境当中找不到翻译理论家奈达所提出的所谓的"动态对等"情况，在汉语翻译当中经常被找出其他翻译的方式。《第三大道的这间酒馆》里就出现了这个情况，译者在把 Junior 一词音译成朱尼尔以后，甚至选择加了译注，告诉读者 Junior 是"小"的意思。同一本书当中反复提到纽约的"L 线轻轨"，而熟悉纽约市的人都知道 L 线在该书所描写的曼哈顿地区是条地铁，不出现在地面上。

汉语逻辑与西方语言逻辑的区别的确重大，以至于很多译者对复杂文本原文逻辑的理解也经常出现偏差。本文不试图涉猎语言学逻辑，仅举一个例子说明这个问题，弗拉德米尔·纳博科夫的《爱达与爱欲》是一本有相当程度"不可译性"的书。中文版第 63 页有这样一句句子：

> "假如我们忽略庞大的个人意识与年轻天才之间的微妙关系，那么就谈不上任何意义了，因为在某些事例中，该关系使得这种或那种热望在生活持续不断的进程中成为一个空前且不可复制的事件，或至少成为关于此类事件的一件艺术作品或一篇檄文中的主旋律。"

这句译文貌似通顺，但熟悉西方语言逻辑的人马上就能看出问题。哪怕纳博科夫的语言结构十分复杂，表意绝不如此模糊不清，这句句子让人完全看不明白表达的什么意思。

对照原文：

> No point would there be, if we left out, for example, the little matter of prodigious individual awareness and young genius, which makes, in some cases, of this or that particular gasp an unprecedented and unrepeatable event in the continuum of life or at least a thematic anthemia of such events in a work of art, or a denouncer's article.

我们会发现译者可能没有理解这句句子逻辑的能力，而因为不理解，译者生造了逻辑关系与连接句子的词语，原文当中"超凡的个人意识与年轻天才"是平行关系，它们之间并没有任何"微妙的关系"（原文里没有微妙一词），而作为从句主语引导后面句子的并非这种"关系"，而是"超凡的个人意识与年轻天才"，使得"这样那样倒抽一口冷气（Gasp 一词也没有热望的意思）的瞬间成为人生过程当中前所未有且不可复制的大事件，或者至少是有关这类事件的某件艺术作品或者批评文章当中的主题装饰。"

翻译复杂的严肃文学作品的时候，我们的译者在外语和母语上的水平很多时候都远低于作者，在没有理解原文逻辑的基础上翻译出一句表面上通顺的句子的情况非常多见，且通常不能够在编辑环节得到解决。

译注的暴力

中国的外国文学出版行业，出于种种原因，崇尚做大书，有"克服"最艰涩不可译之书的心理需要或欲望，以至于频繁坚持出版一些哪怕更相近的西方语言之间都通常被认为可译性很低的书，而这种心理需要的巅峰无疑是在 2012 年出现的中文版《芬尼根的守灵夜》。这本书可谓从彻底意义上"不可读"的翻译艺术实验，译注与原文视觉上多个层次参差交错形成的某种古怪意义上，实现了韦努蒂这样的翻译权力爱好者梦寐以求的景观，也无疑为译者找到了某种权力寻租的可能。《芬尼根的守灵夜》的出版本身可能是种行为艺术，像所有行为艺术一样，强调行为之大胆出格与原创性，并不那么强调行为的艺术性。它充分符合中国受众对一部所谓"天书"的想象，以至于这部由中文译者为不可读之书创造具有刻意破坏性之多层次阐释尝试的视觉形象（全文正文由至少四种不同大小的字体组成，不包括每页右页的译注），成为了中文版《芬尼根的守灵夜》本身，乔伊斯原文的内容反而不再重要。

《芬尼根的守灵夜》是译注之目的语文化价值观暴力的极端例子，然而译注的暴力是个典型现象，在西方与中国以截然不同的形象展开。英美出版行业常年来抵触译注，为了迎合读者，甚至愿意用解释性的语句改写原文以求不使用译注。如英国翻译家科恩（J.M. Cohen）所说，翻译的作用是"要使一切平实易懂，不使用脚注，因为阅读环境已经发生了很大的变化……译者不得不采用极富诱惑的叙述方式，一泻千里。只要能引起关注，其他一概无足轻重。至于知识、比较标准、经典型背景知识等等，有些要么简要介绍一下，要么通过译者对字词的选择来判断。"[①]

然而在现代西方文学进入中国的过程当中，我们长期以来仍不抗拒使用"译介"一词，也就是说，我们并不否认翻译出版物最大的作用不是"翻译"，而是"介绍"。韩少功 1990 年代翻译出版的费尔南多·佩索阿的《惶然录》是个最好的例子，这个至今流传很广的译本不仅为原文添加了无数小标题，甚至对原文的章节进行了"选择性"的翻译。韩少功在译后记当中并不否认自己的目的是"译介"而非对佩索阿的作品进行忠于原文的翻译。

译介的意识形态对我国的翻译界影响很大，其中最大的现象无疑是普遍由译者添加的译注。这里当然有一个重要的问题——译者的身份在译注出现的那一刻就不再"隐形"，他的知识范围和价值观成为添加不添加译注唯一而确定的导向，对原文进行了暴力性的插入。

我仅以朱诺·迪亚兹的《奥斯卡·瓦奥短暂而奇妙的一生》为例说明这个问题。这本当代美国小说家的作品之所以在我看来是比较有趣的例子，是因为此书写在 2000 年代，阅读难度并不特别高，小说当中有相当多的美国流行文化现象的引用（reference），其中一些显然在译者看来需要用译注来追加解释，另一些则似乎不需要。这个界限的划分很有意思，因为如果我们要准确划分这个界限，那首先的要素是要确定这本书的读者对当代美国流行文化和日常生活的认知度有多少——而这无疑是个无法回答的问题。就好像在《奥斯卡·瓦奥短暂而奇妙的一生》当中，所有有关毒品的描述全部被去除清洗，间接反映了汉语语言文化下对此类内容的价值观接受度为零。

《奥斯卡·瓦奥短暂而奇妙的一生》一书第 25 页的译注有两条，第一条是"新秩序乐队"，译注为 New Order，英国摇滚乐队，第二条是"西尼德"，译注为

---

① J.M. Cohen, *English Translators and Translations,* London: Longmans, Green, 1962.

Sinead O'Conner，爱尔兰女歌手，然而同一页上，译者却选择略过了另一些中国读者可能也不熟悉的内容，比如《克莱的方舟》，一本 Octavia Butler 写的科幻小说（译者误译为了节目）；后一页，译者同样略过了《孽欲杀人夜》——一部八十年代美国电影，却没有略过《沙丘》，一本美国作家 Frank Herbert 写的科幻小说。

我们不得不发现，译注的添加建立在译者或编辑本人的认识论基础上，这种认识论基础通过译注的添加进入了文本，且从客观上预设了读者的认识论基础。《奥斯卡·瓦奥短暂而奇妙的一生》作为一部偏通俗的小说作品，仍预设读者对美国流行文化相对较低的认识论基础，这种基础的预设首先带有暴力性，值得怀疑，且如果这种较低的认知基础属实，我们就又回到了上一部分谈到的内容——如果一本书的译者预设读者对这本书所表达的内容与文化背景的认知度如此之低，你不得不开始怀疑整件事的荒诞性。

国内出版界对译注的偏爱与上文谈到的"译介"传统脱不开关系，它最大的目的是为了迎合我们读者小学语文课上培养出来的阅读习惯。也因此，文学翻译的严肃性变得十分可疑、而文学翻译（有可能存在的）文学性与艺术性更是无从谈起。华尔特·本雅明（Walter Benjamin）在他著名的《翻译的任务》一文当中认为"在评价一件艺术品或一种艺术形式的时候，考虑'接受者'从来没有用处"。当然，说这样的话的前提是对文学语言有精英化和深邃的诉求，而这已超出了本文讨论的范围。

高妙化的暴力

汉语翻译中存在一种以把任何原文"诗意化"，"文绉绉化"的暴力表现形式。我们喜欢"译介"西方文学，每年西方文学的出版数量远远超过本土文学，可能因为从某种意义来说，这是已知高妙的东西。对于已知高妙的东西，比起我们自己生产的不知是好是坏的东西来说，似乎对我们来说更充满滋味。举一个简单的例子，美国诗人罗伯特·弗罗斯特（Robert Frost）多年来深受中国诗人喜爱，尝试翻译的人很多，喜欢把他非常口语化的诗句"翻译"成五言七言对仗古体诗的业余诗歌翻译爱好者可谓源源不断。本文不想讨论业余爱好者的意识形态问题（虽然业余翻译和专业翻译的界限通常难以划分），仅举出他最著名的作品《未选择的路》由黄灿然翻译的版本第一个句群：

> Two roads diverged in a yellow wood,

> And sorry I could not travel both
> And be one traveler, long I stood
> And looked down one as far as I could
> To where it bent in the undergrowth;

> 黄色树林中岔开两条路，
> 可惜我一个人不能同时
> 两条都走，我长久驻足
> 极目向其中一条望去
> 直到它消失在树丛里；

这一个句群当中，"驻足"与"极目"两字在现代汉语语境下都绝非口头用语，其对应的词语（stand，look down）却完全是口语。弗罗斯特的诗歌以极度的口语化著称，然而绝大多数汉语译者似乎很难舍去把西方诗歌文学化、去口语化的意识形态倾向。这个句群最有意思的地方是不仅刻意保留了原文的韵律，甚至连韵脚的元音都尊崇了原文，玩了一种十分奇特的，半歇斯底里的文字游戏（当然我认为是有意思的游戏）。

另一个徐淳刚译的版本，同一个句群里同样采用了"过客"和"极目"两个书面词汇，且在尾句主动加上了一个"不知道"作为转折：

> 金黄的树林里分出两条路，
> 可惜我不能都去走。
> 我这个过客，久久地站在那儿，
> 向着一条极目望去
> 不知道它在丛林中伸向何处；

作家余华 1990 年代写过一篇叫做《博尔赫斯的现实》的文章，他举了《乌尔里卡》的例子——"天老地荒的爱情在幽暗中荡漾，我第一次也是最后一次占有了乌尔里卡肉体的形象。"这篇文章当中余华问，为什么要在肉体后面加上形象？余华自问自答：从而使刚刚来到的"肉体"的现实立刻变得虚幻了。事实上，这句话的西班牙语原文"Secular en la sombrafluyó el amor y poseíporprimera y últimavez la imagen de Ulrica."里，并没有肉体一词，而只有形象。不用说，全篇讨论让人困惑的镜像的《乌尔里卡》，一直到最后一段，女孩终于脱光了衣服坐在了男主角面前，像博尔赫斯这样级别的作家，用肉体这样的词语就产生重复，也过于粗鄙低俗了。用"形象"代替"肉体"，用"视觉"代替"触觉"，算是个二流修辞，没什么过于特别的地方，而我们的译者（不知道是王永年还是陈泉），也许认为读者不理解拥有对方的形象即是拥有对方的身体，硬是加上了"肉体"一词。

此类把原文故意"高妙化"的翻译现象在人文社科学术出版界尤为突出，此类书目通常兼具本文所述的三种形式的暴力，直接导致了在我看来我们当下十分不健康，荒诞感很强的学术环境。

结论

本雅明认为"译者的任务是找到那意图中的效果来把他所翻译的语言创作成原文的回声"。[①]《译者的任务》当中他用了一个浅显的隐喻，说"如果内容与语言是水果和果皮的关系，那么翻译的语言好像褶皱丰裕的皇家浴衣，包裹着内容。"他认为"伟大的译本"很可能会起到提高原文，把不同历史环境下出现的原文文本在一个新的语言环境内进行全新的"语言定格"。

对本雅明来说，《译者的任务》建立在他自身翻译语言哲学的基础上，这种哲学显然是有本体论上是非倾向的。我必须承认，写这篇文章我花了很多时间也看了很多书，但通常并不在写的状态，我经常会感到非常荒唐，因为我始终不明白我们讨论文学翻译问题，或者讨论"翻译与写作之间关系"的理论基础是什么，我们（中国文学界）有没有建立具有是非倾向的语言哲学的可能。我认为用现有的以西方语言之间翻译文本为主导的翻译理论，无论是奈德的"动态对等"还是以色列特拉维夫大学左哈尔的"多元系统理论"（这种理论虽然有意义，但需要大量的实证）讨论西方语言与汉语之间的文学翻译的问题，从方法论上都有可能立不住脚，因为我们面对的很多文本从各种意义上仅仅是不合格的文本，而不是有批评意义的文本，我们（广义的翻译界）对复杂的语言诗学与语言哲学的兴趣远低于简单译介的兴趣。最终我选择用韦努蒂的理论作为本文的框架，只因为韦努蒂面对的美国文学翻译环境不可不说从某种意义上与我们的环境同样险恶，虽然表现形式可能截然不同。

[①] Walter Benjamin, *The Task of the Translator,* 1921.

也可以说，基于这种立场，我写出这样一篇文章可以说是极不应该的，我感到很尴尬，因为最终我必须承认，哪怕是韦努蒂在我看来大多数时候来源于权力欲与自恋的理论，在汉语语境下也并没有对等的讨论框架，比如我们对文学Canon的态度从来都不那么认真，更是从不放弃对翻译版权到期的作品进行快速捆绑销售的机会，也就是说，我们哪怕用汉语语境下价值观的暴力清洗原文，这种暴力也是来源不明、动机不清，甚至莫名其妙的，与文学或语言之权力欲望的关系微乎及微，不值一提。

所以最后我还是粗暴地表达一下我作为一个还在从事翻译工作的业余文学翻译真实的想法，我认为倘若我们继续囫囵吞枣一般译介却（哪怕在学界都）不讲究理解西方作品，继续批量生产翻译文学却没有任何深刻的批评与讨论的机制，继续把西方文学复杂的阶级性和阶段性不断扁平化与盲目大众化，继续在语言学科的文学、文化与理论基础教育上无所进步，而把文学翻译变作把高等教育廉价化的一种业余文学爱好者自我教育甚至自我提升外语水平的过程，那么文学翻译这种行为很可能就失去了一切批评意义，讨论这种行为无疑荒诞可笑，因为这种行为无论文学上还是文化上的思想性与反思性都近乎为零，它仅仅是一种机械的生产或者业余爱好而已。文学翻译（乃至于文学）的众多问题当中，朴素唯物主义意义上的迎合大众在我眼里最为突出，市场的因素占一部分，意识形态的原因占有更多的部分。当然，说到这里，我显然开始犯本文开头所提到的那种尴尬的文化精英主义自恋症，所以还是打住吧。

作为译者的写作者：双重身份之利弊

■文 /btr

2006年，因为对美国作家保罗·奥斯特的喜爱，经朋友介绍我首次涉足文学翻译界。当时，用了近半年业余时间翻译了奥斯特的处女作、回忆录《孤独及其所创造的》(The Invention of Solitude)。此后八年间，我又陆续翻译了萨奇的《残酷极简思维》(Brutal Simplicity of Thought)、奥斯特的另一本回忆录《冬日笔记》(Winter Journal)以及以色列作家埃特加·凯雷特(Etgar Keret)的一些短篇作品。但我仍始终将自己视为一名写作者——即使在翻译的时候。或者更准确地说，从事翻译的时候，我也将自己看作一名"作为译者的写作者"。

写作与翻译的模糊边界

表面上看，写作和翻译泾渭分明。前者是写自己的字，是显而易见的创作活动；后者是语言的转换，从外语到母语（或相反），工匠意味更浓。然而写作与翻译果真如此不同么？

加拿大作家玛格丽特·阿特伍德在不久前的一次演讲中提出了一个有趣的观点：其实每个人在童年时代都花费了大量时间做翻译。她举例道，以标示极端情绪的卡通对话框里的符号、谋杀谜案里的性暗示以及报纸罪案报道里诸如"猥亵儿童"(interfered with)之类的短语都经常令她迷惑，因为那时候还幼小的她不知道该如何将这些词"翻译"成她能理解的意思。有趣的是，她看见"恋童癖"(child molester)这个词时，竟然以为这意味着一个孩子愿意去收集鼹鼠(mole)。

阿特伍德的这段话不仅仅是修辞，而仿佛将翻译的疆域拓宽了：翻译不仅是从一种语言到另一种语言，也介于语言和想法之间，发生在阅读的环节。由此，我们不妨更进一步，从阅读的对应面——写作——来试着证明这样一个观点：写作与翻译的边界其实是模糊不清的，有时候写作是某种意义上的翻译；有时翻译则是某种意义上的写作。

让我们先来看看写作这一行为。首先，写作常常可以被视为"翻译"一种想法或一幅画面。这个将思想或图景转换成文字的过程，也经常包含从口语到书面语、或从方言到普通话的转换——这种"转换"，不啻某种宽泛意义上的"翻译"。尤其在那些方言或口语特别强势的地区，比如粤语地区，思考所用的语言与写作所用的语言之间的割裂状态就特别明显，这时写作与翻译的边界就模糊了起来。再看自传性写作——已经发生了的人生故事就如同某种有待翻译的文本，需要以某种方式翻译成文字。或者，可进一步推及所有的写作：从索绪尔语言学／符号学的角度看，写作者写下的每一个词都好比将"所指"（Signified）翻译成"能指"（Signifier）。

接着，让我们再反过来看看翻译这一行为。首先，翻译之中究竟包含了多少程度的创作（或再创作），取决于源语言与目标语言之间的相似程度。如果属于同一语系、语族，甚至同一语支的话——比如，西班牙语和葡萄牙语同属印欧语系、罗曼语族、伊比利亚-罗曼语支——那么翻译的难度就较小，所需的再创作程度就较低。反之，若是将西班牙语（印欧语系）译成中文（汉藏语系），那么就需要较大程度的再创作——即与写作的分野愈模糊。有时候，这种再创作程度的高低也取决于文体——相较于小说，诗歌的翻译就需要更多再创作的因素。其次，翻译也可以被视为一种"理解原文、再以目标语言重述"的过程，即与上一段开头所述的写作过程类似。在线翻译软件无法具有译者的智能——其主要原因亦在于此：翻译并非一个词语到词语的机械过程，而是一种思想的对等，需要理解之后的重述，而这一点，目前的自动翻译软件尚且无法做到。

有趣的是，在我翻译的《孤独及其所创造的》中，也有一段谈论写作和翻译的文字。在奥斯特看来，"每一本书都是一幅孤独的图景。"当"A在他自己的房间里坐下，翻译另一个人的书，这就仿佛他正进入那个人的孤独并使它变成自己的孤独。但无疑那是不可能的。因为孤独一旦被破坏，一旦一种孤独被另一种复制，它就不再是孤独，而是一种伙伴关系。"奥斯特讲述的，一方面是翻译的不可能，另一方面又恰恰是身为译者的写作者在翻译过程中的介入，"A把自己想象成那另一个人的某种鬼魂，那另一个人既在那儿又不在那儿，他的书既是又不是他正在翻译的这本。"

译者／写作者双重身份的利弊

既然写作与翻译并不像想象中那样泾渭分明，并无确凿无疑的分界线，那么身为一名译者兼写作者又意味着什么？译者／写作者的双重身份究竟有何利弊？

首先，翻译是一种极好的语言练习。归纳起来，翻译可说是"信、达、雅"的平衡和取舍。"信"，或所谓"忠实"，就是要用目标语言准确表达源语言所表达的意思。但如何平衡对内容忠实还是对风格忠实？直译和意译又该如何取舍？这便是译者"语言训练"的要点。再说"达"，亦称"通顺"。该如何决定译文的归化程度？或需要从读者的角度思考：人们阅读翻译作品时，对于颠覆习惯的语言的心理预期和容忍程度究竟有多少，又受哪些因素影响？而在严复先生提出的译事三难之中，"雅"最抽象。对于仅仅具有短暂历史的白话文来说，究竟何为"雅"？假如原文不够"雅"呢？似乎在每个翻译比赛中都会有人将无论何种风格、时代的作品一律翻译成古雅的古文，这是否背离了真正意义的"雅"？翻译过程中的这些基本考量虽然复杂，且因具体翻译内容的不同而相异，但都会体现在每一个微小的语言决定中——翻译就是面对巨大的可能性的组合，每一个译词的位置都有更多的可能选项。总是需要寻找更妥当的同义词，总是需要维持翻译的对等性，这仿佛走钢丝一般的语言练习对于写作者自身的写作而言，都是不可多得的练习。

第二，翻译可以丰富如今人们正在使用的白话文。汉语源远流长，可人们正在使用的白话文——以区别于从春秋时期一直使用到二十世纪初的文言文——却只有一百多年的历史。一方面，假如找一本1920到1930年代的白话文小说看，便不难知道那时候的语言与如今人们习惯的中文相比是如此不同；另一方面，"五四"之后的白话文运动中，胡适在《文学改良刍议》中提出的八项主张——比如"务去滥调套语"、"不用典"、"不讲对仗"、"不避俗字俗语"等——仍有不少即使以如今的中文衡量，也仍未达成。翻译此时可带来诸多正面的影响：外来语中的新鲜比喻，外语的句法结构，尤其是从句的使用，句子的强度、密度和信息量等，都可以潜移默化地推动汉语的"白话进程"。

第三，翻译的过程要求对于源文本的细读、精读，这有助于理解语言的细微之处，也要求译者在汉语中寻找一种对等的精妙。作为休闲的阅读与为了翻译的阅读间的差别远比我们想象的大——从第一遍粗读、翻译过程中的阅读到完成翻译之后的校译，在整个翻译过程中，译者起码会阅读原文三到四遍。而正是在这种反复阅读中，我们才会发现那些细微之处，比如上下文的呼应与互涉、文本的节奏控制、作者对于某些词语或词语的某些用法的偏好等等。只有在理解了源文本的精妙之处后，我们才有可能对翻译的一系列细微问题作出适切的决断：比如在哪些场合、以怎样的程度使用流行语？该如何决定断句和标点？对于断句和标点的改变将如何影响原文的风格？如何调整译文的节奏，使之在总体效果上更接近原文？如何确定一本书的目标读者，并在超越目标读者知识层面的情形下添加译注？如何处理原文中的斜体字、划线字、首字母大写词、全大写词或其他排版上的变化？如何处理成语或俗语？如此种种。

第四，翻译——尤其是翻译之难易程度——可以用来检测文本的风格和特质。拿金宇澄的《繁花》来说，书中有许多对于上海方言的创造性使用，对于并不懂上海话的读者而言，他们可以借用自己的汉语经验来猜测并理解这些"生词"，并在这种理解过程中体会到这独特语言的新意。但是假如将之译成外语，比如说英文呢？哪一种"方言"可以对等地传达这种风格的精妙呢？估计很难。但恰恰是这种"不可译"，反证了文本的独特性。一个相反的例子：詹姆斯·乔伊斯的《芬尼根的守灵夜》。中译本的译者用了整整一倍的篇幅做注解，才译出了乔伊斯原文的那些生造词，全书读起来更像一本特别的辞典，来自"乔伊斯小宇宙"的辞典。一个更加极端的例子是法国文学团体"潜在文学工场"（Oulipo）——他们的作品常常基于某种限制或文字游戏，即所谓的"乌立波语法"，比如在其创始人乔治·佩雷克的小说《消失》里，就没有法语里最常用的字母"e"——这样的小说就算技术上可译，一旦译成也毫无意义可言，因为其最核心的风格部分在翻译的过程中丢失了。

第五，翻译会或多或少地影响写作者自身的风格。这里所使用的"影响"一词并无褒贬的评断，但影响的存在却毋庸置疑。对于译者来说，在接受翻译邀约之前，一般都会考虑写作者的风格与自己的契合程度。尤其当译者本身又是一名作家的时候，更会进一步考虑其自身写作的风格又会对翻译有怎样的影响。正是由于这个缘故，许多译者都是某一位或某一类作家的长期译者——比如在英译界，智利作家罗贝托·波拉尼奥的作品几乎都是由克里斯·安德鲁斯或娜塔莎·薇莫翻译的；又比如匈牙利著名作家、《撒旦探戈》的作者拉斯洛·卡撒兹纳霍凯几乎所有重要的英译本，皆是由英国翻译家及诗人乔治·兹尔特斯完成的。值得注意的是，这里所说的译者与作者的风格契合有可能是超越性别及文类的。另一方面，这种风格的影响又是相当难以预测的——尤其当译者是一名写作者的时候，他／她也可能会翻译与自己的风格迥然不同的作品，从而反过来有意避免受到影响。2013年布克国际奖得主、美国作家莉迪亚·戴维斯即是一例。她以写作极为短小的、几百词到数千词不等的"超短篇小说"而著称，然而她却是马塞尔·普鲁斯特《追忆逝水年华》的译者——或许对于一种风格的透彻理解有时也有助于理解它的反面。

第六，翻译是一种解决写作瓶颈期的有效途径。每一个写作者都会有遭遇写作瓶颈期的时候，即所谓"Writer's block"。很多知名作家都曾对如何对付写作瓶颈发表过自己的建议，这些建议里往往有类似的一条：即，要坚持写，哪怕写的内容并不合格，也要先坚持写下去，待来日再来修改或舍弃。翻译提供了一条别样的路：翻译可以像热身训练一样，使写作者保持每天的"运动量"；翻译甚至可能为已然枯竭的写作提供新鲜的灵感。

最后，来说说译者／写作者双重身份的弊端。首先，总是存在一种风格的博弈——当写作者自身的风格尚未确定、尚未完全形成时，很容易受到译文的影响，而这种影响往往又是不自觉的；反过来，如果写作者自己的风格太过明显的话，又会渗透在译文之中，这种渗透同样常常是不自觉的。因此身为译者／写作者，总会有一种对于自身哪一面向的身份更看重的取舍。其次，也总是存在时间和效率的博弈。在中国当下的环境中，做一名译者从经济方面考量是非常不讨好的，翻译一部文学著作往往要耗费大量的时间和精力，但报酬却是微乎其微的。所以唯有将此前所述的翻译对于写作的种种促进一并纳入考量，才能将这双重身份进行到底吧。

评论

【新世纪的文学实验】

蜻蜓、博物志与文学的自由
——谈霍香结的小说《地方性知识》

凝视深渊者
——读阿丁的《无尾狗》及其他小说

一个时代的样貌在小说里
——徐皓峰的小说及其他

作者与总叙事者的较量
——论赵志明的小说

先锋文学的新流变
——以四位"七〇后"作家的创作为例

今日先锋何处寻
——以舒飞廉《绿林记》为例

【新世纪的文学实验】

主持 / 刘志荣

大约两年前，因为偶然的机缘，我注意到了由娄冢主编、新世界出版社出版的"小说前沿文库"，惊异地发现这套以"先锋、实验、异端、集成"标举的文库已经出版了近二十种，年轻一代作家（七〇后以及少数八〇后）的文学探索，已经卓有实绩、蔚为可观。在《文学·2014春夏卷》，我特意为姚伟才华横溢的历史幻想小说《尼禄王》写了一篇评论《文学更新与知识更新》，企图借个案的探讨，引出对新世纪中国文学中探索性一脉的关注。本期我们再接再厉，对这一迄今为止评论界关注甚少的问题继续进行探讨，其中除"心路"栏目刊登姚伟的自述外，也特意在"评论"栏目刊发本组六篇文章，以对这一领域进行初步的散点式勘查。

谁都知道，伴随着网络时代的到来，粗糙浅薄的复制性写作已经成了汪洋大海，以至于要从海量泡沫中寻找到真正的探索之作，简直成了大海捞针——不过，回头看，这不正是批评自诞生以来就应该承担的责任吗？今时今日，更为迫切而已。最初，我们设想的本组文章的主题就是"新世纪的先锋文学"，后来在实际的操作过程中，我们发现，单纯"先锋"，尚不足以概括新世纪文学探索的各个方面，有些较为"现实"的作品，乃至某些似乎属于通俗文类的作品，也都有着可贵、可观的新质和新变，所以就把这组文章以"新世纪的文学实验"命名，探讨的范围也远远超出了原先的计划。

六篇文章中，刘大先的《蜻蜓、博物志与文学的自由》讨论霍香结融合地方志形式和民族志书写方式的实验之作《地方性知识》，对此一颇有难度的作品，做了全面深入、令人信服的探讨；黄孝阳的《凝视深渊者》评论作家阿丁，则涉及一代人隐秘而痛切的成长经验，出于作家之手，自有一番酣畅、深入；黄德海的《一个时代的样貌在小说里》，涉及近两年广受注目的作家徐皓峰，似乎是谈新武侠，但从武林、棋道乃至佛道之中，他看到的是被重新"发掘"的久被遮蔽和遗忘的生活样貌、思想乃至知识，角度独特而深入；木叶的文章《作者与叙事者的较量》，则讨论的是十年积累、不求闻达、一鸣惊人的赵志明——赵志明的小说充满了想象力和诗意，经常不露痕迹地由"现实"滑向"超现实"，笔法让人困惑，但更让人着迷，对此探讨既有必要，更有乐趣；最后的两篇文章，刘涛以四位七〇后作家李浩、陈集益、鬼金、高晓枫为例，探讨八十年代先锋文学在其后继者那里的新流变，有许多剀切而深入的观察；张定浩的《今日先锋何处寻》，则以舒飞廉的《绿林记》为例，讨论一种"双重译码"和"超越雅俗"的写作方式，他认为"先锋，始终都首先意味着不可归类和无法命名"，洵为发人深省。

如果要我说，则是：先锋，首先意味着发问——尤其在大家已经不再发问、或者只会简单性地发问的年代……

其他的，都是在此之后的东西。

蜻蜓、博物志与文学的自由
——谈霍香结的小说《地方性知识》

■文/刘大先

蜻蜓是地球上眼睛最多的动物,平均每只有超过两万只复眼。它的幼虫叫水虿,在水里成长,经过一年甚至更长时间的黑暗生活,绝大部分夭折在泥沙水草间,只有一小部分有可能羽化着翅,跃出水面,看见长河大地、山高路远。那只侥幸在生存竞争中胜出的蜻蜓,它那两万只复眼中看到的世界无疑不是它那些水底兄弟们所能够想象的,但是它也回不去了,无法将汪洋恣肆的大千世界一一讲述给它们听。霍香结就是那只蜻蜓,只不过他却可以在《地方性知识》中讲述他所看到的不同的世界给没有见过的人。

《地方性知识》是"小说前沿文库"中的一种,作为"小说"可能是一种策略,因为这样的写作无法在现代以来的文学文类系统中找到一个妥帖而无争议的位置——它更像是一本地方志。作者自称这是一种人类学小说的"微观地域性写作"[1],讲述一个叫做汤错(也叫铜座)的小村落的方方面面——文本包括七个章节:疆域、语言(意义的织体)、风俗研究(乡村剧场和理解的本质)、虞衡志(村庄事物的复杂性与简单性)、列传(族谱上的河)和艺文志一(小说资料初编)、艺文志二(铜座之歌——根据汤错指路经而创作的一首长诗)。采取的是类似于现代人类学的民族志方法,却又以传统地方志的形式呈现出来,并且煞有

---

[1] 霍香结:《地方性知识》,北京:新世界出版社,2010年,第481页。本文所引作者原文均出自此一版本,不再一一标注,谨此说明。

介事地宣称书中的材料来自于作者自己的田野考察,以及"我的爷爷李维"、十七世纪的传教士费铭德、"我的同学兼合作者谢秉勋"提供的第一手材料。

作为有着明确观念的写作,霍香结在后记中说:"认识贫困这个说法可以用在现有小说,诗歌写作的大多数,也可以说,现阶段的写作早已进入认识论反思的阶段",因而"小说和学术一样,开始走向实证性,这意味着小说的根本精神在发生改变,小说写作者必须有足够的精力和定力去学习新的东西,做田野考察。"虚构和幻想这些小说的常规手法被认为是文学的初级阶段,而他是将文学作为一种知识系统进行精细书写,这种精细书写涉及三个层深递进的方面:语言学、人类学式的深描以及地方性知识的思维能力——这几个方面在他的写作试验中是紧密结合在一起的。因而这种写作与微观史学、年鉴学派、阐释人类学的方法相似,文本内外都渗透了布罗代尔(Fernand Braudel,1902—1985)、吉尔兹(Clifford Geertz,1926—2006)、金兹堡(Carlo Ginzburg,1939—)、贾雷德·戴蒙德(Jared Diamond,1937—)的痕迹,甚至连名字都与吉尔兹的一本论文集如出一辙,而它呈现出来的结果也与征引的这些文本构成了家族相似:"这些现象中没有一种共同的东西,能够使我把同一个词用于全体,——但这些现象以许多不同的方式彼此关联。"①

与上述不同学科研究的实在对象不同,汤错地方却是个虚拟空间。尽管根据文本的方位描写和方言特征,它可能位于桂北某个地方,但时不时从准实证性的描写中跳脱出来的作者解释又让它回归到了虚构的层面。在现实与虚构之间来回穿梭,让读者对于汤错有种迷失于迷思的感觉,这是一个幻象世界,也是一种真实空间:"真实不是现实,而是在场感。"作者惟妙惟肖的模拟能力,让文本具有了学术著作那种蛊惑人心的说服力,从而形成了对于学术(带有强烈的理性的科学主义色彩)和文学(一般形成的现代文学正典中总是充满想象与虚构)的双重刷新。一方面它接续的是人类学学科中时兴的"写文化"的探索,那种对于客观观察的怀疑和主体参与的必然性的认可,进而锻造出一个颇具特色的民族志个案;却又并没有形成具有典范意义的范式或者发现通行的规律与法则,也就是说它的不可重复性使之与人类学作品区别开来。②另一方面,从文学的角度而言,它所

---

① 维特根斯坦:《哲学研究》,李步楼译,北京:商务印书馆,2000年,第46页。
② 这正是霍香结的《地方性知识》与吉尔兹的《地方性知识》的不同之处,后者作为人类学名作,是要通过异文化的比较视野得出带有普遍性的理论范式。参见吉尔兹:《地方性知识:阐释人类学论文集》,王海龙、张家瑄译,北京:中央编译出版社,2000年。

呈现出来的"虚构是在作者无力逾越写作的难度与硬核部分时不得以采取的手段。所以虚构具有极其低俗的成分",因而文本本身仅仅构成了叙述,而不具有典型意义上的小说情节与性格,又与中国传统文类中的传奇、说部以及西方的 novel 或者 fiction 的叙事脉络难以契合。

  一切创新的文本总是特例,无常规批评程式可以依恃,对这样一个作品进行评价是艰难的,因为对于一个反线性的叙事,你永远无法一言以蔽之,或者归纳总结出某条清晰明了的线索。作者在以最保守的方式激进,这种激进并不从属于对旧有传统革故鼎新式"创新"的进化论式话语,而是在表述中有着最为守旧的地方志形式。但是,即便是有着客观记述面孔的地方志也依然是在讲故事,齐格蒙特·鲍曼(Zygmunt Bauman,1925—)比喻社会学研究为讲故事:它就像手电筒的光,总是只能照到一部分内容,而没有被光照耀的部分则沉寂在黑暗中。[①]霍香结似乎要给故事一个全新的讲法,要在纵横立体的叙事中构建出一个无影灯的环境。他的方法就是共时性叙事:"在线性时间里才存在情节周期的问题。所有这类小说,都应叫做古典小说。在共时性的时间里,时空是混沌合一的,所有事物互现。在线性时间,我们标明的小说秩序是情节周期性显明的符号,有一个潜在的前进的概念。后者是没有这种东西的,后者的秩序要繁复得多,它的秩序的存在只是标明一个可能的方向。线性时间下的情节周期可以看作一个分子的运动,而共时性下的主体结构是一堆分子在运动。一本书就是一个事件。"我们会看到,这堆"分子"尽管在方志式的整饬结构下,依然做着无规则的布朗运动。

  比如,"中国村庄史"的章节中操弄的是二十世纪八十年代先锋小说试验的手法,让"我"、陌生人带来的手稿、我给陌生人编的故事、"历史"的记载,几条不同线索的情节交互作用,构成细密的共时系统。但这不过是小试牛刀。对于这样一个事件性文本,我想到的是卡尔维诺(Italo Calvino,1923—1985)对古罗马百科全书式的作家老普林尼(Gaius Plinius Secundus,23—79)的评价:"我们可以区分两种普林尼,一个是诗人兼哲学家,他意识到宇宙,支持知识及神秘事物,另外一个则是神经质的资料搜集者,强迫性的事实编纂者,他唯一关心的事,似乎是不要浪费他那庞大索引卡中的任何笔记。无论如何,一旦我们接受普林尼具有这两面之后,我们便必须承认普林尼只是一位作家,如同他想要描述的世界只是一个世界罢了,尽管它包含了非常多样的形式。为了达到他的目标,他不怕去

[①] 齐格蒙特·鲍曼:《废弃的生命》,谷蕾、胡欣译,南京:江苏人民出版社,2006年,第10页。

尝试采纳世上无数的存在形式,而无数关于这些形式的报告又让这些形式增加,因为形式与报告都有权成为自然史的一部分,并且接受这个人的检验,他在这些形式与报告中寻找他确信包含在其中的高等理性符号。"① 是的,霍香结接续了中西博物学的伟大传统,走在从《诗经》、张华《博物志》,到格斯纳(Conrad von Gesner,1516—1565)、约翰·雷(John Ray,1627—1705)、吉尔伯特·怀特(Gilbert White,1720—1793)、林奈(Carl Linnaeus,1707—1778)、布封(Georges Louis Leclerc de Buffon,1707—1788)一路而来的道路上。②

这类博物志传统塑造的是地方性的默会知识,通过口头、模仿和演示来传播,相较于理论而言更注重经验,通过重复得以代代相传,并且始终处于不断变化中,是"活的传统"。③ 然而,尽管《地方性知识》带有早期博物学家普遍存在的抒情主义与哲学混合的风格,但是霍香结显然并非要像老普林尼那样"用明智清晰的态度传达最复杂论点的能力,并从中汲取和谐与美感"④,他毋宁是没有观点的,他所做的只是表述经验,一种外在于主流话语的地方经验。这种经验经由体验化为感受,作用于读者的世界观。所以,风格对于霍香结的写作目标而言,并不重要,就像博尔赫斯(Jorge Luis Borges,1899—1986)批评"读者的迷信的伦理观"时所说:"我们文学的贫乏状况缺乏吸引力,这就产生了一种对风格的迷恋,一种仅注意局部的不认真阅读的方式",在他看来"经验的直接传递"才是根本。⑤ 在霍香结那里形成的文字风格只是一种写作无意识,更重要的是表达出地方性经验。

这种地方性经验只是呈示与展演,不作价值判断,却有着价值自觉,及对"物"的强调。作者在全书的开篇"凡例"中就开门见山强调"物"及"物性"才是叙述的主体,因而要泯灭掉人和人性的影响,后者更多是文艺复兴和启蒙运动之后的观念负担。埃利亚斯·卡内提(Elias Canetti,1905—1994)将人组成的群体比如士兵、僧侣、乐队等称之为群众结晶,而把物构成的群体称为群众象征——他们在人的感觉上是群众的集体单位,比如谷物、森林、雨、风沙、海洋

---

① 卡尔维诺:《为什么读经典》,黄灿然、李桂蜜译,南京:译林出版社,2006年,第41页。
② 刘华杰:《博物人生》,北京:北京大学出版社,2012年,116—171页。
③ 刘华杰:《博物学与地方性知识》,见江晓原、刘兵主编《科学的越位》,上海:华东师范大学出版社,2010年,33—61页。
④ 卡尔维诺:《为什么读经典》,黄灿然、李桂蜜译,南京:译林出版社,2006年,第42页。
⑤ 豪·路·博尔赫斯:《博尔赫斯全集:散文卷上册》,王永年、徐鹤林等译,杭州:浙江文艺出版社,2006年,第125、128页。

以及火等。① 而霍香结说："我们作了重新命名，我们恰恰是以物作为主人公出现的，所以把河流、山脉、植物、季候等称之为汤错的结晶群众"，"意味着我们会放弃人类，它们以集团心理隐蔽地流淌着，在物性之中。表现为语言、文字、图腾、禁忌、习俗等，这种存在比肉身更为持久和具有连续性"。这是眼光和视角的变化，透露出众生平等与有情的关怀，然而并没有因此走向"以物观物"的偏狭一面，同样包含了"以物观我"，在接下来的叙述中，还可以看到"以我观我"也时不时作为补充视角掺杂进来。

我们知道，随着人的主体性在近代的树立，物随之伦理化，成为人类中心的背景和可以开采、发掘、使用的工具和资源，它是现代性的结果。在这种启蒙以来的特定语境中，"物"的价值被规范与统一了。而汤错这样的地方，人的观念中根本就没有区分过彼与此。对待人与物，也没有一个明确的界限。"结晶群众"内涵的改写与逆转，显示了主体从物向人的叙述重心的转化，是一种认识论转型。这也有利于处理这种因袭已久的无意识，即人类学写作往往会无意间施加权力于书写对象之上，无论是族内人还是局外人。重新在文本中恢复"物"的位置，是知识论、世界观、本体论的再度叩问，从这个意义上来说，《地方性知识》不仅是一个事件文本，也构成了文本事件。

任何一种地方性知识总是宇宙知识，即它的居有者所认知的宇宙。面向事物本身，其实也就是面向人，只是人作为自然与事物平等的一个组成部分生活在汤错这个地方。这个地方既是地理意义上的空间，也是心理意义上的，在霍香结的叙述中，它同时也是想象和精神层面的，他将其命名为"道性空间"。"道性"这个带有古典意味的词语，表征了更为长时段也更为深邃的人与物之间的联结关系。比如，作者写到随子进城的刘王氏不久就返回了汤错，因为城市生活与季节轮回的脱节在她的心里产生了无法估计的恐慌与不适。"这是一种有别于一般性的我们常说的土地伦理，一种因长久劳作形成的与土地的心灵感应。"她那一代人浸润在祖祖辈辈留下的种田手艺中，生逢技术与道德急剧变迁的现实处境，但并没有意识到诸如土地所有权问题等意识形态想象，而是她那颗素朴的心灵与土地之间形成了相通的同情共感。环境史学家沃斯特（Donald Worster）认为，就英美国家而言，生态学思想自十八世纪以来，就一直贯穿着两种对立的自然观：一种是阿卡狄亚式的（Arcadia），一种是帝国式的；前者以生命为中心，后者以人类为中

---

① 卡内提：《群众与权力》，冯文光、刘敏、张毅译，北京：中央编译出版社，2002年，46—60页。

心。① 值得注意的是，霍香结既摒弃帝国式的工具理性，也没有阿卡狄亚式地将自然理想化，而是采用了地方式的思维方式呈现出地方的经验。"经验不可以强加，也不能逾越。生命要自己去过。体验无法替代。我不能替代你，你不能替代他，她，它。所谓理解是理解'理'，而不是人。"这种时刻的自省，带有强烈的后设叙事色彩。事实上，很多时候，文本中记载的掌故、人事、风物，大多数都类似于福柯（Michel Foucault, 1926—1984）记述的"愚人船"②，亦真亦假，虚实难辨。他通过这种叙事的诡计，用伪/准学术的面貌让读者对知识的真伪不由自主地产生反思式的疑问，这个从既有认识论中解放的过程，也是真理性去蔽的过程，世界于是向无限的可能性展开。比如，如果我们将圆形的地球想象成一个火柴盒式的六面体，那么会出现什么样的认识变化呢？

霍香结对自己的思维站位有着清醒的自觉，他清楚地知道汤错地方展示了世界的一个门洞——他可以用它做参考，但无疑他看待它的眼光和当地农民不可能一样，"我的经验不可以取代当地人的经验。我只能比较，而不能让已有经验浸入。地方性经验和写作伦理之间存在的扞格构成的不成熟和矛盾，或许正是写作本身的不满足。"无论如何贴近、同情、理解、深描，他也无法回到完全以当地人的思维来想问题。"他们表达的是经验的局部。但是我之经验又不能补充他们尚未表述出来的那一部分。能找到对象的就去考察对象本身——这和他们表达出来是有区别的。我看是我看。而他们的表达才是主要的，只有他们的表达才能构成地方性经验。在写作者中我的退场指的是地方性经验取代固有经验，但这仍然不可能是完全的。"他唯一能做的是在不同视角和思维的隙缝中找到共鸣，寻找那个交集部分。

在这之中起到关键作用的就是语言，这也是任何一种书写所无法回避的根本性问题。即便是那些土得掉渣的语言，也可能就是"经过游牧、迁徙，沉积而成的文明自身……十里不同音——不是说已经变成别种语言了，而是像岩相一样，沉积的薄厚不同"。语言的变化如何产生的呢？在作者看来，它们之间你中有我、我中有你的催生与促化，就像潮水和蚕的进食——"潮水尽管会退，却会浸湿它步过的每一分土地"。

---

① 唐纳德·沃斯特：《自然的经济体系：生态思想史》，侯文蕙译，北京：商务印书馆，1999年，第22页。
② 米歇尔·福柯：《疯癫与文明：理性时代的疯癫史》，刘北成、杨远婴译，北京：三联书店，2003年，5—10页。

一旦有了可配种的种子，那么猪公也就被消灭了。猪婆的命运最后也还是被阉割。文化阉割和杂交的情形如出一辙。本书中，写到了很多消失和即将消失的文化形态，比如堂锣，道场，去怜惜、哀叹这种消失并不是我要做的工作，一种文化的消失根本不值得去哀叹，这不是一个人的事情，也不是更多人的事情。再者，这种哀叹会演变为低俗的民族志和方志写作，甚至是报纸杂志和一些门户网站策划的专题宣扬的那种肤浅的伪文化命题。我感兴趣的是这种阉割渗透的方式，也就是说，一种方法论。我把它们拎出来只是为了更好的观察这种阉割。堂锣的存在是其在变化中——也就是说在持续接受阉割中才保留到现在，如果它过早地拒绝了任何势力的阉割，它会消失得更早。假使是那样，我们连其气味都闻不到了。"赞美"一种边缘文化的生命力，就是看其阉割和中和的过程。方言和其周边语言，尤其是官方语言也存在对抗和相互阉割。方言被阉割得更厉害一些，但是方言或者说任何事物都有本能的抵抗和生发能力。它也在煞有介事的阉割其他事物，把自己变得更加强壮。而它只不过是一只猪婆。官方语言是一只更大的猪婆。为什么我们把植物的扩散和起源定义为人为培植？惟有这种"用"才是它存在的理由。但是更高的法则是什么？这个问题是没有答案的。每一种文化都可以给出一种答案。那样就算是蕴涵了丰富性，但是也使这个答案笼罩下的细节失去了魅力，将事情简单化了。

一种语言找不到一个可以对话的人的时候，事实上，它已经死了。尽管它有过文字，它也只能长眠不醒永垂不朽。在这片辽阔的土地上丧失一种方言意味着什么？比如：我们的皇帝有三千个妃子，死掉了一个，皇帝可能不会知道曾有过这么回事。这个皇帝就是汉语。但互联网却是语言复活的最好土壤。

从上面的文字中，可以看到霍香结绝对不是一个方言保守主义者，或者刻意将某种特殊性与差异性提升到它不该有的位置。他采纳经变从权的态度，而又充满乐观。语言的命运是自然之事，"翻译实际上也是传染进而是感染的一种方式。语言和语言之间始终是存在冲突的，存在疤的。只是我们将这种冲突降低到了被认可的程度……强势语言得以迅速传播并侵占吞并弱势语言实则是它的感染源无比强大。弱势语言群体的身亡皆因毒气攻心所致。而我们要找到一种纯然没有攻击性的语言，只有在那些已经死去的语言中才能觅得踪影。所以，只要是还活着的语言就抖具有攻击性。否则它是不会存活下来的。它的攻击性的强大程度看它的受众和区域便晓。"在关于汤错方言的讨论中，我们可以看到音、言、文、字之间灵活的辩证法。"词语不但有自己的生命线，还有很厚的积习，积习滋长的文化背景。中国方言地图上呈现的不同的色块，这些颜色就是由语言氤氲过的土地和族群心理铺开的。它们都有着不同的心理底色。……我们姑且把词语的…有效疾速扩散叫做语言的滤纸效应。滤纸效应首先是指在同种语言当中，其次是在相同的文化、心理底色上…不同的族群也立即产生了不同的滤纸效应。它们都有对应的词域。"每个文字以及它们在时间与空间中的流转而成的义积，已经构成了一个坚固的宇宙体系，一个自成一体的地方小世界。他进一步将语言擦拭掉它负载的历史、社会与文化的重负，还原到它的物的本来面目："文字是声音的剩余部分，而声音才是语言真正的形上部分，是大地，天空，是物自身。因为它是气、混沌的同义词。"

语言形式的窠臼、现代汉语翻译体风格等往往会遮蔽许多东西。比如汤错皇历中记录的地方宗教文本《地母经》，去除那些打油诗式的语气及格律的熟滥窠臼，它就呈现出类似印度的奥义书、《薄伽丘梵歌》式的面目，如果将其转译成《圣经》体的那种绝对语气，则原先那个油滑低端的民间文本就成了一首惊世骇俗的现代史诗。语言试验不仅限于人声语言和书面文本，霍香结还有个堪称精妙的发现，即物质语言的方式与人的声音的话语方式的区别，比如对于水声的分析：

> 水过石头之后每次形成的浪高和水花都不一样，甚至落下去的位置有时候偏左，有时候居中。那声音不是哗哗之声，这个形容水流常用的形声词在现实的溪水面前断然失效，只要仔细听，你会发现这样来形容水声似乎永远都是不恰当的，简单又粗暴的。这样来形容水声是侮辱性质的。也透出语言对事物模仿能力上的无奈。

水是一条永远变化的弦，既然"语言是破碎的笼络。存在巨大的漏洞。我们不能用语言固定物，而是用语言疏通意识与物之间的幽径"。那么"我必须不断的遗忘并让记忆死去。必须忘掉一切，重临词语，和感受。遗忘我曾经学来的一切知识，回到感受，感性。忘掉那些概念知识，使感受重新伸张，直观到生命"。只有在这个意义上，"水声"才没有被化约，"水"才是有生命的。

语言的有力与无力于此可以显现，它就像天空中飞鸟的痕迹。霍香结以一种孩童式的天真初心进行说文解字，对于口头传统，则有一番实以虚之虚以实之的态度。他说到村中的一则口头文学"齉天"：

> 在一块空地上，一群人在那里看表演。有一天，来了一个伎人。他走到空地中间，往天上抛了一根绳子，他沿着绳子往上爬去。起初，大家还能看得到他，但是到后来，慢慢地就看不到了。留在下面看的人也感到了不安。接着，它们又看到了绳子掉下来。那个伎人却始终没有看到。绳子盘在那里，好大的一堆。往天上看去，蓝蓝的，什么也没有，大家都在等待那个人下来。
> "我一直在想：人到哪里去了？"

这个悬而未决的疑案是没有答案的，或者说它有着无数的答案："在一个没有文字只有话语（前文本）的村落，故事的另一端就是神话。他们的想象力则充当了梯子。"《地方性知识》全书结构在形式上的整饬与内部材料之间并无逻辑的堆叠，构成了内在的张力和几乎无穷大的阐释空间。它们全是作者意识流动、随心所欲的结果，可以让作者和读者的想象力都参加进来。比如作者写一个农民为了表示对高压电的不满，跑到田埂上对着变压器撒了一泡尿，想解解恨，谁知道立即被电死了。那泡尿的代价他永远也明白不了了。这个片断当然可以构成反抗隐喻的结构，因为这个不适应发展速度的农民连失败的原因都无法理解——这种不对称的权力关系自然而然地构成了隐喻本身。然而，它也仅仅是乡村经验中微不足道的一个部分。霍香结似乎欣赏这里一切的事物，并且始终如一地对现象的无穷多样性保持尊重，从而使整个文本获得了一种从容不迫、疾徐得当的信心。没有高潮起伏，没有道德性的结论，也没有象征性的表达，他始终在叙述中保持了情感的平度，漫不经心而又必然的和谐，就像汤错这个以不变应万变的村落本身。

这些地方性知识是星云似的存在，散落在山间溪头，断续并且充满随时的变化，它们彼此和谐相处，但又可以再做细致的切分。作者在"词"与"物"之间的稠密叙事、黏厚描写，不是为了呈现系统性的知识，而是一种累积。他的文本枝蔓丛生，却从来没有删减的企图，反倒在任何一个可能之处增添越来越多的细节和写作者的分析与解释，尽量擦拭掉可能模糊的存在。因而，我可以说《地方性知识》实现了它所要讲述的人与世界、自然，或者作者更愿意说的是与大地和土地之间的关系的企图。世界并不是一颗卡尔维诺说的朝鲜蓟[①]，而是一颗洋葱，层

[①] 卡尔维诺：《为什么读经典》，黄灿然、李桂蜜译，南京：译林出版社，2006年，第229页。

层叠叠，可以不断剥开，但是剥到最后你会发现并没有一个中心的核——中心仍然是一片一片的瓣，理论上来说，是无穷的瓣的拼加。世界的复杂性，生命的无因与颠沛，现实的数不清的纠合，这个认识论的戈迪尔斯（Gordius）之结并不是亚历山大大帝轻轻一剑可以斩断的。

从文体上来说，《地方性知识》的呈现出来的莫比乌斯环式（Mobius）的拓扑变换，以及首尾相连、统一又循环的乌洛波洛斯蛇（Ouroboros）结构，则实践了对于既有"小说"文类的突破。我们从它的任何一章入手，都通向历史与审美的双重变革。它的创新让人联想起米洛拉德·帕维奇（Milorad Pavić,1929—）、马克·萨波塔（Marc Saporta,1923—）、品钦（Thomas Pynchon,1937—）这些名字，但又无法从现代主义或者后现代主义的套话中给它一个平滑的界定。这可能是个蜻蜓点水般的文学实验，充满了各种可能性，如果说文学的目的在于追求自由的书写，这无疑是一种尝试的途径。世界有多复杂，文本就可以有多复杂，思想有多自由，写作就可以有多自由。

凝视深渊者
——读阿丁的《无尾狗》及其他小说

■文/黄孝阳

读过《无尾狗》的晚上，我在微博上写了句话："如果它是在八十年代末出来的，恐怕就没余华什么事了。"这是个不无夸张的表达。它不可能在八十年代末出来的，哪怕作者阿丁有本事穿越到那个时代也不行。"无尾狗"是对七〇后生人精神史的隐喻，是这一代人眼里的世界真相与众生相。这种难以言说的痛感不是那个文学时代的菜。

我向来不喜欢剧透，豆瓣上也多有评论，大抵是说这本书是关于一个华北农村几代人的家族恩怨，一曲凤凰男的悲歌，一次对人性黑暗面手术刀般的精准解剖（这很难不让人联想起早期余华作品的风格，他们俩也都有着医生背景）……但这些并无稀奇，它的珍贵处在于其隐秘之核。

那个叫夏雯的少女。那个乳房像鸽子一样的学姐。那个在八十年代末那个夏天之后被爱人出卖背叛的姑娘。那个在疯人院里仍然要画出蓝天碧海的女孩。

这是因，《无尾狗》是果，是一株在坡度几乎笔直的峭壁上用了近二十年才长出来的树。所有的树叶都在挣扎中落尽，只有树干，树的枝桠，在天地间怪异地扭曲着。

《无尾狗》不是前人那种以家国为担当的"宏大叙事"，亦非八〇后那种对个人主义的顶礼膜拜。它在两者之间，犹如湍流汹涌的峡谷。文字在峡谷里跌宕，被两种截然不同的时代挤压着，有戾气，如水雾扑面湿眼；有空虚，如水边苔藓漫漶；亦有人子的骄傲，如水中游鱼纯粹。还记得那个蝉声狂躁的夏天吗？这是七〇后一代人不可磨灭的精神创伤。那时的他们青涩稚嫩，没有参与，但眼见耳闻历史的地覆天翻。他们在课堂上沉默地往窗外张望，想夺门而逃，又被现实桎梏。他们活在余震中，在心智开始成熟最需要水与养料的时候，恐惧把他们变成脆弱敏感的小兽，只要有人靠近，不管他是什么样的动机，他们下意识的反应就是咬上一口。他们的价值观被一只看不见的大手捏出形状。他们本来会无声无息地发育成一群无尾狗——甚至意识不到尾巴这个词与自己有什么关系。但九二年的中国开始了波澜壮阔的变革，现代性的浪潮席卷神州，新旧两个观念体系发生犹如星体一样的碰撞。在飓风卷起的阵阵灰尘中，他们这才惊恐地发现"自己原来是有尾巴的，可尾巴已经被切掉"的事实。自我意识一旦觉醒，之后的第一件事：必然是怀疑。

牺牲是什么？奉献是什么？集体主义究竟是什么？

责任是什么？荣誉是什么？国家与民族又究竟是什么？

他们的怀疑是对所有原本视为圭臬的结论打个问号，问其边界，问其范畴，问其前提，但这些结论又不可避免地给他们刷上一层厚重的沥青——不管走到哪里，他们也忘不掉学姐夏雯轻轻的笑声与美好的眼。

他们不再相信，也不愿意高声呼喊，"我不相信"。在落日余晖的照耀下，他们绕过那座有着错综复杂迷宫一般的充满危险的山，跌跌撞撞奔到乱石穿空惊涛拍岸处，以为自己看见了新世界，却发现自己并不像八〇后那样生下来就有资本主义的基因，注定能在市场大潮中如鱼得水。他们中的大多数人会在海里淹死，渴死。

他们在历史的断层中，他们是夹缝中的一代。

他们心中有"大危机，大动荡，大革命"。他们看看左边的集体政治意识形态记忆，又再望望右边的个人主义的情感萌芽。他们的颅腔之内亮如白昼，他们的肉体上偏偏布满伤口（痛苦就从这些流着脓的伤口中溜进去折磨灵魂。）他们不再有信仰，又有着对信仰的渴望。他们试图问诊时代，又被时代喷了一脸唾沫"你们不配"。他们活得憋屈，他们受尽煎熬。现在，他们中的大多数已经人到中年，他们在深夜里就一盏灯趴在桌前敲击键盘，试图来理解这个已经天翻地覆了的地球。

《无尾狗》就是这样一篇小说。我听见一代人在小说里的叫喊。它是愤怒的，因为愤怒至极处，文字便冷静到如同显微镜下对物的呈现，纤毫毕现，肌里分明。这块是肉，那根是筋，这个是血管，那里是十二指肠，阿丁把七十年代生人潜意识里的集体无意识碎片，一块块都摆在读者面前。

读者喜欢也罢，厌恶也罢，不重要。重要的是，"我得说我们就是这样，或者说我们曾经是这样"。

小说主人公丁冬是不是凤凰男？是。

丁冬的舅舅，那个把老婆洗干净请组织验收的猥琐汉是不是凤凰男？不是。

尽管他们同样自私，一般恶，前者还用一根空针管要了后者的性命。凤凰男是没有根的，他的故乡早已是一片废墟，他从乡村来到城市就没法回去了。正因为此，丁冬会在被抓奸后，不无傲慢地宣布，雷春晓的丈夫可以一刀剁掉他的"尘根"。他实在是不晓得要拿自己如何是好。他"自私得令人发指"，可他的自私不是逻辑缜密的计算结果，没有一个明确的"目标函数"，尽管他曾想在医院混个好前程，也攀龙附凤去睡了药科主任女儿胖姑娘刘满月，但这是被动的，是被生活强奸再顺奸。他的自私是一个发现自身软弱无力后的过度反应，根源于非理性，一点也不具有《自私的基因》所描述的那种主动性。相对于师兄苏卫东（夏雯的同窗，一个道貌岸然的投机客，厚黑学的践行者）来说，他太幼稚，简直不配称为对手，一个小小的花招就能把他驱逐出境。不是他不明白，他明白。他在与他的同类互相撕咬，心知肚明这是罪恶。他时不时被心里溜出的道德小人绊上一脚，又无力摆脱这种鲜血淋漓的诱惑。他的尾巴是被舅舅、苏卫东等咬掉的，也是被他自己咬掉的，他清楚。他活在一个罪与耻的深渊里，他的思与行，都是对深渊的挖掘，每天都比昨天挖得更深一点。他可恨，又可怜。

自私所伴生的强烈耻感，使他日益堕落成一个真正无耻的人。

他失败了，扭曲了，杀人了，负能量爆棚了。但他是如此真实，与司汤达笔下的于连一般真实。

"与恶龙缠斗过久，自身亦成为恶龙；凝视深渊过久，深渊将回以凝视。"

几天前一个叫孙仲旭的七〇后翻译家因为抑郁症死了，他翻译了尼采说的这句话。小悲戚戚，大悲默默。我在很长一段时间内都说不出话来。不是心有余戚，而是感同身受。

我们这个时代，暴行一触即发，烧得通红的刀子随时可能捅入每个人的腹中。但这个世界又是如此匪夷所思。我们望了眼那些在人类想象力之外的灾难性事件，说声"真可怕"，然后低头继续享受美餐，就像那些事件与我们毫无关系一样。

作家何为？何为作家？

我想，那些堪称为作家的人，首先应该是一批敢于凝视深渊的人。

唯有凝视，才能以此为镜像，裸露出自己作为一个人的灵魂所有的枝桠，那些好看的,丑陋的,没有丝毫隐瞒,以求得那个真。

唯有凝视,才能竭尽所能呈现万象,才有勇气扛载独行,继而仰望星空。而要想仰望星空,就要知道大地多有广袤荒凉;就要知道唯有在广袤荒凉处抬头仰望,那些星辰才会大若拳头。

阿丁的笔是有星光的,犹如地藏王菩萨入地狱。"我哥把轧死我爸的林四海的女儿背到家中让她看《铁臂阿童木》"时,我看到了这种慈悲,"我哥与林四海对面饮酒,认贼作父"时,我看到了这种慈悲;"表姐施雅背着父亲把一些在那个年代堪称美食的东西偷偷送到我家"时,我看到了这种慈悲;"冯爱兰拿着油纸包给我爸上坟"时,我看到了这种慈悲;"胖姑娘刘满月说我不想和你分手"时,我看到了这种慈悲;"我妈拿棉球蘸着紫药水给林四海身上的水疱上药"时,我看到了这种慈悲;"雷春晓冲着主任大喊,钱重要还是人命重要"时,我看到这种慈悲……在《无尾狗》这个由罪恶与仇恨敷衍铺陈的文本褶皱里,我看到了许多星辰一样发着细弱微光的慈悲,因为那暗,它们更显璀璨。

这光照了下来。

使这本书庄重而又严肃。它不轻佻,它是在歇斯底里地叫喊。还记得蒙克那副油画《呐喊》吗?天地间有大美,也有不可名状的恐怖与战栗。丁冬就是那一声"刺耳的尖叫"。

一代人有一代人的痛苦。一个作家要能够发现他这代人真实不虚的痛苦。同时,他心中还要有一种悲悯的情怀,不能被痛苦一口吃掉,否则他写的东西也就真的只是荷尔蒙与脓血了。

读完《无尾狗》,我决定把这位前麻醉师的其他小说都找来好好读一读。它们是《胎心异物及其他》、《寻欢者不知所终》、《我要在你坟前唱歌跳舞》。然后再次失语。脑子里有很多匹马在跑,每匹马上的骑手都在摇旗呐喊"写得真好"。若我所见非虚,其中有几个短篇已经具有某种让人敬畏的经典气息。这完全超出我的预计。我甚至想写一篇《什么样的人堪称作家:以阿丁的小说为例》,把萨义德、拉康、齐泽克、福柯等牛人都拉过来站台,指出小说中的虚构之力是如何起转承合的,是如何向权力与资本说真话的,又是如何对东方城市这一个特殊空间形态进行故事性阐释的,该如何理解它们的后现代性,等等。过了几分钟,又感觉毫无必要。一个真正的作家,一个有着灵魂的生命体,没法拿这些手术刀解剖。被解剖的切面虽然是事实,但灵魂或许就在手术刀滑入文本的那一刻,就消失了。最好的办法还是让读者自己来读一读。

我很高兴上帝极慷慨地把这几本小说放在我面前。

最后再说句闲话：

我们脚下的这个地球是技术创造的。

蒸汽机的发明解决了一个人力匮乏的问题。电脑及互联网的发明解决了一个人脑匮乏的问题，使知识生产呈现出一个宇宙大爆炸式的增长——近百年来，不仅是物质财富，人类所创造的精神产品同样是过去数千年的总和。技术在建构自身的伦理，它曾经是手段，是工具论的一部分；如今它要成为手段与目的之和，成为新的上帝。"大数据，小时代"，正是这种技术逻辑从效率与平等两方面，对人类社会结构进行彻底重组改写的典型特征。在这个"人与人之间特别近、又无限远"的社会结构里，全民写作（不是全民阅读）成为必然。每个人都在急于用词语构建一个"自己的世界"，恨不得只争朝夕。

这种急切的心情是可以理解的。

在技术伦理的新秩序里，效率第一。效率是所有人的人格面具。一个没效率的人基本上就意味着一个可耻的失败者。起点网上的白金大神，无一不具有令传统写作者瞠目结舌的码字速度。一个传统作家若不能连续发表新作，很快就会被社会遗忘，被讽为江郎才尽。其次，技术追求平等。社会结构形态，开始摆脱树状的等级秩序，呈现出一个马铃薯状的块茎模型，这是关于人的解放，但同时也意味着：普遍疏离与"没有谁不可以被替代"。前者使沟通（尤其是通过词语）具有前所未有的重要性，这是微博、微信等社交网络兴起的根源所在，圈子即是生产力；后者这种对人主体性的冒犯，它所带来的焦虑感使自我表达、自我阐释成为必须。而技术进步对门槛的不断拉低使这种普遍的表达又成为可能。知识曾经是奢侈品，是少数人的特权，技术让它变成普罗大众的日用品，写字变得极端容易，海量知识点击即可获取，博客、论坛、社区、微博、微信、QQ等各种交互媒介层出不穷。

我们置身于一个写作癖泛滥的时代。

我们每天生产的字符总量是一个天文数字。但码字冲动与文学才能是两回事。我们如何在这样一个天文数字里发现那些堪称作家的人？这是一个概率问题，但概率不是戏法，上帝也不能指鹿为马，我们已经回不到那个"智商归零、情商为负"的年代。我想阿丁应该算得上这一小撮堪称为作家中的一位。我说得对不对，也请大家在读完他的作品后再来议议。

一个时代的样貌在小说里
——徐皓峰的小说及其他

■文/黄德海

据说，现代小说的存在理由在于提供了一种"伟大的力量"，这种力量与人生的悖论生长在一起，陪伴人走过因世界的相对性和道德的模糊性带来的虚无之感。故此，真正的小说该如昆德拉所言，要"对读者说，事情比你想的要复杂。这是小说的永恒真理"。[①] 在复杂性竞争的驱使让小说占领了诸多题材和内容罅隙的时候，除了操练写作技巧，小说还有没有先锋这回事？在这种氛围里，一个不按照"永恒真理"写作的人，会是个什么样子？

一

徐皓峰自1997年至2000年左右的一批小说，还不妨看成以上"永恒真理"的组成部分。在他这时期不多的几个小说里，故事有奇幻色彩，人物行为古怪，叙事氛围还透着点诡异，但小说里没有活生生的人物，差不多只是故事的叠加，不过表明了某一类型的少年（青年？）心态。按照小说复杂性的标准，这些作品或许也足以被称道。因为这些故事的传奇色彩，以及徐皓峰倾心的王小波对唐传奇的偏好，我们也可以轻易地找到"继承唐传奇"这项合适的帽子，套在徐皓峰小说头上。不过唐传奇没有那么容易继承，不必说《枕中记》、《南柯太守传》那样

---

① 米兰·昆德拉：《小说的艺术》，孟湄译，北京：三联书店，1992年，第17页。

雄阔的时空自觉,《虬髯客传》那样具体时空中的明确决断,即使这些作品里寥寥几笔勾出的人物,其明媚和浩荡,又岂是徐皓峰作品中的苍白人物所能比拟的?话扯得有些远了,我要说的意思不过是,徐皓峰这些看起来有些特点的小说,不妨老老实实地将其称为习作,他作为一个小说写作者的明确面目,还没有充分展示出来。而徐皓峰呢,也并未沿着这条习作之路走下去,他因故中断了小说创作,再动手,已是六七年之后了。

不过,早期作品的好处是可以让人看到作者的性情偏好,比如在这批作品里,出现了对此后的徐皓峰来说极其重要的元素,武术和围棋。二者在这批作品里不过是装饰性因素,是为了故事展开而设定的道具,却将在他中断后的写作里扮演极其重要的角色,并显现出非常不同的形态。在中断文学写作的六七年时间里,徐皓峰除读书外,还接触了不少佛道人物和武林前辈,其中一道一武两个人物的出现,让徐皓峰获益匪浅,也因此有诸多作品问世。道教方面的文章部分散见在报章杂志上,至今没有结集出版。武林前辈的口述,以《逝去的武林》为题结集,一时轰动。此后,徐皓峰写出长篇《道士下山》和《大日坛城》。与两本小说的写作时间略有交叉的,是徐皓峰及与他有关的两本口述记录《高术莫用》和《武林琴音》。把这些作品合起来看,会有一种别样的感受,作品里焕发出的,是一个迥异时流的特殊样貌。

在徐皓峰的创作里,《国术馆》是一部比较特殊的作品。这作品写于1997年,是徐皓峰最早创作的一批小说,却未获发表。后来断断续续,从一个两万字的短篇,写成一个四万字的中篇,又改成一个两万字的短篇。2001年,徐皓峰将其写成一个十八万字的长篇,仍未能出版。2008年,"十八万字保留了一万字,然后,重写"。一个历时如此之久的作品,难免混杂了作者不同时期的各类想法,在这本小说里,既有他采访人物的故事略加变化地置入其中,有他中断写作前那种面目不明的故事和人物,也有他后来小说中会充分展现的对武术和人世的特殊理解。这种混杂让小说偶尔闪现出亮色,却也因为混杂模糊了自身的特色,看起来有一种羼杂的混乱感。徐皓峰面目清晰的作品,要从《道士下山》开始。

二

《道士下山》只在故事的奇幻性上还带有徐皓峰早期作品的痕迹,内核已然更新。虽然徐皓峰后来在修订本中说,这本与武术有关的书写的是逃亡,"写人物命运,写出了各种逃亡方式;写人情世故,写出了追捕者不同的收手方式"。不管徐皓峰自我定义的逃亡主题是否确切，但这种人物一路逃亡或游荡的经历和目击，几乎是他后来小说的一贯方式。因了这种写法，他小说的结构就不是网络状的复杂构成，而是串珠式的。这个串珠，可以按徐皓峰自己的说法解释："在中国文化里，'串珠'一词不是简单的组合，还要把精华发挥出来。如'《楞严经》串珠'，从数卷经文中拣出几百字，提炼了理论体系和实修程序。"这个串珠的方式用到小说上，是一着险棋，因为对习惯长篇小说复杂结构的人来说，如此结构显得简单。但这还不是主要的，对一本串珠结构的小说，人们会按照前面定义设定的那样，要求每一部分有其特殊的精彩。

《道士下山》写人情世故，确有出人意表之处。寺庙里有女子夜宿观音殿求子的风俗，丈夫在殿外搭床守候，防人进入，"做贼的却是庙中和尚，殿内地板有机关，可引女子入地下室……怀上的是和尚的孩子"。如松主持寺庙后，严禁此事，何安下赞为善举。如松却说："女人不育，往往原因在于男人，而世俗却归咎于女人。女人入观音殿一宿后仍不怀孕，她在家族中将永遭轻贱。""那些与女子偷情的前辈和尚，也许不是淫行，而是慈悲。"说法有点惊世骇俗，却有其更深的入情入理处，真的世情，大概都是有如此多的隐微吧。令人费参详的是，慈悲的和尚，事后内心承受的一切，是否也过于常人呢？

不过，在我看来，这个作品里最动人的，却不是人情世故，也不是人物命运，而是作者和人物表现出的与常规思路违逆却别有情怀的理趣。小说开头，道士下山，"他叫何安下，十六岁仰慕神仙而入山修道，不知不觉已经五年，山中巨大的寂寞令他神经衰弱，到了崩溃边缘。为内心安静，回到了尘世"。起笔即逆，与普通认为的入山求静恰成对照。这个下山道士随后的故事，乍看很像大多武侠小说里的成长路线，遇到各路高手，随缘习武。随后的故事呢，按说应该是在江湖扬名立万，功成名遂。可《道士下山》的情境设置却是社会，并非江湖，虽习武有得，险恶的环境却令何安下步步维艰。这个步步维艰，没有《笑傲江湖》中令狐冲所遭的艰难那样丝丝入扣，精彩迭出，却因为其中不断闪现的理趣而另有妙处。

上师罕拿教授密法，先讲最高的："我即是佛！一切不管！"说法完毕，即要离开。众人不懂，恳求，只好渐次降低。传完咒，仍不忘向上提撕："连这句咒都是多余，还有一种赶尽杀绝的大密法，你们要不要？"众人不答，罕拿继续说："就是你们汉人的禅宗。自家有宝贝，却可怜巴巴地向别人借钱。把你们挖眼剥皮，才能解我心头之恨。"气势如虹，判教明确，确有密教生杀予夺的气象。但如此人物，却也懂得迁就："我在草原戈壁，教授不识字的牧民，用鬼神法令其信服。

不想到了文章高妙的汉地，却也要用鬼神法！"

不止密教，小说由何安下逃亡串接起来的各色人物，都有实实在在自具体领域而来的判断——鬻琴者说："（古琴）经过五百年，自然裂开的，锋芒如刺。作假的，锐不起来，不是像叶子，便是像鱼头。真东西总是简洁，假东西必然杂乱。"习枪者说："兵器贵在简洁，戟可扎可钩，功能多了，必不能精深。我只要一个枪头。"杀人者说："人的忠奸，能掐出来。人被掐住脖子后脸上的挣扎之相，脸肉越紧，其人越恶。"或许如徐皓峰所说，"中国传统社会里，人是以自己职业为荣的，行业是有尊严的"，是这个尊严，让判断脱离了平庸，其中的理趣才有了动人的力量。

文学中的理趣向来被轻视，仿佛是什么见不得人的事。徐皓峰自己也说，"好的叙事，要像唐诗一样懵懂，宋诗不如唐诗，便是把事讲得太分明了"。其实这种对理趣的轻视大部分应该归罪于理本身的陈腐浅陋，不能引人入胜；另有一种可能是，即便文章的理趣筋骨思路俱佳，或许也敌不住人们心性偏向丰神情韵。其实好的理趣，自有独特的神韵。读《道士下山》，就是这些与人物相关的理趣吸引着人，小说也才显得一节一节都是活的。

三

不止理趣，《道士下山》还差不多脱离了开头提到的现代小说致力的相对和模糊，往往就写到境界的高低。这个境界的高低，几乎是现在的通俗小说里才有的，如今的严肃小说，早就是一副确认相对、拒绝比较高下的面孔了。写境界高下的作品要得到严肃的对待，除非里面提供了特殊的什么。在口述记录的《逝去的武林》、《高术莫用》和《武林琴音》里，一群武林人物，对高下都有个素朴的判断，"每个人的分量大家都清楚，所以没有自吹自擂的事。甚至不用搭手，聊两句就行，不是能聊出什么，而是两人坐在一块，彼此身上就有了感觉，能敏感到对方功夫的程度"。徐皓峰聪明地把这个武林的真实状况移植到小说中，在他的作品里，高手过招几乎全是一来一去即告结束，有时甚至根本不必动手。对话——半田幸道："没有道理呀！在刀法上讲，无论如何都该我赢。"查老板："中国有一句老话——功大欺理。功夫大了，可以超出常理。我比你功夫大。"描述——"老者是高手，仅做出追击之势，已令自己崩溃"。

对徐皓峰来说，他重视的不只是武术的美感，更多的是质感。这质感，不相对，不模糊，有清晰的杀伐之气，"实战动作其实一定是很难看的，杀人很难看，只有一下，没有来来回回的姿态美。但实战动作也有美感，美感在于它的速度，它的有效感"。这种有效感徐皓峰自己称为质感，徐皓峰把自己的作品区别于追求美感浪漫的武侠小说，称之为武行小说。他希望自己的小说，有"武术作为一个行业的真实形态和尊严"。境界高低的确认，就是这个真实形态的表现之一。

有人说，现代人的危机感来于如下的事实，人们"再也不知道他想要什么——他再也不相信自己能够知道什么是好的，什么是坏的；什么是对的，什么是错的"。[1] 当然，大部分人认为这根本不是什么了不起的危机，只是某些迂阔者的杞人忧天，反而自觉地倡导一种被称为"相对主义"的思维和伦理。在他们看来，古代的智慧"错误地试图发现一种客观幸福或一种至善或最终的善好，并以之作为存在的目标、条件和引导性极点；或者说它们错误地渴望为这些东西的允诺所引导"。[2] 现代智慧坚决拒绝上述的引导，它并不要"提供通向人类完美或幸福的路径；它只是提出远远更为有限、更为清醒的主张作为不可或缺的手段，以保护每个个体'追求幸福'的个人自由或私人自由——无论那个幻影般的目标呈现为什么样子——随他或她所愿"。[3] 如果没有看错，这正是开头言及的问题，这种放弃对客观幸福、至善或最终善好的探求，强调"人生的相对性和模糊性"，正是现代小说致力的目标。在这里，独一无二的情感表达或无根的奇特想象是小说最高的价值标准，因为它们标示了个性，呈现了世界的复杂形态。从这个方向上看，徐皓峰的小说，反而因为境界的确认与相对性和模糊性走了逆行路线，因而具备了一种现今小说不太具备的品质。这品质把他的小说从各种习见的滥调中拯救出来，以往回的姿态走在现今诸多小说的前头，有种奇异的先锋感觉。

四

杨度在《除习偈答畸道人》中，有段很有意思的话："予尝谓中国精神学艺界有二怪事：一为禅学，二为围棋。力量孰高孰低，丝毫不能假藉，亦即丝毫不能强同。在围棋中，若高一着，在禅学中若高一层，其低一格者，即永远不能相敌。

---

[1] 列奥·施特劳斯：《现代性的三次浪潮》，见《西方现代性的曲折与展开》，长春：吉林人民出版社，2002年，第86页。
[2] 列奥·施特劳斯：《古典政治理性主义的重生——施特劳斯思想入门》，郭振华等译，"编者导言"，北京：华夏出版社，2011年，第20页。
[3] 同上。

由高视下，无所不知，更无一丝可以欺蔽。而高者心中境界，低者永远无法测知，有如酒量不可强齐。事之确定而严酷者，无过于此。亦学问中之一奇也。"[1]不知杨度写这段话的时候，是不是因为武术是末技，不值一提，否则，在禅宗和围棋外，或可加一武术。像《道士下山》，就把武术的高下写得如两刃相交，没有丝毫假借的余地。《大日坛城》，也有武行，主题却写的是围棋。围棋上，高下的判定，真是斩截，炎净一行说："从来没有失招、漏算，只有实际水平的差距。我失误，素乃没有失误，就是他比我强。"

即使不按开头说到的小说观，用普通的标准，《大日坛城》也算不上出色的长篇，故事还是有些太过奇特，不少叙事展开的逻辑线索也不饱满；人物性格几乎是给定的，给定之后也基本不发展。即使这给定的性格，也不是活生生的，有点苍白，有些呆板。但或许在这个小说里，故事和人物可以从另外的地方看，因为里面不管是武林人物还是围棋人物，多是一代高手，对他们来说，性格或许不是最重要的，能从小说里辨识的，是他们的见识。小说里有一段话，不妨移用来说明这个问题："年过五十后，我的兴趣开始转移到观念上了，具体的人越来越引不起我的注意。现在，我能迅速识别出一个观念的高明平庸，但识别不出一个熟人了。"或许我们也用不着在一本不是以刻画人物为主的小说里识别性格，能认出他们各自的见识，就算有了明确的标志。

小说借人物之口说出的诸多见识很有意味，不妨抄出几个来。以吴清源为原型的俞上泉目光里流露棋手决战前是杀气，二妹惊惧，道："三哥，你的眼神……"俞上泉收敛眼光："你们只看到胜负世界的残酷，其实胜负的世界是很纯洁的。"在想象中，一盘棋即将有胜负结果的时候，俞上泉"控制着自己，不去进一步辨别，让预感保持在迟钝状态"。武术大家世深说："如遇到高手，生死一瞬，心念不纯，经验技巧便是拖累。"两个特务钓鱼，一个说："钓鱼要一直盯着鱼漂，享受的是专注。专注才是真正的放松。"书中还有一些师徒授受的高明之见，也很有特点。对古代人的读书，西园春忘对俞上泉说："与《春秋》《老子》等儒道经典一样，密法也是除了文字，还有心法。按照西园家的规矩，将经文称为略本，口传的内容为详本。"大竹减三教围棋，"指导业余爱好者，要一手一手地教，但对内弟子，我教围棋之外的东西……插花中有时空，我想，一个没有游历过高山大河的人，是插不好花的。围棋也是时空的艺术，只是教棋，是教不出一流棋手的"。读这本小说，最大的享受，是经常遇到这些不同人口中说出的对人心和人

---

[1] 杨度：《杨度集》，长沙：湖南人民出版社，1985年，第683页。

生的洞察。

抄录得太多了，不妨就此谈谈徐皓峰的志向。徐皓峰说，他的遗憾在于，"祖辈的人逝去得差不多了，我们将完全地按照我们的生活方式解释古人，五千年的文明是三十年经济搞活的缩影"。不甘心古人，起码是民国一代的生活样态被埋没，徐皓峰承担起为一代人画像的责任。在《武林琴音》的后记里，徐皓峰写："我已人到中年，过年看望老师，还被提醒'别太相信灵感。要啃下一个时代'。"他下功夫的，是民国武林。在《逝去的武林》、《高术莫用》和《武林琴音》中，最让人心动的，是徐皓峰外祖父及其师辈那一个时代人的风姿。武术是身体的技艺，高低全在身上，不尚口舌之争，"一天来了个练西洋拳击的，找韩伯言讨论武术能不能对付拳击，韩伯言起了兴致，说两句，没兴趣再说，因为来人是口舌之争，不是研讨道理"。这群武林中人诚挚、朴素，胸怀里有家国，却不好高骛远，如实地认识自己的心性，老实地承认自己的水平，对自身武功的高下能直心看取。在这些渐渐逝去的品质里，最核心的，是诚恳。那个时代不喜欢机灵，"机灵人都是小器人，做不来长久事，因为交不来朋友"。他们讲究精诚所至，金石为开，"人诚恳，有好处"。唐维禄去天津拜李存义为师，李不收，唐维禄就留下来做杂役，老老实实待了八九年，正式学员没练出来，他却练出来了。李存义将其列为弟子："我的东西你有了。"差不多可以说，徐皓峰小说里迥异时流的样态，是民国武林里诚恳态度氤氲出来的。不管他小说的故事多么离奇，人物是中是日，因为有这个民国武林的诚恳做底子，小说里透出的气息，就别有一番清滋味，作品也几乎拥有了民国一个时代的生活样貌，这个样貌本质，是人"以何种品相活下去"。借这个样貌和品相来"探索、体会前人的生活，让前人来校正我们"，或许这就是徐皓峰小说秀出的一个重要原因？

五

继《道士下山》和《大日坛城》，徐皓峰先后出版了长篇《武士会》和短篇集《刀背藏身》。在这两本书里，前面说到的徐皓峰的特点还都有所保留，理趣、境界、见识都还在，篇幅却减少了，也略显散碎，不再像前面两本长篇那样神完气足。分析起来，神气不足的原因，是因为作者开始把相对性和复杂性带入了作品，用他自己的话，是"不想表达人性的恶，我想说的是人性的尴尬"。在这种尴尬里，人物不免显得仓皇。虽说他此前作品里的人物也会陷入困顿，做的事也未必都拿得上台面，却有种自信的风度在里面。但在这两本小说里，人心的暗角成了作品的重要部分。不是说人心的暗角不能写，但这并不是徐皓峰的特长，在写这些的时候，他显得放不下身架，笔也滞重了许多，心理的转折和情节的交代都显得不够圆润自如。或许更为重要的是，徐皓峰把武林高手的心意等同于普通人的心意了，以致一系列人物并没展现出与其境界相当的对心灵暗角的对待和消化能力。一个人的境界，很重要，或许是最重要的，正表现在对待心灵暗角的能力。这个能力不能在小说中充分展现出来，就难免让人觉得人物的境界有被刻意拔高之感。

在这两本书里，徐皓峰显然加强了对民国时代状况的思考，有些认识甚至算得上慧眼独具，比如他对看起来远离尘世的弥勒信仰与政治关系的判断，对维新派因利用青年导致士风败坏的看法等，都是虽违常情，却有特殊的理路。或者如，"皇上……自小所受的帝王训练，首先便是不能妄下结论，国事常有隐情。""国家之宝，是拥有一批调和型老臣。"这大约是徐皓峰追求结果，因为他要写"武林人士的精神痛苦，时代的矛盾和生活方式的急速转换带来的荒谬感"，同时保留生活的质感。只是，这质感有时会不那么牢靠，像徐皓峰曾借人物之口说出，"中国老百姓不需要英雄豪杰，需要一个合理的制度"。读起来觉得很像是对政治没有洞见人的清浅见解。俞上泉改写自己的对局，"棋手……很多恢弘的构思因对手没有下出最佳应手，而无法下出。现在我以神为对手，写出我那些没有下出的棋"。如此谈论，不免有僭妄之嫌，跟俞上泉的具体身位和行事原则不符，不免显得浮泛不实。

上面的话大概过于挑剔了，我要说的其实是下面的意思。自《道士下山》以来，徐皓峰小说最为明显的特征，就是在看起来不算出色的小说外壳下，写出了一个逝去时代的样貌。这个往后的样貌，不是为了凭吊，不是为了叹惋，而是一种吁求，一种期望未来能够从过去时代的真实样貌汲取能量的努力。这个吁求因为背后有实实在在的性情品质和见识境界，就不是徒乱人心的呼喊，而有了超越当下普通小说的气象，也就有了一种看起来略显怪异的先锋姿态。怎么说呢，考虑到徐皓峰小说跟现代小说不太相类的形态，甚至还有些有意无意的败笔，我们不妨用一个说法来形容——阿尔喀比亚德曾把苏格拉底及其谈话比做某些雕像作品，外观丑陋，内里却包含着极为漂亮的形象，有内敛的财富。"这些内敛的财富，只有经过漫长、艰辛、却总是愉快的劳作之后，方能将之开采出来"。[1]徐皓峰的

---

[1] 列奥·施特劳斯：《迫害与写作的技艺（节选）》，见《西方现代性的曲折与展开》，长春：吉林人民出版社，2002年，第225页。

小说写作，大概就是这样一个及时开始的开采过程，其间的种种不尽人意，不妨看作一个探路者虽踉跄却日夜兼程的行进。

作者与总叙事者的较量
——论赵志明的小说

■文/木 叶

一

"我们似乎注定要过一种疯狂和不体面的生活,这是命运——最后的、反讽的、讨厌的总叙事者——告诉我们的。"[①] 在名作《沉默之子》里,迈克尔·伍德轻描淡写而又意味深长地称命运为"总叙事者"。除了最后的、反讽的、讨厌的,还可以有更多褒贬不一、千回百转的修饰语。每一个作者、叙事者,在行进的途中会有各式各样的遭遇和邂逅,并无时无刻不处于引力场之中,总叙事者正是其间一个无形而庞然的存在。

对于一个作者而言,总叙事者可能有几层意思。第一,是作者的生活之和,包括他的成长背景,他的经验,他看见并体悟到的现实,他的精神资源等,这里蕴含着一个作者的可能性。第二,总叙事者是命运,又不仅限于此,还可能是神,时间、空间,无尽的宇宙,未知的存在,抑或是绝对之美。作者既在其中,又在对面。第三,总叙事者是作者想象力与赋形能力之和,是作者所塑造的人物、虚构的世界和创造的宇宙,于作者而言,这些是另外的真实和存在。在创作过程中,

---

① 迈克尔·伍德:《沉默之子:论当代小说》,顾钧译,北京:三联书店,2003年,第106页。

每一层面的总叙事者都在对作者的思维和文本进行干预，与作者有共谋，也有反作用力。几个层面的总叙事者，共同规定了一个作者想写且能写、想创作且能创作的东西。而作者又注定带有偏离，冲撞，乃至颠覆。作者和总叙事者之间，相互靠近，质询，冲突，和解……

因为先锋作家是众多作者中一个殊异的存在，用总叙事者来考察先锋的轨迹，也许会有更多的发现。

特定称谓每每指向特定历史阶段和特定人物，在此意义上，马原、余华、苏童、格非、孙甘露，以及莫言、残雪等被称为先锋作家。一直有人贬抑1980年代的先锋文学，但我神往那种风云际会、叙事激荡，并相信这些革新即便未必完美，其精神与精华也早已化为当代文学进一步生发的重要气血。也正因此，我还越来越关注先锋作家"后先锋"或"非先锋"时期的作品。我喜欢《十八岁出门远行》和《现实一种》的一往无前，我欣赏《许三观卖血记》的悲喜疏朗、《兄弟》的气象万千；我喜欢《透明的红萝卜》和《十三步》的神奇多变，我欣赏《丰乳肥臀》和《生死疲劳》对历史和当下的深度触碰。

先锋，是文学思维的革新，语言和形式的实验，是对文学本体和文本辐射力的大胆探索，是超前性和异质化的书写，呈现出的整体面貌是独异的。当年读夏志清《中国现代小说史》，受启发之余，也有几处不敢苟同，譬如以下判词，"《故事新编》的浅薄与零乱，显示出一个杰出的（虽然路子狭小的）小说家可悲的没落。"[①] 在我看来，《故事新编》是历史和现实的双重焕发，是开创性的虚构之旅。借用后来的说法，是解构主义，是发自深处的文本实验，《铸剑》当属短篇杰作，其余几篇也各有祛魅与别裁。将目光移转到当代，绕不过去的是王小波。他虽在死后方才为更多的作者和读者所发现，但在虚构这条路上，着实是异数一个，《万寿寺》、《红拂夜奔》和《黄金时代》等体现出多方位多层次的试探与抵达。

以上二人的起点不一，风致有别，同时也均不是人们谈论先锋时势必谈论的对象，但在我心中，他们是无冕的先锋，将得久长而迷离的回响，其间，自是包含着不同程度的辨认与推敲。鲁迅为什么几乎每一部以故乡为背景的文字都极具神采？又为什么几经努力还是未能完成关于杨贵妃的长篇？这和他所面对的总叙事者有关，除了天分，他的文化背景和生活之和，决定了他想象力和虚构能力的长板与短板。至于王小波，他的经历和精神资源等都有别于同时代人，他的独特

---

① 夏志清：《中国现代小说史》，桂林：广西师范大学出版社，2014年，第37页。

性和复杂性使得他的创作变化多端而又瑰丽自足。在冲击自身极限以及探索叙事的可能性上，他们均属垂范而流芳者。

一般而言，人们也不说贾平凹先锋，刘恒先锋，刘震云先锋，阎连科先锋，而《废都》、《逍遥颂》、《一句顶一万句》、《受活》真真是冒犯之书，不羁之作。已不止一人说，《繁花》也是一种先锋。他们都接受了总叙事者的催迫和照耀，并回之以光辉。

古今中外有那么多人写了那么多的好作品，纵是想有一丝丝的创新，亦属不易。我对华语文学既有一种苛求，又有着盲目的乐观。就小说而言，风采不一的独异性书写令人振奋，他们以实绩冒犯于传统，冒犯于现实，冒犯于自身。1930年代的自出机杼也好，1980年代的八仙过海也好，后来那些各自为战的奇峰突起也罢，一代作家走来，一代作家远去，更年轻的作家在崭露头角，在开疆拓土。在当下活跃的作者中，赵志明的身影渐渐清晰。他的实力尚未得到充分展露，然其才情灼目，《我亲爱的精神病患者》集子里便蕴涵着珍珠。

有人说，赵志明是中国的胡安·鲁尔福，而我更愿意说，这个作家已然发现了自己，并和"总叙事者"相互辨认、较量。他在貌似毫无故事可言的地方发现了故事，并以故事召唤故事，将想象力推到远方，推向自己心中的世界和宇宙。

二

赵志明目前著有两本小说集，另有一些篇什散见于报刊和网络，包括一些诗歌。所写小说大多为中短篇，内容关乎乡村，学生时代（《两只鸭子》《一根火柴》等），社会生活、城市生活（《刹车坏了》《午睡醒来》《午餐之后是晚餐》等），幻想性的志异新编（《你的木匠活呵天下无双》等）……两本集子均面世于他三十六岁这一年。先是《1997年，我们买了螺蛳，却没有牙签》，由"联邦走马"独立出版。稍后，中国华侨出版社推出《我亲爱的精神病患者》。前者题材广，后者系专以乡村主题结集。两者均收有《I am Z》和《钓鱼》等名篇。下面主要谈谈《我亲爱的精神病患者》里有关乡土的叙事。

赵志明的童年和青少年时代，是在江苏溧阳度过的，多年的乡野生活是吃喝拉撒，是漫不经心，是耳濡目染，是刻骨铭心，这些过往里有着太多"总叙事者"的痕迹，构成了一个小说作者在创作上的"原始积累"。赵志明的独异在于，自一开始，就没有陷入简单的城乡两元对立。他很清楚，"乡村只是一个切入点而已，归根结底还是和现代有关联的。"[①] 现代两个字是饱满的，有丰富的内涵与外延。

《我是怎么来的》里，有钱人王进财连生了三个女儿，他和"我"的父亲讲好，如果父亲生了儿子就给他，他则把女儿给父亲，谁知他自家生了儿子，"我"的到来便成了多余。小说有着乡村的大背景，又深刻牵连到三十年以来的计划生育政策，乃至千百年来重男轻女的观念，换个角度看，这也是最朴素的对于生命、尊严以及虚无的追问。《村庄落了一场大雪》里，女人乙敲开女甲的家门，甲给乙吃的，留她过夜，次日，甲却再也没醒来。甲乙是施主与乞者的关系，又带出了父母与儿女的关系，同时映射出人情的淡漠、无尽的孤独和弥漫的穷苦，此情此景在别处、在城市里又何尝不存在呢？《一家人的晚上》里，父亲老德天晚了还是未归，两个女儿出门去寻，后来，白无常满足了起夜撒尿的小德的要求，让他看到父亲是如何死在乡间河中，这种亲人间的相互依靠，生死福祸的不可预知，将读者引向远处。

"因为我们是穷人，习惯被人怜悯，却不知道怎样去怜悯别人"，《还钱的故事》以此收束，它也许未必是解读这篇小说最终或最佳的路径，却陡然彰显了张力。小说中，还钱的难度一再被掀开，还钱的进程不断被延宕，双方的心情起起伏伏，而你并不觉得故事有多么苦大仇深，不苦大仇深却又令人想到很多很多。首先，是堂亲，数额是2000，关系不近但也绝不远，钱不算少却也不是那么有压迫性，更关键的是作者对一个个人物心理的洞察，相互试探，拐弯抹角，有礼有兵。随着叙事的展开，重点转化为如何让人还钱，以及具体如何还钱，涉及借贷双方的困境和恩义问题。一种邃远与超拔，悠悠地显露出来。赵志明不会放弃沉重有力的细节，但不做讨巧的渲染与廉价的升华。他在意的是揭示与延展。

再参阅集子里《疯女的故事》和《我的叔叔林海》等篇章，不难发现，他直书他们的卑微与辗转，拒绝美化乡村。他对所写的乡野人物没有居高临下，没有概念先行，他"作为"他们中的一员，爱着他们的所爱，恨着他们的所恨，无力无奈于他们的无力与无奈。这样的乡村书写，无论是和前辈还是一些同辈作家相比较，均透出独异之处。这时，作者的生活之和，尤其是乡村经验，推动着他。他写的是"乡村生活生死场"，又令人觉得是广阔天地间最寻常也最真切的一幕幕，想象力和赋形能力自然流露。

[①] 赵志明、严彬：《小说家赵志明访谈录：一个透明的文学赤子》，http://book.ifeng.com/wenxueqingnian/detail_2014_04/11/114800_2.shtml。

写一个村庄也会折射出一个世界，但这些作品的重心还不是去虚构一个世界或宇宙。不过，赵志明对总叙事者（主要是第一层，也涉及另外两个层面）的辨认和对话，已然相当充分。那些乡村瞬间、民间情感、人生遭际，在纸上一层层洇开，忧伤是节制的，探问是无尽的。

三

卡尔维诺有言，"对我们来说，整个问题就是文学的问题，就是如何把我们认为是世界的那个世界转化为文学作品。"① 世界就在那里，但是每个人看到的并不相同。赵志明用他自己的方式体悟着世界，写在纸端便有了独特的样貌。这时，更多的是第二和第三层意义上的总叙事者的现身，作者和总叙事者的博弈越发微妙。这一类书写中，他的文字和思绪仿佛能飞起来。

《渔夫和酒鬼的故事》② 讲的是乡野之事，作者动用了不少知识资源和趣味元素，提到庄子《秋水篇》，还说鲶鱼"比所有 DISCOVERY 里发现的鱼怪都要庞大"；《侏儒的心》更是旁征博引，侏儒女孩说，"埃梅有一篇小说，叫《侏儒》，你有印象吗？"这种写法的巅峰之作当属晚近所写的《I am Z》，他将"须臾"这个主要表示时间之短的词想象成一个"怪物"，它不断变身变形，而且是少年唯一不能在它身上标注上"Z"的事物，作者还安排它说出舶来的斯芬克斯谜语；小说触及亲情，性，生死；"Z"关乎声光电化中的佐罗，又可能意味着零和、宇宙黑洞，甚至会让人想到作者赵志明全拼的首字母……六千字的篇幅里，多种物事在交汇，多种智识在跳跃，在碰撞，在相互推演，在上天入地。

这样的叙事体现出作者的文化自信，他是将世界作为一种源泉。在出色的驾驭之下，远近轻重雅俗深浅之种种冶于一炉，而又自然、轻盈。1980 年代很多人还为外国影响与自身传统如何相处而纠结，先锋作家因其大胆"拿来"，尤其为人所诟病，到了这一辈作家或者说赵志明这里，几乎无所束缚。他模糊了家乡话与普通话、古代与当代、中国与西方，就像曹寇在和赵志明对谈时所归纳的，"喜欢

---

① 卡尔维诺：《通向蜘蛛巢的小径·前言》，王焕宝、王恺冰译，南京：译林出版社，2012 年，第 4 页。

② 本篇小说，以及下文提及的《侏儒的心》、《刹车坏了》、《你的木匠活呵天下无双》，均见于豆瓣电子书。《石中蜈蚣》和《我们的懦弱我们的性》出自《1997 年，我们买了螺蛳，却没有牙签》。《我们都是长痔疮的人》出自《我亲爱的精神病患者》。

就是喜欢……有价值都一样"。①

他如此开阖自如，是因为骨子里向往一种更高的合一。他直面总叙事者，看得较为透彻，下笔也就透出一种放肆的坦诚，或坦诚的放肆。

> 太阳也会死。太阳身体内部到处都是癌变，而且是晚期。它的寿命已经是一个定数，谁也无法阻止。太阳的存在，只是证明了这种死亡的无可阻挡。——小说《刹车坏了》

> 毕业就是看着他们一点点死去（他们也包括我们）。——小说《我们的懦弱我们的性》

> 在生活的污水里她们苦苦挣扎
> 在赞美诗中她们烦心，变老，死去
> ——诗歌《唱赞美诗的老女人们》

恒星并不是永恒的，纵是亿万年的天寿，又和几年、几天有多少本质的区别呢？人生也是一种流逝，小小的毕业便是一种不可逆的告别。他笔触那些一点点死去的人与物，那些无名的攀行，无辜的消隐。在更开阔的生活之中，人们有摇摆，有无知无觉，也有不计后果，坚忍，持守。他把一个个人和千百情愫都安放于纸端。

《侏儒的心》里，侏儒女孩说，就在和侏儒男友婚礼前的一个晚上，他突然奇异地长高了。他们无法向别人解释。他表面告别了不正常的身高，却在知情者那里由一个侏儒突变成了"怪物"。即便在京城艺术家圈子里，也被人们窥察或议论。同时，他的身体在加速衰败，无法真正照顾她，只得选择消失。这是一个悲悯的故事，自是受到了同类小说的影响，但透出此间独特的生活质感。我甚至想冒险过度诠释一下：有时，这个社会不会允许你一个人独自变好起来，你与其同流合污才可能生存。

《刹车坏了》里，一个上班男被打了一个耳光，瞬间老了三十岁，成了一个小老头。这耳光来自孕妇的丈夫，他觉得上班男是假寐，不让座。上班男没有还击，只是说，"我已经五十多岁了，但我还是要假装成二十多岁的年轻人。"不这样，

---

① 参见综合性长帖"赵志明、曹寇、对谈、自述及其它"，http://url.cn/M2hQBA。

他就不知道该怎么维持生活。现在被打回了原形，就像那个侏儒男孩一样，他无法向人们和社会证明"我是我"了。世间有太多东西可能成为这个"耳光"，个中几多悲辛。结尾处，因急刹车，孕妇在车上诞下婴儿，婴儿拼命要爬回母体，被剪断脐带后，婴儿又咿呀学语，见风长个儿，全车人都惊恐莫名。这里有魔幻，有荒诞，有现实，关键是相互之间的转合那么妥帖。

"生活总是让我们遍体鳞伤，但到后来，那些受伤的地方一定会变成我们最强壮的地方"——我赞同这句广为流传的硬汉名言。但我以为，赵志明的小说也是对遍体鳞伤的一种书写，他注目于那些挣扎的魂魄、那些奄奄一息的日子，同时他还警示人们：很多伤口无法或不可能成为"最强壮"的地方。世界不断在伤害着人们，终究又不了了之。当年，有的作家觉得辛亥革命并没有在民间实实在在地改变什么，在赵志明这里，尚未触及什么所谓的大事件、大题材，但这不妨碍你隐隐感到，在广阔的民间，在幽微的深处，改革开放以来的"盛世盛举"并没能切实改变多少，所谓的全球化也没能改变多少。太多太多的人，为了使生活有一点点的改善，正付出高昂的代价。磨难，以及有中国特色的磨难，困苦、卑微、挣扎、无明，依旧是活生生的存在。

这两篇小说，各有神秘诡谲，不过都指向时间与身体这一"总叙事者"，是作者与内在宇宙间的较量。

"Z"标注了很多事物，对此厌倦后感到万物之自由以及某种虚空；《歌声》里到底是房子还是"我"在唱歌？《家具总动员》里家具们走出家门，浩浩荡荡去寻找主人，也引人遐思连连。赵志明另有一些作品，指向更旷阔的新时空。"四方上下曰宇，古往今来曰宙。"[①]赵志明是一个颇具时空观念和探索性的小说家，似乎在撕开宇宙的缝隙给我们看，有缝隙也就意味着可能另有宇宙（未必是天体物理意义上的）。这主要是作者，和第二和第三层意义上的总叙事者的对冲。

《石中蜈蚣》里，蜈蚣被困于巨石，月明之夜可在石中游弋。山鸡要吃这个美食，头却被困住。舍了头的山鸡找胡生求助，他救出它的头，自己的指头却被封石中。待胡生抽身返回，另一胡生已考得状元。回到家中，另一胡生已卧床三年……这个有关三生石的故事，终点又落在三峡大坝的现实中，和尚对"我"说，"也许这些深藏在历史深处的故事有朝一日也会被一百多米的水淹没吧。"如此自由的叙事，让我们看到的却是世间的不自由和种种贪恋。一块石头成了一个封闭而又可以打开的世界，一个小宇宙，见证了古与今、自我与其他的自我的相遇。

---

① 参见《淮南子》，北京：中华书局，陈广忠译注，2012年，第3页，此语系出自高诱注。

《你的木匠活呵天下无双》，葆有一种无限张扬的想象力。戴允常进宫后，继位当了皇帝，他却爱着做木工，琢磨着在现有空间之内再造一个可以无限蔓延的世界。叛军压境，他让全京城的人进入自己创造的世界避难……小说是架空的，又有着历史根基。戴允常是暗指不爱江山爱木工的明熹宗吗？他最后的隐遁又暗含了多少帝王的故事？首相是张居正吗？他是皇帝实现自身梦想的重要臂膀。太监王德是贪婪的魏忠贤吗？他以死为皇帝和子民换得了某种平安。小说里，戴允常最后寄身的那个宫殿可能就漂浮在所有后人的头顶之上。作者把戴允常（也把读者）带进一个时空，又带进一个时空，戴做木匠活儿时产生的刨花，飘落下来就成了雪花，雪未必能遮盖住世界的黑暗与种种问题，却引领人们去信赖，去探察，去怀疑。

探索现实，探索现实中被隐匿的部分，探索历史，探索历史的另一面，探索宇宙，探索另一种宇宙，一切最终都是在探索自我。这是作者和总叙事者在生命、世界、宇宙层面的较量，作者用幻想对抗着遗忘、平庸以及死亡。作者关心的是人生的真问题，存在的真问题。

小说家不是直接说出道理，而是用语言去收拢去触摸去打乱并安置自己缤纷的思绪。赵志明完成得不露声色。

四

和许多先锋作家不同，赵志明一出手便极其尊重故事，铺排得当，疏密有致，同时，他的叙事有一种野逸，不血腥，不暴力，深者得其深，浅者得其浅，他带来了好且好看的小说。不止一人说他有如赤子，我喜欢的是，他的语言和调子素朴，景致则可能是幻美的。既有专注于现实的作品（典型如《还钱的故事》），另有一些满足人们对现实之外的时空的想象（如《你的木匠活呵天下无双》）。当然，两种作品的界限并不是截然的。他的叙事澄澈而准确，同时文字会思考，善幻想。作者本人和读者都喜欢谈胡安·鲁尔福的影响，自是颇有道理。我以为，某种意义上，赵志明的写作有几分接近于马尔克斯（他年少时便接触到他）。于马尔克斯而言，要扎实的肖像有《礼拜二午睡时刻》和《没有人给他写信的上校》，要幻想或天马行空之作有《巨翅老人》和《百年孤独》。同时，前者不无奇思，后者的细节又精确真实。

高山仰止，长路漫漫。

每个作者都存在缺点或盲区，需要克服与弥补，至于具体怎么做，同样也涉及到作者和广义的总叙事者的较量，包含对它的洞察，反叛与和解。

有人欣赏写于早期的《我们都是长痔疮的人》，我则认为需要小心，因为生理和命运的这种"对位法"并不十分牢靠。在《1997年，我们买了螺蛳，却没有牙签》里，有几篇不够饱满，如《五分钟素描》和《叫春》等。"生活的横断面"固然重要，但除了即景之外还有赖于一种超越性。

赵志明的独异，很大程度上凭借的是知与智以及识，还有与此相关的幻想力、想象力。发挥得好，自是八面玲珑、神出鬼没，不过，一些作品里也出现了些状况，或是智识轻飘，或是想象力未竟抑或过剩。写作在飞起来时，既需要长风的鼓荡，也少不了来自雨雪的节制。

太依赖智识和幻想，会缺乏"骨头"，这也是有人觉得即便是备受推崇的《I am Z》也存在猎奇、不够严谨厚重的缘由。又如《侏儒的心》，有融会贯通的一面，但并不是都妥帖，譬如在写到侏儒男友打摆子时，作者说，他牙床对撞的声音"与凯鲁亚克在打字机上自动写作的频率差不多"，这么写看似符合热衷于写诗的侏儒女孩的那种文艺范儿，却颇可商榷，要害在于偷懒，写起来容易嘛，也就不再去思考更符合情景的更俗常而又更具神韵的描写方法。再如《你的木匠活呵天下无双》，作者有过自我辨析，同时也已有人指出，开篇时罔见、道听、途说三个人的出场很酷，"罔见"既聋且哑但能看见，"道听"既瞎且哑但听力好，"途说"既瞎且聋，但能说话。三人合体，便有了神奇的能力。不过，他们只是以异禀为王爷预言，此后便消失了。充满想象力的桥段，作者自是不忍割舍，一写就是1500字，却很快就给（故意）写丢了，后面他们不再参与叙事，亦再无照应，那么，这种开篇就成为了一种想象力的过剩，一种智性的炫技。过犹不及。

《你的木匠活呵天下无双》把贪官的本性与操守进行了颠覆性的扭转，同时赋予了帝王以探求另一世界与宇宙的宏图。但是，有几个贪官真的能如此舍生取义呢？更值得思量的是，皇帝戴允常说，"我希望有一个更大的世界，是属于每一个人的。在那里，每个人都自由平等。"无论是回到久远的历史现场，还是检视晚清直至当下的权力基因流变，中国皇帝真曾有过自由平等的普世思想和远见吗？皇帝对皇帝这个身份乃至人类自身的局限，究竟有多少反思呢？从小说的结尾来看，个中倒是不无反讽性。终究，这种立意和大胆虚构，是否也是一种智识和想象力的轻飘，一种过或不及呢？事实上，智识和想象力本身并不存在轻飘或不及的问题，问题在于想象力和赋形能力是否强悍而合理。归根，问题在作者，是作者在和自己以及和总叙事较量时，露出了短板。

阿乙的《鸟看见我了》是新世纪以来惊艳的小说集，而他的长篇就尚有待验

作者与总叙事者的较量　　69

证，至少七万字的《下面，我该干些什么》还缺乏说服力，作者用力过猛，把自己的思考都塞给了年少的主人公。我也欣赏田耳，几年前他便以中短篇闻名，长篇《天体悬浮》带来更广泛的称誉，内有一条线是用望远镜"观星"，有人喜欢，认为是小说超拔之处，不过也有论者指出，这一部分与警察故事、现实欲望的连接还不够自然有力。

智识、幻想性在短篇中较为容易自如驾驭，甚至可以天马行空，在长篇中就特别考验作家（博尔赫斯没有长篇，我国几个实验性极强的作家也在长篇上不尽如人意，这些或许不完全是偶然的）。赵志明在不止一处说到自己在写长篇，这将考验他的内在先锋性和综合驾驭力，他的优势和潜能会被放大，也可能被阻扰或遮蔽。

另外的声音、另外的美、另外的时空都充满魅惑。虚构指向真实，想象创造新的世界与自我，飞翔更是为了更快更高地抵达，这一切实现的过程却也十足煎熬。智识和想象力如何开天辟地而又与种种凡俗以及细节相融合，可能是远行途中的一个谜题。

《你的木匠活呵天下无双》里，首相临终前问皇帝戴允常："我是不是生活在你的梦中？我们是不是被命运抛到了一艘奇怪的船上？"这里又出现了"命运"这位"总叙事者"。他们正处在皇帝所创造的世界或者说宇宙之中，而他们无法让广大子民沐浴在平等、自由等普世价值的春风中，子民们甚至不知道自己在另一个时空里，就更谈不上回归现实世界了——叛军铲除皇宫时便也毁了连通两个世界的秘密通道。人在摆脱一种命运的时候，又进入另一命运。人在一个时空不如意，在另一时空也未见得就如何。

"天地不仁，以万物为刍狗"，这是一种来自"总叙事者"的敌意，同时，命运、上帝、世界、宇宙又都是敞开的，它们的偶然与必然，静穆与强力，虚空与浩瀚，无情与无尽，又都是透明的，对每个人，每个作者、叙事者都是平等的。

先锋文学的新流变
——以四位"七〇后"作家的创作为例

■文/刘 涛

七〇后作家在写作之初深受先锋文学影响，对于很多作家而言，先锋文学是他们的主要精神养料，先锋小说家是他们主要的模仿对象。远处，他们模仿西方现代派作家，近处则模仿中国当代先锋作家们。尽管一些深受先锋文学影响的作家已经根据自身情况找到了新的路径，实现了转变[①]，但还有比较多的青年作家，他们一直坚守着先锋文学的道路，以先锋文学的样式表达他们对时代的理解，诉说着自己的处境，李浩、陈集益、鬼金、高晓枫等皆是典型。

尽管对这几位作家而言，创作先锋样式的小说是他们的共识，但因为具体处境、志向、思想资源等不同，所以具体到作品中风貌则是人人各异。下文将结合具体作品一一讨论。

一、平衡形式和故事

最初，李浩写诗，曾发表过大量的诗歌作品。二十岁左右的李浩在先锋诗歌的影响与刺激之下，开始了诗歌创作。李浩的诗基本上走了先锋诗歌的路。

譬如这首《无题，或者白纸之白》：白纸的白应当落雪／开出一树暗自的桃花／而我／却在上面写黑色的字。／这些字，远比我父亲古老，宛若史前的蛋／将它们

---

① 参拙作《70后六作家论》，《中国文学研究丛刊》，2013年12期。

敲开，孵出的会是桃花／还是惊蛰中的毒蛇？／面对白纸的白，仿佛一切都未曾命名／无论是流水、石头，还是泪和血。这些黑色的字：／它是镜子，放置于侧面，放置于／世界和脸庞的沉默之中——／它有小小的魔法，像磁铁，而心脏充当了另一块磁石／面对白纸的白，我是一个木匠的学徒，小心翼翼。／或者，我是史前巨蛋中的飞鸟，被黑色一点点养大／因此上，目力所及的一切都是旧的，它们被传说占据／被秦时的月光占据——／只是，这些黑色的字，落在白纸上的灯盏／只是，在汇入到传说之前／只是，用木头敲钟，给桃花、流水和鼹鼠标记个人的时间／只是……我使用笨拙的魔法／念出点石成金的咒语，却把自己／变成了那只，一觉醒来后的甲虫。

这首诗似乎写面对传统之际，"我"犹疑不安，"我"没有底，不知道"孵出的会是桃花，还是惊蛰中的毒蛇？"；"我""念出点石成金的咒语"，却"变成了那只，一觉醒来后的甲虫"。这首诗写"我"面对历史之时的心境：惶惑、犹疑、徘徊、甚至焦躁，能够折射出"我"学习和证悟的心得与境界。一言以蔽之，这首诗似乎就是写"影响的焦虑"，传统很强大，然而"我"在传统压力之下，何去何从呢。李浩整首诗的氛围和所用的意象并不走平实一路，而是秉承了先锋诗歌的品质，奇怪的、甚至恐怖的意象层出不穷，譬如"魔法"、"咒语"、"史前的蛋"（典出《百年孤独》）、"毒蛇"（典出《树上的男爵》）、"甲虫"（典出《变形记》）等等，这些意象除了能够营造一种神秘的气息之外，我不觉得有特别的意义和必要。另外这些意象的出典，也大体上能看出李浩诗歌的精神资源，基本来自西方文学，而且是西方现代派文学。总体而言，《无题，或者白纸之白》显得过于华丽了一些，内外不甚对称，有外重内轻之过。

三十岁之后，李浩开始主攻小说创作，对于从诗歌向小说的这次转变，他自己解释道："是因为感觉自己的理性越来越多，少年式的激情越来越少，同时也是越来越迷恋虚构另一个'我'和'我的父亲'，迷恋建造一个对应现实的彼岸世界。从诗到小说，不变的至少是诗性，先锋性，是'写给无限少数'的自觉。"从诗歌到小说，李浩转变的似乎只是形式，小说或许是更适合他现在这个年龄表达的一类体裁，而"先锋性"的内核一直未变。

李浩生于1971年，八十年代正当先锋文学运动如火如荼之际，恰是他文学的学徒期。李浩的文学观念、文学资源很大一部分来自先锋文学，来自八十年代的诸多思想资源，以至于他现在提起八十年代的文学，还是神采飞扬，还是将八十年代的文学作为时代的文学标杆。李浩是在先锋文学的滋养之下走上了文学创作之路，之后他一直苦苦地与"先锋文学"搏斗，直至他找到了适合于自己的路。

李浩的"先锋"取中道,他既追求形式感,但其形式不妨碍故事,他也写故事,但他要写形式感强的故事。

《将军的部队》可谓李浩的代表作,他凭这篇小说获得了第四届鲁迅文学奖。《将军的部队》是一个复式的故事:记忆之中有记忆,故事之中有故事,套中有套,这也可谓是这篇小说的特色了。"我"在追忆似水年华,"我"所追忆者是"将军",而将军也在追忆,因此这个故事可谓追忆的追忆。"我"似乎是引子,以"我"之追忆引出将军的追忆;"我"似乎是客,将军是主,将军在追忆他的军旅生涯。然而,当年之"我"对于将军的追忆只是猜测,今日垂垂老矣之"我"终于懂得了老将军的心境。这个处于宾位的"我",其实同时也处于主位。"我"在讲述将军的故事,同时也是在讲述"我"的故事。李浩的构思很精巧,真是匠心独运了。如此,《将军的部队》既有极强的形式感,但形式也不空洞,这是两个不同的老人的回忆,也是一个老人对另外一个老人的理解。

《将军的部队》很多句子都是如诗一般精致而富有节奏感,这也是李浩的拿手之处:将小说的句子当作诗来写。譬如:"想到他,我感觉脚下的土地,悄悄晃动一下,然后空气穿过了我,我不见了。"再譬如:"屋檐下静静地坐着,我听见蜜蜂采蜜时的嗡嗡声,我听见又一树槐花劈开花蕾长出小花来时的声音。我听见阳光的热从树下落下时的声音,我还听见了许多我没有听过的声音。"

李浩非常强调小说之"思",这篇小说的"思"又是什么?将军指挥军队,久经沙场,自然有大量的记忆,但一个完全沉浸在记忆中的将军不会是一个好的将军。这个将军看到的唯有过去,他理解过去为何而战吗?他理解当下吗?他知道未来吗?可是,此事真是也难,九死一生的将军,肯定经历过极其血腥的场面,看着部下们战死,看着敌人们倒下,真得难以从创伤和记忆中走出。《将军的部队》不是写叱咤风云的将军,不是写壮年的将军,而是写了老年的、胜境已过的将军,因此整篇小说气氛比较压抑、沉闷,这些都显示了先锋文学的特征。

再看《如归旅店的叙事》,将"叙事"二字置于篇名之中,已预示这篇小说颇有元小说的意味。这是一个老人的回忆,老人回忆他的父亲母亲,回忆了自己的儿时生活。这篇小说总体氛围压抑,其中充满了战争、死亡、鲜血、贫困、衰败等意象,令人窒息,像极了八十年代的先锋作品。但这篇小说中所写的故事也颇为精彩,旅馆是一个公共空间,这里人来人往,最能见出客人的性情,更能见出时代的消息和境况,另外父母在战争年代艰于维系生计等都写得颇为到位。

另外,李浩也创作了《碎玻璃》、《牛郎的织女》、《乡村诗人札记》、《那只长枪》、《飞过上空的天使》、《父亲、猫和老鼠》、《失败之书》,这些作品或写记忆，或写现实，展现了他丰富的一面。

李浩极喜欢"侧面的镜子"这样的意象：譬如《无题，或者白纸之白》中有言："它是镜子，放置于侧面"，他的一部中短篇小说集名为《侧面的镜子》。"侧面的镜子"由两个意象构成："侧面的"和"镜子"。李浩写作有成为时代之鉴之志，镜子可为时代正衣冠，可以照出整个时代的问题，譬如司马光编纂有《资治通鉴》。但为何是"侧面的"？或有二义：一，镜子在侧面，隐隐约约，似有若无，李浩的历史题材小说可谓是"侧面的"，因为在正面危险，易触及时讳；二、李浩以小说为"侧面的镜子"，小说难免虚构和个人发挥，因此不能保证客观，盖取置于"侧面的"镜子总可能有盲点之意。

二、对时代的愤怒

陈集益年轻的时候生活曲折，曾受过很多的磨难。小时候，他生活在农村，一路读书，然而高考失败，其后有八年的时间辗转于温州、杭州等地，经受了贫困、艰辛、冷眼、无助、虐待、疲惫、苦闷、屈辱。之后这些情绪与记忆反而成了其思想和写作资源，化入了他的小说之中。比如，那篇《特殊遭遇》还能隐隐约约地看见他打工时期的生活片段，用小说中的话就是"日子过得跟旧社会的奴隶好不了多少"。陈集益对时代的弊端有着深切的体会，他的小说主要是写这些问题，他要将其体会到的那些压抑和不满宣泄出来。

集益自述道，有两个人教会他从事文学，一是崔健，二是卡夫卡。他说，崔健教会他如何面对这个时代和如何看待这个时代；卡夫卡则教会了他如何写小说。这两个人是理解集益的关键，他们也可谓是集益思想的上端，集益目前所写的小说就是取崔健和卡夫卡的一些元素，然后有所变化。集益觉得"崔健是用一把刀子，捅在"时代和我们生活的腰眼上"；那么卡夫卡用的是一枚针，他很清楚这枚针在什么时候，什么场合，扎在什么样的穴位上。"[①] 集益将崔健和卡夫卡都理解为尖锐之物，一个是刀子，一个是针，他们都扎在了时代的要害和穴位上。集益对崔健和卡夫卡的理解，能够见出他的世界观和其小说追求。集益的小说确是尖锐之物，像一把刀，砍向他所看到的问题；同时其小说细部又处理得很好，所以又像一根针，深深地刺疼了这个时代。

是谁，让如此瘦弱的集益变得如此尖锐？是什么，让如此斯文的集益充满着

---

① 陈集益：《插在地上的刀子——我的文学启蒙》，《十月》，2008年第5期。

阴暗、愤怒之气？大而言之，是九十年代以来的社会问题使然，集益的作品就是九十年代以来社会问题的产物。

崔健在八十年代是盛极一时的人物，卡夫卡在八十年代的中国，对于先锋作家而言也如教父一般，一时学卡夫卡者不可胜数。集益尽管深受他们的影响，但是他对崔健和卡夫卡的接受却不同于八十年代语境中的理解。集益借用了崔健和卡夫卡，但是却表达了九十年代以来的时代问题。但是，我觉得集益对九十年代以来中国所发生的变化未必会有整体的理解，他只是这次变化的亲历者、受害者或者受伤者，因此当他带着伤痕去写他的经历时，却无意中应和了时代的主题。

崔健崛起于八十年代，他这颗"红旗下的蛋"，通过摇滚这种形式，表达了他的愤怒和批判。集益则是找到了小说这种形式，表达了他对时代的愤怒。好在写小说不需要什么成本，唯一支笔，一张纸而已，若电影、电视，常人只好望洋兴叹。集益以小说的形式充分传达了九十年代以来社会的阴气，他的小说中充满着反叛、暴力、贫穷、怪异、阴暗、鬼气、抑郁、恐怖等意象。崔健的摇滚是呐喊，喊出了八十年代青年人的处境和他们的愤怒之情，崔健主要针对的是八十年代之前的意识形态；集益认同的不是崔健的反意识形态，他出生于1973年，极左思路的记忆对于集益而言未必很多，集益只是借用了崔健，他也以小说去表达他们的愤怒，但是愤怒的原因和针对的内容却已经发生了变化。集益的小说《告别演出》(《百花洲》2009年第6期)，充分展现了崔健对其产生的重要影响。小说写一个摇滚乐队在当下的命运，这个乐队名为"锥子乐队"，或许这是化用了崔健"刀子"的意象，两个主要参与者名为刺客、老刀，他们的名字都与刀有关，这些意象都充分表达了集益的态度与立场。这个乐队与其所居的环境（两头乌市）极其对立，二者似乎势不两立，一再发生冲突，乐队被解散，乐器被没收，乐手被拘留。几经努力，历经波折，锥子乐队作了一次"告别演出"。小说写道："几乎所有的人因此振奋了，恼怒了，理解了，或者愤怒了。我不知道。我只看见他们就像波涛一样动了起来。"这是愤怒了的人群的反应，这股力量让人战栗、恐惧。一旦愤怒的人群被撩拨起来，不满被调动起来，后果不堪设想。可是人群缘何愤怒？九十年代的"崔健"（集益）感何而生？这都值得深思。

对于一个小说家而言，如何表达愤怒，如何表达时代的阴气，这是一个重要的问题。直接的描述，写实的表达，似乎比较危险，也难以被接受。那么或许可以变形一下，隐晦地表达，可以不谈人世，以谈狐说鬼来说人，比如可以谈谈野人、野猪，谈谈蛋和青蛙。如此，卡夫卡的变形和荒诞就成为了集益的修辞，可以用先锋文学的面貌遮掩一下批判现实的锋芒。八十年代的先锋文学，很多作品集中于写个人体验，个人心灵，但是集益一转，先锋文学的元素在他那里却变成了批判现实。集益这一类的小说比较多，比如、《蛋》(《西湖》2007年11期)、《青蛙》(《文学与人生》2010年第3期)、《吴村野人》(《江南》2011年第3期)等。

　　《蛋》是一篇极富卡夫卡色彩的小说，写一个江郎才尽的北漂作家，他绞尽脑汁，但写不出好的作品，在痛苦万分之际，这个作家却产下一只蛋，于是他希望通过贩卖蛋走向致富之路，最后落得家庭破裂，被送进了精神病医院。小说看似荒诞，读来却让人心酸不已。《青蛙》写表哥施长春变成了青蛙，小说主要写青蛙表哥逃亡，然后被扑杀的过程，场面血腥，气氛恐怖。然而表哥如何变成了青蛙？作者在交代捕杀青蛙的过程中，似乎不经意间作了交代，然而有时候最漫不经心的却恰恰是重点和关键。小说写道："我的表哥因为穷得养不活一家人，而在一个春暖花开的季节卷起裤腿，捉了足足十来斤青蛙到城里去卖，结果表哥被警察抓住了，痛打了一顿，最后不知怎么的，他们还强迫表哥吞下了一只活蹦乱跳的青蛙。"表哥回家后就变成了青蛙，之后青蛙表哥逃亡，然后被虐杀。小说所要表达的内容比较明显，但是表达的方式却颇为曲折，通过变形（表哥变成青蛙）写了这起虐民事件。这样的内容或许有些禁忌，但是若变形一下，以先锋文学之名，以卡夫卡的面貌出现，或许能够冲破禁忌，消息可以曲曲折折地传递出来。《吴村野人》颇能见出集益的才气和无羁的想象力，他从野人这个核心意象入手，写市场经济可以将"野人"驯化，成为赚钱的工具，但是"野人"后来出逃，报复了吴村。这篇小说写了吴村的群像，写出了在市场经济大潮之下，一切向钱看，无所不用其极，人心大变的境况。

　　集益也有另一类作品，这些作品比较写实，没有变形或荒诞，只是这么直接去写社会的问题。这一类的作品也比较多，比如《恐怖症男人》(《山花》2007年第2期)、《阿巴东的葬礼》(《十月》2008年第5期)、《城门洞开》(《十月》2008年第5期)、《瘫痪》(《天涯》2008年第6期)、《野猪场》(《人民文学》2009年11期)、《流产》(《江南》2010年第4期)、《特命公使》(《延河》2010年第10期)等。集益的这一类小说，颇能见其才气，他往往能够找到事情的症结，然后选择了一个巧妙的角度，剑走偏锋，险招迭出，观众不得不暗暗叫好。集益往往从一个中心意象入手，由此深入，于是触及到了关键，如此一方面小说非常好看，精彩纷呈，另一方面也能在叙述中也见出了90年代以来中国的主要社会问题。

　　《恐怖症男人》带有先锋小说的色彩，但是却融入了现实的问题，"恐怖症男人"可谓新时期的白毛女。小说写了两个人的故事，一是流浪小说家，一是那个恐怖症男人。恐怖症男人大学毕业，曾经有一份体面的工作和幸福的家庭，后来因为失业，找工作屡屡受挫，逐渐家庭破裂，男人为了逃避社会，躲在家中储藏间的木箱子里，于是曾经体面的男人变成了恐怖症男人，城市中的生存压力把活人变成了鬼。《恐惧症男人》与《蛋》颇相似，只是一篇变形，一篇不变形，一篇先锋色彩浓厚，一篇先锋色彩颇淡。《蛋》中的主人公若能一分为二，就成了《恐惧症男人》中的两个人物。两篇小说皆写城市居住之不易，写了城市中的底层（流浪小说家）和曾经的中层（恐惧症男人）在城市中的境况。《阿巴东的葬礼》极震撼，写两个人的葬礼，一是阿巴东，他的葬礼极铺张、张扬；一是老满头的儿子建设，他的葬礼悄无声息。阿巴东是恶人，他的儿子腰缠万贯；老满头的儿子建设是农民工，但在城市中被城管打死。农民工涌入城市之后，在城市中苦苦觅食，这个过程中很多人死于非命。2011年，摩罗写了一本书《我的山，我的村》写"我的村"非正常死亡，其中一部分也写外出打工过程中死亡。只是摩罗是纪实笔法，集益则是小说笔法，因此戏剧性较强，冲突强烈，比较好看。《城门洞开》则是关注了农民进城的问题，小说写一个家族向城市迁徙中的艰辛和屈辱。父亲碍于体制，不能进城市；后来"城门洞开"，大哥通过当兵，二哥通过高考，高考失利则往深圳打工。农村人口往城市的迁移，大体有这三种途径：当兵、升学、进城打工，家庭联产承包责任制之后，农村人口浩浩荡荡，纷纷进城，但以打工为主。集益以小说的形式写出了进城的艰辛，以及这个家族为此所付出的代价。二哥高考屡屡失利，几乎疯掉；父亲苦苦等待大哥和杭州女人结婚的消息，在焦灼和失望中也疯掉了。《瘫痪》也写农民工的问题，只是不写农民工在城市中的窘况，而是写农民工走后，家里所发生的问题。小说选择了一个特别的视角，由此牵一发而动全身。丈夫进城打工，妻子在家被村长强奸，小说写丈夫面对这个问题的反应。这个曾经的"硬汉"，这个曾经"好恶斗狠"的丈夫面对这个事情却无比软弱，他只是打了妻子，打伤了父亲，扎瘸了自己，却终不能复仇。在小说中，勇气和力量似乎与钱成正比，这个丈夫赚不到钱，没有资本为后盾，就没有勇气和力量。《野猪场》也充分展现了集益的才气，小说跌宕起伏，时有惊人之举。几个年轻人怀着发财梦，圈山养野猪，但是几经波折，诸多方面皆想来分一杯羹，事件屡出，他们也锒铛入狱，据说勤劳可以致富，但是到头却一场空。《流产》也角度奇特，写一个妓女从良后的生活。小说中的焦点是"流产"，由此之故，一个幸福的家庭，走向了衰败，最后至于丈夫杀死了妻子。《野猪场》和《流产》都写到了各方面对于略有资本者的盘剥，最后终于被掏空。《特命公使》如同《瘫痪》一样，皆写农村近况，这篇小说也颇为好看。农民中的青壮年几乎全部进城打工,唯有妇女和老幼留守。小说通过老村长寻花问柳,写出了农村中的这种窘境和现实。

集益的第一类作品偏虚,第二类偏实。第一类是以虚写实,第二类是以实写实。第一类作品多少尚有先锋文学的痕迹,第二类则几乎脱去了先锋文学的套路,走出了自己的路。集益在小说中所涉及的意象大体如此:野猪、野人、葬礼、流产、瘫痪、洪水、跳蚤、恐怖症、抑郁症、青蛙等。这些意象与死亡、暴力、阴暗都有关,这就是集益以小说营造出来的世界,这就是集益所理解的当下世界。上面两类作品多写当下,当下在小说中被呈现为阴暗的,可是集益涉及到历史之时,历史也被呈现为阴暗的。比如集益的小说《往事与投影》,写一个家族的历史和当下,情节充满着疯狂、躁动、血腥、暴力、不堪,气氛压抑,场面恐怖。再如《洪水、跳蚤》,这篇小说以写"父亲"为主,"父亲"是前代,是历史,但"父亲"的生活中也是充满着"洪水"、"跳蚤",非常阴冷。集益在小说中表现出来的视野就是"我"和"父亲",具体说就是当下的生活和父亲的生活,但皆充满着阴气与鬼气,没有一丝的光明。确实如同李云雷先生的判断:"陈集益小说中的童年与故乡是令人惊讶的,在他的笔下,我们看不到温情脉脉的回忆与怀旧,对他来说,那或许是一件奢侈的事情。"[1]

集益极喜欢"刀子"的意象,他希望他的作品就是一把一把插在大地上的刀子,这些刀子插中了时代的问题,触到了时代的神经。扎在地上的刀子,这是很酷的姿态,但是我不知道集益能否承受得住这个姿态所带来的弊处,我不知道一个满目疮痍者情何以堪。有一次,我看集益的博客,他似乎说,觉得自己不会再快乐了,我吃了一惊。我不知道集益现在快乐与否,他到北京之后,似乎境况逐渐好转,现在他的小说也颇受认可,同时也有一个幸福的家庭。我不知道当下的这些喜气会不会冲淡一下集益年轻之时的记忆,当下改善的生活处境能否让其对世界的看法略有改观。集益背负了过多时代的阴气,一如他的博客,底色是黑的,唯有字是白色的,其作品的总体格调是阴郁的、黑暗的,唯有文字是光明的、鲜亮的。我倒希望集益能通过写作,一步步将黑色去掉,逐渐将心中的阴影驱赶出去,尽管时代尚有问题,但是或许可以将自己的光明显出来。

---

[1] 李云雷:《陈集益:忠于身份 忠于记忆》,详请参见李云雷的博客 http://blog.sina.com.cn/s/blog_4be5e0cd0100tufj.html

三、以先锋写底层

鬼金是作者自己取的笔名。据他自述，鬼金二字取自"鬼子和斯蒂芬·金"，因为喜欢他们的小说，因此从他们的名字中各取了一个字，于是有了鬼金。自己为自己取的名字可以言志，其抱负、志向、性格、成就甚至命运皆可从中看出来。

解析鬼金所推崇的这两个人：鬼子和斯蒂芬·金，大体上就能看出鬼金的轮廓。鬼子和斯蒂芬·金都是作家，鬼金的自我定位与期许清晰可见。鬼子是广西的作家，其小说《瓦城上空的麦田》、《上午打瞌睡的女孩》、《被雨淋湿的河》曾轰动一时。斯蒂芬·金美国小说家，曾被《纽约时报》誉为"现代恐怖小说大师"，其小说在美国畅销书排行榜上常居榜首，作品以悬念、惊悚与恐怖著称。一中一西这样的两个作家放在一起似乎不伦不类，鬼子是纯文学作家，斯蒂芬·金则是恐怖小说作家。鬼金于他们各取一半，取纯文学，也取恐怖小说。鬼金的形象大体上就可以浮现出来：纯文学作家和（或）恐怖小说作家。鬼金就是游走于鬼子与斯蒂芬·金之间，或写纯文学，或写恐怖小说，或写介于二者之间的作品。

对于鬼金之名，他还解释道："我更喜欢做文字的'鬼'潜伏在文字中；做文字的'鬼'潜伏在现实之中。以'鬼'的角度去看这个世界会很有意思。"[1] 鬼金与"鬼"有关，鬼金守阴，喜欢作"鬼"潜伏于文字和现实之中，在喧嚣之中体会安静。鬼金的小说中确实弥漫着一股鬼气，幽幽微微的，让人窒息。因此，"鬼金"可以有另一种读法，鬼金是偏于鬼的偏意复词。《二分之一幽灵》直接就是恐怖小说，《我们去看大象吧》结尾忽然一转，气氛顿变，忽明忽暗，鬼里鬼气。在八十年代，"鬼气"、"鬼影"曾被称为"先锋"、"魔幻现实"或超现实等。

鬼金的小说大体可分为三类：《金色的麦田》、《轧钢厂的囚徒》等属于鬼子（所谓纯文学）这一谱系；网上流传的《二分之一幽灵》等属于斯蒂芬·金这一谱系（所谓恐怖小说）；介于二者之间，既有纯文学因素，也有恐怖小说因素的则有《对一座冰山的幻想》、《天真年代》、《我们去看大象吧》等。鬼金三型，代表了鬼金上下求索的三个向度和创作的三条道路。

第一类是"鬼子类"。这一类多写底层人物艰辛的生活，直面惨淡的人生，

---

[1] 参见《辽宁日报》对鬼金的访谈，http://www.rongshuxia.com/group/thread?thread_id=17762=。

不借助鬼气或魔幻,说出了底层人物的困境与悲欢。这一类小说写得相对朴实,以故事和故事背后的真相取胜。

《金色的麦子》写妓女金子的故事。金子处在城市和农村之间,身在城市,根在乡村。故事焦点集中在钱上,金子之名为"金子"可见一斑,小说围绕着钱的冲突写出了金子的挣扎与心酸。妹妹的电话打破了平静,妈妈病了,在医院等着钱急用。故事就从这里开始,金子的生活秩序一下子全乱了,接客潦草结束,回家发现银行卡被窃。金子在城市中屈辱地活着,就是为了银行卡,小说写道:"那些钱就是她心里的秤砣,现在,突然,没了,也就是说秤砣不见了,本来有秤砣的时候,沉甸甸的,现在没了,整个人也变得轻飘飘的,像没有了根基的浮萍,像秋天的蒲公英,像天上的风筝,被风吹着,飘了起来。浑身的骨头,内脏,还有一腔的血液,皮肉,都变成了纸一样的轻,轻得叫人没有了主心骨,没有了希望的亮光,就仿佛一间点着灯的房间,突然,灯熄了,灭了,满屋子的黑暗,什么都看不见了。"钱是金子的根基、主心骨、秤砣,失去了钱,生活、生命都变得轻飘。在寻找失窃了的卡的过程中,金子在城市中的全部社会关系都得到了展现,她的男友、她的朋友、她的客户和她昔日的姐妹等。在混乱中,金子的困境展现无遗。"金子"可以形容高贵,也可以形容卑贱,金子其人就是这么低贱而又高贵地活着。

《轧钢厂的囚徒》写轧钢厂工人朱河的生活,"囚徒"是其生活的最好写照。鬼金作了一个类比:轧钢厂如同监狱,工人如同囚徒。这个类比让人震惊,因为曾几何时,工人阶级还是万岁,还是领导阶级,可是如今一切都变了。小说事无巨细,写出了朱河的方方面面:生活、情感、工作、精神,困顿而又苦闷。曾经是主人翁的工人,如今成了囚徒;曾经是生机勃勃的朱河,如今日日生活在"病四月"之中。处于囚徒状态的朱河,困兽犹斗,试图突围,但是他失去了女友,丢掉了工作,而且成了真正的阶下囚。鬼金长期在钢铁厂工作,这篇小说大体上能够展现出当下工人贫瘠的生存状态。

第二类是"斯蒂芬·金型"。这一类表面是恐怖小说,但作者有寄托在其中,故不可以单纯的恐怖小说视之。"斯蒂芬·金型"的作品像寓言(庄子意义上的"藉外论之"),话不方便说的时候,或者话换一个形式说可以取得更好效果的时候,于是有了鬼金的"恐怖小说",鬼金只是以恐怖为方便说法而已。这个传统,在中国就是谈狐说鬼,比如蒲松龄的《聊斋志异》。鬼金谈狐说鬼,谈妖说魔,营造恐怖气氛,制造惊悚场景,鬼里鬼气,其实皆是关注现实,有为而作。

《二分之一幽灵》是恐怖小说,但又批判现实。《二分之一幽灵》曾在网上连载，这篇小说将"悬疑"与惊悚结合在一起，整篇小说沉浸在阴郁、潮湿、黑暗、窒息、恐惧的氛围之中。沈复与网友朱颜偷情之后，朱颜莫名其妙地死在他们租住的房子前面，但是她阴魂不散，频频出现于很多人的梦中或生活中，很多相关的人由此陷入恐惧之中。小说写道："每个人的内心都有一个黑暗的角落，可以说是龌龊的，肮脏的。我的内心的那个黑暗的角落里就藏着这么一个死者。"一个女人的死，搅动了很多人的"内心黑暗的角落"，"内心黑暗的角落"就是内心中的鬼。《二分之一幽灵》就是要问：你的心中到底有没有鬼？《二分之一幽灵》主人公之一名为沈复。沈复是一个历史人物，以《浮生六记》著称。《浮生六记》恰恰是记录闺房之乐，以见琴瑟和谐。此一时彼一时，今天的沈复与妻子同床异梦，与朱颜偷欢。

第三类是"鬼子—斯蒂芬·金型"，这一类介于第一类和第二类之间，直面现实，但又隐隐约约；直指人心，但又掺杂鬼气。这一类的小说鬼气较淡，似有若无；这一类的小说批判现实，但又不那么直接。

《对一座冰山的幻想》写得虚虚实实，既很"先锋"，有意识流，有魔幻现实，有梦境，二人蓝镇一行，真真假假，鬼里鬼气；也写得很老实，有实实在在地叙事和清晰的逻辑线索，两个主人公的前前后后都有所交代。《对一座冰山的幻想》故事很简单，就是一个男人和一个女人相遇的故事，有"同是天涯沦落人"之意。小说中的男主角也叫鬼金，当年在马原的小说中动辄就出现一句"一个叫马原的汉人"，非常唬人，很博尔赫斯，据说马原既是作者，也是叙述者，又是故事人物；《对一座冰山的幻想》也如此，鬼金既是作者，也是叙述者，又是故事人物。鬼金和老婆离了婚，穷困潦倒，吃了上顿没下顿，他是下岗工人，无所事事，却又舞文弄墨，写写小说；小寂的父亲因为工伤意外去世，骨灰被工友带到了家里，小寂大学毕业与男友结婚，却被男友卖给了其舅舅，肉体与精神饱受折磨与蹂躏，最后终于逃离苦海，去寻找她的父亲。小寂寻找父亲到了本溪，在这里她遇到了鬼金。鬼金擅长写男女的恩怨与无奈，《轧钢厂的囚徒》、《我们去看大象吧》、《二分之一幽灵》都写痴男怨女在情感上的纠结。

《对一座冰山的幻想》情节不可落实，题目"幻想"云云已作提示，小寂有极强的现实指涉，冰川亦影射现实。孟姜女寻夫，盖有原因也；小寂寻父，也非无故。现实中的冤屈无处可诉，不得伸张，于是转为超现实，长城遂倒塌，大快人心，且流传了几千年；小寂也如是，冰川并非凭空长出，无故倒塌，盖有怨气也。"冰山"是小说中一个非常重要的隐喻，小寂说："这些天老是梦见一座冰山，而我就像一个死人似的被囚禁在冰山里，我走不出来，我甚至赤身裸体用我的体温去融化那座冰山，可是白费，那是一座巨大的，在不断生长的冰山。"在冰山中，小寂还看到他的父亲囚禁在其中。冰山如同钢铁，冷冰冰的没有体温；冰山也如同监狱，无数人囚禁其中。这篇小说结尾处颇为魔幻，冰山再长，小寂升空。冰山云云看似魔幻，但皆有现实针对性。魔幻与超现实，我觉得要慎用，譬如"冰山"有其实，可以用，但若无实，只是为了魔幻而魔幻，装神弄鬼，则会流入无聊，伤害了读者，又自伤。当年的先锋小说很多都流入此路，若有名无实，断难久持。鬼金在小说结尾处往往喜欢用"曲笔"，如同鲁迅所说，往往不恤在《药》中平空为瑜儿的坟上添上一个花环。

在《对一座冰山的幻想》的创作谈中，鬼金写道："在这个文学沦为故事化的时代，我有些缅怀过去的先锋。先锋在如今成为了一种传统。我相信。但它没有死去。"诚然如此，八十年代先锋小说盛极一时，如今却风流云散，九十年代时余华、苏童等写的小说，先锋色彩锐减，以故事取胜。先锋小说面貌一变，转为故事，这是余华、苏童等走出来的路。先锋没有死去，只是变化了面貌，借尸还魂。鬼金以小说创作的实绩为先锋文学提供了另外的转型可能，这就是恐怖小说，比如《二分之一幽灵》，或者恐怖小说结合先锋文学，比如《对一座冰山的幻想》、《我们去看大象吧》等。鬼金的小说可以为东北身份的转变提供佐证，其小说《轧钢厂的囚徒》写出了钢铁工人的"挫折感和失落感"。小说本来就与俗世和底层有着天然的关系，鬼金以小说的形式描述了东北底层社会的状况，记录了东北身份转变时期工人的生活史。鬼金身处其中，经历着东北这次转变所带来的痛苦、尴尬、挫折与失落，希望鬼金对此能有比较自觉地认识。

四、以先锋写记忆或现实

高晓枫小说中充满浓郁的黑暗气息，其来源或许有二。

一、从医的经历。晓枫是医生，医院是生与死的中转站，她在医院中所见皆是人生的非常。晓枫应该是见多了生死，见多了病人的痛苦。医门多疾，医生应该有坚强的心灵，否则难以承受医院的阴暗。晓枫曾自述，"成年后，我在医院当班，见识各种死亡。知道无论怎么挣扎，死神仍会毫不留情地带走一切。对人世的见闻和认识，极轻易地左右了我的思想，我开始知道，我是个悲悯绝望的人。"或许晓枫对于其工作不甚满意吧，作医生颇辛苦，她曾自道："我的健康状况不佳，连续的倒班，过重的压力，都是我产生倦意的原因"。那么，在这样的环境中，阅读与写作或是引领她上升的力量，或是使其释放压力的重要途径。晓枫说，深夜值班时她通过读书、写作而深感慰藉。一个人在医院值班,不远处有各种各样的病人在苦苦挣扎,深夜孤灯,彼时会是什么样的心境呢。所以,晓枫才会说:"我应该感谢写作,它改变了我,让我重新有了生活的目标和激情。"晓枫是绍兴人,她不仅与鲁迅同乡,也与鲁迅一样经历了弃医从文的过程。但是,鲁迅弃医从文为救他,晓枫弃医从文或是自救。文学为晓枫开启了新的世界,从此她的人生逐渐两样起来。

二、与其思想资源有关。晓枫自述,"先锋时期的作家,带给我丰盛的营养餐,而博尔赫斯、福克纳、卡尔维诺等伟大的作家,他们都是探索结构的先列,他们对文字构架上无穷的探索,是我前进的方向。他们是启发者也是引导者。"晓枫所喜欢的具体作家则是:"博尔赫斯、马尔克斯、卡夫卡、萨特、莫里亚克、卡森、加缪、福克纳、爱伦坡、芥川龙之介等。国内我喜欢几乎所有的先锋作家。"晓枫又说,"可以说,先锋文学对我影响之深。我开始读到并且真正喜欢上的,也正是那个时段的作家,特别是余华和苏童。看苏童的长篇《我的帝王生涯》时,我曾为其中的幻灭感流过泪,他小说里所蕴含的阴柔、晦暗的气息,也是我极为喜欢的。而余华,虽然他的长篇具有极强的现实意义,并且呈现少作中缺乏的温情和光亮,他的简洁、冷酷的短篇,却带给我更为强烈的冲击。莫言、格非、马原这些作家,对我的影响居次。相对来说,我更喜欢这些作家早期探索精神意义的作品。"晓枫在与鬼金的对谈中,反复提到先锋文学,确实可见对其影响之深。解析晓枫的话以及她所开出的名单不难发现,她所喜欢的作家基本都是现代主义作家,这些人滋养了中国八十年代崛起的先锋作家们。晓枫既向八十年代的中国先锋作家们学习,也向老师的老师学习。或许这些作品所散发的气息与医院深夜孤灯夜读的晓枫有契合之处,或许晓枫从这些作家身上感受到了同调,于是被深深打动,引起共鸣。这些中外的先锋作家或许教会了晓枫什么才是小说,以及如何写小说,这是作为小说家晓枫的起点。

高晓枫小说路子是:以先锋文学的笔法诉说其记忆和现实处境。晓枫的小说充满了阴郁的气息,洋溢着压抑的氛围,梦境、往事、欲望、迷惘、梅雨、失眠、孤寂、预言等是其小说的关键意象。

晓枫的小说往往写记忆,这是其小说极为重要的主题,譬如《往事与传说》、《遗事》等。《往事与传说》顾名思义乃是"追忆似水年华","往事"虽早已逝去,但有其实际性,可是一旦成为"传说"则变得复杂起来,恍兮惚兮,不知有无。"我"早已离开家乡,身处城市,已婚、失眠、焦虑而抑郁,有无限心事。"我"这样的人物类型常见于晓枫的其他小说,其实这亦是典型的先锋文学人物形象。

"2006 的秋天，我独自回到老家"，睹物思人，往事涌向心头，于是念及祖父、祖母、父亲、母亲、三姑、小姑等人，也言及"我"小时候的感受与当下的处境。"我"因失眠、抑郁等原因，"往事"遂以碎片化的方式呈现，"往事"忽东忽西，忽南忽北，完全没有时间的或逻辑的线索。其实，这部小说情节简单，就是写个人的回忆和写家族的往事而已。但由于作者对先锋文学的追求和热爱，遂人为地增加了这篇小说的阅读难度。若去掉先锋、魔幻、神秘等色彩，或亦能收清新朴素之效。

晓枫的小说也写及她当下的处境，譬如《春梦》。《春梦》由名可知，所写乃是"梦境"（梦境亦是先锋文学常用的意象），"春"云云可见与欲望有关。主角"我""是个有着自闭倾向的男人"，"我精神恍惚，整晚不能入睡。偶一入梦，无数飞蛾般的碎片就会扑面而来"。"我"在医院中工作，医院于"我"颇似牢笼。莫尔是"我"念兹在兹的女人，"我"也不知道她在或不在，与她的接触是梦境抑或现实，她扑朔迷离。莫尔之名乃与《乌托邦》作者同名，不知晓枫有意为之，抑或巧合。"我"与莫尔相识于酒吧，她所体现者乃是生活的非常状态，是冒险，是惊喜，不是无聊的日常生活，亦不是辛苦的工作状态。夏恒毅然离开医院，远赴他方，或是"我"欲远足之象。《春梦》颇能见出作者在医院中的处境与心境，小说中有诸多关于工作细节的描写，譬如"前一天晚上我值班，整个夜间根本没睡，一直都在为一个艾滋病人而忙碌。我不能袒露细节，唯一可以说的是，我不想被传染，更不想死，所以戴上了厚厚的三副消毒手套。多一层手套，使我多一份安全感。我完全没有顾及戴了手套之后，笨拙的操作。同时，我还戴了两个无菌口罩，外加蓝色的一次性帽子，把那刻多余的头发一股脑儿塞进去。""我"想要离开，却不敢也无力，只能诉诸梦中。《春梦》在形式上颇为出彩，小说由"0"开始，由"0"终止，始于 0，亦归于 0，到头来白茫茫一片真干净，不知到底有无故事发生过。

写作本身亦是晓枫小说的重要主题，写作写作是博尔赫斯等先锋作家常用的手法。《乌有巷 8 号》、《往事与传说》等小说皆写及写作本身。小说主角"我"，是一个"满头油腻的头发，脑袋耷拉，面相清瘦，双目无神"的作家，"孤独，厌倦，失望"。乌有巷 8 号是"我"蛰居之处，乌有云云或与莫尔、乌托邦等意象有关，都是恍兮惚兮，若存若亡。封闭的环境中住着一位封闭的作家，"我"精神困顿，梦境与现实颠倒，昏昏沉沉，疲惫而眩晕，苦苦寻找灵感。《乌有巷 8 号》所写大致如此。

晓枫弃医从文，藉文学走出了个人困境，但我怕她所藉者成为其新的困境。

从目前晓枫所发表的小说《迷途》、《异乡客》、《梅雨》、《春梦》等小说中，可知其作品过于阴郁。晓枫的经历和思想资源使之选择了先锋文学之路，但在这条路上走得久了容易流入颓唐，作者背负的阴气过重，于己未必是好事。晓枫既然敢于弃，弃掉了专业和职业，那么是否可以再弃？

今日先锋何处寻
——以舒飞廉《绿林记》为例

■文/张定浩

一

"有些作家说他们只为自己写作。我和这些糟糕作家不是一伙人。"翁贝托·埃科说,"作家唯一专为本人而写的东西是购物清单,可以帮助他们记住要买些什么,买完之后这些清单就可以扔掉了。所有其他东西,包括洗衣单,都有他人作为接受的对象。它们不是独白,它们应该是对话。"紧接着,他谈到自己小说中的一种典型的后现代主义特质,即双重译码,他援引建筑学家查尔斯·詹克斯对此的定义,"后现代主义建筑或艺术作品同时面向少数精英和普通大众,对前者,它运用'高层次'的译码,对后者,它运用大众译码"。[1]

作家在写作之前,大多得先弄明白自己是打算写给谁看的。在"古之学人为己"的意义上,"为自己写作"也未必是完全糟糕的事情,倘若这个作家可以像苏格拉底那样对自己随时抱以清醒的省察。但因为这是更高一层的要求,所以那些真正为自己写作的作家并不会轻易地如此宣称,相反,他们都会很谦卑地把自己的作品题献给某一类人。总的说来,古典作品面向完整的人说话,现代作品区分

---

[1] 翁贝托·埃科:《一位年轻小说家的自白》,李灵译,桂林:广西师范大学出版社,2014年,第34页。

大众和精英，后现代作品则在认可这种区分的前提下，进一步有意识地加以混淆。

我们通常所谈论的当代中国文学，其诡异之处在于，它每每令大众和精英同时感到不满。也就是说，它既不是面向普通大众的，也不是面向少数精英的，当然，更不是面向自己的。在我们这里，似乎存在一种普遍而奇特的写作，我姑且称之为"面向文学期刊的写作"。在这种情况下，写作首先考虑的不是面向谁说话，而是能否在文学期刊发表，尤其是在一些重要的文学期刊上发表。而我们现阶段的这些文学期刊，绝大多数是非市场化运作的，同时也罕有在某个基金会长期支持下由精英知识分子独立操持的例子，用通俗的讲法，它们大多是体制内的刊物。"体制"在这里并不绝对是一个贬义词，被体制内的文学期刊退稿，也并不能预支一种先天的荣耀，在大多数情况下，那些退稿作品的确糟糕。我想说的仅仅是，因为体制的关系，这些刊物多少能够免于经受在大众和精英两个向度上的严厉检验，并得以维持在某种自我经营的相对固定的美学趣味之中，而这种美学趣味也在暗暗培养它的欣赏者。于是，一种面向文学期刊的写作，往往会意味着接受一些美学趣味的校正，意味着某种在相对封闭中走向均质化的文学写作。在这样的写作生态中，很难有先锋存活的空间。

李静写过一篇《王小波退稿记》，生动地呈现了一个优异的写作者在文学期刊面前的困厄。"那时他压在箱底的作品太多了：《红拂夜奔》、《万寿寺》、《似水柔情》、《东宫·西宫》……每一部都巧思密布，心血用尽，每一部都发不出来……在等待《红拂夜奔》回音的日子里，我跟他约了个短篇，参加本杂志的'短篇小说公开赛'。约稿时我像个老油子似的提醒他：'求您，这回写篇老实点的，俺们能发的吧！'到了他家，他把《夜里两点钟》打印出来给我看。看完，我不留神叹了口气。唉，一个作家在自由状态和'警告状态'下的写作，竟会有这么大的不同。"①

过了数十年，舒飞廉，一位追摹王小波前行、同样将古典传奇与后现代叙事圆熟结合的小说家，为其流行一时的《绿林记》撰写大结局《放鲸记》，也遭遇到某著名文学期刊"武侠专号"的退稿，责编给出的理由是，"太先锋了"。

二

《绿林记》由八个短篇构成，《浮舟记》、《洞庭记》、《金驴记》、《连琐记》、

---

① 李静：《必须冒犯观众》，北京：新星出版社，2014年，第9页。

《龙宫记》、《绿林记》、《登月记》和《木兰记》。它们各自撒豆成兵，聚在一起又构建出一个完整独立的世界，里面人物大抵如旧派武侠小说一样隶属一套由作者所创造的系谱，旁逸斜出里自有生生不息的因果勾连，同时又吸收了类似卡尔维诺等现代幻想短篇小说作者的干净明快。其取材甚广，从《山海经》、《西游记》、《聊斋志异》到古罗马的《金驴记》和日本物语，然其核心情节构想，来自唐传奇里的《柳毅传》。书生柳毅落第之后辗转泾阳，途中遇到遭无良夫君毁黜的龙女，遂为其传书到潇湘洞庭的娘家，得见一壮丽美好之龙宫世界。而书写这一龙宫世界的失去、探寻乃至再造，亦是暗自连通作者之前于《飞廉的村庄》中散漫道出的乡愁挽歌。

舒飞廉自己曾撰文回忆写作《绿林记》时的情景，"这八个稿子是在武侠版最好的时候，也是我精力最为充沛的时候写出来的。每天早上五点钟起床，写到七点半出门，然后开车去东湖之外的杂志社上班，一天，能够写到一千字，我都会一路上开心得要命，等赵文韶司马飞廉袁安张竖朱悟能们由脑海里渐渐消散，觉得草长莺飞的东湖就是一个神仙世界"。①

我最喜欢其中《龙宫记》一篇，它恢弘飞扬，又深情灵动。说的是自从某日群龙离弃地球飞升上天，洞庭龙宫已毁圮数百年，如今洞庭湖中一只老乌龟来到人间，背负水中鱼虾们的希望，来说动云梦县的工匠随其去水底建造一座新的龙宫，并向京城的太史飞廉讨来用阴阳五行和九九术数构建的营造图纸。望舒，作为一只由人转化而成的年轻的龙，立在月球之上观看故乡发生的这一切。

"她常常在深夜，去游过那零星的灯火，去看那些正在深水里沉睡的工匠，他们慢慢地将一个废墟，整理成一个新的房屋。他们固然是要得到夜明珠，然后去讨生活，但是在建这个龙宫的时候，他们很努力很快乐，将一个非凡的奇思妙想的图纸，变作一个实在的，可以看得见摸得着的奇迹。大大小小的创造让他们觉得，他们的泥刀锯子上面，好像都有神。"②

然而，柳毅，另一只年长的龙，告诉望舒，这令人振奋的龙宫最终注定是建不成的。柳毅邀她往更深的宇宙里去，望舒摇头，她还记着地上的一个人。

"这是五月端午的夜晚，新月如眉，群星如沸，宇宙里微风送吹，最年轻的龙站立在星月的微光里。她的眼眶里涌出泪水，顺着她的脸颊滑落下来。她的眼泪滴落到地球上。

---

① http://blog.sina.com.cn/s/blog_4c2972ff0101ika2.html
② 舒飞廉：《绿林记》，北京：新世界出版社，2010年，第148页。

地球上有一个国家，叫做大宋。大宋有一个湖，叫做洞庭……在湖的中央，千百尺的深水中，依然是烛光跳闪，明珠献辉。来自云梦县的工匠们与水妖们一道伐木丁丁，口号不歇。一座前塔后殿的龙宫，正在慢慢地显现。"①

她说："我们要相信奇迹，因为我们本来就是由奇迹中来的。"

三

在1987—1988年度的诺顿讲座里，哈罗德·布鲁姆提醒我们，"我们永远不要忘记，心理学、修辞学和宇宙哲学是同一实体的三个不同名称"②。这三个名称看似玄奥，但可以有其确切明白的指向，即心灵、文本和世界，它们合在一起，相互审视、检验，相互影响，并在某个时刻相互转化。

而一种割裂了心理学和宇宙哲学之后的、最肤浅意义上的叙事修辞学的模仿，却正是上世纪八十年代先锋文学留给我们的基本遗产。于是，它所谓的反叛精神，用阿城的话来说，不过是对中学生范文的反叛，且时常透出一种阴毒气。这种阴毒气，至今仍可在残雪的小说里略窥一二。而除了残雪之外，大量的当时所谓先锋文学作家日后都转向写实主义，致力于制造某种"清洗得过于光滑的土豆"，用诺思洛普·弗莱的话说，"那种如此光滑的生活的效果就是产生表层虚假的反射反应，如牙膏广告中那种过于灿烂的微笑"。③

这种过于光滑的虚假，和当年过于阴毒的戾气，其实是一体两面的，都源自某种自身知识结构的欠缺。寻根文学的口号已经意味着对这种欠缺的诉求，只不过很遗憾，那些昔日的先锋作家大多数仅仅有能力寻找到传统世界的愚昧和疯傻，这进一步促成了他们的自得与封闭。

先锋，意味着对某种僵化和陈词滥调的拒绝，但这种拒绝并不是对整个过去世界一揽子否定或者某种拿来主义式的轻狂。相反，这种拒绝意味着创造性地回返那个在僵化和陈词滥调形成之前的过去，回到某种古典教养的源头，从而重新开始。这种重新开始，本身就会成为一种奇迹。

唐传奇和宋元志怪，几乎都出自古典教养极好的文人之手。"始读左传、史记、

---

① 舒飞廉：《绿林记》，北京：新世界出版社，2010年，第152页。
② 哈罗德·布鲁姆：《神圣真理的毁灭》，刘佳林译，上海：上海人民出版社，2013年，第143页。
③ 诺思洛普·弗莱：《世俗的经典》，孟祥春译，上海：上海人民出版社，2010年，第190页。

汉书，稍得其记事之法，而无所施，因志怪发之。"昔日王景文《夷坚别志序》里的这段话，几乎可以作为诸多传奇作者的心声，所谓"易隐于卜筮，佛隐于祈福，吉凶与民同患，大文化贯通小文化"（张文江语）。而今日大受欢迎的《魔戒》和《纳尼亚传奇》的作者，托尔金和C.S.刘易斯，也都是谙熟古希腊和中世纪的大师级学者，此外如格雷厄姆·格林可以上午撰写满溢天主教义思索的严肃小说，下午则换脑子写旨在拍成电影的消遣小说。这种在精英文化和大众文化之间的转化贯通，自由切换，从一开始就是小说这种叙事文体背负的先锋使命所在，中西皆然，本不成其为问题。唯有在我们这几十年形容枯槁的纯文学中，才成其为问题，才被我们的有些小说家可笑地归结为，中国文学传统的问题。

四

舒飞廉早年在网络连载《飞廉的村庄》，如今在报纸开设《风土记》专栏，散漫道出的田园乡愁引发无数文化人的共鸣；又曾在极通俗的《今古传奇·武侠版》做主编，着手推出沧月和小椴这样的写作者，开出大陆新武侠的局面；而《绿林记》中的各篇，也都相继发表在诸如《九州幻想》和《奇幻世界》这样的、可以在报刊亭里买到的青少年刊物上。然而其小说在似幻似侠的传奇故事表象之下，竟又会谈到胡塞尔和但丁，也会提及论语与鲁迅。现象学派不过是武学一支，"庖丁解牛"可以成为一种暗器针法，而"准风月谈"更可以作为一场口舌大战的名称……凡此种种，其漫天花雨的汪洋肆意背后，自有其一针见血的洞见在。

"《论语》之类的圣贤书，何尝又不是武功秘籍？"

"龙意味着你与宇宙的问题；鬼意味着你与自己的问题；屠龙刀，意味着你与别人的事情。"[①]

这样的写作姿态，一方面多少沾染了些许埃科所谓的后现代主义特质，即拥有面对精英和大众的双重译码；同时，又并没有在后现代式的拼贴、戏仿和反讽中丧失对于生活意义的严肃渴求；而是连通了《西游记》、《笑傲江湖》和《魔戒》这种以外部历险之名暗传内在修真心法的中西方幻想文学的小传统。这使得舒飞廉的《绿林记》系列写作，亦古亦今，既俗又雅，且新且旧，看似散漫无稽，却自有其内在抱负，以至于我们似乎一下子不知道该用什么美学标准去衡量它，评判它。在这个意义上，文学期刊对于其所谓"太先锋了"的指认，多少还是有些

---

① 舒飞廉：《绿林记》，上海：新世界出版社，2010年，第108页、第94页。

准确的。

因为，先锋，始终都首先意味着不可归类和无法命名。而过去文学史上的"先锋文学"，以及今日诸多现实主义小说，其实倒不妨都归于所谓的"类型文学"之中。

"当一个艺术家创造出一种新的可能的形式时，这种新形式会带来世界观和感觉的深刻变化，这时立即会有一大批模仿者运用和发展这种形式，使之成为一种空洞的形式，但不接受它所带来的影响。正因为出现了这样的现象，而且在我们这样的文明之中这种现象进展很快，所以一种革新行动（先锋派的行动）就会很快将它的真正的机会磨灭，为了不使这种行动成为陈旧的方式方法，就需要尽快通过另一次革新来否定它。"（引自埃科《开放的作品》的一则注脚）[1]

而纳博科夫也曾刻薄地说道："哪有什么新小说不新小说的，只有一个名叫罗伯-格里耶的天才，和后面跟着一排对商业利益、对社会名声有所期待的模仿者追逐者。"[2]

---

[1] 翁贝托·埃科：《开放的作品》，刘儒庭译，北京：新星出版社，2005年，第245页。
[2] 转引自唐诺：《尽头》，桂林：广西师范大学出版社，2013年，第234页。

心路

向内心的黑洞倾听慧光
——《尼禄王》与我的心路历程

向内心的黑洞倾听慧光
——《尼禄王》与我的心路历程

■文/姚 伟

没有人能预料他沉睡之后的梦境，就像无人知道他将要写出一本怎样的书。也许当初只是一个闪现的念头，但一个念头的爆炸，已足以引出一个虚构的宇宙。的确，正是一连串急速飞奔的念头，组成了通常所说的命运。

一本书的诞生，往往像一个烧饼从天而降，重重砸在书写者脑后，没有一点点防备，却充满重重顾虑，连饥饿的书写者自己都感到错愕。四年前，拙著《尼禄王》的完成就是如此。它首先源于一个年轻人内心的黑暗。当这本书像一扇门那样缓缓打开，黑暗就找到了急驰的通道，向世界发出刺耳的叫喊、质问、怀疑与希冀。《尼禄王》吸纳了我青年时期所有躁动和战栗的情愫，企图在黑洞中挤压出一丝光亮。也许因为暗的元素太过沉重，从二十五岁动笔，三年之后才步履艰难地完成。

《尼禄王》书影。封面上的尼禄皇帝头像，既桀骜不驯又显得滑稽荒唐，与书中文风十分契合，可谓编者神来之笔。

那些过于阴郁的词句，那种犯罪般狂欢的气质，使今天的我深感不满，因为这些气质使它离"乐而不淫，哀而不伤"的中道相去甚远。写作过程中，我曾不止一次意识到这个问题，但最终还是没能抵挡住它们的诱惑。的确，在内心缺乏强大信念，缺少智性照耀的前提下，谈论生活或书写的中道，都显得过于苛刻，也过于奢侈。

如今看来，这本书恍若此世的一个隐喻，充满绚烂的景致，同时也飘荡着阵阵臭气。它的出版本身即是一次意外，倘若没有蝼冢先生及新世界出版社的眷顾，它多半还躺在抽屉里，虚假得如同一摊灰尘，唯一的价值就是像蛛丝一样，等待文学编辑们伸出玉手轻轻抹去。

五年前，《尼禄王》就是我想要抵达的混沌之地。而现在，情况已经全然改变，从脚下的深渊里，意外生长出一条全新的道路。用一种不悔少作的宽容去返照，可以说，是存在的焦灼、死亡的阴影，构成了当初书写的第一推动力。

对存在深渊的追问，以及对政治事物的思考，是《尼禄王》反复触及的两个基本主题。当海德格尔批评柏拉图以来的西方哲学遗忘了存在时，不管其论点本身是否可靠，都能引起现代人深切的同情。在深陷虚无主义困扰的现代人面前，这的确是一个根本问题；当民主话语成为晚清以降最热门的政治论题时，如何借助先哲们的视角，审慎地观察它的优劣，寻找它的根基？这些都非三言两语所能穷尽。

罗马帝国经历由共和到王制的嬗变，尼禄皇帝作为一名艺术家，其虚无主义性格也与今日的时代氛围暗合。也许正是这两个特征，让我无意中选择了这个多少显得偏僻的题材。只能说这种选择纯属偶然，不过存在的迷暗、人世政治的多舛，无论在哪个时代都具有普遍性。过多谈论自己作品的缺陷或优点，都是不明智的。下文我将把重点放在写作时的心灵状况上，去追寻推动写作发生的那些最初能量。

《斐多》篇与虚无主义的出场

博尔赫斯在其散文《不朽》中说，"全部哲学中最感人的篇章莫过于柏拉图的《斐多》篇"。的确，对《斐多》的阅读已过十年，许多词句早已面容模糊，但柏拉图对死后灵魂状态的种种猜想，依然是我读过的西方文献中最动人的篇章。

柏拉图有许多杰出的大部头，而只有在《斐多》等少数篇章里，其诗才方得到最大限度的发挥。这是由最大的无知引发的巨大才能。灵魂是否随同肉体的死亡烟消云散，还是像琴音一样消逝到了我们目光追逐不到的空间；是否高贵者的灵魂不朽，而低贱者的灵魂会随肉体腐烂？是否灵魂只是身体诸种功能的和谐，随着和谐的丧失灵魂也像烛火般熄灭？是否灵魂会在穿破了几具肉体的衣服后，自身也因过度磨损而瓦解？这些都是柏拉图的疑问，也是整个人类的疑问。或者说，柏拉图集中征用了人类最锋利的想象力，企图向死亡的大门做出致命一击，从而往门洞里一览无余地窥视死后的世界。

《斐多》篇在经过一系列诗性想象之后，最终以辩证法的三段论，企图证明灵魂的不朽。在《偶像的黄昏》中，尼采把辩证法等同于智者派的诡辩术加以嘲讽，"由于苏格拉底，希腊人的趣味转而热衷于辩证法，这究竟意味着什么？首先是一种高贵的趣味借此而被战胜了；贱民凭借辩证法占了上风。在苏格拉底之前，辩证法是被好社会拒斥的，它被视为歪门邪道，它使人出丑。人们告诫青年人提防它，人们也不信任它炫耀理由的整个姿态。就像老实人一样，真货色并不这样炫耀自己的理由。拼命炫耀理由是不体面的……苏格拉底的讽喻可是一种叛乱的表现？可是一种贱民怨恨的表现？他可像一个受压迫者那样在三段论的刺击中品味他自己的残忍？他可是在向受他魅惑的高贵者复仇？——辩证法家手持一件无情的工具；他可以靠它成为暴君；他用自己的胜利来出别人的丑。辩证法家听任他的对手证明自己不是白痴，他使对手激怒，又使对手绝望。辩证法家扣留他的对手的理智。——怎么？在苏格拉底身上，辩证法只是一种复仇的方式？"

事实上，即使最真诚的论证也容易陷入诡辩。当然，这一事实并不足以取消在交谈辩驳中获取真知的必要性。诡辩术的胜利，通常是在辩论过程中，随意扩大或缩小三段论概念的内涵或外延实现的。柏拉图《斐多》中对灵魂不朽的三段论证明即有此种嫌疑。大前提：如果事物 a 与 b 完全不相容，那么 a 就不可能含有 b 的属性。小前提：灵魂不容纳死亡。结论：灵魂不死。在这里，小前提中的"灵魂"仅指与肉身共在时的灵魂，不然就没有论证的必要了。而结论中的灵魂概念外延已经扩大，包含了与肉身不共在的灵魂。

把灵魂设定为绝对理念亦即灵魂的"型"，就已事先假定了灵魂的不朽，后面的演绎推理再精妙，也终究难脱循环论证之嫌。

前苏格拉底哲学家大多以关注生命和世界实相而著称，这一点我们可以从尼采的《希腊悲剧时代的哲学》中窥见端倪。由于死亡的大门没能刺破，从苏格拉底开始，古希腊哲学由对存在深渊的关注，转向了对政治现实的关注，这种转向遭到尼采与海德格尔的责难，却获得施特劳斯学派的大力称赞。《斐多》中的苏格拉底，年轻时与王阳明一样，企图通过格物来体解大道，直到把自己格得头昏眼花精神失常，才不得不放弃"观察自然"，把目光转向尘世政治事务。在海德格尔那里，这一转向最终导致西方哲学"对存在的遗忘"，并最终引诱出虚无主义这头现代性恶魔。

人是向死而生的精神动物，当他无法获得关于死亡和命运的确切知识，他就无法恪守道德。为了赶在灰飞烟灭之前获取现世的享乐，人们会前赴后继地铤而走险，把丛林法则奉为最高信仰，于是海德格尔说出了那句著名论断：现代性下，伦理是不可能的。《斐多》中的苏格拉底也说，"如果死就是摆脱一切，那对于坏人是一大鼓励，因为他们死时就既摆脱了身体，也把邪恶连同着灵魂抛到九霄云外了。"康德道德哲学继承了这种认识，因而不得不用绝对道德律令来反证上帝存在的必要性。

现代性致命的毒药，就是虚无主义，它凸显于信仰的危机。理性与信仰原本应该圆融无碍，但二者的裂痕却越来越明显，本身就足以构成一道深渊。基督教面临诸多困境，而最明显的困境表现在：宗教对世界的许多解释不断遭遇科学的打击；一个全知全能的至善上帝为何创造了一个糟糕的世界；对一个被打入地狱永世不得出离的恶人而言，上帝的慈悲何在？如此等等。

柏拉图把沉思生活定义为超越政治生活的最高存在状态，他赋予苏格拉底以政治哲学家和沉思者的双重身份，然而这种弹性在此后的哲学家那里渐渐丢失。《斐多》把哲学的最高目的认定为学习死亡，在结尾处，苏格拉底描述了死后的世界，那里有冥府的审判、罪人的忏悔、类似地狱的鞑靼若深渊对罪恶的反复清洗。就像儒家四书常常引用《诗经》作为佐证一样，柏拉图对幽冥世界的描述，很大程度上得益于荷马等诗人的启发。但是柏拉图没有说明这一切为何存在，只是用激励的口吻说道，"既然证明了灵魂是不死的，我们就可以而且值得大胆相信它，大胆是可贵的。我们可以利用这样一些讲法来激励自己，常常给自己念念这些咒语。"

海德格尔的批评，如今看来依然无比睿智。柏拉图用"理念世界"与"现象世界"的对立，象征性地解释了存在问题，在海德格尔看来，这一回答遮蔽了问题本身。由于缺乏足够的说服力，尼采认为柏拉图的不朽灵魂概念只是一个"伟大的假设"。尼采说，"基督教是大众的柏拉图主义"。基督教上帝是柏拉图理念世界的人格化，二者都是超验的，并且最终是不可理解的。在上帝面前，人必须学会放弃一切理性主义的怀疑，人存在的意义仅限于接受。

由于基督教的出现，在柏拉图那里是悬而未决的存在难题，进一步获得了标准答案。然而，随着理性主义的崛起，答案本身越来越缺乏说服力。基督教道德所要求的理性诚实，最终杀死了上帝，这就是上帝之死的真正含义。《圣经·约伯记》是这一问题的集中体现。为了考验义人约伯的忠诚度，上帝听信撒旦的挑拨，默许后者不断降灾在约伯身上，使他家产无存、子女丧尽。在又一次降灾时，长满毒疮的约伯终于开始诅咒自己的生日，并且像窦娥一样质问为何世间好人遭殃，坏人却富贵长寿，上帝的公义何在？义人手捧悲惨的命运前去质疑上帝的慈悲，被认为是徒劳的，上帝最终只是轻描淡写地反问：我创造天地时，你在哪里？《约伯记》是神义论危机的激烈爆发，并且始终没能得到真正的解决。倘若上帝只是一个不断惨无人道地虐待孩子，却要求孩子无条件爱戴的父亲，这种形象显然与基督教道德所需要的全能至善形象相去甚远。

信仰跌倒的地方，理性也显得先天不足，人们毕竟不能指望康德哲学、牛顿力学或相对论来证明或否认上帝的存在。的确，柏拉图之后，还没有哪一套形而上学体系成功解决命运和死亡的难题，何况多数哲学体系聪明地选择了沉默。

启示与理性两大传统，双双身陷泥潭无力自拔。危机早已像炸药一样深埋于地下，甚至剧烈的爆炸也早已开始，只是人们无法隔着厚厚的地壳未卜先知，只有少数神经最敏锐的沉思者，才早早捕捉到大地震来临前的轻微晃动。尼采和海德格尔的出场，将人们的视线，重新拉回到前苏格拉底哲学家站立过的深渊边缘。

拙著《尼禄王》既是对上述危机的回应，继而又成了危机的一部分。就像一个拿着手电筒企图看清黑洞内部的观察者一样，最终会因为光亮过于微弱而被黑洞吞噬。《尼禄王》中虚构了许多种造世过程，大体可归结为，世界的存在是造物主的错误或玩笑。其中还让尼禄的父亲创造出一百多套形而上学体系，让贩子拿到世界各地倒卖，买到它们的人纷纷成了不同哲学和宗教流派的创始人。这些体系或相互反对，或彼此关联，它们都宣传合理地解释了整个世界。但它们都有一个共同点，那就是都拥有自己的一套公式，都有一堆连创始人也无法彻底弄懂的概念，免得这些概念被人们理解后，其创始人的权威遭受撼动。

《尼禄王》的精神资源，被牢牢限定在古希腊哲学和基督教神学的范畴内，就像孙悟空那样，在五指山的囚禁下徒劳地挣扎。

为了使这种挣扎显得更加有力，更加花样迭出，作者不惜伪造多种古希腊哲学学说，还重新阐释了基督教原罪故事，甚至包括上帝与魔鬼暗中的约定：魔鬼的任务是不停制造灾难，免得人类和动物，在无所事事、极度无聊下毁掉自己。《尼禄王》中的上帝坦承，他的错误在于将生命寄托于尘土，并且他准备在修补完那些因罪恶而残破不堪的灵魂后，带着他们前往完全由水或者火组成的星球，去获得纯净的新生。当然，这种想象是在霍金的启发下获得的。

从《斐多》到《楞严经》

《尼禄王》营造的世界悲惨而阴郁，充斥着彻底的怀疑主义情绪，它由一个轮回故事开头，以主人公出于对灵魂的厌倦企图销毁灵魂而结束。那时我还没有接触过佛教关于世界生成的学说：造物主的确应该对悲惨的世界承担责任，不过造物主并不外在于生命，他就是众生的颠倒妄心。换句话说，每个人都应该对自己的命运和苦难负责，而非心向外求，怨天尤人。

《尼禄王》出版两年后，在一位至今尚未谋面的佛门修行人指引下，我无意中接触到一部大乘了义经典《楞严经》，那是我活了三十岁第一次听说这个书名。仿佛是一次命中注定的邂逅，这部伟大的书籍使我深受震动，我此后的生命也因之发生巨大转折，说是获得了新生也毫不为过。在《斐多》因疲倦无力而止步不前的地方，对《楞严经》来说才刚刚开始。初阅此经，恍若神话。经卷的开头，是佛陀派遣文殊菩萨持楞严咒，飞往一个妓女的淫室，前去解救被咒语迷惑将失戒体的弟子阿难。继而是佛陀指引弟子四处找心，并揭示心体（俗称灵魂）无形无相至大无碍的实相。最初使我受到震动的，还不是这些地方，而是第二卷中关于心体不生不灭的证明：

> 佛告大王："汝见变化，迁改不停，悟知汝灭；亦于灭时，汝知身中有不灭耶？"波斯匿王合掌白佛："我实不知。"佛言："我今示汝不生灭性。大王，汝年几时见恒河水？"王言："我生三岁，慈母携我，谒耆婆天，经过此流，尔时即知是恒河水。"佛言："大王，如汝所说，二十之时衰于十岁，乃至六十，日月岁时，念念迁变，则汝三岁见此河时，至年十三，其水云何？"王言："如三岁时。宛然无异；乃至于今，年六十二，亦无有异。"佛言："汝今自伤发白面皱，其面必定皱于童年；则汝今时观此恒河，与昔童时观河之见，有童耄不？"王言："不也，世尊！"佛言："大王，汝面虽皱，而此见精，性未曾皱。皱者为变，不皱非变；变者受灭，彼不变者。元无生灭。云何于中受汝生死？而犹引彼末伽黎等，都言此身死后全灭！"王闻是言，信知身后舍生趣生。与诸大众，踊跃欢喜，得未曾有。

佛陀通过人的"观河之见"不会随年岁增长而衰老，来说明心体的不生不灭。有朋友曾用"人的双脚不可能两次踏进同一条河流"，来反驳佛陀的证明。这种反驳，显然是没能领会佛语的精髓造成的。换一种说法，当一个人六岁时，知道一本杂志封面上的两个大字是"文学"，当他八十岁时，他的见解依然如故，直到死亡前的最后一瞥，同样如此。有生必有灭，不灭者唯有不生，这是所有哲学体系共同遵循的基本前提。视觉与听觉一样，都是心体的功能，佛陀通过"见精"的不灭，简洁而完美地证明了心体不生不灭的实相。对我来说，《斐多》中的重重疑云，至此方才散尽。

许多人都曾经历或正在经历青春期精神危机，对我来说，这种危机从十八岁踏入大学校门，一直延续到三十岁那年的五月，方才告一段落，这恰巧是中国人熟悉的一个生命轮回。新世纪伊始，在重庆那所著名法律院校开始的大学生活，让我一度感到人生丧失了意义和方向。周围人活着的最高目标就是牢记课本上的教条，并用各种伪造手段骗取学分，比如抄袭文章发表，借社会书法家的作品在校园获奖等等，最终为了拿到价值不菲的奖学金。那是我生命中最晦暗的时期，我在重庆的雾霾中深深迷失了自己。

2014年夏拜访广州光孝寺，身后为六祖慧能剃度后所建瘗发塔。当年六祖在猎人队中潜行多年，于该寺初转法轮，留下了著名的风幡之辩。唐神龙元年，中印度高僧般剌蜜帝在寺内译出《楞严经》。

在很长一段时间内，我扮演着失足青年的角色，深深痴迷于网吧里的电脑游戏，对于考研和考公务员都表现得漫不经心。好在后来认识了羽戈、刘晨光、王恒、张达君、王禹麟等一帮朋友，他们引导我进入对诗和哲学较为系统的阅读，这才使我的双腿从泥潭中一点点拔出。他们使我了解到诗与哲学、启示与理性、政治哲学与沉思生活之间的恒久张力。如今，他们中有些成了出色的青年学者，有些成了实践法学信条的公务员，也有人做了中央党校的教师。他们是我始终要感恩的人。尽管他们没能解决我的精神危机，至少把我带到了一堵墙壁面前，至于破壁，那是很久之后的事了。

许多年后，当我凌晨手捧佛经高声诵读时，还屡屡回想起在大学自习室里，为冲刺及格线而拼命背诵马哲的苦涩夏日。那个时刻，我突然被一股巨大的孤独和绝望吞噬，我感到自己的学习，乃至生命本身，都因极度乏味和虚伪，而开始大面积溃烂。在那个人生中最脆弱的时刻，身后的行刑队瞄准了我。我被丘比特的短箭击中，糊里糊涂地迷上了一个长相酷视琼瑶电视剧《鬼丈夫》女主角的姑娘——也许正是那部戏让我树立了错误的爱情观，并为此吃尽苦头。

不久姑娘成了别人的情妇，而我也开始了存在的焦灼，用作家海男的一本书名形容，那是《最漫长的煎熬》。我知道这种爱欲源于盲目无知，暴烈的激情如同泥牛奔入大海，一去都无消息。从那时起，我开始反复思考，并诧异于人类为何会产生如此具有毁灭性的激情。哲学起源于惊异，对自己的巨大惊异，使我开始了无休无止的沉思生活。

艾略特说，四月是残忍的季节，对那时的我来说，一月到十二月都很残忍。如今，身边的姑娘让我情绪稳定，我结束了从死到生的一个轮回，并且在昼与夜的生生死死中积攒激情，去完成下一次容纳光明与黑暗的书写。

我反复咀嚼过黑暗业力的可怕牵引，直到半年前我才看到，《佛说本生经》中记载有大量荒唐的单恋故事。一位比丘托钵时被年轻的女施主深深迷住，却遭到对方的无情讥讽。佛陀对比丘说，你多世前曾为海中一鳖，见岸上鸟雀羽毛炫目，心生爱恋，却为鸟雀蔑视。今生彼此再度相逢，颠倒的爱欲复又涌现，皆因不知无明贪爱为苦。

2013年夏在庐山东林寺做义工一周，有幸向东林寺真诚法师（右）、五台山寂坤法师（左）请教学问，第一次切身感受到心无挂碍的天真和快乐。

大同、小康与乱世

人比动物焦虑的原因，在于人既要为死亡担忧，又要为俗世生活时刻操心。政治是俗世最高的事物。对俗世的操心，其最高形态即是修身、齐家、治国、平天下。

先秦儒家对历史有大同、小康和乱世的划分。在《礼记·礼运》中，孔子慨叹："大道之行也，天下为公，选贤与能，讲信修睦。故人不独亲其亲，不独子其子，使老有所终，壮有所用，幼有所长，矜寡孤独废疾者皆有所养，男有分，女有归。货恶其弃于地也，不必藏于己；力恶其不出于身也，不必为己。是故谋闭而不兴，盗窃乱贼而不作，故外户而不闭。是谓大同。今大道既隐，天下为家，各亲其亲，各子其子，货力为己，大人世及以为礼，域郭沟池以为固，礼义以为纪，以正君臣，以笃父子，以睦兄弟，以和夫妇，以设制度，以立田里，以贤勇知，以功为己。故谋用是作，而兵由此起。禹、汤、文、武、成王、周公由此其选也。此六君子者，未有不谨于礼者也。以着其义，以考其信，着有过，刑仁讲让，示民有常，如有不由此者，在执者去，众以为殃。是谓小康。"

孔子向往的大同社会，是上古圣王的时代，也是大道彰显的时代。在那种天下人无私心的道德黄金时代，人们甚至没有道德的观念，这种时代的王制，符合大道至简的宇宙准则。作为大道既隐的体现，夏朝建立在私心之上。从此人心不古，就王位而言，"选贤与能"已从天下九州，萎缩到了一家一姓。到了文武周公等六君子的时代，礼制繁复，刑仁并重，这是天下人私欲膨胀的自然产物。礼制是一道道河坝，阻止天下人泛滥的私心吞噬自身。在孔子那里，现实政制的具体形态，与人类的德性状况息息相关。

孔子关于大同、小康与乱世的划分，让人不由联想起稍晚于荷马的诗人赫西俄德，在《工作与时日》中，关于黄金时代、白银时代、青铜时代、英雄时代和黑铁时代的划分。一个道德败坏唯利是图的时代，常常被学者们描述为废铜烂铁当道的乱世，并且等待这种乱世的结局只有一个：贵族国破家亡，人民流离失所。孔子的划分，还让人想起十八世纪意大利杰出政治学者维柯，他在《新科学》中，将世界历史看作神权时代、贵族时代和民主时代的不断循环。与许多杰出的先辈一样，维柯无比睿智地把一切优秀政体的前提，设定为对天神的虔敬。

英雄并起的贵族时代是契约的时代，礼制或宪法，是信任危机之下，诸利益团体全面妥协的产物。但是倘若没有虔敬作为共识，全面妥协将不再可能。

近世以降，民主话语一跃成为最强势的政治诉求，这并非天然没有问题。如果民主是亚里士多德意义上的共和或混合政体，尚可称为高贵。混合政体依赖于数目庞大的中产阶级，使各阶层都能得到眷顾，从而实现公共利益。一旦民主滑落为以流行趣味或穷人利益为准绳，其面目就变得可疑起来。在维柯那里，虔敬的消退，导致哲学和道德上的怀疑主义，最终引起民主政体的腐化，使这种政体以满足私欲和快感为最高目标，因陷入频繁的内战而沦为最坏的暴政。对它的医治，有赖于独裁君主的出现、较优秀民族的征服，或者经由内战重新回归野蛮状态，直到再度找回丢失的虔敬。

亚里士多德对平民政体的担忧，以及托克维尔对美国民主的反思，使论者对这一议题变得更加审慎。毕竟民众流行趣味，常常有滑向低俗甚至罪恶的倾向。古希腊民众曾热衷于用陶片放逐或处死优秀人物，中国民众也一度热衷于群起殴打师长甚至父母，对他们来说，那种时刻是盛大的节日。

加之魏玛民主政体的悲剧，使人对这种政体增添了一丝隐忧。在相对主义价值观下，放弃原则的平等信条，使魏玛民主政体的政治决断力遭遇空前危机。魏玛民国政治决断力的疲软，最终导致民选总理希特勒的上台。魏玛共和国在危急时刻，没能亮出分清善恶的政治决断，酿成了近代以来最大的民主悲剧。

而中国的民国宪政，最终演化为可悲的内战。有人以此证明民主政体不适合中国，另一些人则说，那仅仅是因缘尚未成熟。不过西方民主以残存的宗教观念为价值预设，一旦残存的观念慢慢蒸干，西方民主也将置身意想不到的困境与危险。倘若中国人无法从自己的文明传统中开掘出价值基石，民主制就将变得盲目而危险。这些都使得民主论题的敏感度急剧上升，一时间变得含混暧昧起来。

无论君主、贵族或民主政制，其良性运转都需要恰当的机运。在人皆为尧舜的古典黄金时代，简洁高效的国王政体就能使国家健康长驻，《无量寿经》中描述的人寿八万岁的时代即是如此；随着人类道德水准的普遍下滑，私欲膨胀，贵族与贵族、贵族与平民相互争斗，无人能再胜任作为道德典范的王者角色，贵族或共和政体应运而生；到了礼崩乐坏人人自危的乱世，世人彼此间的道德信任近乎崩溃，相互盯防与监察的古老民主制，于此时再度复活。换句话说，在一个由混蛋和恶棍（恶棍是混蛋的高级阶段）组成的国家，民主制才能保障最低限度的善和公正，许多著名的黑帮团伙都采用民主手段推举老大，便是最好的明证。不过倘若没有维柯所说的虔敬，哪怕是一种低限度的虔敬相配合，黑帮团伙般的平民政体亦将很快分崩离析。

晚清以来，始终有一种流行观点认为：民众素质较低的情况下，不适合民主政体。这种看法让人多少有些哭笑不得。在我看来，恰恰是民众素质偏低的时候，于民主政制最为当机。晚近几个世纪，民主政体大兴且成果丰硕，也印证了这一论断。《大学》说，"未有学养子而后嫁者也。"如果有一个父亲，让自己的女儿学会生育后代才去嫁人，定然遭到人们的嘲笑。政治是实践的艺术，它鼓励摸着石头过河。

回到儒家政治哲学上来，可以发现，先秦儒家或对死亡问题避而不谈，或只是偶尔零星片语触及"鬼神"。一套如此精妙的哲学体系，却缺乏对死亡足够的关照，这一点令人颇为费解。不过联想到秦代的焚书事件，可以猜测此类书籍大约被始皇帝厌恶而遭遇灭顶之灾。也许儒家关于死亡的书籍对始皇的"霸道"构成了实在威胁，于是遭到无情毁坏。如果这是事实，那么它就是中华大地上最令人心痛的灾难。残存的儒家典籍所表现出的激进现实主义立场，无疑大大削弱了儒家道德学说的震慑力，也为此后王道的衰落和霸道的兴起埋下隐患。

直到佛教西来，才一定程度上使儒家道德哲学的尴尬状况得以扭转。程朱理学和阳明心学，无不是在佛教的启发下取得的辉煌成就。程朱理学强调王道霸道之别、天理人欲之辨，但在心学方面，却牢牢坚持彻底的一世论，将释氏因果轮回乃至缘起性空等说，斥为空洞邪说。这种批判，是在误解佛教一系列基本教义的基础上做出的（参看南京大学哲学系李承贵先生《朱熹误读佛教之表现及其原因》一文）。

在朱熹看来，因果轮回是高贵的谎言，与儒家"诚其意，毋自欺"的信条相违背。以致近代佛门大德印光大师，在《〈务本丛谭〉序》中痛心疾首地写道，"世乱已极，无可救药，究其祸本，只因理学先贤，破斥佛所说之三世因果，六道轮回等事理，谓为佛凭空设此，以作诱惑愚夫愚妇之据。而不知惠吉逆凶，积善余庆，积不善余殃。与精气为物，游魂为变，为是因果耶，非因果耶。是轮回耶，非轮回耶。而况史鉴所载因果轮回之事，多难胜数，彼岂绝无经目耶。特以门墙见重，欲与佛异趣，以阻止后人之悉皆学佛，恐致儒门冷落耳。"又在《复李德明居士书二》中说，"彼既提倡因果轮回为虚谬，则善无以劝，恶无以惩，徒抱定正心诚意，为教民治国之本。而不知无因果轮回，则正心诚意，与不正心诚意，有何分别，不过一空名而已。"

此言对程朱理学兴起以来的道德虚无主义危机，揭示得入木三分，使人更加明了日人"崖山之后无中国"的哀叹。印光大师所说的"精气为物，游魂为变"，源出记载孔子等易学思想的《易传·系辞上》：《易》与天地准，故能弥纶天地之道。仰以观于天文，俯以察于地理，是故知幽明之故；原始反终，故知死生之说；

精气为物，游魂为变，是故知鬼神之情状。与天地相似，故不违；知周乎万物，而道济天下，故不过；旁行而不流，乐天知命，故不忧。"这与易经以乾卦始，以未济卦终一脉相承。未济卦预示了上一个轮回的终止和下一个轮回的发端。

世界范围内的道德危机在中世纪之后集中爆发，于当世尤烈。虚无主义最初只是一种隐性病毒，如今已扩散到世界的心脏，整个地球宛如进入了癌症晚期，不断发出绝望的哀嚎。对虚无主义的克服，有赖于智慧之光的重新升起。当维柯的继承者哈罗德·布鲁姆，在《西方正典》中痛心于文学的普遍溃烂，而呼唤一个新的神权时代到来时，其中蕴藏的深意值得回味。

斯维登堡与神秘主义

写作《尼禄王》过程中，近代一位基督教神秘主义大师，深深吸引了我。这就是十八世纪瑞典神秘主义大师伊曼纽尔·斯维登堡。博尔赫斯的杰出散文《斯维登堡》，是抵达他的最坚实阶梯。毕竟相比佛教，博尔赫斯对基督教有着更为精深的见地。博尔赫斯多篇谈论佛教的文字，由于文化土壤的隔膜，只停留在相当粗浅的层面，而与那些最精妙的义理相距尚远。

斯维登堡的奇特之处在于，他的神秘主义文字，完全用冷静节制的纪实风格完成，而这种写作竟然延续在了他生命中最后三十年里。在斯维登堡的长篇非虚构作品《天国与地狱》中，他精细地描述了天堂及地狱的景象。一个人死后是去天堂还是地狱，完全取决于他生前的喜好。那些以爱和智慧为乐的善人，会选择天堂，而那些以尔虞我诈、彼此残害为乐的人，死后会选择地狱。天堂是一个四维空间，人会随着念头瞬间从一处到达另一处，这与那些濒死者提供的灵魂经验完全一致。

博尔赫斯坚决否认斯维登堡的书出自野心怂恿下的刻意欺骗，或者癔症病人的狂想，"那种认为他的书出自一个疯子之手的说法是荒唐的，疯子是不可能写得这么头头是道的。"他还提醒读者，斯维登堡"是一位比其他人复杂得多的神秘论者，其他神秘论者只告诉我们，他们有过销魂的经验，甚至试图以文学形式传达出来。斯维登堡是第一位到过另一个世界的实地考察者，对这位实地考察者我们应当认真对待。"博尔赫斯的睿智和真诚，使人很容易对其产生牢固的信任。很长一段时间里，我对斯维登堡的认真态度，也许已超出博尔赫斯本人的期待。

斯维登堡的不少文字已有汉译。如果读者将斯维登堡描述的多重天界及地狱，与《起世经》、《楞严经》中的相关描述加以对照，定然会有许多意想不到的收获。

尤其是《楞严经》对天界、地狱成因的描述，蕴藏的智慧使我惊讶不已。那里形形色色的地狱，不过是人们生前各种恶劣习气的化现，就像重病陷入昏睡的人，被接连不断的噩梦折磨。

佛陀这样描述地狱的成因："淫习交接，发于相磨。研磨不休，如是故有大猛火光，于中发动。如人以手自相摩触，暖相现前。二习相然，故有铁床铜柱诸事……贪习交计，发于相吸。吸揽不止，如是故有积寒坚冰，于中冻洌。如人以口吸缩风气，有冷触生。二习相陵，故有吒吒、波波、罗罗、青赤白莲、寒冰、等事……嗔习交冲，发于相忤。忤结不息心热发火，铸气为金。如是故有刀山、铁捆、剑树、剑轮、斧钺、枪锯。如人衔冤，杀气飞动。二习相击，故有宫割斩斫，锉刺槌击诸事。"

这种惊心动魄的描述将才慧融为一炉，已远远超越人类理性或想象力所能到达的极限，即使但丁的《神曲》，相形之下也黯然失色。

在我们这个时代，由于平等观念深入人心，多数人早已习惯把自己的理解力认定为世间理解力的最高形态，从而对那些远高于自身理解力的事物变得麻木冷淡，甚至用纯粹感性批判加以嘲讽。这种对艰难事物的逃避，只会使人自甘平庸。就斯维登堡而言，如果有人凭借非凡的慧力透过了时空的虚像，并非全然不可思议。也许斯维登堡出于某种特殊的机缘，跌入了不足为外人所解的幽微玄境。

关于神秘，我时常想起禅宗六祖慧能对"密义"的开示："与汝说者，即非密也。汝若返照，密在汝边。"这也许对我们恰当理解"神秘主义"一词，具有重要的启发意义。

不过，对斯维登堡的理解，还有必要借助爱因斯坦，以及理论物理学的其他发现。

在《尼禄王》结尾处，爱因斯坦与卡夫卡出场了。卡夫卡在爱因斯坦的梦里，成功摘取诺贝尔文学奖，当上了手握核提箱的埃及总统。最后，由于爱情遭到背叛，卡夫卡实现了日记中毁灭地球的愿望。爱因斯坦被苏联间谍玛格丽特的美色俘获，成了两大阵营共同的敌人。他的处境，显示出种种意识形态夹击下，真诚的思考者所面临的尴尬。

爱因斯坦的《狭义与广义相对论浅说》，是专为普通读者而写的优秀读物，也是我过去时常翻阅的著作。

我们知道，爱因斯坦相对论建立在一个基本设定之上：宇宙中的极限速度为光速。

按照佛经的说法，人一刹那间有八万四千微细念头，绝大多数念头还未来得及被我们的意识之网捕捉到,就已不知去向。倘若万道光速从我们眼前飞过,定然留下深刻印象,这说明念头的速度远远大于光速。

至少对我而言,念头的力量和速度远远超过那些微观粒子。半年以前,因为一个偶然的念头,我前去东莞慧韬书院,拜访朋友史幼波院长,此后我成了这家传统书院的工作人员,并在那里研习书法和儒释道心性之学。对我来说,这个念头的力量和速度,胜过身体和空气中所有的微观粒子。

2014年夏,我与其余五人一同拜史幼波先生为师,学习做人和修心。整个拜师仪式按照儒家礼仪进行,礼节的庄重是为了显示对师道、对华夏道统的崇敬。

爱因斯坦说,"空间、时间和物质,是人类认识的错觉。"时间和空间不存在所谓客观性,它们都与运动速度直接关联。设想苏格拉底在广场与弟子们谈话,或者佛陀在园中讲经说法,他们的声音迅速传向远方。几千年后,假设有一个人的耳朵足够灵敏,追赶的速度远远超过光速,那么他终究能够追上当年苏格拉底与佛陀的声音,恍若置身几千年前的演说现场。

这是声,对色来说同样如此。光与影的明暗对比凸显的场景,同样能够捕捉到。一台照相机通过捕捉远处物体发出的不同频率光束而成像,那么或许有一种仪器,能够从迅速消逝的宇宙光速中,捕捉到遥远时代的活动场景。对于《楞严经》的读者来说,这种仪器就是我们的真如自性,也叫大圆镜智、佛性等等。如此一来,过去、现在与未来的传统分割被打碎,有的只是当下一念。当南朝高僧智者大师,在定中见到灵山一会俨然未散,爱因斯坦的时空观念为我们最终理解它提供了极大的便利。

实际上，不仅时间和空间不具备客观性，连物质也是如此。二十世纪的量子力学研究，发现量子在任一时刻，其速度和位置不能被同时测定，量子的运动状态完全取决于不同观察者的心理状态。这是科学对心物感应、相由心生的绝佳证明。代表华夏文明最高智慧的《易经》就是一套心物感应对照表。方位、时辰、长幼、言语字数、落花或水滴的粒数等物象，经过糅合后对应的卦象，就是此时心象的投射。

东晋慧远大师把易经的精髓概括为"感应道交"。正如《易传·系辞下》所说："《易》无思也，无为也，寂然不动，感而遂通天下之故。"既然相由心生，境由心造，那么完全可以从外相的种种蛛丝马迹中，去触摸心性的状态，并对即将生出的相状做出预测。无论古代命理学、相术，还是西方现代的笔迹分析学，都是这一原理的运用。当然，笔迹学本质上属于相术的一种，就像字相学只是《梅花易数》的有机部分一样。不过正如易传指出的那样，能"感而遂通天下"的前提，是格去心中之物后的无思无为、寂然不动。

对古代君子来说，占卜是对未来趋势的预测，这种趋势的直接原因即是心性状态。个人心性状态招致个人命理趋势，群体心性状态则招致共业所感的邦国命运。因此，唯有改变心性状态，方才足以改变个人乃至群体的尘世命运。易经诸卦的爻辞，都包含对占卜者的善意提醒和警告，或者直接给出变易应对之策。

对古代士大夫来说，占卜及把玩卦爻辞，对君子的性情、道德缺陷等，是一种非常有益的提醒，正所谓"吉凶者，言乎其失得也；悔吝者，言乎其小疵也；无咎者，善补过也。"（《易传·系辞上》）六十四卦本无吉凶，倘若能及时采纳爻辞的警告，在性情德性或处世之道上做出调整，凶卦也将趋于吉祥。例如，占筮结果得乾卦初爻动，爻辞为"潜龙勿用"，这是提醒君子机运未至不可勉强出头，宜安心守位做一条潜龙，即使籍籍无名，也要举世不见知而无闷，待到时机成熟，方可一飞冲天施展抱负。倘若占筮结果得乾卦六爻动，爻辞为"亢龙有悔"，这是提醒已取得非凡功业的君子，切莫骄纵放逸，要戒骄戒躁，继续保持艰苦奋斗的作风，否则必将追悔莫及。

正如《系辞上》所说，"是故君子所居而安者，《易》之序也；所乐而玩者，爻之辞也。是故君子居则观其象而玩其辞，动则观其变而玩其占。是以'自天祐之，吉无不利'。"当然，善易者不占，通过阳明心学和禅宗时时提起觉照的工夫，时刻对念头保持良好知觉，也能达到同样目的。《系辞》说，"几者，动之微"。只要时时提起觉照，念头初动，就能善恶立判，时刻对念头保持警醒，所以孔夫子说，"加我数年，五十以学《易》，可以无大过矣。"

向内心的黑洞倾听慧光 109

慧韬书院春季游学期间,与史幼波老师在庐山观看摩崖石刻。

前沿物理学的弦理论告诉我们,宇宙就是心的波动,不同波动频率对应不同的维度空间。他人的世界虽然不设栅栏,却阻止我们的进入。对低级形态的维度空间而言,那些高维空间是绝缘的,凭借思维或科学无法穿透。对佛经的读者来说,这些维度空间就是三界六道,而佛经哲学的最高点,就是破除一切时空及物质虚像的涅槃境界。

心是无形的琴弦,演奏出梦幻泡影般的有形世界。对于佛门行人来说,有形之物莫不刹那生灭,一切皆是心的幻化,只有彻悟者才能觉察宇宙的实相,而其他人则统统活在意根制造的幻觉之中。《楞严经》告诉我们,意根所依赖的正是生灭两种妄相,只有从生生灭灭的假象中出离,才能获得真正的解脱。

2012年在庐山溪流边静坐听泉。

余华和格非

为了表明我没有跑题太远,下面的话题将重新回到文学上来。

就我的阅读体验来看,当代文学写作者的语言水平正在急遽退化。柏拉图、博尔赫斯、海子、欧阳江河、朱大可、余华、格非,这些一流语言高手,共同塑造了我对语言敏感而挑剔的审美趣味。他们告诉我,好的语言应该简洁而精确,同时富有古典音乐般的想象力和节奏。语言带给挑剔读者的那种惊喜,正是在这些基础上才得以成立。

前辈汉语小说家中,若论语言功力,我最佩服的是余华和格非。在我看来,他们的早期作品比后期优秀许多。他们留给后辈写作者最大的遗产,无疑是对语言和叙事氛围的迷恋。他们致力于营造迷宫般充满岔道和回廊的叙事氛围,追求语言本身的艺术性,这一点应该得到很好的继承。

与这两位杰出前辈相比,青年作家们也许在视野上、阅读资源上具备种种优势,但对语言自身的经营相当匮乏。就算余华和格非自己,也开始怀念起早年的炫目才华和杰出控制力。这种才华和控制力来源于自信。

随着年龄和见闻的增长,写作的自信慢慢瓦解,纷繁芜杂的资讯、令人头昏的世相使作家感到无力。由于一种整全视野的缺位,作家被浓烈的自我怀疑情绪所包裹,原先如同王者般驾驭一切词句的气魄,渐渐如潮水般远去。余华和格非早年的才华,是青春期激情的延续。是激情,总有消退的一天。当这一天到来,作家不得不面临与文学的七年之痒,当他摸着自己的文字像摸着自己的右手一样失望时,这种情景多少有些凄凉。

然而许多西方作家的情形恰好相反。帕维奇写出《哈扎尔辞典》时已年逾五十,博尔赫斯的写作也是人书俱老、七十从心所欲而不逾矩的典范。西方作家深深植根于自身的传统,理性与启示,雅典与耶路撒冷的张力,构成他们写作的恒久坐标。基于此,我们也就能够理解但丁、歌德和莎士比亚那种舍我其谁的写作自信,以及似乎永不干枯的灵感与激情。

当然,近现代西方文学也在日益陷入困境。西方文学与中国当代文学一样,面临着严峻的创造力与想象力危机,在此意义上,中国文学与世界文学实现了接轨。贫乏、慵懒的消费主义写作,早已取代了辉煌一时的浪漫主义,成为现代世界精神贫困的缩影。这是理性主义崛起、信仰失落之后自然呈现的文学景观。不过,对于许多雄心勃勃的书写者来说,文学的贫困也是难逢的机遇。在过去那些大师林立的时代，大量写作者难免终生活在大师们的阴影里，但是现在，世界文学安静得可怕，一枚石子更能轻易叩破结满水锈的湖面。

在余华和格非的早期作品中，语言几乎取代价值和意义成为书写的核心。他们有能力让许多读者明知那是虚假的迷宫，却不愿找到出口。但是这种诗意的栖居终究是不牢靠的，它高耸入云的楼榭尽管迷人，却建基在流沙之上。作家提供的语言氛围，会像水果的气味一样，很快随着果实的腐烂烟消云散。

余华前辈近年来表现出鲜明的批判现实主义立场，这无疑是令人赞赏的。九十年代以来，庸俗现实主义牢牢霸占着文坛的宝座，尽管宝座早已四足晃动、千疮百孔，余华还是怒不可遏地朝它连续扔出两只鞋子。如果说余华最终没能打破那一潭死水，但至少搅浑了它。在这个意义上，我钦佩他的勇气。

当然，庸俗（或犬儒）现实主义的大兴，余华也一度是主要推手之一，但是现在，在良心和野心的共同刺激下，余华开始了艰难的转型。对余华来说，从犬儒现实主义到批判现实主义的转身尽管华丽，但智性的贫乏，最终导致艺术表现力的虚弱粗糙，使批判力度和精准度都大打折扣。当一位牙医操起手术刀在你腹腔内东剜西砍，你很难认可那是一场庄严的手术。在我看来，余华首先需要摆脱由巨大名声编织的空壳，才有望真正完成一场精神上的蜕变。

对绝大多数中国现当代写作者来说，他们已经与自己的文明传统深深脱节，如同弃婴般书写着存在的哀怨无力。儒释道的参天大树，早已被移种到狭促的花盆内，并且大多数人由于不再期待树上还能结出果实，而停止浇水达百年之久。这种情景，最终导致多数作家和西学研究者，对自己文明传统的无知，达到令人惊骇的地步。

与东西方古典智慧的绝缘，使日渐臃肿的汉语写作成了一种无力的安慰，即使对少数诗意的写作也是如此。阅读结束的时刻，往往就是诗意消散的时刻。由于无力直面虚无主义、政治及战争灾难等普遍困扰人类的问题，现当代汉语小说迅速被读者遗弃。百年来的汉语文学，其命数大体如此。

余华和格非拥有旷世奇才，然而像很多人指出的那样，他们的写作缺乏思想。当然这并非个人的过错，而是百年汉语文学的通病。但法不责众的宽容，并不能挽救文学的急遽边缘化。陈述苦难，却缺乏含摄苦难的智慧和力量，甚至连作家自身也跌入对暴力和血腥故事的迷恋之中，成为苦难的俘虏。这不单是作家的问题，而是现当代国人价值虚弱症的集中反映。

对人来说，打破偶像是内心渴望成熟的标志。如果我的评论冒犯了谁，那并非我的本意。余华和格非是我曾经的文学偶像，在某种意义上直到现在依然如此。

他们早期作品带给我的惊讶和感动,一直是我书写的动力之一。他们曾经的炫目才华,足以对包括他们在内的所有书写者构成巨大而持久的压力。谁试图无视这类压力,却妄图取得真正的文学成就,那他就只能成为夜郎自大的癔症患者。

现代意义上的小说早已摆脱单纯的娱乐功能,而变为承载一切存在体验与沉思的文体类型。这一转变使小说获得最大限度的自由,同时也对作家的综合素养和思想能力提出艰难的挑战。作家必须从说书人的简单身份中突围,才能使自己的书写获得更为坚实的生命力。

著述

赫西俄德和泛希腊主义诗学

赫西俄德和泛希腊主义诗学

■文/格利高里·纳吉（Gregory Nagy）
译/范若恩
校/王　晨　远清扬

【译者题记】格利高里·纳吉（Gregory Nagy，1942—）是美国著名的古典学家，执掌哈佛大学弗朗西斯·琼斯希腊（Francis Jones）古典文学教席，并担任位于华盛顿特区的哈佛古希腊研究中心（the Harvard Center for Hellenic Sudies）主任。著作包括《最优秀的亚该亚人：古风时期希腊诗歌中的英雄观》（*The Best of the Achaeans: Concepts of the Hero in Archaic Greek Poetry*，约翰·霍普金斯大学出版社1979年初版，1999第二版增补新序言），《荷马问题》（*Homeric Qestions*，德州大学出版社1996年，中文版广西师范大学出版社2008年），和《前古典的荷马》（*Homer the Preclassic*，加州大学出版社2010年）等。他每年为本科生开设的"希腊古代英雄"（"The Ancient Greek Hero"）是哈佛选课人数最多的通识课程之一，也是哈佛网络授课EdX的明星课程，为此编写的教材《希腊古代英雄：24小时的讲述》（*The Ancient Greek Hero in 24 Hours*）新近由哈佛大学出版社出版。

　　纳吉发展了前代学者米尔曼·派里（Milman Parry）和阿尔伯特·洛德（Albert Lord）的口头诗歌理论。从现存的南斯拉夫口头诗歌所提供的人类学证据出发，强调口头诗歌所具有的表演和创作合一的特征，探讨包括《伊利亚特》和《奥德赛》在内的希腊早期诗歌的成型和流传，以及诗歌内在的语文学特征。这一篇论文译自作者的专著《希腊神话与诗学》（*Greek Mythology and Poetics*），为原书第三章。作者从赫西俄德诗歌成型时期的背景出发，阐释了泛希腊主义对《神谱》和《时间与工作》中一系列问题所发挥的决定性作用，并由此解释了赫西俄德在古希腊拥有崇高地位的缘由。

为方便读者，译文保留了原书的页码，在文中以中方括号标出。包括《希腊神话与诗学》在内，纳吉的多本专著亦可在哈佛古希腊研究中心的网页上浏览。

赫西俄德问题

在古希腊人的心目中，提及荷马不可能不提及赫西俄德。在公元前五世纪，希罗多德就深为感触地观察到，正是荷马和赫西俄德这两位诗人的贡献，使希腊人的神祇信仰，也可以说是他们的宇宙观得以系统化（2.53.2）。尽管对于荷马和赫西俄德在历史中出现的时间先后不无争论，但现今通行的观点，从他们的诗歌内部所提供的线索，认为两者均生活在公元前八世纪的后半叶，大致比希罗多德创作《历史》的时代早三百年。然而，对于希罗多德或者古典时期的所有希腊人而言，荷马和赫西俄德的重要性，并不是建立在所知的关于他们诗歌和时代的史实上。无论他们对公元前八世纪有何意义，关于他们，现存的唯一的历史事实围绕的是其诗作对后续几个世纪的价值。从希罗多德等人那里，我们了解到在对全体希腊人共同的价值体系进行构建方面，荷马和赫西俄德的诗作可谓是最主要的艺术手段。①

在将两者并置时，有必要纠正一个常见的错误观念：荷马仅仅提倡叙事（narrative）诗歌而赫西俄德则只是倡导教化型（didactic）诗歌。② 史诗的外在叙事结构，[37]和广义上的神话创作一样，都会建立起一种价值体系以维持和教导一个特定的社会。③ 反过来，正如我们在后文中所要看见的那样，赫西俄德的教诲亦隐含着一种讲述诗人和他生平的叙事。

问题是，为什么这两个诗人会被古典时代的希腊人普遍地接受？如果联系到这一时期希腊那特质鲜明的多样性，这一接受则更引人注目。每个城邦都自成一国，在政府、法律、宗教方面各有其传统。并且，在公元前八世纪，即学界公认

---

① 关于荷马，参考 Xenophanes B 10 DK；关于赫西俄德，参考 Heraclitus B 57 DK。
② 关于赫西俄德诗歌是"君主之鉴"（Mirror of Princes）的观点，见 Martin, "Hesiod, Odysseus, and the Instruction of Princes", *Transactions of the American Philological Association*,114:29–48。另参见 Watkins, "Is tre fīr flathemon: Marginalia to Audacht Morainn", *Ériu* 30: 181–198。
③ Nagy, *Greek Mythology and Poetics,* New York, pp.8ff.

荷马和赫西俄德的活动年代，古希腊诸多城邦间普遍的多样性业已形成，那么，希腊人之间的差异化过程，如何能与他们对两者诗歌遗产的共同接受相协调一致？考古学提供了部分答案。在公元前八世纪，伴随着形形色色的城邦及其形形色色的地方传统的出现，同步兴起的是这些城邦的精英间的互相交流，即泛希腊主义。① 这些交流的方式均产生于公元前八世纪，它们集中体现在几个特定的现象之中：古代奥林匹克运动会的组织、位于德尔斐的阿波罗神殿的营建及神谕的确立、有组织的殖民活动（希腊文单词为 ktísis）以及字母的流行推广。②

另一个也许能被归入其中的现象是荷马和赫西俄德的诗歌，它们体现出整体传统的特色，将各个主要城邦的不同地方传统整合为统一的泛希腊模式，使之适合大多数城邦，却也不与任何一处完全对应。③ 埃尔文·罗德（Erwin Rohde）专门引述过荷马和赫西俄德对奥林匹亚诸神的观念，各个城邦的地方化传统在祭典（cult）的层面崇拜这些同样的神，但对他们各有不同观念，而荷马和赫西俄德超越了这些单独的观念。④ 在这个例子中，我们得出的内在证据与外在证据互为印证，结论可由希罗多德的论述来表达：荷马和赫西俄德的诗作将各城邦在神祇上多样的意识形态系统化为一整套古希腊人（Hellenes）都能接受的品格和功能。（赫西俄德的《工作与时日》一诗第 528 行最早在"泛希腊"或"全体希腊人"意义上明白无误地提出了 "panéllēnes" 一词。）

[38] 如果将荷马和赫西俄德的诗歌视作一种起源于公元前八世纪的泛希腊主义的现象，这样的观念会让人禁不住推想拼音文字的书写（writing），作为类似的泛希腊主义的现象，与之存在的联系：希腊字母的形成时期亦可追溯到公元前八世纪。根据这一推想，荷马和赫西俄德的诗歌付诸文字而受到希腊人尊崇，从而以固定的文本形式在希腊世界里广为传播。然而，问题是我们能以怎样的准确度想象这样一种传播？显而易见的是，整个古风时期希腊人中识文断字者极为有限，我们无法通过手抄本流传的假想，解释公元前八世纪至公元前五世纪期间荷马和赫西俄德的诗歌何以能在泛希腊世界散布。坦率而言，我们很难想象在公元前八

---

① Nagy, *Greek Mythology and Poetics*, pp. 9.ff.
② Snodgrass, *The Dark Age of Greece: An Archaeological Survey of the Eleventh to the Eighth Centuries*, Edinburgh, p.421, p.435.
③ Nagy, *The Best of the Achaeans: Concepts of the Hero in Archaic Greek Poetry*, Baltimore p.7.
④ Rohde, *A Commentary of the Aristotelian AΘHNAIΩN ΠΟΛΙΤΕΙΑ*, Oxford, 1:125-127. Cf. pp.10ff.

世纪就已经有读者大众的雏形,更不要说那时就有能激发荷马和赫西俄德诗歌传播的读者大众。

荷马和赫西俄德诗歌的传播媒介一直是演出(performance)而非阅读,这一史实使争论古风时代是否有读者大众变得毫无意义。对诗歌朗诵表演而言,虽然也可能存在过其他相关的公众活动,但各类泛希腊节日的设立,为诗歌朗诵表演提供了一个重要的传统语境。① 在此类公共活动中参与竞争的表演者被称为"诵诗者"*rhapsōidoí*(参见希罗多德 5.67.1),其中一人出现在柏拉图的《伊安篇》(*Ion*)中而名垂后世。我们知道诵诗者伊安来自以弗所,先是在厄庇道洛斯(Epidauros)举行的埃斯库勒普神(Asclepius)的节庆中获胜,又赶赴雅典的泛雅典娜节(Panathenaia)与其他诵诗者比赛吟诵荷马(*Ion* 530ab)。他和苏格拉底的对话被柏拉图加以戏剧化,苏格拉底从对话中确定了伊安的专长在荷马而不涉猎赫西俄德和阿喀罗库斯(Archilochus)(*Ion* 531a and 532a),换而言之,当时也有其他诵诗者专攻后两位诗人。② 苏格拉底和伊安接着讨论诵诗者吟诵荷马和赫西俄德所需掌握的不同本领(尤见 *Ion* 531a-d)。实际上,柏拉图在其他作品中就将荷马和赫西俄德本人作为云游诵诗者加以介绍。此类例子不胜枚举,它们表达的观点非常清晰:荷马和赫西俄德在古风时期(以及之后的时代)之所以能广为传播,靠的绝非书写因素。

[39] 尽管荷马和赫西俄德的诗歌原本是在表演中让人聆听而非供人阅读,仍然有人坚持认为至少在二者诗歌的成文和传播方面,书写是必不可少的因素。在这里我们应该转向口头诗歌研究,这一研究在米尔曼·派里(Milman Parry)和阿尔伯特·洛德(Albert Lord)手上完备。③ 这两位学者的田野工作基于南部斯拉夫各民族现存的诗歌传统,而从其田野工作中所总结出的理论,先后在荷马和赫西俄德的诗歌得到了检验。④ 有些著名的古希腊学家偶尔还是会用怀疑的目光看待两人的研究,并担心拿一首典型的南部斯拉夫古斯拉(guslar)民谣和荷马进行类比会贬低后者而过于抬高前者。这其实是误解了田野工作乃至整个人类学研究的智力基础。无论在古希腊学家眼中这些现存的传统的运作方式是多么的低级,当我们对其他现存或过往的传统进行广泛的类型学比较时,它们能够提供不可或

---

① Nagy, *The Best of the Achaeans: Concepts of the Hero in Archaic Greek Poetry*. Baltimore. 8 §15n1.
② 有关阿喀罗库斯诗歌的颂诗者诵读,更多内容可参考比如 Clearchus F 92 Wehrli.。
③ Parry, *The Making of Homeric Verse: The Collected Papers of Milman Parry*, edited by A. Parry, Oxford, 1971. Lord, *The Singer of Tales*, Cambridge, Mass.
④ Nagy, *Greek Mythology and Poetics*, pp.18ff.

缺的信息。

从田野工作的经历中,我们发现,口头诗歌的创作(composition),只有在演出中才能实现,诗人和听众的互动直接影响诗歌创作的形式和内容,以及演出的形式和内容。此外,诗歌创作中的程式化的用词(formulaic diction),只有在演出这一维度参照中才能确认它所起的实际作用。当然,就今天的荷马和赫西俄德文本而言,这一维度已不复存在。演出要素的作用在现存的南部斯拉夫诗歌传统有所体现,通过研究它,佩里和洛德得出程式化行为的标准。他们将之应用到荷马文本中,并定位其为口头诗歌(oral poetry)。例如,口头诗歌的一个特征是遵循简约原则(the principle of economy),并在每个独立的演出中都发挥作用;诗歌一行(verse)中的每一个位置,都只允许以一种方式,而非多种方式,来说一个事物。[1] 我们发现,这一原则影响着荷马的诗歌,这表明《伊利亚特》和《奥德赛》的创作同样也是演出的问题。[2] 而爱德华兹(G. P. Edwards)业已指出,[3] 简约原则同样影响着赫西俄德的诗歌;此外,荷马和赫西俄德的诗歌都显现了两种并行不悖的模式:在整体上遵循这一原则,但在个别处又有所背离。[4]

如果荷马和赫西俄德的诗歌是口头诗歌的产物,那么,如同我们已经将书写排除在影响他们诗歌表演的因素之外,可以在理论上不将书写当作影响他们诗歌创作的因素。[40]书写的缺席,这一点,至少在表面上,可以对应佩里和洛德的发现:在南部斯拉夫传统中,口头诗歌和读写能力是互不相容的。但现在,我们不得不考虑口头诗歌研究本身所提出的一个新问题,佩里和洛德的发现同样表明,在口头诗歌,创作和演出是同一进程的不同侧面,没有诗人的创作可以和上一次表演时对这"同一首"的诗歌创作相同,因为每次演出都会导致诗人对继承的素材进行再创作。

于是,问题就出现了。如不借助书写,荷马和赫西俄德的诗歌怎么样才能流传后世却保持不变?一种解答是假设那些诗歌通过目不识丁的创作者口授被记录下来。但我们已经注意到,单凭假定比如在公元前八世纪存在某种固定的文本,并不能解释荷马和赫西俄德在各个城邦的广泛传播。我们同样已经注意到,放在历史的长河中看,他们的传播历程应该得益于在年复一年的泛希腊节日等活动中,

---

[1] Nagy, *Greek Mythology and Poetics*, pp.21ff.
[2] 同上。
[3] Edwards, *The Language of Hesiod in Its Traditional Context*, Oxford.
[4] Nagy, *Greek Mythology and Poetics*, pp.23ff.

诵诗者反复竞演他们的诗歌。于是，只有当参与竞赛的诵诗者真的因表演所需必须背诵书面文本时，我们才必须假设早期的固定文本可能存在；但对这一点，我们还未找到证据。

相反，有证据表明诵诗者在他们的表演中保留了诗歌用词的若干方面，这些方面在任何文本传播的初期，都是不会被写下来的。在亚历山大学派学者所处的后古典时期，重音标记法首次标准化，人们于是注意到诵诗者们在他们的吟诵中保留了若干特殊的重音模式，它们不符合当时的发音规则。[1] 从印欧语系希腊语之外其他语言具有同源性的重音模式中，我们现在知道，这些诵诗者发音的特征有着非常悠久的历史——这毫无疑问是源自荷马和赫西俄德的用词。[2] 重申一遍，似乎没有任何途径可以以文本的形式保留这些从古风时代传下的重音模式，我们所能得出的结论是诵诗者远非只是文本的背诵者。

诚然，颂诗者并不是如佩里和洛德基于对南部斯拉夫各诗歌传统进行田野研究所定义的口头诗人：到了柏拉图的时代，诵诗者似乎仅仅只是表演者，而口头诗人从技术上说则是在创作中演出，[41] 在演出中创作。但是，我们如将目光投向南斯拉夫之外，我们会发现，在其他文化的口头诗歌传统中，表演要素已经与创作要素分离，例如，在旧普罗旺斯文化中创作者（trabador）与表演者（joglar）的对立关系就体现了这一点。在索马里等其他的口头传统中，创作的出现先于演出，且无须借助书写。鲁斯·芬尼根（Ruth Finnegan）的《口头诗歌》（*Oral Poetry*）一书讨论过这些以及其他更多的例子，[3] 对修正佩里和罗德的理论颇有帮助；尽管它有时混淆了口头诗歌和西方现代诗歌中几个流派特有的自由联想型的即兴创作。

"即兴创作"一词完全不适用于描述包括荷马和赫西俄德在内的传统口头诗歌。在一个传统社会中，一个口头诗人不"虚构事物"，他的作用是再次创造出他为之创作/表演的受众所继承的价值观。最鲜明的例子大概莫过于印度人的《吠陀经》——它是一大批具有神圣性的诗歌的合称，它们在内容和形式上表现出人们所能想象的最严格的规则——在过去的两千多年间，它一直确立着祭司阶级的意识形态而未见有何变化。我们还必须补充一点，尽管有文本可为兹用，迄今为止《吠陀经》的权威性是在口头语言中，而非在任何书面文本之中。此外，《吠陀

---

[1] Wackernagel, *Kleine Schriften*. 2 vols, Göttingen.1953, p.1103.
[2] Wackernagel, p.1103.
[3] Finnegan, *Oral Poetry: Its Nature, Significance, and Social Context*, Cambridge, pp.71–87.

经》作为一个固定的"文本"在过去两千多年间传播而无改变，凭借的是作为口头诗歌传统一部分的记忆方法。[1]考虑到荷马和赫西俄德诗歌在希腊有史可载的时代出现时所具有的权威性，有理由设想依靠诵诗进行的传播必然会有类似的记忆的努力，这其实也根本不需要文字；尽管在理论上，荷马和赫西俄德诗歌在漫长的依靠诵诗的传播过程中，随时都可能产生书面文本，实际上，也确实产生过许多次。

在荷马和赫西俄德诗歌那里，创作和传播并不是分离的两个要素。并不是创作先要尽善尽美才能在城邦间广为传播。相反，就两者诗歌在泛希腊世界最终取得的地位看，他们诗歌的创作和传播两要素更有可能是结合在一起的。这些诗歌代表了从公元前八世纪开始的创作潮流的高峰，在泛希腊节日或其他活动中举行的竞赛性演出中，这些潮流取得它们的最终形式。[42]通过两百多年无数次的竞赛性演出，在一次又一次的演出中，再创作会变得日渐趋同。固定的诗歌（set poems）逐渐成形，这一过程也直接回应着泛希腊观众的急切需要。[2]

希罗多德等人的佐证表明，全体希腊人共有的价值观在荷马和赫西俄德那里得以系统化。我们可以进而认为，所谓"荷马"和"赫西俄德"自身就是这一系统化累计的化身，是对公元前八世纪以降的听众们用诗歌做出的最终回应。伴随着创作潮流演变为固定的诗歌，一个必然结果，就是原本在表演中创作和在创作中表演的口头诗人，随着时间的推移变为纯粹的表演者。然而，我们不能匆忙否定诵诗者的重要性：他肯定精通从口头诗人那里直接继承的记忆方法。正如我们已看到，甚至在重音模式等细微之处，他都保留着从真正的口头诗人那里传下的遗产。希腊语诵诗者 rhapsōidós 一词的词源学意义为"歌诗集缀者"，体现的是口头诗人传统的自负，这一点在同源的印欧诗歌传统中，诗人自己都毫不掩饰，表达得非常明显。[3]因此，在希腊语诵诗者和歌唱者（aoidós，荷马和赫西俄德的诗歌中用以指称真正的口头诗人）的正式区分上没有内在的贬损之意。[4]很多人将所谓"创作性的"歌唱者和"复述性"的诵诗者对立，这一做法太过简单化而且有误

---

[1] Kiparsky, "Oral Poetry: Some Linguistic and Typological Considerations", *Oral Literature and the Formula*, edited by B.A. Stolz and R.S. Shannon, Ann Arbor, pp.73-106.

[2] 更多讨论见 Nagy, *The Best of the Achaeans: Concepts of the Hero in Archaic Greek Poetry*, Baltimore, pp.5-9。

[3] Durante, *Sulla preistoria della tradizione poetica* greca. 2: *Risultanze della comparazione indoeuropea,* Incunabula Graeca 64, Rome, pp.177-179.

[4] 关于内部证据，参见 Nagy, *The Best of the Achaeans: Concepts of the Hero in Archaic Greek Poetry*, Baltimore, pp.15-20 等。

导性。我们必须记住，就现代意义的作者身份而言，甚至传统的口头诗人都并非在进行"创作"（creates）；相反，他为他的听众重新创作（re-creates）出那些所继承的、奠定社会基础的价值观。正如我们所留意到的，甚至史诗的叙事也是重新创作传统价值的载体，有固定的编排设置，不会偏入个人发明的轨道，偏离听众们已熟知并且期待的情节。① 那么，如果歌唱者是这些诗歌方式的支撑者，他和颂诗者之间的距离，并非远如他和现代意义上的诗人之间的距离。

歌唱者和诵诗者更为重要的区别体现在各自的听众特点之中。我们知道，诵诗者是对全体希腊人吟诵荷马和赫西俄德的诗歌，在泛希腊节日等活动时，听众从各个不同的城邦赶来聚集在一起；[43]而当他从一个城邦漫游去另一个城邦之时，他所吟诵的不会改变。另一方面，譬如《奥德赛》（9.3-11）所描绘的，一个典型的歌唱者只对一个严格的地方性的共同体吟诗。威廉·拉德洛夫（Wilhelm Radloff）有关吉尔吉斯各民族口头诗歌的研究已经清晰地表明，口头诗人在地方性的场景中，自然就会根据听众的特性调整他的创作/演出。例如，如有贵胄莅临，则会促使吉尔吉斯阿肯（akyn）弹唱诗人引入几段讲述他们家族辉煌历史的插曲。② 所以，公元前八世纪希腊各地的听众必然要求诗人真正擅长万花筒般的表演曲目；每一个城邦都可能有其自身诗歌传统，通常与其他城邦的大相径庭。在《伊利亚特》（20.249）就有一处提及各地的诗歌曲目多种多样。③ 此外，甚至，任何一个特定城邦的传统还会随着人口的变化或政府的更迭而产生急剧变化；创业诗（ktisis, foundation poetry）的体裁样式似乎尤其易受影响。④

显而易见，口头诗人所面对的困境，是他表演曲目中形形色色的地方传统，每一个都只能在恰当的地点演出。从公元前八世纪起，随着城邦间相互交流的兴起，诗人行旅的范围不断扩大，因此，各地听众的差异性也越来越明显。地区差异越大，不同地区间在各种争议问题上的分歧也越大。一地居民认为是对的，在另一地居民眼中可能就是错的。随着诗人从一地行游至另一地，对与错会持续交替转化。当他为一地听众重新创作其传统时，他甚至会用其他相异的传统作为衬

---

① Nagy, *The Best of the Achaeans: Concepts of the Hero in Archaic Greek Poetry*, pp.265-267.
② Radloff, *Proben der Volksliteratur der nördlichen türkischen Stämme. 5: Der Dialekt der Kara—Kirgisen*. St. Petersburg. xviii-xix. 亦见 Martin, *The Language of Heroes: Speech and Performance in the Iliad*. Ithaca, N.Y. and London, Vol. 1:6-7。
③ 参见 Nagy, *Greek Mythology and Poetics*, pp. 27-28。
④ Nagy, *The Best of the Achaeans: Concepts of the Hero in Archaic Greek Poetry*, Baltimore, pp.140-141, p.273.

托（foil）。这一技法在《荷马颂诗》第一卷中仍然可见，诗人在致酒神狄俄尼索斯（Dionysus）的祷告中宣称，德拉卡诺斯（Drakanos）、伊卡利亚（Ikaria）、纳克索斯（Naxos）、亚尔费沃斯（Alpheios）河畔，甚至底比斯（Thebes）都非酒神的出生地（1-5行），任何宣称酒神出生在上述地方的人都是在撒谎 *pseudómenoi*（6行）；他进而宣称酒神出生地在尼撒山（Mountain Nyse）（6-9行，试比较《荷马颂诗》26.5）。尼撒所在地点是另一个问题，这里的要点在于诗人将各地合法的传统认定是错的，其目的是使其听众所能接受的这一个传统合法化。

[44] 赫西俄德的《神谱》（*Theogony*）篇首第 22-34 行处有一个与之对应的技法，我们只有通过先检验荷马诗歌中谈论诗歌本身所提供的旁证才能理解它。在《奥德赛》中，奥德修斯讲故事时就像一个口头诗人，会不断地根据不同听众的需求调整他的创作/演出。[①] 在这样的语境中，见多识广的英雄被直接比喻为一个诗人（11.368, 18.518）。他以一个诗人的方式讲述了"关于克里特岛的谎言"（试比较 17.514, 518-521）。当他对尚未认出他的妻子裴奈罗珮（Penelope）讲完这其中的一个故事时，他被形容为：

ἴσκε ψεύδεα πολλὰ λέγων ἐτύμοισιν ὁμοῖα （*Odyssey* 19.203）
他这样说，把许多假话（*pseúdea*）说得像真事一般

其他流浪者，和伪装他们样子的奥德修斯所做的，如出一辙，他们对裴奈罗珮讲述奥德修斯的故事，盘算着能燃起她的希望。诗中早些时候，牧猪人欧迈俄斯（Eumaios）就如此形容他们：

ἀλλ' ἄλλως κομιδῆς κεχρημένοι ἄνδρες ἀλῆται
<u>ψεύδοντ'</u>, οὐδ' ἐθέλουσιν <u>ἀληθέα μυθήσασθαι</u>（*Odyssey* 14.124-125）
但这没用，流浪的人需要食物，
<u>信口开河</u>（*pseúdontai*），不愿<u>把真事讲述</u>（*alēthéa mūthḗsasthai*）。

奥德修斯本人也颇符合这类描述：他在阿尔基努斯（Alkinoos）王宫还未开讲他漂流的主要故事，就先请求国王让他吃喝，因为他空空如也的肚子 *gastḗr* 会强迫他

---

① Nagy, *The Best of the Achaeans: Concepts of the Hero in Archaic Greek Poetry*, Baltimore, pp.233-237.

忘记他那些悲惨的故事（7.215-221）。这样一种开场白正是一个口头诗人典型的做派——在取悦听众时要确定能拿点赏赐。①

上段中"忘记"一词的词根为 lēth（lēthánei,《奥德赛》7.221），与它在功能上相对的词根是"mnē-"（意为"记得，脑海中有……"），这一词根在古代诗歌的用词中也可指"有一个诗人的记忆力"。女神美默素妮（Mnēmosúnē，记忆，缪斯女神之母，参见《神谱》54、135、915行）正是这一种能力的化身。[45] 马塞尔·德蒂安（Marcel Detienne）已经论证以 mnē—用作形容诗人能力的传统做法，他同样指出，"真实的"（a-lēth-és）最早是指通过诗歌用双重否定法讲述真实。② 上文中流浪者被描述为"不愿把真情说讲"（alēthéa mūthêsasthai），他们的原型就是一个为自身生存可以在诗歌中牺牲真话的口头诗人。与之相类似，在阿尔基努斯的王宫中，奥德修斯作为一个诗人，明着是责怪肚子，潜台词却是威胁在诗歌中留着真话不讲。③

讨论了这些段落，我们最后可以返回《神谱》第 22—34 行，它复述了赫西俄德和缪斯诸女神的邂逅。作为记忆女神美默素妮的女儿，女神们不仅仅赐予《神谱》作者记忆诗歌的能力，还提出要让他的诗歌讲述真实。她们亲自对他宣告：

ποιμένες ἄγραυλοι, κάκ' ἐλέγχεα, γαστέρες οἶον,
ἴδμεν ψεύδεα πολλὰ λέγειν ἐτύμοισιν ὁμοῖα,
ἴδμεν δ', εὖτ' ἐθέλωμεν, ἀληθέα γηρύσασθαι（Theogony 26-28）

荒野里的牧人，只知吃喝不知羞耻的家伙，
我们知道如何把许多虚构的故事说得像真的，
但是如果我们愿意，我们也知道如何述说真事（张竹明、蒋平译文）

那些漫游的诗人为生存"不愿"讲述的"真实"（oud' ethélousin,《奥德赛》14. 124-125），缪斯女神却"愿意"将之授予诗人（ethélōmen）。这一段，我们可以看作

---

① 参见 Svenbro, *La parole et le marbre: aux origines de la poétique grecque,* pp.50-59。亦见 Nagy, *Greek Mythology and Poetics*, pp. 274-275。
② Detienne, *Les maîtres de vérité dans la Grèce archaïque*. 2nd ed. Paris.
③ Svenbro, *La parole et le marbre: aux origines de la poétique grecque,* p.54; 有关诗歌中的 gastér（肚子），参见 Nagy, *The Best of the Achaeans: Concepts of the Hero in Archaic Greek Poetry*, Baltimore, pp.229-233, p.261 § 11n4。

泛希腊主义诗歌的宣言，因为诗人赫西俄德会获得解放，他不再是只求果腹之辈，不再只是一个依靠地方传统向地方听众糊口的人。缪斯女神将"真实的事物"（*alēthéa*）特别授予赫西俄德，在它面前所有的地方传统都是虚假的 *pseúdea*。赫西俄德的泛希腊诗歌有种内在的自负，它认为这一包容一切的传统能实现个别地方传统所不能实现的。在献给酒神的《荷马颂诗》第一卷中，相互间排斥的各地传统都被认为是虚假的，而一个能被各方接受的传统独获青睐。就这首诗而言，[46] 这一目标能实现，似乎是通过将酒神的出生地定为人们所能想象的最遥远之地（尼撒 [Nyse] 被描述为"靠近海库普塔赫 [Aigyptos] 之流"，第 9 行）。就《神谱》而言，我们在一个总体的维度中看见这样一种进程：各个城邦的地方神谱将被一个宏大的奥林匹亚神祇体系所取代。

正如我们业已注意到的，赫西俄德和荷马诗歌中的奥林匹亚是一个泛希腊的构想，它使诸神超越了他们地方化的属性。古风时期的希腊存在着这样一种历史现象，任何属于宗教实践或意识形态范畴的事物都仅限于在地方层面运行。通过审视从帕萨尼亚斯（Pausanias）的著作和地方性的铭文中所收集的可靠的证据，我们清晰地看见每个城邦都有其独特的祭典模式。一个城邦所崇拜的神可能和另一个城邦所崇拜的同名之神大不相同。

在这样的情况下，多数主要城邦的大多数主神，由一个演进的过程进入一个完整的奥林匹亚神族，而这最终的综合不仅仅是艺术性的同样也是政治性的；它堪与泛希腊的古代奥林匹克运动会的演变相提并论，后者是另一个起源于公元前八世纪的重要现象。如同任何一个政治性进程一样，泛希腊诗歌的演进对各个地方而言可谓是有得更有失，一个神祇的某个显著的地方特征也许会被各地所有的听众都接受，但他身上大量与其他城邦传统相矛盾的特征则不会再被言及。例如，库忒拉（Cythera）和塞浦路斯会被认作是爱神阿佛洛狄特出生后最早游历的地方（《神谱》的叙事专门指出她按照这一顺序游历，参见该诗第 192-193 行），但两地其他的传说在赫西俄德和荷马诗歌中几乎完全不见踪影。

这些诗歌中，诗人被描述为一个既能吟唱史诗也能吟唱神谱的人，我们从对菲弥俄斯（Phemios）的曲目的描述中可以获悉这一点：

ἔργ' ἀνδρῶν τε θεῶν τε, τά τε κλείουσιν ἀοιδοί (Odyssey 1. 338)
神和人的事迹，诗人给予荣誉

也可见于通用的对一位诗人的描述：

αὐτὰρ ἀοιδὸς
Μουσάων θεράπων κλεῖα προτέρων ανθρώπων
[47] ὑμνήσει μάκαράς τε θεοὺς οἳ Ὄλυμπον ἔχουσιν (Theogony 99-101)

但是，当一位诗人，
缪斯的侍者[*therápōn*]唱起古代人的光荣业绩[*kléos* 复数]
以及居住在奥林匹斯的幸福的诸神。

从城邦间所存在的多样性看，一个口头诗人为了他的曲目需要掌握数量惊人的各类传统以供创作史诗和神谱之用，然而在荷马和赫西俄德这样的终极史诗和神谱诗人那里，这些传统都会被视作是虚假的而遭到排斥。泛希腊诗歌在《奥德赛》中仍然讲述着菲弥俄斯如何实际创作出一首史诗（1.326-327），或者从《赫尔墨斯颂》(*the Hymn to Hermes*)中我们看见赫尔墨斯又是如何为阿波罗创作出一曲神谱（425—433 行）。但是，归于这些终极诗人名下的此类泛希腊诗歌在严格意义上已非口头诗歌：它是由诵读者进行表演。就荷马诗歌来说，它的创作甚至就太过冗长，已不适合单场演出。① 此外，口头诗歌，至少在传播媒介自身所代表的形式上，已不复存在。赫西俄德那具有无以伦比的"真实感"和充满泛希腊精神的《神谱》，从无数口头诗人所述的"虚假的"和地方性的神谱中脱颖而出，这种丰碑巨制的浮现，导致的不但是某一个作品的成形而且是大量作品的消亡。

赫西俄德：《神谱》诗人

缪斯女神在《神谱》中讲述希腊人所奉诸神的起源，切勿简单地认为这一"真实"会被赐给任何一个诗人。实际上，赫西俄德的《神谱》是将它的创作者作为终极诗人加以呈现。《神谱》第 22 行中出现 *Hēsíodos*（赫西俄德）这一名字，大意是指"发布声音之人"。赫西俄德名字中的"*Hēsi-*"，其词根"**ieh₁-*"，出现于短语"*óssan hieîsai*"，意为"发布（美妙的/不朽的/动听的）声音"，在《神谱》

---

① Nagy, *The Best of the Achaeans: Concepts of the Hero in Archaic Greek Poetry,* Baltimore, pp.18-20.

第 10、43、65、67 行用作描述缪斯女神本身。此外，名字中的"-odos"部分，其词根"*h₂uod-"，在 *audḗ*（意为声音）一词中以 *h₂ud-"出现，*audḗ* 在《神谱》第 31 行意指缪斯女神赐给诗人的诗歌力量。①[48] 由此，*Hēsíodos* 这一名字代表着赐予诗人力量的缪斯女神在诗歌里所起的作用。②

同样，诗人所通用的美称，"缪斯的侍者"（*therápōn* [attendant] of the Muses），在字面上即是将赫西俄德等同于那些神灵，暗伏着他仪式性的死亡，以及之后作为祭典中被崇拜的英雄（cult hero）所受到的供奉。③诗歌用词 "*therápōn*"，惯例译为"侍者"，很明显是一个借自安那托利亚语（Anatolian）的词，已被证实在赫梯语（Hittite）中为 *tarpan-alli-*，指"仪式中的替代物"（ritual substitute）；④我们可以比较一下武士（warrior）所通用的美称，"阿瑞斯的侍者"（*therápōn* [attendant] of Ares）（可参见《伊利亚特》2.110、6.67），这一词将临死一刻的英雄等同于战神。⑤虽然荷马的诗歌对死去的武士的祭典鲜有直接的证言，但对于英雄的祭典（hero cults）的意识形态，提供了大量间接信息。而实际的证据则来自于考古学的贡献，证明了公元前八世纪以及之后的时代确实存在着广泛的英雄祭典，⑥而且我们有理由相信历史上那些可考的对荷马诗歌中的英雄的祭典不仅仅是对荷马诗歌的反映；实际上，祭典和诗歌代表着一个更宏大的现象中两个

---

① Nagy, *The Best of the Achaeans: Concepts of the Hero in Archaic Greek Poetry,* Baltimore, pp.296-297, 遵循 DELG, pp.137-138, p.417 的观点。就这些形式，比如 *Hēsíodos*，中间为什么没有喉音 *h₂ 的痕迹，可能的解释参见 Peters, *Untersuchungen zur Vertretung der indogermanischen Laryngale im Griechischen*. Vienna. 14 和 Vine, Indo-European verbal formations in "*-d-." Doctoral dissertation, Harvard University. pp.144-145. 另一个可能的事实：喉音（*h₁, *h₂, *h₃）在复合词的第二部分时常就毫无痕迹地丢失了（见 Beekes, *The Development of the Proto-Indo-European Laryngeals in Greek,* Hague, pp.242-243, 列出了一列这样的例子；另见 Mayrhofer, *Indogermanische Grammatik 1*（2）: *Lautlehre*. Heidelberg, p.125, p.129, p.140）。
② 关于荷马 *Hómēros* 的名字中所植入的类似的暗示，参见 Nagy, *The Best of the Achaeans: Concepts of the Hero in Archaic Greek Poetry,* pp.297-300。
③ Nagy, 前揭，p.297。
④ Van Brock, "Substitution Rituelle," Revue Hittite et Asianique 65: 117-146. 更具体的讨论见 Nagy, *Greek Mythology and Poetics*, pp.129-130。
⑤ Nagy, *The Best of the Achaeans: Concepts of the Hero in Archaic Greek Poetry,* pp.292-295. 参见 Nagy, *Greek Mythology and Peotics*, p.135n58。
⑥ Snodgrass, *The Dark Age of Greece: An Archaeological Survey of the Eleventh to the Eighth Centuries,* Edinburgh, pp.191-193, pp.398-399.

相互作用的侧面。① 同样的原因，对诗人赫西俄德的祭典，这一意识形态也进入了赫西俄德的诗歌之中。②

如果不是因为下面这样一个事实，这一说法当然荒谬不经：赫西俄德在其诗歌中的身份，始终是由构成他诗歌基础的传统所决定的。我们将一次次看见，诗歌中所反映的赫西俄德这一人物形象（persona），不是一个历史人物，而纯粹是一类人物的通称。这并非是说赫西俄德是虚构出来的：他的人物个性在诗歌中起作用，他就和诗歌本身一样传统；比起赫西俄德诗歌其他的方面，他并没有更多的虚构成分。③ 比起虚构，"神话"是更加恰当的一个词，只要我们知道真正的神话创作是指一个特定社会群体对其所认为的真实在传统上的表述。④

[49]当然，赫西俄德诗歌并未将自己视作是诗歌传统的逐步演变，以到达泛希腊尺度上的创作，而是一位终极诗人的一时之作；这位诗人将自身与缪斯等同，这对他而言是祸也是福，使他变为一个在祭典中被崇拜的英雄。在诗人的名字和"缪斯的侍者"（therápōn of the Muses）这一美称之外，最能反映赫西俄德英雄身份的是诗中以戏剧化方式描述他第一次邂逅缪斯的场景。众女神不满他地方化的出身，但无论如何还是帮助他将专长的曲目从地方化的"虚假的故事"转变为所有希腊人都能接受的"真实"；她们赐给赫西俄德一根 skêptron（权杖），标志着他已由牧羊人变为诗人（《神谱》30 行）。

这个故事是典型的传统希腊神话，激发把诗人作为英雄的祭典。比如《阿喀罗库斯传》（Life of Archilochus）传统的扩散，就与历史上阿喀罗库斯的出生地帕罗斯岛（Paros）从古风时期起即存在的把他作为英雄的祭典是联系在一起的，⑤ 在

---

① 参见 Nagy, *Greek Mythology and Poetics*, pp. 9-11; 亦见 Nagy, *The Best of the Achaeans: Concepts of the Hero in Archaic Greek Poetry*, Baltimore, p.115 § 28n4。
② Nagy, *The Best of the Achaeans: Concepts of the Hero in Archaic Greek Poetry*, Baltimore, pp.296-297.
③ 我并不否认 Griffith 所提出的"传统中的诗人"的观念（Griffith, "Personality in Hesiod". *Classical Antiquity* 2:58n82）我并不是在总体上对 Griffith 所谓传统创造诗人有所争论，我要论证的是一个具体的问题，即口头诗歌的泛希腊传统占用了诗人，可能甚至把历史人物转变为类型化的人物，后者仅仅代表了他们诗歌的传统的功能。换种说法，诗人，因为是传统的传播者，可以被传统所吸收。（具体例子见 Nagy, "Theognis and Megara: A Poet's Vision of His City". In Figueira, T. J., and Nagy, G., eds. 1985. *Theognis of Megara: Poetry and the Polis*, Baltimore, pp.22-81）。
④ Nagy, *Greek Mythology and Poetics*, pp.8ff.
⑤ Nagy, *The Best of the Achaeans: Concepts of the Hero in Archaic Greek Poetry*, Baltimore, pp.303-308.

这一传统中，我们看见另一个有关诗人和缪斯的故事。以下是对墨尼西耶珀斯铭文（Mnesiepes Inscription）的概述：月夜时分，年轻的阿喀罗库斯从帕罗斯岛的乡下，所谓 *Leimônes*（牧场）的地方赶着一头牛去城里，碰见几个看着像村姑的妇人，他学她们的样子嘲讽她们。① 这些妇人实乃缪斯所扮，她们笑嘻嘻地应对他的嘲讽，并请他出售他的牛。阿喀罗库斯答应只要价格合适就卖，却突然间昏迷过去。等他醒来时，那些村妇和牛都已消失得无影无踪，地上只剩一张七弦琴（lyre）。他把琴带回家，作为他从牛郎向诗人转变的象征。

阿喀罗库斯和赫西俄德的相似性还不止于此。我们注意到"缪斯的侍者"（*therápōn* of the Muses）这个线索。作为一个美称它被用于阿喀罗库斯的语境恰恰是叙述诗人之死（Delphic Oracle 4 Pauly-Wissowa）。此外，阿喀罗库斯在他的故乡帕罗斯岛上，亦如赫西俄德在他的故乡阿斯克拉（Askra），被当做祭典英雄进行崇拜——当地对赫西俄德的崇拜一直延续到他的家乡被邻近的忒斯皮亚（Thespiai）夷为平地为止；之后，被认为属于诗人的骸骨，由难民带去了忒斯皮亚城的敌对方奥霍墨诺斯（Orkhomenos）城中，置于一个新的祭典围地（precinct）（Aristotle *Constitution of the Orkhomenians* F 565 Rose；Plutarch 记载，见于 Proclus 评注）。另有一个传统与这个从奥霍墨诺斯城流传出去的传统（普鲁塔克《七贤之宴》[Plutarch *Banquet of the Seven Sages*]162c）不同，根据另外的这个传统，赫西俄德［50］被葬在奥佐里安洛克里斯（Ozolian Lokris）地区俄伊涅翁（Oineon）城中尼米亚宙斯（Zeus Nemeìos）的祭典围地，在那里被当做英雄受到崇敬（《荷马和赫西俄德的竞赛》Allen.ed., *Homeri Opera* 5, p.234；参见修昔底德 3.96）。② 这一传统另有可资印证的神话：赫西俄德遭谋杀后原被扔进了海中，不料第三天海豚将他的尸体推至岸边（《荷马和赫西俄德的竞赛》Allen.ed., *Homeri Opera* 5, p.234.229-236）——这样一种叙述模式特别合于一个祭典英雄，为了纪念他而建立了一个节庆，③ 如墨利刻耳忒斯（Melikertes）与纪念他的地峡（Isthmian）竞技

---

① 关于地方上的妇女所遭遇歌队的仪式性的欺侮，参见希罗多德 5.83。
② 评注见 Pfister, *Der Reliquienkult im Altertum*, 1909 1:231n861。
③ 相关内容，参见 Pfister, 前揭，214-215n788. 更多关于赫西俄德之死与其复活的神话，见 Scodel, "Hesiod Redivivus". *Greek Roman and Byzantine Studies,* 21:301-320, 尤其是关于《赫西俄德传》中的碑文，p. 51.9-10 Wilamowitz（*Vitae Homeri et Hesiodi.* Berlin），可与 Plato Comicus 关于伊索之死和复活的段落相比较（F 68 Kock）. 更多有关《伊索传》（*Life of Aesop*）的传统，参见 Nagy, *The Best of the Achaeans: Concepts of the Hero in Archaic Greek Poetry,* Baltimore, pp.279-316。

会就属此类。

简而言之，关于赫西俄德的知识符合地方上的祭典英雄的普遍叙事模式。①由此看来，赫西俄德和阿喀罗库斯的平行对应甚至更应引起关注。正如我们已经看见的，阿喀罗库斯由牛郎变为诗人的神话，实际的来源是帕罗斯岛当地对他的祭典。而在赫西俄德的例子里，他由牧羊人到诗人的转变，这一神话却是《神谱》本身的一部分。既然对赫西俄德和阿喀罗库斯的英雄祭典均为历史事实，而且两者的历史均源远流长，那么，可能的情况是，对于赫西俄德的祭典，最终成为赫西俄德诗歌的流传之处，正如对于阿喀罗库斯的祭典是其生平故事流传之处。

此外，关于阿喀罗库斯生平的传统，很有可能就是保存阿喀罗库斯诗歌的真正语境，叙述诗人生平时有着一个上层结构（superstructure），为"引用"诗人的诗歌提供框架。这与《伊索传》的传统中对伊索寓言的"引用"模式相似。②这样一种安排实际上由墨尼西耶珀斯铭文（Mnesiepes Inscription）的形式（Archilochus T 4 Tarditi）即可有所体现。帕罗斯岛的这份文献，先是宣告了对阿喀罗库斯的英雄祭典，然后从牛与七弦琴一段开始讲述他的生平故事。的确这份文献产生的时间较晚（公元前 3 世纪），反映的也可能是希腊化时期文学风格化的特征。并且总体而言，讲述古风时代诗人生平的体裁趋向于衰退：从传统上与诗歌平行对应的叙述，退化为从诗歌中粗暴的衍生出来、仅仅只能称之为虚构的东西。③然而，墨尼西耶珀斯铭文的出现仍然是为了记录并推动在一神圣围地进行的祭典实践，这一围地[51]事实上是以阿喀罗库斯的名字命名的（the Arkhilókheion），在这样一个自古相传的宗教语境中，胡编乱造是不可能的。

如果我们考虑到相传是谁受命于阿波罗而为阿喀罗库斯建立英雄祭典，上述有关阿喀罗库斯的信息与赫西俄德之间的关联性会变得一目了然。希腊文 Mnēsiépēs，意为"记得言辞的人"（he who remembers the word [s][épos]）。④建立对诗人的祭典，似乎是和记诵他的词句是紧密相关的。考虑到阿喀罗库斯的诗歌，如同荷马与赫西俄德的诗歌，都是由诵诗者在公共竞赛中进行诵读（Athenaeus 620c, Clearchus F 92 Wehrli, Plato Ion 531a and 532a），由这个历史事实，我们也

---

① Brelich, *Gli eroi greci, Rome,* p.322.
② Nagy, *The Best of the Achaeans: Concepts of the Hero in Archaic Greek Poetry,* Baltimore, pp.279-288.
③ Nagy, 前揭 p.306。
④ Nagy, 前揭 p. 304 § 4n3。

许可以设想存在一个与荷马、赫西俄德的诗歌平行对应的阿喀罗库斯诗歌的演进模式。换而言之，帕罗斯岛的口头诗歌传统最终聚合成为一部固定的诗集，被追溯到终极诗人阿喀罗库斯的名下，并在对于诗人的英雄祭典的语境中，由诵诗者的传播而流传。我们可以直接比较 Homērídai（Strabo 14.1.33-35 C 645; Pindar 品达 Nemean 2.1, 并边注［scholia］; Plato Phaedrus 252b;《荷马和赫西俄德的竞赛》Allen.ed., Homeri Opera 5, p.226.13-15）[1] 以及 Kreōphuleîoi（Strabo 14.1.18 C638; 参考 Callimachus Epigram 6 Pfeiffer），[2] 前者意为"荷马之子"，后者意为"Kreophulos[3] 之子"，两者皆为诵读者的组织，他们的名字本身就已经暗示，其创立的先辈是祭典崇拜的英雄。[4]

在这种联系中，下面就应该适时地简短提一提所有古风时代诗歌中内在的一种泛希腊化趋势，它不光存在于荷马和赫西俄德的诗歌中。古风时代的每一个主要的诗歌体裁都倾向于使用某一个方言的表层结构，而排斥其他的方言，这是不争的历史事实。例如，对于挽歌（elegiac poetry），即使是在多利克（Doric）地区也具有爱奥尼亚地区的（Ionic）的用词特征，如在麦加拉的泰奥格尼斯（Theognis）和斯巴达的提尔泰奥斯（Tyrtaeus）的诗歌中所见；与之相反，对爱奥尼亚诗人，比如西蒙尼得斯（Simonides）和巴库里得斯（Bacchylides）而言，合唱诗（choral lyric）的用词即是多利克方言的综合形式。

我们进一步考虑赫西俄德所经历的演变：从皮奥夏的（Boeotian）诗歌传统，变为押爱奥尼亚式六音步韵（Ionic hexameters）的泛希腊《神谱》。在这个问题之前，另外一个有启发意义的相关问题是：为什么一个如麦加拉的城邦，它所具有的多利克传统会演变为一个泰奥格尼斯式的诗人的爱奥尼亚式挽歌（Ionic elegiacs）？诗歌本身就提供了答案：[52]诗人说，诗歌的目标，是要让所有地方的全体希腊人都聆听到（Theognis 22-23, 237-254）。似乎只有当地方性诗歌经过

---

[1] 有关 Chios 岛的 Homeridai，另外相关可参考 Acusilaus FGH 2 F 2, Hellanicus FGH 4 F 20（两者皆由 Harpocration s.v. 存世）; Isocrates Helen 65; Plato Republic 599d, Ion 530c。

[2] 基本的佐证，传统上可见于 Allen, Homer: The Origins and the Transmission, Oxford, pp.228-229 及 Burkert, "Die Leistung eines Kreophylos: Kreophyleer, Hörnenden und die archaische Heraklesepik." Museum Helveticum 29:74-85. 76n10. 参考 Nagy, The Best of the Achaeans: Concepts of the Hero in Archaic Greek Poetry, Baltimore, pp.165-166。

[3] Kreophulos，相传为荷马的伙伴。——译者注

[4] Brelich, Gli eroi greci, Rome, pp.320-321; 参考 Nagy, The Best of the Achaeans: Concepts of the Hero in Archaic Greek Poetry, Baltimore, pp. 8-9。

演变而具有某种可以在泛希腊活动中演出的形式之后，这一目标才能实现。就挽歌而言，这一形式就会是爱奥尼亚式的。同时，这一演变过程促使口头诗歌传统聚合为某种固定的诗歌，而成为诵诗者的表演曲目。那么，谁又是诗人？我们将在后一部分看到，如同阿喀罗库斯以及其他的大师，泰奥格尼斯可以被认为是其诗歌的一种理想化的产物，在这一诗歌中，他发挥了整合的作用，而他本人由他的创作被创作出来（created with creating）

然而，在赫西俄德名下的诗歌，和归入泰奥格尼斯或阿喀罗库斯名下的诗歌之间有一个重要的差别。这是一种程度上的差别：这三位诗人和其他诗人一样，似乎都有志要将以全体希腊人为其听众，但赫西俄德远比其他诗人更有权威性。一个泰奥格尼斯或者阿喀罗库斯这样的诗人，还是从其所在城邦的视角出发进行讲述，尽管城邦的地方特色被隐去，泛希腊的特点被突出；而就赫西俄德而言，他所意为采取的，是所有城邦的视角。这样一种超越当然得益于这样一个史实：既然赫西俄德的出生地阿斯克拉已为忒斯皮亚所毁，任何城邦都无法宣称是赫西俄德的故里。因为阿斯克拉已不复存在，它的传统也就没有必要去和任何其他城邦的传统相冲突。如我们将在对《工作与时日》的研究中所看见的那样，允许赫西俄德作为一个阿斯克拉的当地人说话，泛希腊的传统在实际的效果上是使他成为每个希腊城邦的当地人。同样，《神谱》也以两种相互联系的方式表达了这一超越：召唤缪斯女神的形式，以及她们赐给赫西俄德的礼物的实质。

让我们先讨论第二种方式。阿喀罗库斯夜遇缪斯由牛郎变为诗人的标志是一张七弦琴，赫西俄德在同样的夜遇中从牧羊人变为诗人的标志则是缪斯的礼物，一根权杖 *skêptron*（30 行）。人们一直徒劳无益地争论这个礼物是否暗示着赫西俄德不会弹七弦琴；而 *skêptron* 一词在古风时代的诗歌中实际使用时所隐含的意义，却未引起足够的重视。手持 *skêptron* 的人，是国王们（《伊利亚特》1.279、2.86）、阿波罗的祭司克鲁塞斯（Chryses,《伊利亚特》1.15, 28）、预言家泰瑞西阿斯（Teiresias,《奥德赛》11.90）、传令官（《伊利亚特》7.277），或者广义上在集会 *agorá* 中起立演说之人（《伊利亚特》3.218, 23.568）。①

[53] 也许最能展现集会风貌的是《伊利亚特》第 18 卷 497 行的一个例子。在这个例子中，集会被作为语境，来展现争吵 *neîkos* 的一个原型，而阿喀琉斯的

---

① 有关 *skêptron* 在印度的对应物，参见 Minkowski, "The Maitravaruna Priest", Doctoral dissertation, Harvard University, pp.49-78。

盾牌如同永恒的微观世界冻结了行动，在上面形象化地展示了这个集会的画面。①两个不知名的当事人严肃地争执，双方的支持者大声叫嚷各表立场（18.502），集会中坐着的长老们等候着轮流手持 skêptron 站起来说话，支持一方或者另一方（18.505-506）。每个长老发言时都从随侍的传令官手中接过权杖，诗中形容他们正在陈述 dikē "判断/正义"（18.506）；此外，以"最直接的态度讲述 dikē"的人将获得一笔奖励（18.508）。

这样一位长老相当于《神谱》中所描述的 basileús（国王）这一类的人物（《神谱》80-93 行）。此外，正如《神谱》本身所述，国王在集会发言、讲述 dikē 的功能，实际上是缪斯的礼物。公正的国王从小受到缪斯的教育（《神谱》81-84 行），在 agorá 的语境中（(ἀγορεύων 86 行，ἀγορῆφι 89 行，ἀγρομένοισιν 92 行)，他由直截的 dikē（原文此处为复数，86 行），判断什么是 thémis（天理，神的律法）（《神谱》86、89、92 行）。

总而言之，缪斯交给赫西俄德的 skêptron 表明诗人将带着一个国王的权威讲话——这是一种源自宙斯本身的权威（《神谱》96 行；《伊利亚特》1.238-239、9.97-99）。关键在于，正如宙斯的权威凌驾于诸神之上，当诗人通过讲述所有一切的来龙去脉，而正式确立他的权威，也就暗示他也有凌驾于其他诗人之上的权威。

我们接着探讨《神谱》中对缪斯女神的召唤。我们最初的印象也许是赫西俄德并不像一个权威性超越了同侪的诗人形象。他所在的阿斯克拉，是一处皮奥夏人（Boeotian）定居地，地处偏僻，位于赫利孔山（Mount Helokon）之麓，此地且还被描述为是当地地方性缪斯祭典的所在地（《神谱》1-7 行）。这样一种地域定位，外加诗人自称赫西俄德，在传统意义上一直都被认为是对个人身份的一种原始的主张，与荷马高远的匿名性恰为相反。

这是在误解《神谱》中所继承的惯例。在《荷马颂诗·赫尔墨斯颂》(the Homeric Hymn to Hermes) 第 425-433 行，赫尔墨斯本人弹奏着七弦琴表演神谱，我们从中可以看见，这样一类创作所采用的传统形式为序曲（古希腊文中"序曲"一词为 prooímion）。诗歌中真实存在的指称序曲的词汇，为这一形式提供了重要

---

① 有关这一个争执 neîkos，与阿喀琉斯和阿伽门农在《伊利亚特》卷一中的争执，两者之间的关联，参见 Nagy, *The Best of the Achaeans: Concepts of the Hero in Archaic Greek Poetry,* Baltimore, p.109，沿袭 Muellner, *The Meaning of Homeric EYXOMAI through its Formulas*. Innsbrucker Beiträge zur Sprachwissenschaft 13. Innsbruck, pp.105-106 的讨论。

的内在的证明。① 《荷马颂诗·赫尔墨斯颂》第 426 行中的 *amboládēn*（演奏序曲），就是一个主要的例子。而至为关键的是，包括《赫尔墨斯颂》在内的《荷马颂诗》也都是序曲（因此修昔底德在《伯罗奔尼撒战争史》3.104.4 将《荷马颂诗·阿波罗颂》[the Homeric Hymn to Apollo] 称为一个 *prooímion* "序曲"）。各个《荷马颂诗》惯例的结尾 *metabḗsomai állon es húmnon*（如见于《阿佛洛狄忒颂》[Hymn to Aphrodite] 293 行）在字面上意义为 "我将转向歌的其他部分"（而非大多数译者所译的 "转向另一首颂诗"）。② 在一个表演中，由序曲所引出的其他部分，技术上来说，可以为任何诗歌/音乐形式，但是《荷马颂诗》本身特定的一个形式是英雄的 *érga/érgmata*（事迹）（Hymn 31.19, 32.19），它或者可以是某种史诗的形式（参考《荷马颂诗》31.19, 32.19: *kléa phōtôn ... | hēmithéōn* "那些半神的人的荣耀" [荣耀 *kléos* 为复数形式]），或是名录诗（catalogue poetry, 参考《荷马颂诗》31.18-19: *génos andrôn| hēmithéōn* "那些半神的人的起源"）。

然而，尽管公元前 2 世纪中期帕加玛的克拉特斯（Crates of Pergamon）曾记录过他见过《伊利亚特》和《奥德赛》的序曲（*Vita Homeri Romana*, Wilamowitz ed. *Vitae Homeri et Hesiodi*, p. 32），不可否认的是，现存的版本中成文的序曲已经佚失。序曲为古风时期的诗人提供了最重要实际上也是唯一的语境，供他自我标识、用自己的身份进行讲述，并描述他表演的情形（参考《神谱》22 行；阿尔克曼 [Alcman] PMG 版 第 39 首）。甚至在合唱诗中，序曲里的第一人称更适用于指诗人而非歌队。因此，如果诗人确实是在一首序曲中自称为赫西俄德，那么一代代以来学者们所声称的，赫西俄德和荷马之间自我标示和匿名性的显著差别，其实并不成立。进一步而言，荷马的自我标示在另一首真正的序曲中被证实，即《荷马颂诗·阿波罗颂》（第 166-167 行）。③

从纯粹的形式角度看，《神谱》属于向全体神灵发出召唤的复合型序曲（complex prelude），这一命题可以通过对《荷马颂诗》的引证进行检验。更为庞

---

① 参见 Koller, "Das kitharodische Prooimion: Eine formgeschichtliche Untesuchung", *Philogus* 100:159-206。
② 具体讨论见 Koller, 前揭 pp. 174-182. Koller（p. 177）强调，*húmnos* 指的是表演的全部；参见《奥德赛》8.429 ἀοιδῆς ὕμνον（歌的 *húmnos*）。当然，"歌的其他部分"可能只是一个风格化的形式惯例，这个被认为应该跟随于每一首荷马颂诗之后的部分，也许并不是确切的后继部分。
③ Nagy, *The Best of the Achaeans: Concepts of the Hero in Archaic Greek Poetry*, Baltimore, pp.5-6, pp.8-9.

大的《荷马颂诗》是一组单一型颂诗（simplex prelude），每一首召唤一个神灵。无可否认，这些颂诗作为带有功能性质的序曲，恰恰因为它们篇幅巨大而显得笨重，而且它们的演进过程中也可能存在为艺术而艺术（ars gratia artis）的因素。但既然序曲在传统上会采用各种音步形式，[①]而《荷马颂诗》[55]却采用六音步进行创作，表明它们所引导的史诗的特定形式对它们产生了密切影响；进一步，如果史诗创作会演进为煌煌巨制，那么引出史诗表演的序曲也可能如此。然而，尽管《荷马颂诗》规模浩繁，却有一点未变：它们依旧保留了功能性序曲的传统程式，这个程式使其足以在泛希腊层面进行表演。这样一种程式可分为五个阶段：

1. 恰如其分的召唤，称呼神祇。
2. 使用这位神的尊号（epithet），明指或暗示其在地方层面的祭典中所拥有的功效。
3. 讲述这位神如何升入奥林匹亚山，在那里他/她获得泛希腊层面的承认。
4. 向这位神的祷告，用这一表演至此所给予他/她的承认取悦于他/她。
5. 转向表演的其他部分。

上述五个阶段，在一个特定的《颂诗》中，可能会也可能不会很清晰。例如，两首《赫尔墨斯颂》中，较短的一首通过提及赫尔墨斯曾被困于母亲迈亚（Maia）的山洞而被延迟接纳为奥林匹亚主神，由此来暗示其最终的被接纳。与之相反，在较长的一首《赫尔墨斯颂》中，对这一延迟相应的提及之后，该诗长篇累牍地描述他后面如何受到接纳。这段叙述在较长的《赫尔姆斯颂》中，一直把我们带到了第578行，才总算进入阶段4；然而，在较短的《赫尔墨斯颂》中，第10行就已经到了阶段4。

上述两首献给同一位神的《荷马颂诗》，分别经过展开或压缩后，显得极为冗长和极为简洁（这两种现象的机制，是口头诗歌明显的标志），[②]我们可以拿这个例子与《神谱》的冗长和《荷马颂诗》第25首的简洁相比较。技术上说，《荷马颂诗》第25首和《神谱》都是献给缪斯的颂诗，前者的序曲部分为七行六音步诗行，其中前六行在较长的《神谱》中都有直接的对应部分：

---

① Koller，前揭，pp.170-171。
② 关于口头诗歌中扩展和压缩的可能性，见 Lord, *The Singer of Tales,* Cambridge, Mass, pp.99-123。

《荷马颂诗》第 25 首第 1 行　　《神谱》第 1 行
《荷马颂诗》第 25 首第 2-5 行　《神谱》第 94-97 行
《荷马颂诗》第 25 首第 6 行　　《神谱》第 963 行

[56] 较短的《荷马颂诗》第 25 首是单一型序曲，它引出众缪斯的起源，而较长的《神谱》是复合型序曲，它先是引出缪斯们的起源，然后由呼唤缪斯而引出所有神祇的起源，这是神谱正文（theogony proper）。但从第 964 行之后，《神谱》在严格意义上不再是一个诸神谱系，它的主题由讲述 theôn génos（意为"诸神起源"，《神谱》44、105 行；亦参见第 115 行）转向讲述神与人结合后所生的半神之人的起源（参见《神谱》第 965-968 行）；这后一个主题发展为关于男女英雄的名录诗，在《荷马颂诗》第 31 首 18-19 行中，事实上被表述为 génos andrôn | hēmithéōn（半神之人的起源）——《荷马颂诗》第 31 首作为一个正式的序曲，宣告这是它的主题。

重复一遍，从形式的角度来说，《神谱》第 1-963 行是献给诸缪斯的颂诗，它为现存于第 965-1020 行的关于男女英雄的名录充当序曲，——同时也与赫西俄德残篇第一首（MW 版）有着相互联系。[①] 这首献给诸缪斯的颂诗历经重大改动后，变为主要是一首献给宙斯和其他奥林匹亚神祇的煌煌之颂；因此，在该诗第 4 阶段中，我们原本可以期待诗人祈求缪斯们对他已经创作的部分感到高兴，但实际上，他是在祈求赢得奥林匹亚众神的愉悦，他们会因为他的《神谱》而高兴。

因此，与《荷马颂诗》中大部分作品相比较，《神谱》第 1-963 行不是一首单一型而是一首多种成分的颂诗。颂诗正文（the hymn proper）在第 36-103 行，并在第 104 行时达到高潮，此时颂诗进入独立的阶段 4，诗人专向缪斯祷告；接着，从第 105 行开始，原本应该作为阶段 5 出现的过渡（以转向序曲后任何其他部分）却被暗示将推迟，替代它的是另一首献给缪斯的颂诗，它一直延绵至第 962 行，总算在第 963 行又一次递进至高潮性的阶段 4。我们可参考比较《阿波罗颂》（the Hymn to Apollo）的第 165-166 行，因为阿波罗在他的出生地提洛岛（Delos）上的泛爱奥尼亚（pan-Ionian）语境中受到崇拜，这是一个颇为恰当的阶段 4：诗人首先向阿波罗祷告，而后向德利埃斯（Deliades）致意，这是一个女性歌者/舞者组

[①] 关于其间的相互联系，见 Nagy, *The Best of the Achaeans: Concepts of the Hero in Archaic Greek Poetry*, Baltimore, pp.213-214 § 3n1, n3.

成的歌对,[1]看上去是缪斯女神在当地的临显,而其所用的格式,若出现于其他地方,即是表达在阶段 4 的祷告。在接下去的第 177-178 行中,原本应该作为阶段 5 出现的过渡被明确推迟,后续的第 178-544 行又是对阿波罗的颂歌,但此次是在其莅临的德尔斐(Dephi),他在泛希腊的语境中受到崇拜。在第 545 行中,阶段 4 再次出现,诗人又一次向阿波罗祈祷;随后在第 546 行中,阶段 5 的过渡最终出现。

[57] 正如《阿波罗颂》中第 1-165 行构成一首压缩版的颂诗,而第 179-544 则为其扩展后的变体,就《神谱》而言,第 105-962 行是第 36-103 行压缩版颂诗在扩展后的变体。然而,《神谱》中在第 36-103 行的压缩版和第 105-962 行的扩展版之间,存在一个形式上的重要差别:如同赫尔墨斯在《赫尔墨斯颂》第 425-433 行中所表演的创作一样,上述两处在同时既是序曲又是诸神谱系;但是,第 36-103 行间的简版颂诗更是序曲,而扩展版则更多的是诸神谱系。

这个扩展版就是《神谱》正文,它由赫西俄德以自己的身份讲述,"重述"了缪斯所告诉他的。另一方面,压缩版的叙述,是间接进行的:此处,缪斯传授给赫西俄德的诸神谱系,仅仅是被简单复述了,而且其语境,如其所是,是描述缪斯女神走上奥林匹亚山的途中歌唱的内容。

《神谱》第 1-21 行是另一个间接的版本(因此《神谱》中共存在三个版本的诸神谱系)。此处,同样,缪斯传授的诸神谱系被简单复述,不过这第一次的语境是描述缪斯自赫利孔山迤逦而下所歌咏的内容。与《神谱》全诗其他处不同的是,在这个版本中,缪斯是被当做赫利孔山的女神(《神谱》1-2 行),而非奥林匹亚女神受到召唤。此外,当缪斯自赫利孔山巅走下时歌舞(《神谱》3-4 行)的神谱,其主题发展顺序,与她们升入奥林匹亚山巅时(即一个泛希腊颂诗的程式的阶段 3)所歌舞的相反。

在《神谱》第 11-20 行第一部诸神谱系中,缪斯是这样被描述的:她们从奥林匹亚山的宙斯开始讲起(11 行),然后"下"述至其他奥林匹亚神祇——赫拉、雅典娜、阿波罗、阿耳忒密斯(Artemis)、波塞冬(11-15 行)——一路再述及先辈诸神(16-19 行),直至地神(Earth)、大洋神(Okeanos)和夜神(Night)等原始力量(20 行)。而在第二部诸神谱系(36-52 行)的描述中,同样是这群缪斯女神,在赫利孔山麓碰见赫西俄德后,从大地/天空(Earth/Sky,45 行)开始讲述,"上"述至奥林匹亚诸神,最后在宙斯那里到达叙事的高潮(47 行,原文 deúteron

---

[1] 参考 Thucydides 3.104.5。

赫西俄德和泛希腊主义诗学 139

［其次］一词只是表明这部诸神谱系的顺序，因此未有丝毫对宙斯的重要性的轻蔑）。缪斯这第二个诸神谱系的叙述方向，对于赫西俄德第三部也是最后定义性的诸神谱系（第105-962行）具有决定意义；而重要的是，这第二个诸神谱系，在程式上对应着一首泛希腊颂诗的阶段3，即升入受到颂扬的奥林匹亚神族之列。

在这里，我们看见缪斯的转变，她们如何从当地赫利孔山的女神成为泛希腊的奥林匹亚山女神。当［58］她们沿着赫利孔山的山坡走下，开始她们的行程，《神谱》第9行用 *énthen apornúmenai*（从那里出发）来描述她们——这与《阿波罗颂》第29行中的 *énthen apornúmenos*（相同意义）对应，这一行诗继而宣称阿波罗由其出生地德洛斯一隅之主跃升为全人类之主。在她们身处的地方背景中，这些载歌载舞的缪斯女神就如同《阿波罗颂》中的德利埃斯（Deliades）。和缪斯女神一样（比如《阿波罗颂》第189-190行），德利埃斯也是阿波罗的侍者（157行），诗人在他的这首颂诗中，在阶段4似乎向她们和阿波罗同时祈祷。进一步而言，德利埃斯看上去同样且歌且舞（参见修昔底德《伯罗奔尼撒战争史》3.104.5处的 *khorós*；也参见欧里庇得斯《赫拉克勒斯》[*Herakles*] 687-690 行）；似乎赫利孔缪斯和德利埃斯的表演，被想象成是抒情诗（lyric）而非六音步诗。①

此外，赫西俄德与赫利孔缪斯之间的关系，对应着荷马与德利埃斯之间的关系（《阿波罗颂》明确宣称荷马为其创作者）。② 荷马与德利埃斯之间戏剧化的邂逅，使得诗人答应"当他在遍游人类的城邦时"，将在诗歌中提及德利埃斯，从而使她们的 *kléos*（荣誉）遍布四方（《阿波罗颂》第174-175行；试比较第156行，*kléos* 在此行被表述为既成事实）；换而言之，德利埃斯将在泛希腊诗歌中占有一席之地。③ 与之类似，赫西俄德和赫利孔缪斯的邂逅，也使诗人用《神谱》来使她们荣耀，而在技术上说《神谱》是献给缪斯的泛希腊的颂歌；由此，赫利孔当地的女神们被吸纳进入泛希腊的奥林匹亚女神序列。

我们也可参考比较赫尔墨斯所创作的微缩版神谱，概述见于《赫尔墨斯颂》第425-433行。这曲神谱在技术上说是献给缪斯之母 Mnēmosúnē（美默素妮）的颂诗（第429行），这位女神被描述为她既决定了赫尔墨斯的特点，而她本身又由赫尔墨斯的特点所定义（有关用词，可参考 Callimachus［卡利马科斯］*Hymn to*

---

① 古希腊诗歌中的合唱诗（choral poetry）属于广义的抒情诗（lyric），所用的音律与《荷马颂诗》所用的六音步诗（hexameter）不同。——译者注
② Nagy, *The Best of the Achaeans: Concepts of the Hero in Archaic Greek Poetry*, Baltimore, pp.5-6, pp.8-9.
③ Nagy, 前揭，pp. 8-9。

Apollo[《阿波罗颂》]第 43 行)。赫利孔缪斯以同样的方式既决定着赫西俄德的特点,而她们也由他的特点所定义——赫西俄德所具的特点正是她们赐予的。

然后,我们在这里最终明白,为什么对《神谱》而言,赫西俄德所具有的当地赫利孔山麓出身这一点至关重要。作为赫利孔缪斯的传声筒,他所具有的特点超越了奥林匹斯山缪斯女神直接管辖的领域。我们业已注意到,女神们赐给他一根权杖(《神谱》第 30 行),它象征着源出宙斯并为王者所具有的权威。另外,正如他本身的名字 Hēsiodos 所宣称的,赫利孔的缪斯[59]赐给这位诗人 *audé*(声音,《神谱》第 31 行),这是一种特别的声音,不仅使他能够歌唱诸神谱系(第 33-34 行),还可以谈论过往与未来(第 32 行)。如果总的来说,奥林匹斯山缪斯与阿波罗的门徒(protégé)是一个创作类似于荷马史诗和颂诗的 *aoidós*(诗人,参见《荷马颂诗》25.2-3 和《神谱》94-103 行),那么,赫西俄德作为赫利孔缪斯女神的门徒,既具有一个诗人的力量,也具有希腊人称之为 *kêrux*(传令官[herald])和 *mántis*(预言家)的力量。

古希腊诗歌所具有的这一印欧文明遗产,可以追溯到诗人/传令官/预言家三者的功能尚未区分之时。这一历史阶段遗留的痕迹,不仅存在于赫西俄德作为赫利孔缪斯女神门客的人物形象塑造中,也存在于 *Mnēmosúnē* 美默素妮的门徒赫尔墨斯所具有的范式(paradigm)中。因为歌唱诸神谱系,赫尔墨斯被认为是正在对诸神 *kraínōn*(授权[authorizing],《赫尔墨斯颂》第 427 行)。动词 *krainō* 意为源于宙斯本身、并为国王所执行的统治权。① 它所传递的意蕴为国王授权某事的完成,并确认它将被完成(如《奥德赛》8.390)。在世界范围内对神谱的仪式性传统进行的跨文化研究表明,一个诸神谱系的基本功能就是要确认对某个特定社会群体所具有的调控的权威。② 通过歌唱神谱由此对诸神进行"授权",赫尔墨斯实际上确认了他们的权威。

赫尔墨斯后来与阿波罗达成一项协议,他们将各司其职。在这个过程中,赫尔墨斯将他的七弦琴以及与之相应的力量给了阿波罗(《赫尔墨斯颂》第 434-512 行),而阿波罗则给予赫尔墨斯一根 *rhábdos*(棍杖),它被描述为 *epi-kraínousa*(授权、批准使用,authorizing)阿波罗从宙斯那里学来的 *themoí*(律

---

① Benveniste, *Le vocabulaire des institutions indo—européennes.* 1. *Economie, parenté, société.* 2. *Pouvoir, droit, religion*, Paris, 2:35-42.
② 参考 West, *Hesiod: Theogony,* Oxford, pp.1-16。

令）。① 在赠予赫尔墨斯这个颇大的授权时，阿波罗却特意将与德尔斐神谕相适应的占卜术的领域保留在手（第 533-549 行），但是，他确实也在这个授权中包括了与帕耳那索斯山（Mount Parnassos）的蜜蜂少女神（Bee Maidens）相适应的占卜术的领域（第 550-566 行）。这些蜜蜂女神也进行 kraínousin（授权，559 行）：当她们饱食蜂蜜时，会在狂喜中讲述 alētheíē（真话，第 560-561 行），但当她们的食物被夺走时，她们则会 pseúdontai（骗人，第 562-563 行）。靠酝酿的蜂蜜来取得狂喜状态下的占卜——这一模式是更早期阶段当诗人和预言家尚且彼此不分时的典型。② 当蜜蜂少女神［60］在狂喜的状态时，她们会通过讲述将来的事情以 kraínousin（授权），而这些被讲述的未来也真将到来。

阿波罗和赫尔墨斯之间彼此特点的分割，戏剧化了诗歌功能逐渐的分离。当赫尔墨斯吟唱神谱时，诗歌的各类功能尚被描绘为浑然一体。但接下来，赫尔墨斯将七弦琴让给阿波罗而自身仅限于使用原始的牧笛（《赫尔墨斯颂》第 511-512 行），由此使得阿波罗能够接管属于 aoidós（诗人）的领域。阿波罗同时也在一个高度发展的泛希腊层面（他在德尔斐的神谕）接管了属于 mántis（预言家）的领域，留给赫尔墨斯的只不过是 mántis（预言家）更为原始的领域，在地方上由酝酿的蜂蜜引导出的 alētheíē（真理）的解释者。但这位"更年轻"的神祇与诗歌中更原始的方面之间所存在的戏剧性的密切关系，他通过吟唱神谱而在实际上对阿波罗的诗歌艺术的开创，这些都表明，是赫尔墨斯，而不是阿波罗，才是更为古老的神祇，他能"用来授权的"权杖和"用来授权的"蜜蜂少女神是一个更为古老和广博的诗歌王国的遗韵。从历史的观点看，阿波罗和他的奥林匹亚缪斯是更新的神祇：他们代表着这个更为古老的诗歌王国收束为更为年轻和缩窄的泛希腊的诗歌王国的过程。

同样，赫西俄德和赫利孔缪斯之间的关系代表着一个更为古老和广博的诗歌王国；赫西俄德随后将赫利孔山和奥林匹斯山的缪斯融为一体，由此得以将那个王国收束为更为年轻而缩窄的、泛希腊的神谱的王国。他从缪斯那里获取的 skêptron（权杖）和预言的声音，二者皆既能吐真言又能讲假话，类似于赫尔墨斯的 rhábdos（权杖）和蜜蜂女神，这两者同样都既能吐真言又能讲假话。奥林匹斯山缪斯似乎是从赫利孔缪斯那里继承了神谱的体裁，犹如阿波罗从第一首神谱的

---

① 参考 Hesychius s.v. θεμούς· διαθέσεις, παραινέσεις。
② Scheinberg, "The Bee Maidens of the Homeric Hymn to Hermes", *Harvard Studies in Classical Philology* 83: 16-28.

作者赫尔墨斯那里获得七弦琴。要让一曲泛希腊的神谱临世，缪斯女神必须走下赫利孔山，通过赫西俄德的中介性，而升入奥林匹斯山。

正如赫尔墨斯是 kêrux（传令官）和 mántis（预言家）的原形，赫西俄德也是这二者功能的化身，并且还从赫利孔缪斯那里获得诗人的功能。（据帕萨尼亚斯［Pausanias］的记载（9.29.2-3），这些当地的缪斯女神名为 Meletḗ（演练）、Mnḗmē（记忆）和 Aoidḗ（歌曲）。[①] 这些名字对应着口头诗歌创作和表演过程中所出现的过程）。赫西俄德这个人物需要这些当地的缪斯女神才能创作出一曲神谱，但为了创作泛希腊的诗歌，他也需要奥林匹斯山的缪斯。他使赫利孔山的缪斯融进奥林匹斯山的缪斯之中；[61]由此他从当地所获的权杖和声音，原本适用于创作地方性神谱，在泛希腊语境中则转而象征他建立起的作为诗人所享有的终极权威，这个权威是源自于王者宙斯的终极权威。这就是他本人获得的未曾宣示的奖励。

赫西俄德的语言

赫西俄德这一人物可以骄傲地宣称他的地方性起源，仍然使用当地的语言。这种语言已演变为可与泛希腊颂诗的语言旗鼓相当，泛希腊颂诗的语言则转而发展到与史诗所开创并使用的语言旗鼓相当。《神谱》的诗人创作一篇泛希腊的神谱的技艺，甚至可以媲美创作一首史诗的技艺（《神谱》100-101 行）——而地方性的神谱所引发的仪式性语境则无人再记起。

实际上，赫西俄德诗歌的用词与荷马诗歌极为类似，以至于它自称的皮奥夏起源在语言层面几乎难觅其踪。此外，在诗歌传统的演变与最终成型的过程里，爱奥尼亚阶段（the Ionic phase）在赫西俄德比起在荷马更为明显。[②]

无可置疑，已有人尝试构建起荷马和赫西俄德之间的语言差异。最有趣的一个发现是，第一和第二变格的宾格（accusative）复数形式，词尾 -ās 和 -ous，在赫西俄德的诗歌用词中，在辅音之前出现的频率远远高于在荷马的诗歌用词中；而在元音之前出现的频率，赫西俄德则要低于荷马。[③] 有人将这一现象解释为，

[①] Detienne, *Les maîtres de vérité dans la Grèce archaïque*, 2nd ed. Paris, p.12.
[②] Janko, *Homer, Hesiod and the Hymns: Diachronic Development in Epic Diction*, Cambridge, p.85, p.197.
[③] Edwards, *The Language of Hesiod in Its Traditional Context*, Oxford, pp.141-165.

在某种程度上我们所研究的对象，这个方言作为他们的母语，这些宾格复数都被缩短为-ăs 和 -ŏs；照这种方式，它们后面一个词如以辅音开头则无关紧要，因为它们和后面这个单词第一个辅音的搭配（-ăs 辅-，-ŏs 辅-①）不会造成过分延长，②而它们的原形-ās 辅-和 -ous 辅-则会有这样的问题。荷马诗歌的用词，确实倾向于避免过分延长（-长元+辅　辅-[第一个词以短元音+辅音结尾，第二个词以辅音开头]，以区别于-短元+辅　辅-，或者-长元　辅-），但这并不意味着赫西俄德的用词就要整整齐齐遵从这样一种趋势；相反，事实是赫西俄德比荷马在形式上较少限制，因此也较少有古体，与这样一个事实相符，他诗歌中-ās 和 -ous 在辅音之前出现的较高频率可能仅仅是显示了他比荷马更能包容这类过度延长。

[62]宾格复数词尾-ăs 和 -ŏs，显然并不是皮奥夏方言的特征。至于第一变格-ăs 在元音前零星的出现，通常认为此为赫西俄德用词所特有的现象，但这也是不正确的。在包括《荷马颂诗》的荷马诗歌用词中也有此类现象零星出现（如《伊利亚特》5.269, 8.378；《奥德赛》17.22；《赫尔墨斯颂》106 行）。当然，我们很难简单地就排除这一现象可能是多利克方言群的反射，因为确可在后者之中证实第一和第二变格形式-ăs 元音- 和 -ŏs 元音-的存在。然而，看上去更能用来解释整个问题的，仍然是标志着荷马和赫西俄德诗歌演变的最终决定性阶段的爱奥尼亚方言群。形式化的证据可以追溯到所有希腊方言共同经历的前爱奥尼亚阶段，在这一阶段宾格复数会采用这样的词尾：

　　-ăns 元-　-ăns 辅-
　　-ŏns 元-　-ŏns 辅-

接着，我们可以设想一个对于所有方言都存在的过渡阶段（并且证实在某些方言中依然存在），上述词尾变化为：

　　-ăns 元-　-ăs 辅-

---

① 在本节的讨论中，"元"指代"元音"，"辅"指代"辅音"，而，比如，"-ăs 辅-"指的是连续两个单词中，第一个单词以-ăs 结尾，而第二个单词以辅音开头。
② 元音后的双辅音（即第一个词末尾的-s 和第二个单词开头的辅音）会使其前面的元音延长。而词尾-ās 和 -ous 中的词尾 ā 和 ou 已经是长元音，之后再有双辅音，会出现三倍于短元音的音长。——译者注

-ŏns 元- -ŏs 辅-

在最后的爱奥尼亚阶段，元音前的 -ăns 或 -ŏns 变为 -ās 或 -ous，此类变化进而扩及辅音前的词尾变化：

-ās 元- -ās 辅-
-ous 元- -ous 辅-

但是，在过渡阶段，因为在形式上单词的位置从元音前移到辅音前，或者从辅音移到元音前，就可能留下零星的"混淆"（contamination）的痕迹：

-ăs 元- -ās 辅-
-ŏs 元音- -ous 辅-

较之荷马诗歌，赫西俄德诗歌中此类痕迹更多，但这不过是因为赫西俄德诗歌体现了爱奥尼亚六音步传统中一个更为漫长的演变过程。关键点依然是：赫西俄德诗歌不仅仅暗中宣称要类似于荷马诗歌（参见《神谱》第100-101行），它也广泛地享有着后者所具有的形式上的遗产。

甚至在荷马诗歌内部，我们也可以感到《奥德赛》与《伊利亚特》有所不同；[63]《奥德赛》比起《伊利亚特》，-ās/-ous 出现在辅音前的例子更多，而出现在元音前的例子较少，虽然《奥德赛》《伊利亚特》之间的差别远不如赫西俄德和荷马之间那么大。① 仍然，这些数据符合一个由其他几个语言学标准所建立的总体的模式：在爱奥尼亚六音步传统中，《奥德赛》较之《伊利亚特》有着更长的演变过程；而较之《奥德赛》，赫西俄德诗歌整体所具有的这一过程又愈发久远。②

赫西俄德诗歌中的爱奥尼亚传统，从形式蔓延到内容。在《工作与时日》中明显提及的一个月份 Lēnaiṓn（第504行），恰恰就出现在许多爱奥尼亚地区的日历中（尽管没有在雅典日历中），甚至它的形态（以 -ṓn 结尾）都明显是爱奥尼亚

---

① 数据见 Homer, Hesiod and the Hymns: Diachronic Development in Epic Diction, Cambridge, p.85, p.197。
② 同上。

赫西俄德和泛希腊主义诗学　　145

式的。因为每个城邦各有其特殊的日历，甚至在关系紧密的城邦间，对同一月份的命名也是五花八门；我们所以并不觉得诧异，古风时代的希腊诗歌，因正朝着泛希腊方向推进，基本上都避免明显提及月份的名字。因此，一个爱奥尼亚所独有的月份名字在皮奥夏的赫西俄德的诗歌中的出现，才更加引人注目。我们的解释充其量也就是说，Lēnaiṓn 至少是大多数爱奥尼亚城邦的母语词汇，所以它会倾向于面向泛希腊的听众；此外，这个名字的意义非常明确，从 lênai（酒神的信徒）派生出来。尽管如此，这个词和它的形式，更多的是泛爱奥尼亚式的，而不是泛希腊式的。另外，诗歌在提及 Lēnaiṓn 之后立刻描述北风之神波里斯（Boreas）如何从色雷斯（Thrace）吹过大海，这也从地理上表明了向着爱奥尼亚的方向，与我们在《伊利亚特》中所发现的一致。①

总而言之，赫西俄德的诗歌不仅仅暗中宣称类似荷马的诗歌，它也广泛地享有着荷马的诗歌在形式上所具有的爱奥尼亚的遗产。

赫西俄德，《工作与时日》的诗人

赫西俄德作为诗人而享有的终极权威，源自王者宙斯的终极权威，而这一权威在《工作与时日》中经受考验。诗歌的序曲部分（第 1-10 行）从形式上相当于献给宙斯的颂歌，诗人在这一部分先是请求这位至高无上的神"用你的 dikē［判断］端正 thémis［天理，神的律法］"（9 行），接着他［64］向其兄弟佩尔塞斯（Perses）诉说 etētuma（真实的事情，10 行）。因此，宙斯的行动和赫西俄德的言语构成了明显的对应关系。

宙斯的行动作为一个理想的国王的典范，在《神谱》中形象化：受到缪斯的启发（80-84 行），他"用公正的判断（dikē［复数］），理顺各项神圣的律法（thémis［复数］）"（85-86 行）。由于他公正的判断，国王甚至连大的 neîkos（争端）也能平息（87 行）。这让我们记起阿喀琉斯的盾牌上所绘的争吵（《伊利亚特》18.497），对此执行判决的长老们手持 skêptron 说出 dikē（判断）（505-508 行）。②令人奇怪的是，《神谱》中理想化的国王却未被描述为手持 skêptron；相反，象征着源自宙斯的权威的权杖是由缪斯们赐给赫西俄德的（《神谱》30 行）。看上去，缪斯所教导的国王这样一个模式被重新塑形，由此适合诗人。

---

① West, *Hesiod: Works and Days*, Oxford, p.27.
② Nagy, *Greek Mythology and Poetics*, p.53.

这并非说赫西俄德就是一位国王；相反，正如我们将要看见的，《工作与时日》所阐发的是一种取代和超越王权的权力。整部诗歌的动机事实上是赫西俄德和佩尔塞斯的 neîkos（争吵），但这场争吵不会有任何理想的国王来制止；诗人希望他和他的兄弟能自己解决（35 行），"用公正的判断 [dikē, 复数]，这来自宙斯，也是最好的"（第 36 行）。这对兄弟间的纷争是这样开始的：在分割父亲留下的家产后（37 行），佩尔塞斯强行侵占了应该属于赫西俄德的份额（38 行），由此抬高了利欲熏心的国王们的声誉，这些国王"乐意宣告这一判断（dikē）"（第 38-39 行）。他们在赫西俄德诗歌中被描绘为 dōrophágoi（吞噬礼物），第 39、24、264 行），绝非理想的国王；而诗人威胁，他们将会因他们"不正当的判决 [dikē, 复数]"受到惩罚（250，264 行）。

正如我们将要看见的，最终解决赫西俄德和佩尔塞斯纠纷的，不是任何国王，而是《工作与时日》本身，这首诗在"正义"的意义上阐发了 dikē 的概念。至目前为止，dikē 被译为"判断"，正是我们在诗中第 39、249、269 行必须对这词进行的解释。在以上任何一处中，修饰它的指示代词（ténde，同样还有 268 行的táde，均意为这些事情）使 dikē 一词必须被译为"这个判断"，它在当下指的是代利欲熏心的国王们企图做出的不公正的宣告。这样的语境甚至能帮助我们理解dikē 一词的词源：理想的国王"理顺"（动词 diakrínō，见《神谱》85 行）什么是thémis（神圣的律法）什么不是（《神谱》85 行），他的方式是通过 dikē（86 行），也就是"指示"（indication，拉丁语中为 indic-āre，其中的词根 -dict- 与希腊语dikē 为同源）；因此，dikē 一词也就是指 [65]"判断"。但是，从长远看，宙斯的权威隐匿在所有人类的"判断"之后，他可以将任何特定的"判断"转为"公正"。因此，当赫西俄德恳请宙斯"端正神圣的律法 [thémis, 复数]"（《工作与时日》9行），这位至高无上之神的"判断"即为"公正"。我们重复一遍，宙斯的行动和赫西俄德的言辞会共同对佩尔塞斯产生作用（10 行），在争吵的语境中，双方都必须自行"理顺"（仍然是动词 diakrínō, 此处语态为中动态 [middle voice]，35行）。

赫西俄德的形象借助言辞的力量，反击佩尔塞斯对他财产的暴力侵夺。首先，他向佩尔塞斯讲了普罗米修斯和潘多拉的故事（《工作与时日》42-105 行），推动了全诗最主要的主题：人有耕耘土地谋生的内在需要。接着，他讲述了五代人类的神话（106-201 行），细致地展现了 dikē（公正）如何让人提升，而它的对立面

húbris（狂妄）如何使人堕落。① 人类现在所处的第五代，即黑铁时代（the Age of Iron），是一个 dikē 与 húbris 进行持续斗争的时代。如同在其他地方的神话中所发生的，在有关人类不同时代故事的神话里，属于终结时代的现在与将来交融从而具有预言性：赫西俄德以一种高度的悲观语气预言 dikē 最后会输给 húbris（《工作与时日》190-194 行）。② 然后，赫西俄德讲述了老鹰和夜莺的寓言（202-212 行），他讲述的对象是国王，策略性地设定他们有所觉悟（phronéontes）（202 行）。但是，至少在接下去的故事语境中，他的语气再次是悲观的：老鹰抓住了夜莺，后者被描述为一个 aoidós（歌唱者），即诗人（208 行），仅仅因为老鹰更强大（206、207、210 行），他还吹嘘他有权力选择最终是释放还是吞噬他的牺牲品（209 行）。

在这个节点上，赫西俄德转向佩尔塞斯，并且，借用已经告诉他的一切，最后敦促他的兄弟要采纳 dikē 拒绝 húbris（《工作与时日》213 行）。他警告说，dikē 的实现是一个终将会发生的过程，dikē 终将战胜 húbris（217-218 行）。dikē 将化身为女神，惩罚那些贪得无厌之辈，他们"以不公正的判断（dikē，复数），整理（动词 krīno）神圣的律法（thémis）"，并"逐走她，使她不能端立"（straight，224 行；参考《伊利亚特》14.387-388）。在那之后，两种典型的城邦出现：拥有 dikē 的城邦变得富庶繁荣（225-237 行，参考《奥德赛》19.109-114），而有 húbris 的城邦则变得荒芜贫瘠（238-247 行）。

［66］赫西俄德将公正定义为最终会发生的过程（《工作与时日》，217-218 行），他进而邀请那些贪婪的国王重新权衡，对于佩尔塞斯强占赫西俄德财产（39 行），他们所要做出的"这个判断"（dikē，269 行）。我们现在可以看到，做出"这个判断"（dikē，269 行）的国王使女神 dikē "不能端立"（224 行），而女神将通过她父亲宙斯的力量最终惩罚他们（220-224 行、256-269 行）。dikē 的终极性在梭伦（Solon）的诗歌里也同样进行了清晰的界定：强占他人财产的人（残篇 4.13, West ed.），侵犯了 dikē 的根本（4.14），因此犯有 húbris 之罪，他们将接受恰如其分的公正的惩罚，"在一定阶段的时间之后"（4.16）。

---

① Nagy, *The Best of the Achaeans: Concepts of the Hero in Archaic Greek Poetry*, Baltimore, pp.151-165, 沿袭 Vernant, "Le mythe hésiodique des races: essai d'analyse structurale," *Revue de l'histoire des religions* 157: 21-54; "Le mythe hésiodique des races. Sur un essai de mise au point", *Revue de Philologie* 40: 247-276. 的讨论。也参见 Vernant 最新的观察，Vernant, *Mythe et pensée chez les grecs*, 2nd ed, p.101, p.104, p.106。

② West, *Hesiod: Works and Days,* Oxford, p.176.

《工作与时日》戏剧化了使 Dikē 发生作用所必需的时间的实际过程。在诗的开篇，我们发现，佩尔塞斯强占赫西俄德的财产，以及贪婪的国王们偏袒不义之徒所作出的不公正的判断，都使女神间接蒙受侵犯。在第 39 行，当诗人开始讲授 Dikē 时，"这个判断"还是被暗示是不公正的；诗人最初在讲授 húbris 与 Dikē 斗争的结果时，仍然是悲观的，他讲述老鹰／国王对夜莺／诗人的耀武扬威时，语气亦是如此。然而，到了第 249 和第 269 行，"这一判断（Dikē）"一语出现的背景却是女神本身将要向侵犯她的人复仇。诗人现在敦促佩尔塞斯在"公正"的意义上支持 Dikē（275 行），因为没有正义，人只会如野兽般互相吞食。

因此，老鹰和夜莺的寓言的道德意义也就非常清晰：作为对于 dikē 的支持，寓言完全否定了老鹰／国王能以吞噬夜莺／诗人的方式来证明其力量。此外，既然只有那些"有觉悟的（phronéontes）国王们才能理解这则寓言（202 行；试比较《神谱》88 行处对理想化的国王的描述，他们是 [ekhéphrones] 觉悟了的），贪婪的国王们因其总体上的无知，连理解这则寓言的资格都不够（参见《工作与时日》40-41 行）。① 如果国王不能支持 dikē，那么他们也全然不具有权威，也不配存在。实际上，在第 263 行后，国王们就从《工作与时日》中销声匿迹了。

至于佩尔塞斯，他被教导，最终只有具有 dikē 之人才能致富（《工作与时日》280-281 行），强占他人财产的人（320-324 行）"财富转瞬即失"（325-326 行）。到了《工作与时日》的第 396 行处，[67] 佩尔塞斯已一贫如洗，并且只能向赫西俄德乞食。但诗人拒绝给他任何施舍，相反教导他要耕作谋生（396-397 行）。当源自宙斯并由赫西俄德代表的 dikē 之权威最后实现时，诗人最初与他的兄弟争吵时的忿怒感也开始消失；在第 286 行处，他已经在表达对佩尔塞斯的善意。在接近诗的第二部分时，佩尔塞斯的人物形象模糊为一个普遍化的第二人称单数：仿佛佩尔塞斯现在已默然，准备接受他正直的兄长的教导。

最终，dikē（公正）在《工作与时日》中得到彻底的维护，诗歌过程中时间的流逝戏剧化地展现了它最后的胜利。此外，basileús（国王）所具有的识别什么是什么不是 thémis（神圣的律法）的权威作用，被这首诗本身所取代。这是一种泛希腊的观点，用这种观点，所有希腊城邦都可简化为两个极端的类型：拥有 dikē 的城邦（225-237 行）和具有 húbris 的城邦（238-247 行）的。甚至《工作与时日》中一直使用 basileîs（国王们）这一复数形式，也暗示了一种超越单个城邦的泛希

---

① 关于整首诗歌中 ornithomanteiā 卜鸟术的重要性，参见《工作与时日》828 行，结合 West 的评论（West, *Hesiod: Works and Days,* Oxford, pp.364-365）。

腊的视角：从荷马的诗歌传统中我们看见每个城市都由单一一位国王统治。

在放逐国王后，《工作与时日》可以对公元前八世纪及以后的任一城邦言说——无论它们是寡头政体、民主政体，甚至是僭主制。该诗实际传递的是每一个希腊城邦都熟谙的法律准则的普世基础。

如梭伦诗歌所宣称的，甚至在比如雅典的民主政体中，梭伦立法的基础是王者宙斯的权威（残篇 31, West ed.）。如同赫西俄德恳请宙斯"以 dikē 端正神圣的律法（thémis，复数）"，因为他能"伸曲为直，打击高傲者"（《工作与时日》7行）；梭伦笔下的女神 Eunomiā（意为"依良法而行善政"），同样"给没有 dikē 之人戴上枷锁"（残篇 4.33, West ed.），"使 húbris 恶名昭著"（4.34），"萎谢疯狂错乱的滋生"（4.35），并"端正不公正的判断（dikē，复数）"（4.36）。在《神谱》中，宙斯正是 Eunomiā 之父（第 902 行），也是 dikē 之父，她们的母亲是忒弥斯（Thémis），是神圣律法和秩序的化身（第 901 行）。宙斯在击败了堤丰（Typhoeus）、吞噬了墨提斯（Metis）这两个对于宇宙秩序的残存的威胁之后，娶了忒弥斯，这一点非常重要。

梭伦在他的诗歌中用一个立法者的口吻说道，在做出对高低贵贱者一视同仁的"公正判断（dikē）"后，他"写下了"自己的法律（thesmoi）（残篇 F 36.18-20 W）。但除了这些成文的法律条款之外，我们必须记住的是，在那些归在梭伦名下的诗歌传统中，梭伦这个人物形象不仅仅是我们在此所看见的立法者[68]，通过诗歌中对其一生的戏剧化演绎，他还成了 dikē 的个体典范。例如，在一首诗歌中，梭伦祈求缪斯女神赐给他财富和荣誉（残篇 F 13.1-4W）并允许他帮助朋友和杀伤敌人（13.5-6）。他渴望拥有财富（khrḗmata），但谴责任何强占他人财产的念头，因为那将有违 dikē（13.7-8）而 dikē 迟早会复仇（13.8）。更准确地说，宙斯必将会如狂风而至，惩罚 húbris 的行径（13.16-25; 参考《伊利亚特》第 16 卷，第 384-392 行）。

在以泰奥格尼斯为代表的麦加拉城邦的诗歌传统中，我们找到了惊人的相似点：诗人同样祈求宙斯让他助友伤敌（Theognis，第 337-338 行）。如果去世时所有的冤屈都已得报，他就会得到人中之神的荣耀（第 339-340 行）。① 他的这一心愿和斯巴达的吕库古（Lycurgus）的情况很相似：阿波罗的德尔斐神谕宣称，这位立法者将如同神灵（希罗多德《历史》1.65.3），身后会被当做英雄受

---

① 评述见 Nagy, "Theognis and Megara: A Poet's Vision of His City," In Figueira, and Nagy, *Theognis of Megara: Poetry and the Polis*, Baltimore, pp.68-74。

到崇拜（1.66.1）。① 泰奥格尼斯接着痛陈他如何蒙受冤屈：他的财产被强行夺去（Theognis，第 346-347 行）。这也和赫西俄德一样：佩尔塞斯就是用暴力强占了他的部分财产（《工作与时日》第 37、320 行）。

此外，像赫西俄德那样，泰奥格尼斯最初对能否成功惩罚那些人持悲观态度（Theognis 345 行），在明显的彷徨无助中，他疯狂地表示要痛饮仇人鲜血（第 349 行）。他在这里隐秘地提及一个即将监督他如此复仇的神灵（daimōn，第 349-350 行），这让我们想起正义女神的无数隐身守护者（phúlakes），在《工作与时日》249-255 行处，他们随时准备惩罚施恶者，这些神灵正是《工作与时日》第 122-126 行处提到的 daimōnes 或者说程式化了的英雄崇拜对象。② 这些正义的守护者是正义女神的助手，后者同样被描绘成随时准备惩罚施恶者（《工作与时日》256-262 行）；在梭伦的诗歌中，最终惩罚施恶者的同样是正义女神（残篇 4.14-16W）。然而，泰奥格尼斯召唤的是一个更可怕的嗜血亡灵，它甚至可能是离世后的诗人本人。③

[69] 虽然细节有所不同，但与赫西俄德与梭伦类似，泰奥格尼斯的诗歌以戏剧化的方式展现出他一生都是正义 dikē 的个体典范。但是，梭伦诗歌所说的正义也可以指成文法典（残篇 36.18-20），泰奥格尼斯的诗歌所说的正义只是他向年轻的同伴（hetaîros）基尔诺斯（Kyrnos）和其他各类次要人物进行教导时所提及的。然而，这一正义仍然具有从立法者那里传下的法典所具有的力量，泰奥格尼斯本人就如此宣称④：

χρή με παρὰ στάθμην καὶ γνώμονα τήνδε δικάσσαι
Κύρνε δίκην, ἶσόν τ' ἀμφοτέροισι δόμεν,
μάντεσί τ' οἰωνοῖς τε καὶ αἰθομένοις ἱεροῖσιν,
ὄφρα μὴ ἀμπλακίης αἰσχρὸν ὄνειδος ἔχω

基尔诺斯，我必须依照尺矩做此决断，
对双方不偏不倚，
借助预言者、鸟卜师和焚烧的祭品，

---

① Nagy, *Theognis of Megara: Poetry and the Polis*, Baltimore, p. 69.
② Nagy, 前揭 pp. 72-73。亦参考 Vernant, *Mythe et pensée chez les grecs*, 2nd ed. p.101, p.104, p.106。
③ Nagy, 前揭 p. 73。
④ 评述见 Nagy, 前揭 pp. 37-38。

免得因为犯错而遭到耻辱的责难。(Theognis 543-546)

与同样保护"双方"(ἀμφοτέροισι)的利益，不让任何一方(οὐδετέρους)专美的梭伦类似（残篇 5.5/6），泰奥格尼斯称自己对"双方"(ἀμφοτέροισι)不偏不倚（泰奥格尼斯第 544 行），他在诗歌中另一处建议基尔诺斯"奉守中道"（219-220 行，331-332 行），使得没有哪一方(μηδετέροισι)能得到属于另一方的东西（第 332 行）。

泰奥格尼斯是在献祭和祭典仪式正确性的语境下（第 545 行）做出"这一 *dikē*"（第 544 行）的，按照赫西俄德在《工作与时日》后半部的教导来看，这一点非常重要，因为那部分作品中，道德正确性和祭典正确性总是并重的。在第 333-335 行，赫西俄德提出了避免"不义之行"的总结性道德训诫，紧接着又进一步提出对于祭典的训诫：

κὰδ δύναμιν δ' ἔρδειν ἱέρ' ἀθανάτοισι θεοῖσιν
ἁγνῶς καὶ καθαρῶς, ἐπὶ δ' ἀγλαὰ μηρία καίειν·
ἄλλοτε δὲ σπονδῇσι θύεσσί τε ἱλάσκεσθαι,
ἠμὲν ὅτ' εὐνάζῃ καὶ ὅτ' ἂν φάος ἱερὸν ἔλθῃ,
ὥς κέ τοι ἵλαον κραδίην καὶ θυμὸν ἔχωσιν,
[70] ὄφρ' ἄλλων ὠνῇ κλῆρον, μὴ τὸν τεὸν ἄλλος

尽你所能，祭奠永生的神，
神圣而洁净，焚烧华美的牛腿骨，
时而奠酒和焚香来向他们供奉，
无论入睡还是神圣的天光降临，
他们都会有和善的心，有好意
你因而可以买得别人的财产，而不是别人买去你的东西。(《工作与时日》第 336-341 行）

随着《工作与时日》的展开，这一建议变得越来越细节化：例如，人不可以在"神宴"上修剪指甲（第 742-743 行）。它亦规定人不可在迎着太阳站立时小便（第 727 行），也不可以在路上（第 729 行）、往河流或泉水里这样做（第 757-758 行）。我们可以将之与印度的《摩奴法典》(*Law Code of Manu*)第 4 卷第 45-45 行的相一致的规定相比较，"不要在路上小便……行走或站立时或靠近河岸时也不可如此……在迎着风或火，或者面对婆罗门、太阳、水或牛时，不可大小便。"①

印度各民族和希腊人的法律传统显然同出一宗。在这层意义上，结合我们正在思考的道德和仪式训诫语境和《工作与时日》一诗中其他部分（第298、616、623、641、711行），《工作与时日》在728行处对"记住"（memn>ēménos）一词的应用则格外引人注目。该词的词根 *men-/*mneh₂ 也出现在意为"谨记者"的印度名字摩奴（Mánu-）中。摩奴这位人类的始祖因为在一次献祭仪式时的谨慎周到而获此名字（Mánu- 和英语"人"[man]同源）。摩奴为祭司之原型，由于精通赛尔文·列维（Sylvain Lévi）所谓的"复杂的献祭之道"，他在仪式方面具有无人可及的权威。② 因为仪式的正确性是印度法律的基础，整部印度的司法和道德格言集以他命名。

在《喀戎箴言》（*Precepts of Cheiron*）中有一个平行的主题模式，该诗被归在赫西俄德名下（品达 *Pythian* 边注 6.22），讲述了半人半马的喀戎对少年阿喀琉斯的教导。我们现有的一个残片（赫西俄德残篇 283 MW）保留着喀戎讲话的开始部分，他教导这位年轻的英雄抵家后首先要做的就是向诸神献祭。[71]在史诗大系（Epic Cycle）的一个残篇中（*Titanomachy* 残篇 6 p. 111 Allen），喀戎被形容为"通过向凡人传授誓言、节日祭仪和奥林匹斯山的形貌（skhḗmata），带领他们走向正义（dikaiosúnē）"。在程式化的模式上，《喀戎箴言》、《工作和时日》（第336-337行、第687-688行）以及泰奥格尼斯作品（第99-100, 1145 和 1147-1148行）也有着平行的对应。

喀戎和阿喀琉斯在《喀戎箴言》中的交流，与赫西俄德和佩尔塞斯，以及泰奥格尼斯和基尔诺斯间的交流极为相似，维尔克（F. G. Welcker）在他1826年版的泰奥格尼斯诗集序言中由此提出，佩尔塞斯和基尔诺斯只是通用性人物，通过戏剧化的手法让两人分别与赫西俄德和泰奥格尼斯建立亲密性后，诗人们得以向由陌生人组成的听众传递善意的建议。③ 近东的《阿伊卡和纳丹》（*Ahiqar and Nadan*）与《所罗门箴言》（*Proverbs of Solomon*）也与上述诗歌在类型学上存在着

---

① 参考 West, *Hesiod: Works and Days*. Oxford. 334-335; 亦参考 Watkins, "Is tre fīr flathemon: Marginalia to *Audacht Morainn*." *Ériu* 30: 181-198。

② Lévi, *La doctrine du sacrifice dans les Brahmanas*. Paris.121. 参考 Nagy, "Theognis and Megara: A Poet's Vision of His City". In Figueira, and Nagy, 1985, pp.38-41。亦见 Nagy, *Greek Mythology and Poetics*, pp. 110-111。

③ West, *Hesiod: Works and Days*, Oxford, pp.33-34.

平行关系，这使我们更加相信佩塞尔斯和泰奥格尼斯的确只是类型化的人物。①然而，至少在佩塞尔斯人物形象上，学者拒绝接受这一可能性，因为它会威胁赫西俄德本人的历史存在，"没人相信赫西俄德本人是个假想的人物。"②

本文始终认为，总体而言，任何一首希腊古风时期诗歌中的诗人形象只是为了表现该诗所继承的传统。因此，上述假设赫西俄德在历史上确有其人的观点不需专门驳斥。我们只需注意到，赫西俄德和佩尔塞斯之间互补性人物塑造，甚至在荷马诗歌中也有类似的情况。其中一例是《奥德赛》第18卷第366-375行处，③奥德修斯向求婚者欧鲁马科斯（Eurymakhos）发出的挑战：足智多谋的国王装作一个乞丐诗人，④提出要和侵夺他财产的人以耕田（原文使用了 érgon 一词，另见第366、369行；参见《工作与时日》第20行）方式进行一场假想的比赛（第366行使用了 éris［争斗］一词；参见《工作与时日》第11-26行，尤其是第26行）。

此外，泰奥格尼斯与基尔诺斯之间的互补性人物塑造，在《工作与时日》中也有类似的情况。例如，赫西俄德特意教导一个人不可将伙伴当兄弟（第707行）。这句否定意义的训言随即成了借口，目的是展现供教育伙伴而非兄弟之用的诗歌传统，因为赫西俄德紧接着［72］在后面一行中说，"如果你这样做（将朋友当兄弟），你就应……"（第708行）。后面几行诗不折不扣地引出了与伙伴相处之道的一连串格言（第708-722行）；泰奥格尼斯也向他的伙伴基尔诺斯直接或间接地提供了大量极为类似的格言（分别参看《工作与时日》第710-711行、第717-718行、第720行；Theognis，第155-158行、第945行、第1089-1090行）。相反，泰奥格尼斯特意将真正的朋友（philos）定义为能包容难以相处的伙伴之人，仿佛那是他的兄弟（97-100 = 1164a-d）。换而言之，人应包容难以相处的兄弟。作为基尔诺斯的朋友，泰奥格尼斯不确定对方是否同样视他为朋友：他要求那个三心二意的青年要么做真正的朋友（89 = 1082e），要么称他为仇敌，在两人间展开一场公开的争吵（neîkos，89-90）。我们可以比较赫西俄德和佩尔塞斯之间的争吵，它的确是公开进行（《工作与时日》第35行），但至少随着诗歌的展开而获得解决。相反，泰奥格尼斯和基尔诺斯之间未爆发公开的争吵，但泰

---

① West, *Hesiod: Works and Days*, Oxford, p.34.
② West, 前揭 p.34。
③ 参见 Svenbro, *La parole et le marbre : aux origines de la poétique grecque*, pp.57-58。
④ 参考 Nagy, *The Best of the Achaeans: Concepts of the Hero in Archaic Greek Poetry*, Baltimore, pp.228-242。

奥格尼斯却不能肯定基尔诺斯是否是真正的朋友。

在考虑希腊古风时期诗歌的不同例证时，我们必须避免将那些平行对应的篇章想象为一个文本在指涉另一个文本；相反，这只是因为除了对其产生主要影响的传统，任何作品也可能指涉其他传统，而这些不同的传统在别的作品中亦会显现。不过，泰奥格尼斯看上去几乎就是在使用佩尔塞斯的故事，或者赫西俄德仿佛的确在为如何对待三心二意的基尔诺斯出主意。

赫西俄德和佩尔塞斯并非《工作与时日》中仅有的关键人物。他们父亲的基本情况反映了影响该诗创作的几个关键主题。他从小亚细亚的库莫（Kyme）出发（第 636 行），为糊口而漂洋过海（第 633-634 行），最终在希腊本土的阿斯克拉（Askra）定居下来，该地冬寒夏炎，根本不适合居住（第 639-640 行）。

赫西俄德对阿斯克拉的描绘，从公元前一世纪的地理学家斯特拉波（Strabo）以降，就被当做经验之谈，然而这一描绘至少也是夸大其词：该地实际上非常富饶，较少受风的侵袭，风景优美且冬夏宜人。[1] 那么，为什么赫西俄德故意将他的家乡阿斯克拉描绘得如此不堪？如果我们对库莫城重新思考，答案就出来了。与阿斯克拉截然相反，库莫是赫西俄德父亲离开的地方，"不是为了逃离富裕，而是为了逃离贫穷（peniā）"《工作与时日》第 637-638 行）。[73] 在这里，我们看到了与 ktisis（创业）诗歌的一个特有主题构成的鲜明反差，这类诗歌关注的是从大陆城邦及其周边地区向遥远土地开展的大规模殖民活动。[2]

创业诗的传统既定主题之一是讲述在殖民时期不堪忍受旧城邦贫穷的勇敢冒险者们如何在逃往小亚细亚以及其他地方后建立起新的伟大城邦。科罗封城（Kolophon）就是一个重要的例子，它的建立者之一名为"衣衫褴褛者"（Rhákios），他"因贫穷而且衣着寒碜"而得此名（罗得岛的阿波罗尼奥斯 Apollonius of Rhodes 1.308，边注）。[3] 麦加拉的各类诗歌传统也是如此，它们都称颂该城是殖民时期建立的诸多名城的发源地，包括拜占庭。[4] 麦加拉的泰奥格尼斯敦促人们跋山涉水以求摆脱极度的贫困（Theognis 第 179-180 行）。总而言之，当赫西俄德的父亲为逃荒而风尘仆仆地从库莫抵达阿斯克拉时（《工作与时日》第 638 行），他实际上颠覆了创业诗关于殖民的传统叙事模式。

---

[1] Wallace, "Hesiod and the Valley of the Muses" *Greek, Roman, and Byzantine Studies* 15: 8.
[2] 残篇选集和评述参见 Schmid, *Studien zu griechischen Ktisissagen*. Freiburg.
[3] Schmid, 前揭 pp.28-29。
[4] 参见 Hanell, *Megarische Studien*, Lund, pp.95-97。

我们再赘述一遍，这里也有一个显而易见的负面信息：赫西俄德的父亲逃避的是贫穷（《工作与时日》第 638 行）而不是财富（第 637 行）。财富的主题是创业诗的一个鲜明特色，它讲述殖民者们脱贫致富，最终使他们的新城市变得难以置信地富有。① 后来富甲一方的科罗封城就是一个重要的例子（Athenaeus 526a, 引述 Xenophanes of Kolophon 残篇 3W）。在泰奥格尼斯作品第 1103-104 行中，我们得知，这种过分富有的标志就是狂妄（húbris），而这也导致该城彻底毁灭。诗人泰奥格尼斯警告说，这种命运正在降临到麦加拉。我们进而看到，影响着麦加拉的这种狂妄特别体现在对他人财产的贪婪之中，它最终导致了城邦贵族的堕落（Theognis 第 833-836 行）。

这样一种对狂妄导致的堕落乃至毁灭的警告，使人想起赫西俄德诗歌中两个城邦的类型：正义的城邦变得丰裕富饶，无人需要远遁汪洋求生（《工作与时日》，第 236-237 行）；暴力的城邦变得荒凉贫瘠，人民要么饱受战争困扰（第 246 行），要么在远航他乡时被宙斯发出的暴风雨所侵袭（第 247 行）。[74] 从创业诗的角度看，科罗封的例子表明城邦可以从一个极端走向另一个极端。赫西俄德的父亲离开库莫时，诗中暗示他所逃离的是一个被暴力所摧毁的贫穷城市（《工作与时日》，第 637-638 行）；实际上，他所逃离的是殖民活动鼎盛时期所残留的废墟（关于创业诗，尤其是描述殖民鼎盛时期的叙事传统，荷马诗歌中的相关部分参见《奥德赛》第 9 卷第 116-141 行）。②

在阿斯克拉定居后，赫西俄德的父亲看到的是构成了黑铁时代想象的程式化的艰难环境。③ dikē 和 húbris 分别构成了黄金时代和白银时代的特征（《工作与时日》，第 124 和 134 行），但它们却共同成为黑铁时代的特征。阿斯克拉亦是如此：它既不是 dikē 之城，也非 húbris 之城。但这个城邦处在两种特质的争夺之中。例如，该城的名字 Askrā 本身就意味着"不结果的橡树"（Hesychius, s.v. Ἄσκρη· δρῦς ἄκαρπος）。húbris 之城的标记就是荒芜（《工作与时日》第 242-244 行），而一棵枝头挂满橡子的茁壮橡树则是 dikē 之城的主要象征（第 232-233 行：注意此处 drûs ákrē［橡树枝头］一词与 Askrē 谐音）。据帕萨尼亚斯所言（9.29.1），当地的传说认为，阿斯克拉为俄伊俄克洛斯（Oioklos，意为因为他的羊出名的人。

---

① Nagy, "Theognis and Megara: A Poet's Vision of His City", In Figueira, and Nagy, 1985, pp.51-60.
② 参考 Nagy, *The Best of the Achaeans: Concepts of the Hero in Archaic Greek Poetry*, Baltimore, pp.180-181。
③ 参考 West, *Hesiod: Works and Days*, Oxford, p.197。

试比较《工作与时日》第 234 行，Theognis 第 26 行）所建，他是人格化的阿斯克拉与海神波塞冬的儿子；当地传说也认为，改城的创建者还有第一个在赫利孔山向缪斯献祭的俄托斯（Otos）和厄菲阿尔忒斯（Ephialtes）兄弟。这两位兄弟在别的作品中是 *húbris* 的典型（《奥德赛》第 11 卷第 305-320 行，尤其是第 317 行，亦参见《工作与时日》第 132 行，他们的 *húbris* 最终导致白银一代的覆灭[第 134 行]）。

正如上文所述，*dikē* 反抗 *húbris* 的斗争在人类的黑铁时期一开始似乎就失败了，但在阿斯克拉，赫西俄德作为 *dikē* 的典型，佩尔塞斯作为 *húbris* 典型，他们之间的斗争却以正义和宙斯权威的全面胜利告终。以此为观照，我们也许应该思考一下佩尔塞斯（*Pérsēs*）名字的意义。这个人物和赫西俄德不一样，他只出现在《工作与时日》一诗中，因此他的名字也许和该诗所继承的一些中心主题有关。*Pérseús* 是 *Perseús* 的一个孑遗变体，源于变格方式的差异。《伊利亚特》第 11 卷第 223 行中 *Kíssēs* 与古典时期的拼法 *Kisseús* 也是此类关系，可为此处的参考比较。①此外，*Perseús* 的词形，[75]与构成动词"毁灭"（*pérthō*）的复合词根 *persi-* 有联系，② 在荷马诗歌传统中，一个令人感兴趣的现象就是"毁灭"（*pérthō*）的直接宾语局限于城邦（*pólis*）及其同义词 *ptolíethron* 和 *ástu*，或者城邦的名字。既然在《工作与时日》中佩尔塞斯主要是 *húbris* 的典型，这让我们想起泰奥格尼斯所表达的传统主题：*húbris* 摧毁城邦（如第 1103-1104 行）。

当然，"狂妄"摧毁城邦只是比喻；更准确地说，城邦是因为自己的狂妄而被宙斯摧毁的——这正是《工作与时日》第 238-247 行中他对于典型的 *húbrisa* 之城所施加的（特别是第 239 和 242 行）。就这点而言，佩尔塞斯之名形式化了宙斯对那些被标记为 *húbris* 的凡人的负面行为。因此，也许重要的是，在《工作与时日》第 299 行，佩尔塞斯被他的兄弟赫西俄德称为"宙斯后裔"（*dîon génos*）——这种称谓在其他地方只用于宙斯的孩子们（比如《伊利亚特》第 9 卷第 538 行的阿耳忒密斯）。此外，从五世纪以降，赫西俄德与佩尔塞斯的父亲被认定为迪奥斯（*Dîos*，比如 Ephorus of Kyme FGH 70 F1）。因此，呼应于 *dikē* 之城和 *húbris* 之城的分裂，分别作为 *dikē* 典型的赫西俄德和作为 *húbris* 典型的佩尔塞斯，他们之间的分裂，在遗传的层面上，由那位名字承载着宙斯本质的人物而和解，正如在《工作与时日》诗歌的过程中，通过宙斯的 *dikē* 对 *húbris* 的完胜，

---

① 关于更多的此类例子，参见 Perpillou, *Les substantifs grecs en –ΕΥΣ*, Paris, pp.239-240。
② Perpillou, 前揭 p.231。

两人实现了和解。

赫西俄德和宙斯间有着千丝万缕的关联性，就如他和阿波罗以及奥林匹斯山的缪斯之间的关系一样。与之对应的，是他和《神谱》第 404-452 行所歌颂的女神赫卡忒（Hekate）之间也有着关联。和宙斯相类似，这位女神是赫西俄德诗歌的泛希腊本质的理想典范。由于至高无上之神的许可（《神谱》第 411-415 行、第 423-425 行），她有权享有所有神祇的神力（《神谱》第 421-422 行）。因此，在祭祀时对她祷告相当于也在向其他所有神祇做一个总括的祷告。因为她出现较晚，并可能有着来自国外的起源，[①] 这位综合性的女神赫卡忒是一个理想的泛希腊形象（我们可以参看《荷马颂诗》卷一"致狄奥尼索斯"第 8-9 行中挑选"希腊境外"的尼撒做酒神的原出生地）：她甚至可以在赫西俄德的诗中展现关于她的祭典仪式这一方面，而那些更为古老的神祇因各城邦供奉方式不一，赫西俄德和荷马诗歌都屏蔽了对他们进行祭典的情况。

[76] 赫卡忒和阿波罗以及他掌管的缪斯之间的对应关系，也影响着赫西俄德在泛希腊主义上的权威。我们从这样一个事实开始考察：阿波罗和赫卡忒是表兄妹关系。他们的母亲勒托（Leto）和阿斯忒里亚（Asteriā）是姐妹（《神谱》第 405-410 行），后者的名字和阿波罗出生地提洛岛（Delos）的"神赐"名一致（品达 *Paean*［颂诗］5.42，并参考 Callimachus *Hymn* 4.36；也见品达残篇 F 33 c .6 SM）。阿波罗和赫卡忒有共同的外祖父母 *Phoíbē* 和 *Koîos*。*Phoíbē* 这个名字，为阿波罗最主要的尊号（epithet）*Phoîbos*（如可见于《神谱》第 14 行）的阴性形式，*Koîos* 则和印度语族中的诗人／预言家 *kavi-* 为同源词[②]（我们可以参看上文对阿波罗和歌唱者／诗人 *aoidós*，以及和预言家 *mántis* 这一类人的关系的讨论）。赫卡忒 *Hekátē* 的名字则是阿波罗的尊号 *Hékatos* 的阴性形式（同样参见《荷马颂诗·致阿波罗》第一首）。最为重要的是，赫卡忒父亲的名字是佩尔塞斯 *Pérsēs*（《神谱》409 行），与赫西俄德的兄弟同名。

赫卡忒是神祇佩尔塞斯唯一的婚生子，因此事实上是独生子（*mounogenḗs*,《神谱》426、448 行）。与之相反，凡人佩尔塞斯是赫西俄德的兄弟，显然不是迪奥斯的独生子，而赫西俄德内心希望他本人是独子：他在诗中提议一个理想的家庭应有一个独生子（*mounogenḗs*）去继承父亲的财产（《工作与时日》376-377 行）。如果赫卡忒不是独生子，那将会怎么样？《工作与时日》在第 11-26 行讲

---

① West, *Hesiod: Theogony*, Oxford, p.278.
② DELG 553（参考希腊语 *koéō* 察觉，拉丁语 *caueō* 注意、提防和担保）。

述了"不和"女神埃里斯（Eris）的出生，做出了某种解答，可看做是《神谱》第225行所提及故事的另一个传统的版本。与我们在《神谱》第225行所读到的不同，《工作与时日》确认，不和女神并非独生子（*moûnon...génos*，第11行），事实上有两位埃里斯（Erides）（《工作与时日》第11-12行）。两位埃里斯中，次要的妹妹对人类态度消极，主要的姐姐却很积极：她向人类灌输竞争精神，甚至怠惰者也受到激励耕田谋生（《工作与时日》12-24行）。因为埃里斯是 *Neîkos* "争吵"之母（《神谱》229行），赫西俄德和佩尔塞斯的争吵可以说是不和女神激起的。最开始，似乎争吵是充满恶意的次要的那个埃里斯挑起的，但当争吵以赫西俄德的 *dikē* 战胜佩尔塞斯的 *húbris* 而告终时，我们意识到，它自始至终是由那个主要的、充满好意埃里斯所激起的。① 关键在于：正如独为一体时消极的埃里斯可以分为一对，一对之中主要的一个积极，次要的一个消极；那么可以暗示，独为一体时积极的赫卡忒也能分为一对，一对之中主要的一个积极，[77]次要的一个消极。因此，赫卡忒作为一个独生子而存在，才是人类的福祉：假设独生的（*mounogenēs*）赫卡忒分为姐妹俩，姐姐可能就会效仿其父佩尔塞斯，*Pérsēs* 这一名字表达着神对人的 *húbris* 所做出的负面反应。② 同样，赫西俄德和佩尔塞斯兄弟俩也是一个主要而积极，一个次要而消极，那个次要的孩子有着佩尔塞斯的名字，我们赘述一遍，这个名字意味着宙斯对人的 *húbris* 所做出的负面反应。至于赫西俄德和佩尔塞斯的父亲，他的名字迪奥斯（*Dîos*），同样赘述一遍，承载着宙斯的本质。

赫西俄德和赫卡忒的形象之间有意义的特殊关系使人不禁对《工作与时日》一处有启发性的细节心生疑问。尽管赫西俄德给了佩尔塞斯很多关于航海的建议，但他特意提及他本人除了有一次从奥利斯（Aulis）坐船去欧波亚岛（Euboea）（650-651行）就再无行船的经验。接着，他专门提起传统认为阿凯亚人（the Achaeans）的特洛伊之征就是从奥利斯开始的（第651-653行）。《伊利亚特》确认，奥利斯是特洛伊之征的出发点，而且，根据大多数版本，此地就是阿伽门农（Agamemnon）将其女伊菲革涅亚（Iphigeneia）献祭给阿耳忒密斯（Artemis）之处（比如，参见 Proclus 所作 *Cypria* 概述，Allen ed., *Homeri Opera* 5, p. 104.12-20, Oxford, 1912）。在赫西俄德的《妇女名录》（*Catalogue of Women*）中（残篇 F

---

① Nagy, *The Best of the Achaeans: Concepts of the Hero in Archaic Greek Poetry,* Baltimore, pp.313-314.
② 关于古风时期希腊图像作品中对赫卡忒邪恶方面的描绘，见 Vermeule, *Aspects of Death in Early Greek Art and Poetry*, Berkeley and Los Angeles, p.109。

23a.15-26, M. West ed.），伊菲革涅亚（此处她叫做 Iphimede，第 15、17 行）被献祭之后，随即阿尔特密斯使之不朽，而后作为女神，她变为叉道女神阿尔特密斯（Artemis-of-the-crossroads），也就是赫卡忒（赫西俄德残篇 F 23b，即 Pausanias 1.43.1）。

正如《神谱》（第 435-438 行）所述，赫卡忒帮助那些参加竞赛的人，赫西俄德专门提及体育比赛。当赫西俄德从奥利斯去欧波亚时，他是去卡尔喀斯（Chalkis）参加安非达玛斯（Amphidamas）的葬礼竞技（《工作与时日》第 654-656 行）。并且赫西俄德在竞技会的诗歌比赛中获胜（第 656-657 行）。他带着三脚鼎奖品归家并将它献给当地赫利孔山的缪斯女神（第 657-658 行）。讲述他在诗歌比赛中获奖后，他专门重提那是他唯一一次出海（第 660 行）。

赫西俄德独此一段的航海经历短得惊人，奥利斯和欧波亚之间水面距离充其量也就 65 米。① 此处植入了与阿凯亚人向特洛伊的长途跋涉所形成的对立。[78] 也许，这对立有更深远的意图：奥利斯对《战船名录》的传统而言是其原初的发生地，在《伊利亚特》中这个场景被转到了特洛伊，仅仅是因为这个特定的史诗是从特洛伊战争的最后一年开始讲起。但即使是《伊利亚特》，也确认奥利斯为阿凯亚人舰队的出发地。此外，赫西俄德强调他个人在航海方面的经验匮乏，与荷马强调航海是阿凯亚人能存活的关键所在形成尖锐对比（比如《伊利亚特》第 14 卷第 80-82 行），② 尤其考虑到赫西俄德特别强调奥利斯不但是他个人短暂航行的出发地，也是阿凯亚人长途远航的出发地。也许，这一段落展现出想让赫西俄德的诗歌和荷马的有所区别的故意。

以此观照，我们应该考虑一下《工作与时日》第 657 行处一处边注（scholia）所提供的一个变文。在这行变文中，赫西俄德宣称他在诗歌竞赛中赢的正是荷马本人：

ὕμνῳ νικήσαντ' ἐν Χαλκίδι θεῖον Ὅμηρον

在卡尔喀斯，以诗（hymn）击败神一般的荷马（《工作与时日》第 657 行变文）而不是：

---

① West, *Hesiod: Works and Days,* Oxford, p.320.
② 评论见 Nagy, *The Best of the Achaeans: Concepts of the Hero in Archaic Greek Poetry,* Baltimore, pp.333-347。

ὕμνῳ νικήσαντα φέρειν τρίποδ' ὠτώεντα

因为诗而胜出，[我说我]带走了一只有耳的三脚鼎[当做奖品]。(《工作与时日》第 657 行)

传统的解释把这一变文仅仅作为衍文，这是没有证据的（因为这假定为衍文的诗句与另一诗句相符合，后者出自《荷马和赫西俄德的竞赛》，见于其中被认为是赫西俄德所作的一个铭文［Contest of Homer and Hesiod, Allen.ed., Homeri Opera 5, pp.233,213-214］)。同时，认为这句诗属于一个真实的变文段落，并非否认现存的有关三脚鼎的版本的真实性。在希腊古风时期的诗歌中，辑出的变文可能并不反映某种伪造的文本篡改，相反折射出曾存在过另一个真实的传统的版本，它只是在诗歌定形过程中被逐渐剔除了。①

进而言之，我们可以看见有一个传统的故事，讲述荷马和赫西俄德竞争(《荷马和赫西俄德的竞赛》Allen.ed., Homeri Opera 5, pp 225-238)，它并置了[79]《荷马传》[the Life of Homer]和《赫西俄德传》[the Life of Hesiod]的传统。从它现在的形式看，它逐渐衍生成文，且出现的时间较晚，这也使人们对其作者有众多争论，这个问题也不可能在这里讨论。② 然而，可以肯定的是，该故事的基本前提就是荷马和赫西俄德在一次诗歌比赛中曾一决高下，这展现了一个传统主题的特征。这个主题对应着古风时代希腊社会的一个基本的真实情形：从口头诗人的时代一直延续到诵诗者的时代，诗歌的表演本质上都是一种竞争。③

---

① 参考 Lamberton, *Hesiod*. New Haven and London，45-48。
② 参见 Janko, *Homer, Hesiod and the Hymns: Diachronic Development in Epic Diction*, Cambridge, 259-260n80; 亦见 Dunkel, "Fighting Words: Alcman Partheneion 63: μάχονται", *Journal of Indo—European Studies* 7: 252-253，关于该问题的一个有用见解，见 Lamberton, 前揭 pp. 5-10。
③ 详细讨论见 Durante, *Sulla preistoria della tradizione poetica greca. 2: Risultanze della comparazione indoeuropea*. Incunabula Graeca 64, Rome, pp.197-198, 亦见 Dunkel, 前揭书和 Nagy, *The Best of the Achaeans: Concepts of the Hero in Archaic Greek Poetry*, Baltimore, 311 § 2n6。关于此类竞争的一个神话例证，我引用了米利都人 Arctinus 和米蒂利尼人 Lesches 的竞赛故事，两位诗人都属于史诗大系(Phaenias F 33 Wehrli, in Clement *Stromateis* 1.131.6)。

展望

将赫西俄德仅仅当做作者只会增加我们全面欣赏其诗作的困难，因为他代表着希腊语世界里无数代歌唱者与听众互动的集大成者。我们可以肯定地说，在他的诗歌里，任何我们所尊崇的诗歌技巧都经历过最为敏锐的听众千万次的考验。甚至体现赫西俄德诗歌结构统一性的那些确定无误的标志都肯定是这个传统自身简化的结果；这首诗每一次新的演出中都会被再创作，这一延绵不绝的过程使简化得以实现。在这种语境中，我们与其说是在谈一首诗，不如说是在谈对某一类诗进行演出的传统。

随着泛希腊传播这一重要因素的融入，对创作的要求逐渐统一，赫西俄德诗歌的持续再创作将变得趋同化，并越来越定形。当然，每首诗甚至是一首诗中不同部分的定形速度和时间都各不相同。从这一点看，我们大体上可以将《赫拉克勒斯之盾》(*Shield of Herakles*)这样对公元前六世纪的视觉艺术有所指涉的作品都归类到赫西俄德的(Hesiodic)。学者们实在太过草率，仅因时间问题就弃置这首诗，由此认为它只是对赫西俄德的仿作而低估了它的艺术性。

[80]评论者们业已注意到，《神谱》第901-1020行处的尾声部分在形式甚至风格上都和该诗之前的部分有很多差异。① 但这一部分与其他部分的功能也不一样，而且我们从整体上可以注意到口头诗歌的不同主题往往展现着形式上，甚至语言学发展中的不同趋向。换而言之，不同的语言使不同的语境各有特色。我们顺着这些思路所做的解释肯定会比很多专家钟意的场景更为可取：他们认为，一个叫赫西俄德的人和一大批冒名赫西俄德的人共同创造了《神谱》。更糟糕的是，有些人甚至认为，这首诗出自一系列乏味的编辑之手。不管这些探讨多源作者的论述在讲什么，可以预见的是，人们无法就诗中有多少可以归在真正的赫西俄德名下取得一致。总而言之，我们最好将包括各类残篇在内的所有赫西俄德诗作(Hesiodic poems)都当做是赫西俄德诗歌(Hesiodic poetry)这一远为宏大的现象的不同化身。

在理解赫西俄德诗歌方面，另一个更难克服的障碍就是通常将赫西俄德形象化为一个原始的陆上农夫，他所使用的诗歌媒介笨重而古怪，笨手笨脚的这种诗歌媒介会凝练出史诗的诗歌媒介，但是农夫自己尚未掌握。赫西俄德戏剧化的自

---

① West, *Hesiod: Theogony*. Oxford, p.398.

我描述，把自己描述一个耕地以谋生的人，由此被作为基础去屈尊考察一个公元前8世纪皮奥夏农夫的不入流思想。这让赫西俄德和荷马的诗歌看上去仿佛只是一些原始的粗糙素材，在某种程度上是被希腊人强行推广，一方面他们视之为尤其是对其诗歌和修辞的参考，一方面也视为其文明的基石。当然，如果评论者们依然将这些诗歌当作希腊诗歌遗产的生产者而非其产物，我们对这些诗歌不能理解之处，也就成了它们的错误所在。长期以来，尤其是赫西俄德，其诸多方面都因为不合现代的文学评论者的鉴赏口味而受到批评。也许对他提出的最为短视的批评，就是他居然偶尔能忘掉他从哪里出发。

当然，亦有学者已经有力地展现了赫西俄德诗歌中内在的统一性和严谨性。我先单独说说让-皮埃尔·韦尔南（Jean-Pierre Vernant）的研究，他对普罗米修斯和宙斯升位等赫西俄德诗歌核心主题的发现，是结论性的，我们用不着在这里再加以概述。[1][81] 彼得·沃尔科特（Peter Walcot）对近东文学与《神谱》和《工作与时日》诸多方面的平行研究对探讨赫西俄德诗歌内部的运行机制不无启发意义。[2] 如果尚未提及这些不可被低估的比较，或者可由引用马丁·韦斯特（Martin West）的注疏作为弥补，他的注疏中包含了对一系列参考材料的阐述。[3] 但是，值得注意的是，在任何一个特定的例子中，这些近东的平行材料和赫西俄德之间，是类型学的问题，而非直接借用关系。鉴于不同文化间在神话创作模式上无处不在的平行关系，甚至细节中最惊人的雷同也可能只是一种类型学上的类似：潘多拉神话和有些印加神话的平行关系就是一例[4]——比起那些通常被称为赫西俄德"源头"的近东平行材料，印加的材料看上去更接近赫西俄德的诗歌。

赫西俄德的总体研究中有几个最为人所忽略的方面，诗作的技艺就是其一，本文对此也论述甚少。由于对赫西俄德传统的理解支离破碎，我们已永远无法感受到诗歌中某些会愉悦当时特定听众的效果，而另一些只剩下最模糊的轮廓。本文行将结束，也许应在此处论述一下赫西俄德诗歌中某一套我们可以略微感知的特殊效果，这可以同时展现赫西俄德诗歌的丰富性和我们自身理解的贫乏。

《工作与时日》第504-563行处描绘了一幅严冬景象：北风之神从高山上冲下，吹过树梢，他那寒气一路穿透所有生物的皮肤（第507-518行）。正如对其

---

[1] Vernant, *Mythe et société en Grèce ancienne,* Paris, pp.103-120, pp.177-194.
[2] Walcot, *Hesiod and the Near East,* Cardiff.
[3] West, *Hesiod: Theogony.* Oxford; *Hesiod: Works and Days,* Oxford.
[4] Sinclair, *Hesiod: Works and Days.* London, p.13.

他印欧传说中平行意象的研究业已展现的，[1] 此处的这一意象带有明显的性意味。在后面几行中（第519-525行），性感的年轻女孩意象与之形成一种对立，她在温暖舒适的闺房中洗浴，远离刺骨的寒风且"还不知道金色的阿佛洛狄忒所做的事情"（第521行）；同时，"无骨之徒" anósteos 正龟缩在凄冷的栖身处咬着脚爪（第524-525行）。希腊语的"无骨之徒" anósteos 与印度语族中的"无骨之徒" anasthá- 同源，后者是"阴茎"的迂回喻体（kenning，译注：指用形象化的迂回的说法代替直接的名字），[2] 而表示"咬"的希腊单词 téndō（第525行）则与意为通过占卜获取知识的爱尔兰语"咬（骨髓）" teinm（laído）有关联。[3] 因此，在咬脚爪的"无骨之徒"[82]，指的是一个"知晓人事"的人，而与之相对，那个懵懵懂懂的少女，则还"不懂人事"（εἰδυῖα，第521行）。

但这一隐喻还能进一步扩大。"无骨之徒"也可理解为是指章鱼（试比较包含 anósteos 一词的《工作与时日》第524行的句法，与包含"无毛之徒" átrikhos [即蛇] MW版赫西俄德残篇204.129的句法），在希腊传说中它常被描绘为饥饿时会啃自己的脚爪。[4] 饥饿的章鱼在凄冷的洞穴中啃食自己的脚爪（《工作与时日》第525行），这一象征着贫穷的意象让我们联系起诗中稍早处一个穷人在冬天用嶙峋的手揉肿胀的脚的意象（第496-497行）；在这里，普罗克洛斯（Proclus）的注疏援引一条以弗所的法律表示，当时只有父亲饿得脚发肿时才可抛弃子女。[5] 我们可以从中想起俄狄浦斯（Oidipous）和他被抛弃的故事，其名字的意义就是"肿脚之人"。

在这层关联意义上，我们还要提起《工作与时日》第533-535行处描写冬天所用的"脚" poús 一词：冬日的暴风雨使每个人都像"长了三条腿"的人那样弯着腰（第533行；试比较第518行）。这个迂回表达的喻体 [kenning] 指代"拄着拐杖的人"，呼应俄狄浦斯所猜出的斯芬克斯的"谜语" aínigma（索福克斯，《俄狄浦斯王》第393、1525行）。[6] 如同"无骨之徒"咬"足"（《工作与时日》第524行）因此通过占卜而"知晓人事"，俄狄浦斯也通过解答斯芬克斯之谜而"知

---

[1] Watkins, "ΑΝΟΣΤΕΟΣ ΟΝ ΠΟΔΑ ΤΕΝΔΕΙ." *Étrennes de septantaine: Mélanges Michel Lejeune*, 231-235, Paris, p.231.
[2] 参见 Watkins, 前揭 p.233。
[3] Watkins, 前揭 p. 232。
[4] 参考 West, *Hesiod: Works and Days,* Oxford, p.290。
[5] West, *Hesiod: Works and Days,* Oxford, p.84。
[6] 参见 Asclepiades FGH 12 F 71，评述见 West, 前揭 p.293。

晓人事"。这样一种神谕性的口吻也由稍后第 571 行的另一迂回喻体来证实,"带房子的人"*pheréoikos*(即蜗牛)出场时,诗中用(*all'hopót*)"不管什么时候……"的表达方式修饰它的出场(第 571 行),而这正是神谕中经常使用的导语。[1]

说到这里,我们如常仍然远未理解上述段落的全部含义,就像我们远未理解赫西俄德和他的世界一样。

我们对赫西俄德的诗歌背景知之甚少,因此想对其诗歌做出一个结论性的评价只能是徒劳一场。我们最多只能希望在对他的诗歌进行严格的内部分析,以及在与其他得到确证的希腊诗歌传统进行系统比较方面,能有所进展,如是,那么明天的读者也许会更好地欣赏赫西俄德诗歌的运行机制和美学意蕴。即便如此,我们也远远无力还原他的诗歌对它自己的听众所产生的全部意义。

---

[1] West, *Hesiod: Works and Days,* Oxford, p.302.

谈艺录

鲁迅与里维拉研究之研究

《威尼斯商人》：
一部令人心生酸楚的喜剧

鲁迅与里维拉研究之研究

■文 / 王观泉

鲁迅　　　　　　　　里维拉

墨西哥绘画四次亮相中国

墨西哥绘画艺术在中国展出四次：两次在1956年4月和8月；从此消沉了足有半个世纪，于2006年4月和2012年2月先后再续二次。1956年4月展出的是版画，8月展出的油画和版画。这四次展出中的两次油画（含炳希等原料的油彩画）展，虽然有奥罗斯科、西盖罗斯、里维拉三剑客的作品，但都不是壁画。原因很简单，壁画都是动辄上百数百平方米巨型艺术，是无法复制并展出的（局部临摹例外）。因此用印刷品介绍壁画是各国的通例，以德国为多。在中国则无论是油画或壁画，鲁迅介绍墨西哥大画家迪戈·里维拉和他的作品，毋庸置疑，绝对第一。

鲁迅何时幸见里维拉壁画

1956年4月和8月的两次墨西哥画展，我因在北京某部任美术编辑，去王府井帅府院胡同——当时北京唯一"大"美术展览馆——参观过，我的老战友当时已转业调入中国美协《美术》编辑部的吴步乃兄，还见过西盖罗斯，参加过欢迎他来京的连翻译在内仅六人的座谈会。好激动啊。那时连步乃更不必提我都不知鲁迅介绍过里维拉的《贫人之夜》。我们知道鲁迅介绍过当时叫"理惠拉和他的《贫人之夜》"是在展览过后的1957年，我是在阅览室里看到《文汇报》上的《鲁迅论里维拉的壁画》，作者丁景唐先生是我的老师，此文最重要的具有绝对权威的是，公布了鲁迅佚文《贫人之夜》。很感亲切。但回过去再查当时我正在阅读的1938年版的二十卷本《鲁迅全集》却查不出来。

不久，我就于1958年3月成为十万转业军人之一去了北大荒，早期垦荒繁重的体力劳动，再无心思弄什么美术了。但令我难以置信的是到北大荒刚安身两个月的那年5月，我竟然奇迹般地买到了日本平凡社于1956年出版的二十八卷本《世界美术全集》的一套修订新版（三十卷本），花了我和我刎颈之交的战友各自一个半月的工资，才在全集的"二十世纪"四卷的最后一卷中，见到了拉丁美洲美术、墨西哥"三剑客"的行状，见到了里维拉的作品（其中他的"枯树系列"中的一幅还在2006年的墨西哥油画展中展出过。可惜的是在报纸宣传的彩版新闻中，把作者里维拉一画误为奥罗斯科所作；而右侧的西盖罗斯一画误为萨尔瑟所作）。

1958年我虽知道里维拉，却仍不知《贫人之夜》以及鲁迅介绍此人此画的出典。这对我可真是个难题。今次在探明深度研究时已经不必"讲故事"了，在"文革"运动末梢的1975年，我的同样是"开国少尉"却是军中汽车专家的黄金鲁调去西安汽车基地回归本业，在临行前到哈尔滨向我告别时，送给了我一部1951年版的《鲁迅日记》手抄本影印。我在1930年的书账中见到了"Das Werk Diego Riveras"一书，正是德文版的《迪戈·里维拉作品集》，再查这年4月30日日记中有如下的记载："收诗荃所寄在德国搜得之木刻画十一幅，其直百六十三马克，约合中币百六十元，书籍九种九本，约直六十八元。"这九本德文原版书的第5本就是《迪戈·里维拉作品集》。

这时我已调入哈尔滨工作，在这之前的 1973 年从"五七"干校"胜利大逃亡"到上海窝在老家"六米居"中时，经过戏剧性的巧遇，又开始"丁门立雪"，那时的话题很窄，但在窄门里与景唐先生的话题却非常宽，受益良多，后来他陆续送给了我很多书。

薛绥之先生

1981 年 10 月 19 日鲁迅先生百周年诞辰纪念，其最大的壮举是出版了十六卷本《鲁迅全集》。十六卷中的第七、八两卷为集外佚文。而第八卷《集外集拾遗补编》是资料难度最大的一卷。

李何林先生为确保全集的注释质量，在全集出版前内部印刷了二十多册，被称为"红皮书"注释集，属于第八卷的《集外集拾遗补编（1928—1936）》占了上下两册，足见编辑工作分量之重，是由山东聊城师院中文系薛绥之教授领衔攻克，深得李何林显彰。这位被他的弟子们和青年教师们誉为"沾溉后学深远"的好好先生，在历经 1957 年政治磨难后适遇鲁迅百年诞辰出版《鲁迅全集》。在他组织下出版的《集外集拾遗补编》两册"红皮书"是公认的资料价值最高的，这荣誉是非薛绥之非聊城师院鲁迅智库莫属的，至今仍被业内视为重要资料保存。我有幸在薛绥之盛情邀请下完成了《中国现代木刻运动概况》一文，在当时是这个传统研究中资料最详尽的。而薛绥之比较得意的是他请丁景唐先生又写了《鲁迅和里维拉》。

1983 年我们在大连开会时，有过一次畅谈，不久我又因公前往济南到薛府拜望过一次。这才知道丁先生再写里维拉是因为薛老的资料库中保存了丁景唐发表于 1957 年 12 月 23 日《文汇报》上的《鲁迅论里维拉壁画》。要找懂里维拉者，在上世纪八十年代的美术圈子里应该不难，但要找知晓鲁迅与里维拉在上世纪三十年代第一年就接上关系并倾倒于革命大众宣传的美术史学者肯定是不会有的。薛先生与我谈起此事是因为他和他的团队新编的《鲁迅生平资料汇编》收入了《鲁迅和里维拉》一文。这煌煌五大卷的书已经在天津出版社李福田先生筹划下开始出版了。薛老希望我能为《鲁迅研究》月刊撰文推荐；当然，薛先生补充道，最好是请姜德明先生关照一下在《人民日报》副刊上发表……然而不待此套书出齐，薛绥之先生于 1985 年 1 月 15 日走了。他生于 1922 年，满打满算强活了六十三年。对于一位学养深厚的学者，上帝啊，你似乎太残酷了些。

薛绥之教授走后的那年，那些被沾溉深远的学子们自费出钱，又是天津社李福田先生组编下印了私印本《薛绥之纪念集》绿皮书。我的这篇文章也可算作是对薛绥之先生的一个迟到的纪念吧。

八十三年前鲁迅笔下的里维拉

《贫人之夜》铜版精印及说明,发表在《北斗》第二期上,时为1931年10月,上海,丁玲主编。由于文字说明没有署名,成了佚文。现在业已证明出于鲁迅手笔,已收入十六卷本的《鲁迅全集》中。鲁迅修文的依据也已查明就是那册德文里维拉。《贫人之夜》全文如下:

理惠拉(Diego Rivera)以一八八六年生于墨西哥,然而是久在西欧学画的人。他二十岁后,即往来于法兰西,西班牙和意大利,很受了印象派,立体派,以及文艺复兴前期的壁画家的影响。此后回国,感于农工的运动,遂宣言"与民众同在",成了有名的生地壁画家。生地壁画(Fresco)者,乘灰粉未干之际,即须挥毫傅彩,是颇不容易的。

他的壁画有三处,一为教育部内的劳动院,二为祭祝院,三为查宾戈(Chapingo)农业学校。这回所取的一幅,是祭祝院里的。

理惠拉以为壁画最能尽社会的责任。因为这和宝藏在公侯邸宅内的绘画不同,是在公共建筑的壁上,属于大众的。因此也可知倘还在倾向沙龙(Salon)绘画,正是现代艺术中的最坏的倾向。

贫人之夜 1927

短如兔尾,仅四百字,却清楚交待里维拉的生平、习画、去巴黎受印象主义以来立体主义等现代画风和毕加索们的影响，就在此时他也念念不忘祖国，画了纯立体派造型的《萨巴塔游击队风景》，最终在意大利受到文艺复兴早期以乔托为中轴的壁画的重大影响。鲁迅在文中，甚至说明里维拉成了有名的"生地壁画家"，还不忘说明"生地壁画（Fresco）者，乘灰粉未干之际，即须挥毫傅彩"。里维拉带着被鲁迅认为"颇不容易"的壁画技法，在萨巴塔乡土革命，和十九世纪巴黎公社、上世纪初红色革命势头之间，在公共建筑外墙内壁中明目张胆地宣传革命运动，把马恩列斯以及苏俄、共产国际的领袖们画上壁画，昭告民众新的社会革命开始了。这就是鲁迅所指出"里维拉以为壁画最能尽社会责任"，是"属于大众"的艺术。

鲁迅先生在强调巨型壁画同时，把架上绘画作为对立面："因此也可知倘还在倾向沙龙（Salon）绘画，正是艺术中的最坏的倾向。"这个结论就未免有些过激

花系列

鲁迅与里维拉研究之研究 · 173

了，我们当然应该理解鲁迅在三十年代从事木刻运动中的革命功利观念，有他合理存在的社会境遇，今天不妨可以说说了。

事实上墨西哥壁画家们在为大众为革命为艺术进步而狂热地掀起壁画运动的同时，画家们从不放弃架上绘画。以里维拉来说，他在壁画上宣扬从萨巴塔到马克思列宁的社会主义革命理想，甚至画"枪毙资本家"这类题材的同时，也画了很多温馨的民众生活、拉丁美洲特有的风物，就在创造《贫人之夜》等巨型壁画的前后就画了"平民生活系列"、"种花卖花系列"等一批小型的小巧玲珑的架上绘画。这在丁景唐先生《鲁迅和里维拉》中已经有所叙述，是对鲁迅佚文的重要的补充。

四十八年后丁景唐笔下的里维拉

距《贫人之夜》入国四十八年后，丁景唐先生应薛绥之教授之约写了《鲁迅和里维拉》，此文面世于1978年春。1956年8月，里维拉等画家被再度介绍到中国，并在上海展览，第二年的11月28日，上海《文汇报》登出里维拉于1957年11月25日逝世的消息。里维拉比鲁迅晚生四年，比鲁迅多活了二十一年。《文汇报》登出里维拉逝世消息不足一个月的12月23日，登出丁先生的《鲁迅论里维拉的壁画》，而二十一年后再作《鲁迅和里维拉》。在文中作者说1957年的那篇文章，"主要是关心鲁迅的佚文，把它写了出来，借以引起大家的注意"，后来果然出现了一二篇谈墨西哥壁画的文章，却没有专谈里维拉的，更不必提鲁迅介绍里维拉和他的《贫人之夜》了。如今墨西哥壁画，三剑客专集，里维拉传记都出版了。但是就鲁迅和里维拉的专题研究仍然只有丁景唐的先后二文。据我所知，就这比较冷门的专题也已经登顶了。如说有什么补充，就只因1978年以来三十多年因资料的开掘，也只有下列一件事，可以说一说的。

在丁先生文章中有一段说里维拉壁画中"有一幅非常著名的壁画，那就是《人——世界的主人》，表达了拉丁美洲人民的呼声"，这是一幅"引起轩然大波的著名的壁画"，连1964年版的《大英百科全书》里维拉条目中也提到了"一九三二年他为底特律美术学院作了一幅抨击无神论色彩的壁画，而另一幅为纽约洛克菲勒中央大厦绘的壁画《十字路口的人》，也由于画面上出现列宁，而遭到强烈的抗议，终于被拆迁到墨西哥城艺术宫保存"。引文中的"也"字引出了《人——世界的主人》中"也"有列宁的形象（丁文中还指出有中国人见过此画的报导），因此当时《人——世界的主人》一画被误认为"有两个名称，不知何故，可能是《大英百科全书》用的是当时的名称。拆迁到墨西哥后才改了《人——世界的主人》，请识者指正"，时至今日，可以长话短说了，其实不是一画二题，而是两幅不同的画上都有列宁像，区别在于《人——世界的主人》是485cm×1146cm 巨型壁画，而另一幅题为《图说美国》第 19 图，题目是《无产阶级集团》，这是一幅作于 1933 年的面积仅 161.9cm×201.3cm 的小型壁画。又，《人——世界的主人》有人中译为《人——宇宙的操纵者》（参见曾长生《墨西哥壁画大师里维拉》，河北教育出版社 2005 年 11 月第 1 版）。

吴步乃"我确实很喜欢里维拉等人"

2006 年 4 月墨西哥现代美术展从北京移师上海，我看了些报道和相关文墨，感到有些话要说一说，就写了那篇《大气墨西哥绘画》。步乃兄看后给我来信说，"你这篇文章确实很有点气势，很好。也有点历史感，……"从信中看来，他对北京展出期间出现的宣介文墨，似乎有些感悟之言很深刻，因此信写得很长，从本次展览一直写到投入抗战的中国画家们，对拉丁美洲画家以笔为枪奋勇争胜的壁画艺术从实践到理念的倚重："'三十年代的愤青'如丁聪郁风也学里维拉，丁的痕迹保持至今都是'里维拉面孔'……我们则是后一代的'愤青'。"但是我们一代是欣赏并赞叹"大气"墨西哥绘画而矣。步乃和我原先都是从安徽部队于五十年代初调北京的；不同的是我仍服役于军队，而他则于 1954 年转业到了王朝闻、蔡若虹正在招兵买马的《美术》月刊工作。不知什么原因，我们都喜欢上了从玛雅文化到上世纪初一战时期兴起的乡土革命中成长起来的墨西哥战斗艺术。他甚至热爱起学西班牙文了，因此而翻译了西盖罗斯在监狱里写的诗，发表在《美术》上。当时，我们在京报上见过一张西盖罗斯站在监狱里一手握住铁栏的照片，好激动喔，因此步乃在一封信中提及"回想有与西盖罗斯本人同处两三小时的机缘，甚感荣幸！西盖罗斯来中国，中国美协组织一小型座谈会，由蔡若虹、王琦主持，我和丁永道派去记录，共六人（一女翻译），在帅府园楼上（对协和医院）。可惜未留下照片。"

1998 年 7 月我曾写信给他，因为提到了中国抗日战争绘画艺术联系西班牙内战保卫马德里诸事，他于"八·一三"那天回信。对墨西哥乡土文明发生了兴趣，"墨西哥和南美的人种面型、衣着、工具也与中国接近"，还画了若干小图成了文图并茂的一封信，最后归结在"我确实很喜欢里维拉等人的作品"。

弗里达·卡洛的真相

2006年4月28日墨西哥现代美术展上海展正式开幕，这一天上海各报作了报道。其中某报以《现代艺术重要一环》为标题作了报道，全文两节的第一节："引领现代壁画时代潮流"以"当时的壁画运动席卷整个拉丁美洲，是第一个受到国际关注的拉美艺术活动"为主线，给展出的1942年到1968年间的五十多位画家的六十七幅作品作了热情介绍。第二节是"《弗里达》从影片到绘画"，为弗里达用文字堆砌了一幅肖像，"里维拉早在弗里达还是个小姑娘时就已经相当有名，可以说是她的入门导师……里维拉又高又胖，而弗里达娇小瘦弱（身高仅5英尺出头，[相当于150cm —— 引者]）。这种比例也体现在他们的作品上，里维拉善画大作品，而弗里达的自画像却都是小尺幅。他们虽深爱对方，并给彼此的艺术创作提供帮助，但也互相不忠，各自过着放荡的生活，最终在1940年离婚"。全文结束在"弗里达曾对里维拉说：我的一生中，曾经发生过两次重大事故。一是车祸，二是遇到你，而你，是我这一生最大的不幸'。"报道中对弗里达的描述，令人——至少是我——感到不公正。等于是缺席裁判，因为报道中明确指出，"这次展览中并不包含弗里达的画"。

一个于十八岁就遭受重大车祸的少女，几乎全身粉碎性骨折，从此到临终前

弗里达（墨）2001

弗里达（美）2001

（美）弗里达小版张（缩）右图为《弗里达》电影中的弗里达

里维拉（1941）　　　　　　　弗里达（1940）

最高荣誉　墨西哥1979年发行的流通纸币中最大面值500比索
正面里维拉　背面弗里达

鲁迅与里维拉研究之研究　177

的 1953 年的三十五年中做过大小手术无数次。她在 1929 年二十二岁时与比她大二十一岁的里维拉结婚，当时里维拉已经是影响欧美的壁画大师，正准备去美国大显身手。弗里达也成了相当于"细密画"大手笔的上世纪三十年代无可匹敌的女画家。报道中说"《弗里达》从电影到绘画"，本人看过这部电影。（美国邮政当局与墨西哥还曾同步发行见证弗里达从电影到绘画的邮票和小版张。）若他们的生活只是"各自过着放荡的生活"的话，那么，墨西哥邮政当局在为"三剑客"出肖像邮票，还出了有弗里达的肖像邮票，并且两次"登基"入邮，这合乎常理吗？我不是"弗里达粉丝"，1979 年新华社发消息说墨西哥将进行币制改革，在新发行的纸币中 500 比索最高面额上将出现里维拉和弗里达的肖像。去年我终于得到在美国某银行工作的外孙女回国时捎来的这款纸币和若干邮票，现在我把这款纸币和纸币上的信息收入本文。并予以"最高荣誉"之赞。弗里达悲惨一生，我写的《大气的墨西哥绘画》，发表在 5 月 28 日的《新民晚报》，文中关于弗里达的认识摘录如下："展览会中无作品展出而使记者和观众遗憾不已的女画家弗里达（1907—1954），也绝不比印象主义画派中的女杰莫里索和卡萨特差。弗里达是公认的性格顽强的画家，她还是十月革命和中国革命的近乎狂热的信徒，决不让于须眉的巾帼女杰，被张立行先生称为'弗里达符号'的她那'左右连成一体的眉毛'，可以和鲁迅的'一字胡须'匹配。'一字眉'直钩着人们的心灵。"

抗议（1928 年） 祭祝院内壁　画面正中穿红衬衫分发武器者是弗里达

大象和鸽子

　　这次展览虽然没有她的画，但媒体对她的热捧却使我感到很不正常，有异味儿。有关她的生平从伤残到"弗里达的最后的秘密公开"，在上海仅我搜集的至少有八篇文章，都配了彩色图版，出版社也热情过头，短短半年内就出了外文中译的中国人写的多达五种六个版次。里维拉画过题为《分发武器》的壁画，此壁画与鲁迅引介入国的《贫人之夜》同时画成，而且也在教育部祭祝院内壁上，图中那个穿红衬衣的"一字眉"正在分发武器，此画还有几个题目：其中一个为《革命进行曲》。还得略加介绍的是大象和鸽子离异后，才知谁都离不开谁，终于重建生活，直到1954年"弗里达时代"结束。三年后——1957年——"里维拉时代"结束。墨西哥壁画运动也因二战后南美洲的政党政治、城市环境、市民生活方式和文化情趣等诸方面的变化渐渐式微，"壁画"还有，"运动"没有了。

　　顺便说一句，弗里达·卡洛是墨共党员。

　　（本文选自王观泉先生编选、自印的《鲁迅和里维拉》一书，文中图片也取自该书。）

鲁迅与里维拉研究之研究　　179

《威尼斯商人》：一部令人心生酸楚的喜剧

■文 / 傅光明

【编者按】今年（2014年）为莎士比亚诞生四百五十周年，2016年为莎士比亚逝世四百周年。世界各国都有纪念活动。台湾商务印书馆以此为缘由，计划出版新译莎翁戏剧全集系列。译者是傅光明先生。第一本《罗密欧与朱丽叶》已于今年4月问世，其他各本也将陆续翻译出版。此文是傅光明为新译《威尼斯商人》撰写的导读。

一、丰富的故事原型

1. 来自"傻瓜"（The Dunce）的故事

从古代直到中世纪的欧洲，已有许多民间故事的主题，涉及以人身体的某个部位，为所立契约作担保。而以威尼斯为背景的这一主题的故事，可以追溯到1378年由名不见经传的佛罗伦萨作家塞尔·乔瓦尼·菲奥伦蒂诺（Ser Giovanni Fiorentino）所写，以"威尼斯的吉安尼托"（Giannetto of Venice）与"贝尔蒙特的小姐"（the Lady of Belmont）的故事为素材的短篇小说。小说收录于1558年在米兰出版的意大利语短篇小说集《大羊》（*Pecorone*）。"大羊"是意大利语的意思，转义指傻子、笨蛋（simpleton），相当于英文的"大笨牛"（the dumb ox），即"傻瓜"（The Dunce），故通常将此译为《傻瓜》，也有人译为《蠢货》。在伊丽莎白时代的英格兰，此书虽尚无英译本，人们却对书中的故事梗概有所了解。

小说描述威尼斯富商安萨尔多（Ansaldo）将孤儿吉安尼托收养为教子。吉安尼托想出海进行商业冒险，安萨尔多便给他提供了一艘华丽的商船。一天，吉安尼托将船驶入贝尔蒙特港，听说当地一位"小姐"为自己开出必嫁的条件，宣布要嫁给一个能跟她一起彻夜不眠的男人；要经此考验，须做好万一失败便放弃自己所有财产的准备。而她事先早已为求婚者备好了偷偷放入催眠药的药酒，所以不可能有人成功。吉安尼托对此骗局信以为真，结果为了追求姑娘赔了商船。回到威尼斯以后，他羞愧难当，不敢露面。当安萨尔多找到他，他谎称自己的船在海上失事。安萨尔多听罢，再次资助他出海。毫无悬念，这次所发生的一切都跟第一次一样。为资助吉安尼托第三次出海，财力已经不足的安萨尔多，以自己身上的一磅肉做抵押，向一犹太人借贷一万达克特（ducats），即一万块钱。这一次，有位"少女"（damsel）警告吉安尼托，只要不喝那杯药酒，就能赢得新娘。最后，如愿以偿的吉安尼托在贝尔蒙特过上了享乐的生活，把安萨尔多所签契约的最后期限忘到脑后。当安萨尔多惹上官司，大梦方醒的吉安尼托才把事情的整个过程，向"小姐"和盘托出，"小姐"让他随身带着十万块钱速回威尼斯。然而，那个犹太人蓄意谋杀的残忍意图昭然若揭。此时，"小姐"只身来到威尼斯，化装成一名律师，劝说犹太人接受十倍于借款总数的赔偿失败后，遂将此案进行公开审理。在法庭上，"小姐"正告犹太人，他有权利得到赔偿，但假如他从被告身上割下来的肉，不论多于一磅还是少于一磅，或哪怕割肉时流了一滴血，他都将被砍头处死。最后，连本金都无法得到的犹太人，怒气冲冲地将契约撕碎。吉安尼托对律师充满感激，打算重重酬谢，而律师只索要他手上戴的戒指，吉安尼托同意给其戒指。可这枚戒指，恰恰就是"小姐"送给他的，当时他发誓对"小姐"的爱始终不渝。无奈之下，吉安尼托在安萨尔多的陪伴下，回到贝尔蒙特，却遭到了冷遇。当"小姐"声泪俱下地申斥他忘恩负义以后，告诉他，自己就是那律师。最后，由吉安尼托做主，将乐于助人的"少女"嫁给了安萨尔多。

2. 从"三枚戒指"到"三个匣子"

文艺复兴时期著名意大利作家、诗人乔瓦尼·薄伽丘（Giovanni Boccaccio, 1313—1375）在其名著《十日谈》（*Decameron*）里，写到第一天的故事之三，是关于一个机智的犹太富商，通过向巴比伦的苏丹萨拉丁讲述"三枚戒指"，使自己脱险的故事：

萨拉丁凭一身勇武，成为巴比伦的苏丹，之后，又不断打败信奉伊斯兰教和基督教的王国。却因连年用兵，导致国库空虚，便向一个嗜钱如命的放高利贷者、犹太富商麦启士德求助。但萨拉丁又不愿强迫麦启士德。他设计好一个圈套，把麦启士德请来，待若上宾，向他请教犹太教、伊斯兰教、天主教，哪个才是正宗？聪明的麦启士德识破了这个圈套，他深知对此三教不能随便选一弃二。他礼貌而得体地回答，"陛下此问意义甚大，但在回答之前，须先讲个小故事。"

麦启士德所讲的故事是：曾有一位犹太富商，家藏无数珍珠宝石，但他只钟爱一枚最瑰丽、珍贵的戒指，希望它能成为留给后代子孙的传家宝。因担心戒指会落入他人之手，他立下遗嘱，写明：得此戒指者，既是他的继承人，同时也将被其他子女尊为一家之长。如此代代相传，终于有一天，戒指传到了某位家长手里，他的三个儿子人人贤德、个个孝顺。三个儿子知道凭戒指才能成为一家之长，都对年老的父亲体贴备至。父亲对三个儿子也都十分疼爱，实难厚此薄彼，便请技艺高超的工匠，又仿造了两枚戒指。父亲临终，三枚戒指分赠三子。父亲死后，三子均以手里的戒指为凭，要以家长的名分继承家产。但三枚戒指，真假难辨，到底谁该成为一家之主，悬案至今。最后，麦启士德引申说到，上帝所赐之三教，与三枚戒指情形无二。因此，对于哪种教才是正宗，恰如三枚戒指之真假，无从判断。

见圈套失灵，无奈的萨拉丁只得向麦启士德实情相告，还说假如他不能如此圆满回答，已想好将如何处置他。麦启士德慷慨解囊。后来，萨拉丁不仅如数将借款还清，还厚礼相送，以友相待。

英国中世纪诗人约翰·高尔（John Gower，1330—1408）所写三万三千行的长诗名作《情人的忏悔》（Confessio Amantis，[The Lover's Confession]），也叫《七宗罪的故事》（Tales of The Seven Deadly Sins），是十四世纪后期英国文学中的一部重要作品，约从 1386 年开始写作，1390 年竣笔。他的头两部作品，分别以盎格鲁-诺曼语和拉丁语写成，而这部诗作的语言，已与同时代英国著名诗人杰弗瑞·乔叟（Geoffrey Chaucer，1343—1400）一样，使用的是标准的伦敦方言，诗歌形式则采用八音节偶句体。因此，到了十五世纪，高尔总是跟乔叟一起，同被认为是英国诗歌的奠基者。

《情人的忏悔》写到国王安提奥克斯（Antiochus）与自己美丽的女儿乱伦，为阻止女儿结婚，他要求每个求婚者必须破解一个谜语，解错者必死无疑。年轻的泰尔亲王阿波洛尼厄斯（Appolinus）置警告于不顾，执意解谜。当他读完谜语，发现谜语中竟隐藏着国王的罪恶。而国王也从他说的话里，意识到罪恶已经败露。

或许安提奥克斯国王"设谜选婿"与波西亚"抽匣择偶"之间，在素材的灵感上不无关联。事实上，莎士比亚是更直接地把这个"素材"，写进了他后来与人合写的那部传奇剧《泰尔亲王配力克里斯》的第一幕,其中,国王的名字没有变,仍叫安提奥克斯(Antiochus);泰尔亲王则由阿波洛尼厄斯变成了配力克里斯(Pericles)。至于那个谜语,到了莎士比亚笔下,变为:"我不是毒蛇,却要／靠母血母肉来喂养。／为女寻佳偶,发觉／父爱恩情胜于夫婿。／温情丈夫亦父亦子,／亲生女儿为母为妻:／两身合一终为二体,／要想活命揭开谜底。"

素材上与"三个匣子"最直接的对应,最有可能源自一部佚名的拉丁文短篇小说集《罗马人传奇》(Gesta Romanorum),也可叫《罗马人的奇闻轶事集》。直到今天,这部编于十三世纪末十四世纪初,描绘中世纪罗马时代风俗、传奇的作品,仍能引起人们的双重兴趣,首先,它曾是当时欧洲最流行的著作之一,其次,它成为后世许多作家作品中直接或间接的素材来源,除了莎士比亚,还有上述的乔叟、约翰·高尔、薄伽丘,以及英国诗人、牧师托马斯·霍克利夫(Thomas Hoccleve,1368—1426)等。1577年,此书的英文节译本《罗马人的事迹》(Deeds of the Romans)在伦敦出版,1595年,修订本再版。书中包括一则描写通过对金、银、铅三个器皿(vessels)的选择,测试婚姻价值的故事。虽其测试的对象是女人,但有理由认为,此时可能正处于《威尼斯商人》构思或已动笔开始写作的莎士比亚,驾轻就熟地顺手将"器皿的选择",置换成金、银、铅三个"匣子的选择",并艺术地安排波西亚把"匣子"(casket)的选择权,交给所有向她求婚的男子,最终得到巴萨尼奥这位如意郎君。

3. "一磅肉的故事"和"私奔的故事"

"一磅肉的故事",除了塞尔·乔瓦尼所写,还有另外两个版本,也曾流传久远,莎士比亚在创作《威尼斯商人》之前,有可能读过。一是1590年前后出版的《格鲁图斯的歌谣》(The Ballad of Gernutus),写到一个犹太人企图通过签订"一纸玩笑的"(a merry jest)契约,加害一位向他借钱的商人。而且,法庭审案时,这个犹太人"磨着手里的刀",声言要履行契约,法官出面干预,告诉他不仅必须割下精准的一磅肉,而且绝不能流血。另一个,是1596年出版的亚历山大·希尔维(Alexandre Silvayn)所著《演说家》(The Orator)的英译本。其中一篇的概要,简短叙述为"一个犹太人试图从一个基督徒身上割下一磅肉为其抵债"。在法庭上,犹太人要求依法判给他"一磅肉",而这位基督徒以慷慨陈词的演说,作为答复。犹太人的自辩表明,他的残忍比勒索一磅肉更坏。

需要一提的是,1579年,身兼编剧、演员的斯蒂芬·格森(Stephen Gosson)在其《海淫的学校》("The School of Abuse")一文中,批评"《犹太人》一剧……

于红牛剧院公演……描写一群婚姻选择者的世俗贪婪,以及放高利贷者的凶残嗜血。"显然,一方面,在《威尼斯商人》之前,已有一部名为《犹太人》的戏公演,而且,从格森的批评似乎不难推断,戏中应中有"择匣订婚"、"签约割肉"之类的情节;另一方面,剧中的"犹太人"可能正是夏洛克的前身。可惜,此剧失传,只字未留,对于《威尼斯商人》的剧中元素是否与其有所关联,只能推测。

不过,对于《威尼斯商人》中夏洛克的女儿杰西卡与格拉西安诺"私奔",确实有迹可循,其情节最早可能源自 1470 年左右出版的意大利文《马苏奇奥·迪·萨莱诺故事集》(Tales of Massuccio di Salerno)。但也许,更直接的来源,是比莎士比亚稍微年长几岁的戏剧家安东尼·芒迪(Anthony Munday,1553—1633),在其 1580 年出版的"传奇"《泽劳托:名望的喷泉》(Zelauto, or the Fountain of Fame)一书中,据此故事改写的一个故事:鲁道夫(Ludolfo)与一位年老的放高利贷者的女儿布里萨娜(Brisana)相爱,斯特比诺(Strabino)则爱上了鲁道夫的妹妹科妮莉亚(Cornelia),而科妮莉亚遭到家里的逼婚。鲁道夫和斯特比诺以两人的右眼做抵押,向这位放高利贷者借了一大笔钱,买了一颗贵重的宝石,凭这颗宝石,科妮莉亚的父亲同意她嫁给斯特比诺。而当这位放债人发现求婚者把自己的钱花得精光,已无力还债时,他也只好同意女儿布里萨娜嫁给鲁道夫。于是,他把两个年轻人传唤到法官面前,索要"两只右眼"作为赔偿。法官劝他要有一点仁慈之心。他却置若罔闻,回答:"我不求别的,只求得到一以贯之的公正,因此,我就要这个赔偿。"(当波西亚让夏洛克拿出一点仁慈来,夏洛克说:"我只求依法办事,能让我按约得到赔偿"。)朋友们去找律师为他俩辩护,这时,布里萨娜和科妮莉亚身着学者长袍(律师的打扮)出现在面前。布里萨娜为逾期还钱所做的辩护,在任何一个法庭都司空见惯。而这位科妮莉亚,却紧抠字眼,强调放高利贷者理应得到赔偿,却不能溢出血来。这位放高利贷者心里明白已不可能再拿回钱来,只好认输,接受鲁道夫做他的女婿,并宣布是自己财产的法定继承人。

或许比起赛尔·乔瓦尼对莎士比亚的影响,安东尼·芒迪的故事已显出是二手货,因为在他的这个故事里,既没有商人,也没有犹太人。另外,这个故事结尾是皆大欢喜的喜剧:相爱的情人们得到加倍的快乐,鲁道夫不仅不用还钱,还变成了放贷者的继承人。而《威尼斯商人》却不仅喜中有悲,更多的是酸涩、苦楚。假如说这个"传奇"故事对莎士比亚有影响,可能是在《威尼斯商人》里化装成律师出庭辩护的波西亚(Portia)身上,多少有一点科妮莉亚的影子;也有可能是把鲁道夫一分为二,投射在洛伦佐(Lorenzo)和格拉西安诺(Gratiano)这两个人物身上，把布里萨娜变成杰西卡（Jessica）和尼莉莎（Nerissa）两个人。

4. 洛佩兹（Lopez）与犹太"狼"（loup）的故事

1586年，一位名叫鲁伊·洛佩兹（Ruy Lopez）的葡萄牙裔犹太人，成为伊丽莎白女王的私人医生。这一御医身份使他卷入了一场政治阴谋。女王任命他为安东尼奥·佩雷兹（Antonio Perez）这位觊觎葡萄牙王位的西班牙著名政治流亡者担任翻译和监护人。此时，一直与英格兰处于敌对状态的西班牙，派出间谍，拉拢、诱惑洛佩兹，试图让他毒死佩雷兹，继而伺机毒死女王。

尽管洛佩兹本人声言无罪，女王对其是否要加害自己将信将疑，埃塞克斯伯爵（Earl of Essex）还是认定洛佩兹有罪。或许是因女王拗不过这位宠臣的执意坚持，勉强同意并签署命令，判处洛佩兹死刑。1594年6月7日，在众多嘲讽挖苦的民众围观下，洛佩兹被绞死、剖腹、肢解。为利用当时伦敦人对洛佩兹及所有犹太人的敌意，海军大臣剧团（Admiral's Men，1585—1596）此时又重新上演了克里斯多夫·马洛（Christopher Marlowe，1564—1593）在"洛佩兹案件"审理期间创作并上演过的戏剧《马尔他的犹太人》（The Jew of Malta）。马洛是诗人，也是当时最为卖座的剧作家。1594年，洛佩兹被绞死以后，《马尔他的犹太人》共上演了15场，场场爆满。此时，马洛也已过世。

因洛佩兹的名字Lopez与拉丁语"狼"（loup）谐音双关，它便具有"犹太狼"的字义。在《威尼斯商人》第四幕第一场的"法庭"中，格拉西安诺讥讽夏洛克："你这狗一样的心灵，定是前生从一颗狼心投胎转世，那狼吃了人，被人捉住绞死。"这个"被人捉住绞死"的"狼"（loup）或许就是指"洛佩兹"（Lopez）？

5.《马尔他的犹太人》

即使洛佩兹没有进入莎士比亚的艺术视野，马洛笔下"马尔他的犹太人"巴拉巴斯这个人物形象，一定在莎士比亚的记忆里挥之不去。同时，《威尼斯商人》用放债者的女儿强化喜剧（更是戏剧）效果，也应直接源于马洛。莎士比亚甚至为了"挑战"马洛，为了更能吸引观众的眼球，他从一开始便为《威尼斯商人》，写下了另一个题目——《威尼斯的犹太人》（The Jew of Venice），这个名字在剧团的剧目上，一直沿用到十八世纪中叶。

我们不妨先对马洛和莎士比亚各自笔下的两个"犹太人"做一个简单比较。两剧的开场便迥乎不同，《马尔他的犹太人》一开场，是生气勃勃地在庆祝犹太人巴拉巴斯（Barabas）得到金银、丝绸和香料等大量财富，并准备描绘一幅物质主义者的世界的联络图。《威尼斯商人》虽也在一开场即强力引出安东尼奥的货船,满载着丝绸、香料,但他的"情绪低落"与物质财富无关,所有这些身外之物同他与巴萨尼奥的感情比起来,显得无足轻重。单从这一点,已可明显看出两人的人生价值观,安东尼奥是拿这些财产为最亲密的朋友巴萨尼奥服务。正因为此,始终有后世学者,比如英国出生的著名奥地利诗人奥登(W.H.Auden, 1907—1973),便试图以同性恋来诠释他俩的友谊。与之相比,巴拉巴斯则以获得财富为唯一目的;财富在《马尔他的犹太人》中,成为卓有成效的物质阻力,这一点在夏洛克的女儿杰西卡和巴拉巴斯的女儿阿比盖尔(Abigail)身上,体现得尤为明显。夜色中的杰西卡将父亲的财宝装满匣子,扔给等候的情人,与他私奔;而忠贞的阿比盖尔,却是在夜幕下从父亲家取出被罚没的财宝,扔给父亲。如此,我们再来对比一下两个父亲对女儿的态度,夏洛克是声嘶力竭地号叫,"我的女儿!啊,我的金钱!啊,我的女儿!";巴拉巴斯则得意洋洋、不无反讽地慨叹,"姑娘啊,金子啊,美丽啊,我的祝福啊!"两种滋味,各有千秋,但在挖掘人性的丰富和深度上,莎士比亚自然更胜一筹。

再比如,马洛笔下的巴拉巴斯,是个单线条的、纯粹的"恶棍"。他家财万贯,贪婪成性,阴险奸诈,为达目的不择手段:撺掇女儿谎称自己皈依基督,是为进入被没收并已改建成修道院的私宅转移埋藏的财产;用一封信挑起追求女儿的两个青年决斗,使其双双毙命;为惩罚女儿,将修道院的修女全都毒死;怕罪行暴露,又接连害死四名知情人;在土耳其人与基督徒的战争中,他诡计多端,阴谋叛逆,先将马耳他岛出卖给土耳其人,再策划将土耳其人投入沸水锅中,结果自己掉入锅中,死于非命。他体现出一种完全丧失了人性的魔鬼般的邪恶,在他身上,除了无尽的贪婪,找不出丝毫亲情、道德、法律、正义的痕迹。这样一来,马洛刚好用"他"这个犹太人,为当时对犹太人充满仇视的社会,以娱乐消遣的戏剧方式提供了狂欢的温床。

马洛的巴拉巴斯虽也受到基督徒的鄙视、压迫,但他只是一味拜金,面目可憎,令人心生厌恶。相较而言,夏洛克的命运则更令人心生酸楚,从喜剧发出来的笑也含着泪。莎士比亚艺术地为夏洛克同基督徒的对立,提供出真实、广阔的历史、时代背景。作为威尼斯商人的夏洛克,首先认识到自己是一个人,其次才是犹太人,并因此成为受基督徒鄙视的人。他要通过割下安东尼奥这个活生生的基督徒身上的一磅肉,把对所有基督徒的仇恨、报复,淋漓尽致地发泄出来。焉能说此中没有他犹太民族的自尊?简言之,夏洛克作为一个艺术形象,其多元、复杂的深刻、精彩,是巴拉巴斯不可比拟的。尤其当英国演员艾德蒙·基恩

（Edmond Kean）于1814年，第一次在舞台上把夏洛克诠释为一个种族歧视的受害者时，这种艺术与人性双重的丰富和复杂，变得更为凸显。容后详述。

然而，毋庸讳言，在一些细节上，莎士比亚对马洛应有所借鉴。比如，巴拉巴斯面对基督徒的蔑视表现出的从容："当他们叫我犹太狗时，我只耸耸肩膀而已。"夏洛克也不例外，当安东尼奥骂他"异教徒，凶残的恶狗"时，"我对此总是宽容地耸一下肩，不予计较。"【1.3】①

另外，夏洛克在"雅各侍奉上帝的冒险买卖"【1.3】中得到满足，也和巴拉巴斯在"上帝对犹太人的祝福"里陶醉，如出一辙。还有，巴拉巴斯相信，如果没有天赐神授的物质财富，人便失去了活着的意义。他向那些想拿走他财物的人吼道："为什么，你们要断了一个不幸之人的命根子，比起那些遭受不幸的人，我的自尊就活该受伤害；你们侵吞了我的财富，占有了我的劳动果实，夺走了我晚年的依靠，也断送了我孩子们的希望；因此，从来就没有是非的明辨。"而夏洛克听到威尼斯公爵的判决，无力地抗辩道："不，把我的命和我所有的一切统统拿走吧。我不稀罕你们的宽恕。你们拿走我支撑房子的梁柱，就等于毁了我的家；而当你们拿走我赖以为生的依靠，就等于活活要了我的命。"【4.1】事实上，这又何尝不是此时已无助无靠的失败者夏洛克残存的最后一点儿可怜的尊严呢？

二、亦喜亦悲的剧情梗概

第一幕。威尼斯的著名商人、基督徒安东尼奥，近来情绪低落，满脸愁容。朋友们以为他是在担心，海上冒险的那些商船发生什么意外，因为他的全部财产都在海上。好友格拉西安诺想逗他开心，他却说"我只把世界当成一个世界，一个舞台，人人都必须在上面演一个角色，而我是一个心情忧郁的角色。"已经欠了他一屁股债，又是他最亲密朋友的巴萨尼奥，此时正欲向贝尔蒙特的波西亚小姐求婚，再次开口向他借钱。波西亚不仅长得漂亮，还刚从过世不久的富商父亲那儿，"继承了一大笔遗产"。安东尼奥手头没有足够现款，但为了满足巴萨尼奥的请求，只能凭成功商人的良好信誉，由巴萨尼奥出面，向放高利贷的犹太商人夏洛克借钱。在威尼斯的商人中，夏洛克最恨安东尼奥，一方面，因为安东尼奥经常在交易所当众贬损犹太民族，申斥、责骂他是唯利是图的"犹太狗"；另一方面，安东尼奥借钱给别人，从来不收利息，也让他损失了不少利钱。夏洛克同意

---

① 【1.3】表示第一幕第三场，下文中【4.1】表示第四幕第一场。以此类推。

由安东尼奥作保，借给巴萨尼奥三千块钱，借期三个月。但他执意要在借据上以"开个玩笑"的字句写明：若逾期不还，将从安东尼奥胸部"精准无误地割下一磅肉"抵债。巴萨尼奥死活不同意签订这样拿生命冒险的契约。但安东尼奥深信他总有商船会在期限之前满载而归。遂在白纸黑字的契约上签字。

在贝尔蒙特，波西亚小姐正向贴身侍女尼莉莎发牢骚，抱怨父亲临终前留下遗嘱，规定她必须把自己的一张小画像放入金、银、铅三个匣子中的任意一个，前来求婚的人，谁选中了藏有她小像的匣子，谁就是她的丈夫。对六位来自不同国度的求婚者，波西亚不仅一个也看不上，甚至十分厌恶。她让尼莉莎说出他们的名字，然后以戏谑的语言逐一讥讽、贬损。但他们谁也不愿以选匣的"抽签方式"选新娘，这让波西亚如释重负。同时，她在心里牵挂着曾有一面之缘、给她留下好感、"既是军人又是学者"的巴萨尼奥。在尼莉莎眼里，"只有他，最配娶一位贤淑佳丽。"

第二幕。黑皮肤的摩洛哥亲王前来贝尔蒙特，"想试一试自己的命运"。尽管他知道，凡来求婚者，都必须在选匣前，去教堂立下誓言："万一抽不中，终身再不向任何女士求婚。"他还是要放手一赌。每个匣子上都刻着一句题词警言，金匣上是"选我者，得众人之所得。"银匣上是："选我者，尽得其所应得。"铅匣上是："选我者，须倾其所有做赌注。"

夏洛克的仆人高波·兰斯利特，在路上巧遇年老体弱、视力半瞎的父亲老高波。他先是费了好大劲，终于让父亲相信他就是他儿子，然后告诉父亲，自己正在给夏洛克当仆人，"人都饿瘦了"，想改换门庭，去伺候巴萨尼奥。当他正要离开夏洛克的家，夏洛克的女儿杰西卡请他带给情人洛伦佐一封信。夏洛克和安东尼奥共进晚餐之际，得到信的洛伦佐来接杰西卡。杰西卡化装成仆人，并搜罗了一"小箱子"父亲的金银财宝，随身带着与情人私奔而去。有人在街上见到夏洛克为此发出"暴怒的咆哮"，痛骂女儿偷走了他的金钱和珠宝。

一赌命运的摩洛哥亲王，打开金匣，见"一具令人作呕的骷髅"的眼窝里藏着一张纸卷，读罢，叹求婚化泡影，一切成徒劳，只好悲痛欲绝地离开。不久，阿拉贡亲王前来宣誓、选匣。打开银匣，得到"一个傻瓜的画像"和"一纸字卷"，读罢，慨叹自己"顶着一颗傻瓜脑袋来求婚，结果却把两个傻瓜带回家。"

此时，巴萨尼奥已从威尼斯启程，航行在前往贝尔蒙特的海上。波西亚在等待"爱神"的到来。

第三幕。在威尼斯，人们盛传安东尼奥有一艘满载货物的商船在海上遇难。听到这个消息，夏洛克兴奋异常，打定主意，一旦安东尼奥不能按期还钱，就履行契约，从他身上割一磅肉抵债。当有人问他拿一块人肉能干什么，他说"可以做鱼饵。即使什么饵都做不了，我也能拿它解恨。"当他很快听说，安东尼奥又损失了一艘商船，简直"高兴坏了"。

刚到贝尔蒙特，巴萨尼奥就要选匣。爱心萌动的波西亚希望他"别太心急"，过一两天再选不迟，怕他万一选错，便只能离她而去。巴萨尼奥仔细观瞧，并在歌手的暗示下，顿悟"但凡事物都可能表里不一"，他没选外表华丽的金匣、银匣，而是选了"朴实无华"、"毫不起眼"的铅匣。打开铅匣，他发现里面是一幅美丽的波西亚的画像。然后，他按纸条所写，与波西亚"真情互吻"，"缔结婚约"。波西亚向巴萨尼奥表示，为"在他心目中赢得尊重"，她"愿比现在再好六十倍，再美一千倍，再富一万倍。"

波西亚在把自己和所拥有的一切都托付给爱人的同时，"奉上"一枚戒指，并说"要是哪一天您让它离身，丢失，或转送别人，那便预示着您爱情的终结，而我必将因此对您严加谴责"。巴萨尼奥发誓，会永远戴着它，戒指离身，便意味着"巴萨尼奥已死"。目睹此情此景，格拉西安诺宣布，刚才选匣时，尼莉莎答应他，只要巴萨尼奥"赢得她家小姐"，她就嫁给他。恰在此时，洛伦佐和杰西卡带着一封安东尼奥写给巴萨尼奥的信，来到贝尔蒙特。安东尼奥在这封"字字淌血"的信里写道："我所有的船无一幸免，奈何债主苦苦相逼，而我已资不抵债；与犹太人所签借据，也已逾期。若依约赔付，恐难逃一死。唯望死前见你一面，你我之间的所有债务便两清了。"

婚礼之后，巴萨尼奥和格拉西安诺速速赶往威尼斯。波西亚托付洛伦佐帮她管家，并说自己要带上尼莉莎，到附近的修道院去，在祈祷中等待丈夫的归来。当她派人给在帕多瓦的贝拉里奥表兄送信之后，才把秘密计划告知尼莉莎：两人要女扮男装，前往威尼斯，一个当律师，一个当书记员，帮助身处险境的、丈夫最好的朋友安东尼奥。

第四幕。在法庭，威尼斯公爵主审夏洛克起诉安东尼奥一案。公爵希望夏洛克不要心如铁石，要拿出一点"仁慈和悲悯"。夏洛克执意要公爵秉公执法，判决安东尼奥"一定要依约偿还债务、执行处罚"，否则，威尼斯的"契约特权"和"城邦自由"便形同虚设，法律的尊严将荡然无存。巴萨尼奥表示愿还他双倍的欠款，即六千块钱，遭到拒绝。夏洛克"只要照约赔付"。

公爵说，他已请帕多瓦博学的著名律师贝拉里奥前来审理此案。这时，化装成律师书记员的尼莉莎到庭，把一封贝拉里奥的信交给公爵。信中说，他病体缠身，无法前来，推荐一学识渊博的青年博士巴尔萨泽代替审案。

得到公爵允准，装扮成律师巴尔萨泽的波西亚开始审案。像公爵一样，她先要夏洛克"一定要拿出一点仁慈"，并阐述仁慈乃人间最崇高的威权。夏洛克拒绝，再次强调"只求依法办事，能让我按约得到赔偿。"当巴萨尼奥提出可以对法律条令稍作变通，波西亚表示任何人无权修改法律。夏洛克对法律的公正十分满意，赞美波西亚是"丹尼尔再世"。波西亚又试图说服夏洛克接受三倍欠款的钱，将借据撕毁。夏洛克还是拒绝，他非要从安东尼奥"最贴近胸口处"割下一磅肉。当波西亚反复向夏洛克说明，这一磅肉"法律允许你，法庭也判给你"，夏洛克也一再表明，波西亚是一位"最公正的法官"、"最博学多才的法官"。

然而，当夏洛克手持磨快的尖刀准备动手时，波西亚说，按契约规定，他只能割下分量不能多也不能少的"一磅肉"，同时不能让安东尼奥流一滴血。"要是你让他流下哪怕一滴基督徒的血，按照威尼斯的法律，你的所有土地和财物，都将由威尼斯政府没收充公。"格拉西安诺向夏洛克连连发出示威式地反讽慨叹，这是一位"多么博学多才的法官"，"活脱脱又一个丹尼尔再世"。

夏洛克表示愿意接受三倍欠款的钱作为赔偿。波西亚拒绝，表示一定要给他"公正"：只准割"一磅肉"，不准流"一滴血"。她正告夏洛克："根据威尼斯制定的法律，假如有证据证明一个外来人，针对任何一位公民，无论以直接还是间接手段，企图谋财害命，其财产的一半将由可能遭受谋害的一方依法获得；另一半则悉数充公，收归国有；企图谋财害命者，生死全凭公爵一人处置，不得上诉。"夏洛克陷入绝境。

公爵本着基督徒的仁慈精神，赦免夏洛克死罪，将其财产，一半判给受害人安东尼奥；如果他幡然悔悟，还可以减免另一半充公的财产，作为罚款。安东尼奥建议公爵免除罚款，夏洛克的另一半财产可先由他托管，等夏洛克死后，再转赠洛伦佐和杰西卡，前提条件是：第一，夏洛克要成为基督徒；第二，要为女儿杰西卡和女婿签署财产赠予契约。

安东尼欧和巴萨尼奥对这样的判决结果喜出望外，对这位年轻博学的"巴尔萨泽律师"万分感激。巴萨尼奥表示，愿把原本打算还给夏洛克的三千块钱作为酬劳，答谢律师。可这个"巴尔萨泽"只要巴萨尼奥手上戴的戒指做纪念。起初他不愿给，说宁愿另外奉赠"他"一枚全威尼斯最贵重的戒指。但在安东尼奥的恳求下，他只好勉强同意将波西亚送给他的戒指，转送给"巴尔萨泽"。当格拉西安诺追上"他们"，把巴萨尼奥的戒指交给"巴尔萨泽"，"书记员"尼莉莎马上表示，"他"还要索取格拉西安诺发誓"永不离手"的戒指。

第五幕。皎洁的月光下，洛伦佐和杰西卡坐在波西亚家中的花园，比谁更有本事说出古往今来发生在"月夜"里的爱情故事。有人送信通报,说波西亚天亮以前到家。随后,兰斯利特又来报信,说巴萨尼奥也将在天亮以前到。

听到音乐,波西亚知道家里已准备好迎接她。

尼莉莎质问格拉西安诺,为什么要把那枚他曾发誓"要戴着它一直到死"的戒指送人?她假装不相信丈夫会把戒指送给一位律师的"书记员"。波西亚趁机出面指责格拉西安诺,不该把妻子的信物随便送人,并说假如自己的丈夫做出这样的事,她肯定会"暴跳如雷"。无奈之下,巴萨尼奥只好坦白承认,他的戒指给了那位的"律师"。波西亚故意以猜忌,并带有双关意味的话责怪:"我敢拿生命打赌,一定是哪个女人把这戒指拿走了。"她甚至以自己的贞洁起誓,当独自一人在家时,"一定与那博士同床共眠"。巴萨尼奥一面表示,那位救了安东尼奥一命的"律师",别的什么酬劳都不要,就要他手上的戒指,而他不愿被人指责忘恩负义,一面发誓以后再也不犯这样的过错。安东尼奥出面求情,波西亚表示原谅,并说可由安东尼奥担保,再送给丈夫一枚戒指。安东尼奥让巴萨尼奥"发誓永不离弃这枚戒指"。巴萨尼奥惊异地发现,这跟他送给"律师"的戒指竟是同一枚。波西亚说,她为得到这枚戒指,"已跟那位博士上过床了"。尼莉莎马上表示,她也是跟律师的"书记员""上床",才把戒指换回来。格拉西安诺非常生气,弄不明白怎么"还没正经当丈夫,就被人戴了绿帽子"。

结尾处,波西亚拿出贝拉里奥的信,说出实情:她就是那个"律师",而那个"书记员"就是尼莉莎。两个丈夫,刚刚目瞪口呆,此刻又惊又喜。波西亚还给安东尼奥带来一个好消息:他有三艘满载货物的大商船已安全抵港。尼莉莎又把夏洛克签署的死后财产赠予契约,交给了杰西卡和洛伦佐。于是,皆大欢喜。

三、以历史之眼看犹太人和放高利贷者

1. 用历史之眼去寻觅

《威尼斯商人》自问世以来,在世界范围内,可能是莎士比亚全部剧作中上演次数最多的一部,并被视为其最著名的一部经典喜剧。但应如何全面、深入而又艺术地理解、剖析、诠释夏洛克这个文学人物,始终是一道颇为难解的题。正因为此,不同时代、不同演员、不同版本、不同形式的改编、表演,也构成了一部宏富的诠释夏洛克的"演出史"。第一次有记录的演出,是 1605 年 2 月 10 日的"忏悔星期日",由"国王剧团"在白厅(White Hall)举行宫廷演出,并在紧接着

的一个忏悔日，再次演出。即便从这一天算起，迄今为止，《威尼斯商人》的演出也已有四百多年的历史。

如前述，为"挑战"马洛，莎士比亚从一开始就为《威尼斯商人》同时写下另一个剧名——"威尼斯的犹太人"。顾名思义，这表明他写的是一部关于一个"威尼斯的犹太人"的戏。只是这个叫夏洛克的商人非同一般，他既是传统的信奉犹太教的犹太人，又是靠放高利贷获取利息的商人。换言之，正因为这合二为一的身份，才使他成为世界文学画廊中独一无二的莎士比亚的夏洛克。

尽管在《威尼斯商人》四百多年的演出史中，曾有过剧团或演员将波西亚作为第一主角，亦有将安东尼奥和巴萨尼奥的友谊作为最重的戏份，但总的来说，不论何时，每当人们提及或想起《威尼斯商人》，最先闪现脑海的，还是那个活生生的夏洛克。我印象中的夏洛克，很长时间都是来自中学老师的灌输，按照教学大纲教课的老师认为，夏洛克是个没有一点慈悲心肠的大奸商、大恶棍，残忍嗜血、贪财如命，同莫里哀（Moliere，1622—1673）《悭吝人》中的阿巴贡，巴尔扎克（Balzac，1799—1850）《欧也妮与葛朗台》中的葛朗台，果戈理（Gogol，1809—1852）《死魂灵》中的泼留希金一起，并列为中学语文教科书中的世界文学名著里的"四大吝啬鬼"。现在回想起来，至少夏洛克被浮浅地脸谱化了。

2005年，美国好莱坞电影公司（Hollywood Pictures）把《威尼斯商人》改编成电影，在全球放映，两大著名老戏骨阿尔·帕西诺（Al Pacino）和杰瑞米·艾恩斯（Jeremy Irons）分别饰演两位威尼斯商人——夏洛克和安东尼奥。不知好莱坞此举是否刻意为了凑巧，因为从1605年第一次有记录的演出到2005年，时间跨度刚好整整四百年。

正片开始前的画面，是以片花形式播出演员表，其中不时闪现的一些镜头，实际是在将"戏剧冲突"的"伏线"预示出来，最具特色的一个镜头莫过于，当头戴红帽子的夏洛克在人头攒动的交易所看到安东尼奥的身影，面带微笑，主动上前打招呼。安东尼奥却对他怒目而视，充满鄙夷地把一口痰吐到他颇为讲究的犹太礼服上。

电影导演的良苦用心在此可见一斑，其要旨在于揭示，夏洛克最后之所以执意要报复安东尼奥，因他签约立据的欠债逾期，非要诉诸法律，履行契约，从他身上割下一磅肉不可，自然也有着夏洛克作为一个犹太人，要借此极端方式找回做人尊严，并力图讨个公道的初衷；当然，最后他被由波西亚化装的律师一顿痛扁，落得"自取其辱"，实在出乎他只想着"一磅肉"却忘了"一滴血"的精明算计之外。

毋庸讳言，好莱坞电影的商业元素，使《威尼斯商人》戏剧文本里的精致、细腻、幽微减色许多。这也是文学作为心灵艺术和电影作为视觉艺术的一个重要区别。不过，电影正片开始时，屏幕上交代故事发生的历史大背景的字幕，倒为解读文本提供了一个好的线索、视角：

> 十六世纪，在欧洲最强大最自由的威尼斯，对犹太人的偏见、压迫随处可见。法律规定，犹太人只能居住在叫"Geto"的旧城里，日落，城门被锁（the gate was locked），由基督徒把守。白天，任何离开旧城的犹太人都必须戴上红色的帽子，以表明其犹太人身份。犹太人被禁止拥有财产，所以他们从事放贷的生意，借钱给人并收取利息，有违基督教的法律。精明的威尼斯商人对此睁一只眼闭一只眼，但对那些宗教狂热分子来说，却是另外一回事。

在人类历史的长河中，犹太人的命运始终是一幅异常独特、复杂，极为丰富、精彩，又难道其详、言说不尽的画卷。放贷取息在人类的商业行为中，也是古已有之的主要行为之一。虽然古希腊哲学家亚里士多德（Aristotle, 384—322B.C）不赞成高利贷的借款方式，认为借钱赚利息是"不自然的"（unnatural）。他提出一种"钱不能生钱"的货币理论。然而，即使在古罗马时代，按严厉的《罗马法》规定，放贷取息并不违法，只是限定最高年息不能超过12%。但在漫长的中世纪，放贷取息，尤其放高利贷，不仅违法，而且成为罗马教会谴责和惩罚的对象。单凭这一点，就已经把《威尼斯商人》中借钱给别人从不收利息的基督徒商人安东尼奥，同放高利贷谋取利钱的犹太商人夏洛克之间的天然对立，昭示出来。

因此，我们不妨先透过历史的长镜头，对与《威尼斯商人》有内在关联的，犹太教、基督教、"高利贷禁令"的历史大背景，哪怕只是掠影式地做一番清晰的透视，对于阐释这一看似简单实则复杂的"对立"，对多元剖析夏洛克这个人物形象，以及丰富领悟《威尼斯商人》的艺术奥妙，无疑都十分有益。

2. 关于"犹太"、"天主"、"新教"三个"教"的历史背景

犹太教　简言说来，犹太教（Judaism，希伯来文Yahadut）在世界三大一神信仰中，是最古老的宗教，它既是犹太民族的信仰也是犹太民族的生活方式。传统犹太人信仰《希伯来圣经》（"塔纳赫"Torah），狭义上指我们所熟悉的《圣经·旧约》前五卷，又称《律法书》，也叫《摩西五经》，即《创世记》、《出埃及记》、《利未记》、《民数记》、《申命记》。这既是夏洛克的宗教信仰，也是他日常遵循

的生活方式，这样就能理解当安东尼奥谴责他放债赚利钱时，他马上用"雅各发家"的故事来争辩。

天主教　全称为"罗马天主教"（The Roman Catholic）。在耶稣生活、传道的时代，犹太国早已变为罗马帝国统治下的一个省。耶稣复活后第五十天，圣灵从天而降，落在他的门徒身上，这使他们立志要以耶路撒冷为中心开始布道，广传福音。当天便有三千人信了主耶稣基督。最早的基督门徒社团也是在此时开始成立，但还没有形成独立的宗教。所以，这一天被视为教会时代（基督门徒社团是教会的雏形）的开启。等教会成立以后，便将这一天定为"圣灵降临节"。

由于最早的基督的信徒们本身都是犹太教徒，他们不仅无法否认自己的这一身份，还必须与不信或未信基督的犹太教徒一起，在犹太会堂举行崇拜"主耶稣"的仪式。随着布道活动的展开，基督门徒社团持续扩大，各地信基督的徒众人数不断增加。这一时期被称为"使徒时代"。（事见《新约·使徒行传》）慢慢的，有越来越多异邦的非犹太人信仰基督教，不仅人数超过犹太人，渐渐成为信仰的主体，而且，他们在各个方面，尤其文化传统、民俗习惯和生活方式等，与传统犹太人区别甚大，崇拜仪式很难继续在犹太会堂举行下去。基督徒与传统犹太人的矛盾凸显出来，尤其重要的是，这些已成为"新教徒"的罗马帝国非犹太教的公民，拒绝支持犹太民族对罗马统治者的反抗斗争，甚至对他们的起义完全袖手旁观。这样，基督门徒的社团组织和聚会场所便自然而然从犹太会堂脱离出来。公元一世纪中叶，安提阿（Antioch）成为耶路撒冷之外的第二个传教中心，基督的信徒们从这时、从这里开始正式称自己为基督徒，独立的基督教逐渐形成。《新约·使徒行传》11：26载："门徒称为基督徒是从安提阿起首"。

公元四世纪末，随着罗马帝国的分裂，基督教也分成东、西两家，东为"东正教"（也叫"希腊教"、"正教"），西为"罗马教"（即 The Roman Catholic, 罗马天主教，也叫"天主教"）。公元476年，西罗马帝国灭亡；东罗马帝国则一直延续到1453年被奥斯曼土耳其帝国所灭。一直处于皇帝控制之下的"东正教"，从公元七世纪中叶起，势力逐渐被从巴勒斯坦、叙利亚及北非地区驱离出去，以致其后世的宗教影响仅限于希腊、前南斯拉夫、罗马尼亚、保加利亚及俄罗斯等地。"罗马天主教"，则从其成为"天主教"的那一天，直到1517年马丁·路德改革为止，不仅历久不衰，而且教皇"皇权"始终位于信仰天主教的各国国王的王权之上，似乎尘世间一切的一切都归于教皇。

基督新教　也叫"更正教"或"抗罗教"（The Protestant Church），顾名思义，即"更正罗马教"或"反抗罗马教"。如上所述，在长达千年（476—1517）

的时间里,教会在罗马教的操控下,不仅长期背离《圣经》,而且日渐腐败,教会内部开始不断有人起来,反抗罗马天主教,呼吁脱离天主教会,将其更正过来,回到"使徒时代",即回到原始的基督教,那才是真正的基督教。因为罗马教是随着西罗马帝国应运而生,在此之前,都只有教会,而没有教;《圣经》中也没有出现过"基督教"这样的字眼。在马丁·路德宗教改革之后,随着时代的演进,"新教"又分立各宗,最著名的有以马丁·路德宗教思想为依据的"路德宗"(Lutheranism,也叫"信义宗"),以加尔文神学思想为依据的"加尔文宗"(Calvinists),以及英格兰国教"安立甘宗"(Anglican,也叫"圣公会"),这"三宗"亦是基督新教的三大主要教派。在一般意义上,"新教"也是对这"三宗"的统称。

3."大"、"小"教和"新"、"旧"约的变幻更迭

大教与小教 著名的被誉为耶稣十二门徒之首的彼得(Peter),领受基督从天降下的圣灵以后,开始四处宣教。他来到罗马城传播福音,使一部分罗马人成为基督徒。公元64年,他被尼禄(Nero,54—68年在位)皇帝的罗马当局抓住,判处死刑。当初主耶稣受审时,他因为内心恐惧,接连三次"不肯认主",为表示悔过、救赎,他要求罗马行刑者将其倒钉十字架。彼得殉道后,葬在罗马城的地下墓室,位置刚好位于今天梵蒂冈圣彼得大教堂的圣坛底下,刚好成全了耶稣为他改名、称其"磐石"的美意。基督教被确定为罗马国教以后,彼得被奉为圣彼得,同时被尊为罗马的首位教皇、第一位主教。后世的天主教皇都自认是圣彼得的继承人,是基督在世的代表。时至今日,梵蒂冈仍然是全世界天主教的中心。

公元313年,罗马君士坦丁大帝(Constantine the Great,306—337年在位)颁布"米兰敕令",承认基督教的合法地位,并将以前没收的教堂和财产归还教会。临终前,君士坦丁大帝接受洗礼,成为一名真正的基督徒,也由此成为第一个信仰基督教的罗马皇帝。但历史颇为吊诡的是,基督教在发展迎来重大转折的同时,对犹太人迫害的大幕拉开了。

公元392年,罗马皇帝狄奥多西一世(Theodosius I,379—395年在位)重新统一罗马帝国,正式宣布基督教为国教,并下令关闭一切异教神庙。从此,不仅基督徒彻底结束了从公元一世纪以来所有的受迫害史,而且一跃成为罗马帝国统治区的唯一正教,并慢慢成为全欧洲乃至世界性的宗教。与之相较,犹太教则始终是犹太人自己的宗教。到了中世纪,如果还有人说"我是犹太人",这意味着他一定不是基督徒。所以,我们不妨把"威尼斯的犹太人"叫做"威尼斯的非基督

徒"。换言之，传统犹太人夏洛克成为威尼斯基督世界的敌人，也就没有什么好奇怪的了。

《旧约》与《新约》 简言之，按照基督教创始人的说法，《旧约》是上帝与其拣选的"出埃及"的以色列子民所立的已成为过去的"旧"约，即把犹太人的《圣经》称为"旧约"；《新约》则是耶稣被钉十字架以后，以基督的血做印证，由上帝与所有信耶稣的基督徒"新"立的约，这由基督徒"新"增添的部分，即为"新约"。意味深长的是，为了基督教自身的需要，最早的基督徒在肯定犹太《圣经》的同时，又将它"否定"了。此举无疑是为了表明，上帝与以色列人所立的"旧约"，被上帝与基督徒所立的"新约"取代。换言之，在基督徒眼里，同一个上帝已将其选民中不信耶稣的以色列人（犹太人）遗弃，现在，上帝爱基督徒。非但如此，在《新约》这部耶稣死后百年由基督教会编写的经典中，有些部分呈现出对犹太教徒信仰状况的严厉批评，像《马太福音》、《马可福音》、《约翰福音》，都多处指责犹太人与魔鬼有关联，受恶魔驱使，恨上帝，害先知，死不悔改。因此，作为"上帝选民"的犹太人若不悔改就会被上帝抛弃，并从天国驱逐出去。这样一来，我们便又好理解，当夏洛克用"雅各发家"的故事为自己争辩时，安东尼奥对萨拉里奥说："魔鬼也会从《圣经》引经据典为自己辩解。"【1.3】就连非要离开夏洛克，改去侍候巴萨尼奥的仆人（小丑）兰斯利特，自言自语时也敢称夏洛克"这犹太人是一具魔鬼的肉身。"【2.2】当萨拉尼奥看见夏洛克从远处走来，从嘴里冒出来的一句话是："那个貌似魔鬼的犹太人来了。"【3.1】

犹太人害死了基督 基督教对犹太教或对犹太人最直接、最恶毒、影响又最为深远的一条指责，是说犹太人杀害了耶稣基督。这既是《新约》"反犹"的核心，也是后来基督徒"恨犹"的主因。《新约》的"马太"、"马可"、"路加"、"约翰"四大福音书，对于耶稣之死的描述基本一致，大意是：耶稣作为犹太教徒，布道时却不按传统，而要修正摩西律法，并向人们宣称他有能力显示神迹，招致正统犹太人的嫉恨和不满。在"逾越节"前夕，耶稣按照古代先知（亦即《旧约》上）预言的方式，骑着小驴进入圣城耶路撒冷。入城后，他洁净了圣殿，并在殿中宣讲福音。后由于门徒犹大出卖，耶稣被犹太祭司长捉拿，押往犹太教公会受审。期间，耶稣受侮辱，被毒打。犹太教众祭司长和民间长老都要治死耶稣，又将他捆绑，带到当地最高长官罗马总督彼拉多那儿受审。彼拉多原本有意释放耶稣，却遭到受了祭司长和长老们调唆的众人的坚决反对，他们希望"把他钉十字架!"无奈之下,彼拉多只好下令处死耶稣。

犹太教徒不信《新约》,他们不相信耶稣是《旧约》中所预言的救世主"弥赛亚"。他们一直在等待!

4. 绵延千年的种族迫害

在此简单梳理一下犹太人在千年历史(主要在中世纪)中所遭受的绵延不绝的苦难和迫害,并不是多余的。

公元前63年,古罗马统帅格涅乌斯·庞贝(Gnaeus Pompeius,前106—前48年)攻陷耶路撒冷,捣毁圣殿。犹太人从此开始反抗罗马人的统治,当公元70年和135年,犹太人所进行的最后两次起义失败后,丧失了主权、侥幸存活下来的犹太人,被迫逃离巴勒斯坦,浪迹天涯、四处流散,开始了长达一千八百多年民族大逃难的历史。欧洲作为犹太人的流散迁徙地,几乎欧洲各国都有犹太人的聚居区或居留点。当基督教在欧洲一统天下,犹太人自然成为异端。

公元325年,基督教会做出决定,以后每年复活节的庆祝日期不再按犹太旧历,也不在"逾越节"期间举行。从这时开始,犹太教的合理、合法性被否定,基督教对犹太教的态度也随之发生了根本改变。首先,禁止基督徒与犹太人交往以法律形式确定下来。公元337年,罗马皇帝君士坦提乌斯二世(Constantius II,337—361年在位)下令,禁止犹太男子娶基督徒女子为妻,违者处死。357年,又下令,凡皈依犹太教者和从事犹太宣教活动者,均处死,并没收财产。425年,西罗马皇帝瓦伦丁尼安三世(Valentininan III,425—455年在位)宣布,彻底废除犹太族长制和犹太教公会。时隔四年之后的429年,他再次下令,禁止犹太人担任公职,并将军队中的犹太人清除。除此,包括圣教士、教父、主教、僧侣在内的所有基督教上层神职人员,都在宗教活动中不遗余力、毫无遮掩地肆意散布反犹思想,调唆、煽动基督徒对犹太教及犹太人的仇恨。他们不仅把犹太人视为一个将永远遭受上帝谴责和唾弃的邪恶民族,甚至把犹太人祈祷、聚会的教堂比成妓院。

从这一时期开始,犹太人不仅毫无政治、经济权利和社会地位,还成了基督徒眼里另类的"二等公民",是不可交往的异教徒。《威尼斯商人》中的夏洛克,正是这样一个被所有基督徒蔑称为"异教徒"的犹太人,又因其放债取利,更成为基督徒眼里凶恶的"魔鬼"。

历史上,在第二次世界大战期间纳粹德国大规模屠杀犹太人,施行种族灭绝之前,对犹太人迫害最惨烈,持续时间最长的一次,大概莫过于"十字军东征"。

1095年，罗马教皇乌尔班二世（Urbanus Ⅱ，1088—1099年在位）亲自发动旨在从异教徒的穆斯林手中夺回巴勒斯坦的"圣战"，即第一次"十字军东征"。尽管东征并不以迫害犹太人为目的，但当时已被视为基督世界中"异教徒"的犹太人，自然也成为十字军迫害、残杀的目标。这也是欧洲屠杀犹太人的肇始。1099年7月15日，十字军攻克耶路撒冷，将城中所有犹太人赶进犹太教堂，然后纵火焚毁。不算1369年最后一次十字军东征被土耳其军队打败，在近300年的时间里，一共进行了10次东征。在这十次东征中，仅被杀害的欧洲犹太人，即达百余万之众，家财丧尽、流离失所者更不计其数。关于十字军如何迫害、屠杀犹太人，历史留下了许多惨不忍睹的血腥记录，在此不赘。

与"十字军东征"相伴，欧洲一些国家开始以各自的方式迫害、驱逐犹太人。以英国为例，英格兰"狮心王"理查一世（Richard I，1157—1199）举行加冕典礼时，庆祝活动之一竟是杀害犹太人。据载，有一千五百名犹太人因为恐惧，先将妻儿杀死，然后放火自焚。爱德华一世国王（Edward I，1239—1307）在位时，下令驱逐犹太人。1492年，西班牙"天主教徒"国王斐迪南二世（Fernando II，1452—1516）为建立一个真正的"天主教"王国，下令驱逐西班牙及其所属领地上的所有犹太人，总数约四十万人。

欧洲各国排斥、驱逐犹太人，不外这样三个主要理由：第一，净化信仰。各基督教国家的王权及教会，先强迫犹太人改信基督教，否则强行驱逐。而犹太人常常宁遭放逐，也不肯放弃信仰。在《威尼斯商人》中，先是夏洛克的女儿杰西卡同意嫁给基督徒洛伦佐，最后夏洛克本人为守住仅存的生计，被迫改信基督教。基督徒自然认为这是信仰的胜利。第二，利于统治。各国王权及教会担心自己的国民、教民受犹太人"异教"思想的异端影响，对政权、教权产生危害、颠覆。第三，经济盘剥。各国王权及教会通过政治、宗教甚至战争手段驱逐犹太人，可轻而易举、堂而皇之地将犹太人赚取、积累的家产财富据为己有。像十二到十四世纪的法国，出于政治和军事目的，曾先后五次驱逐犹太人，多次驱逐，多次召回，多次盘剥。

除此之外的另一重要理由，是基督教社会出于维护基督徒商人们的经济利益，免遭犹太人的竞争、挑战。十三到十五世纪的欧洲，此类行为屡见不鲜。即便在《威尼斯商人》中，威尼斯法律还有波西亚在庭审时，向夏洛克所声明的歧视犹太人的规定："要是你让他留下哪怕一滴基督徒的血，按照威尼斯的法律，你的所有土地和财物，都将由威尼斯政府没收充公。"【4.1】

1508年，"康布雷联盟战争"（The War of the League of Cambrai），又称"神

圣同盟战争"（War of the Holy League）爆发，大批逃难的犹太人来到威尼斯，聚居在一家旧式的铸铁厂，并被规定穿着黄色的衣服或帽子。1541年，威尼斯共和国政府将犹太人安排到另一聚居区，史称"ghetto"（隔都），就是电影《威尼斯商人》里所说的"Geto"，以致"隔都"一词在以后相当长的时间，专指欧洲和中东地区的市区中，因社会、政治、经济等因素被特别划出来的"犹太人居住区"（Jewish quarter）。后来，犹太人获准成为威尼斯市民，并可以从事商贸活动。善于经商的犹太人很快成为早期欧洲银行家中的大多数，并主要居住在意大利北部的伦巴第（Lombardy），甚至英语Bank（银行）一词，都是从Banci这一意大利词语演变而来。

莎士比亚一生没有出过国，更没有去过威尼斯，但我们已可以从上判断，夏洛克的家就在威尼斯的犹太人居住区——"隔都"。诚然，我们理应更清楚，莎士比亚是在藉"威尼斯的犹太人"——夏洛克的艺术形象，折射生活在伊丽莎白时代英格兰的犹太人的命运。随着宗教改革，到十七、十八世纪，欧洲一些国家犹太人的命运有了明显好转。1723年，英国允许犹太人拥有土地。从1753年起，犹太人可以申请加入英国国籍。到了十九世纪，犹太人甚至可以参选国会议员。但至少对于活在十六世纪英格兰的那些"夏洛克们"来说，这还是遥不可及的后话。

5. 基督徒与传统犹太人的区别

总体而论，基督徒与传统犹太人之间，主要有这样几个区别：第一，基督徒将上帝奉为圣父、圣子、圣灵（the Father and of the Son and of the Holy Spirit）三位一体的神；犹太人认为上帝就是独一的上帝，而非三位一体。第二，基督徒认为，人都有源自始祖亚当的"原罪"，并都因此在上帝面前被定罪；而犹太人并不认为人有"原罪"，是上帝将自由的权柄赋予人，在善恶之间做出抉择。人人都应为他自己负责。（这正是夏洛克的思想，即"我的报应归我自己头上。"【4.1】）第三，基督徒认为，人之罪能在上帝面前得到赦免，皆因耶稣基督在十字架上的救赎，故将其视为生命的救主；而犹太人认为，任何人都可以靠信奉上帝，过上虔诚和道德的生活，并得到上帝的慈恩。第四，基督徒将耶稣基督视为圣父、圣子、圣灵三位一体上帝的圣子，由"道成肉身"，来到人世，亦即《旧约》里所预言的弥赛亚（救世主），他的降临，并非仅拯救以色列人脱离压迫，他要使所有人从罪恶中获得救赎；而犹太人认为，耶稣仅是一位能说会道的伦理教师，或一位先知，既不是弥赛亚，更不是"道成肉身"降临尘间的人神上帝。第五，基督徒认为，所有基督徒都是三位一体的上帝的子民，而犹太人认为，以色列人（犹太人）是独一上帝唯一的选民。

除了上述教义的区别，基督徒和传统犹太人在宗教习俗和生活习惯上，也有着本质的不同。这一点，使徒们约于公元48年在耶路撒冷召开的，被后人称为基督教史上第一次的宗教会议上，就尖锐地表现出来。当时，在作为教会前身的基督门徒社团内部，非犹太人基督徒和传统犹太人之间，围绕两个核心问题，难以达成统一：第一，犹太人基督徒坚持，外邦的非犹太人一旦加入社团，首先要皈依犹太教，行割礼，严守全部律法，只有这样才能得到上帝的拯救；第二，犹太人基督徒坚持传统习俗，反对与外邦人同桌吃饭，或进入他们的家，也不参与非犹太人的集体生活。因为犹太教将外邦的一切都视为不洁净的。

而这正是夏洛克所秉承的犹太人特有的习俗和生活习惯，当萨拉里奥邀请他共进晚餐，他不无讥讽地说："吃饭？去闻猪肉的味道，去吃猪肉？当初，是你们的拿撒勒先知将魔鬼赶进了猪群。我可以从你手里买东西，也可以卖东西给你，还可以跟你一起聊天、散步，诸如此类；但我不会跟你们一起吃饭、喝酒，更不会一起做祷告。"【1.3】这也是为什么夏洛克在出门以前，叮嘱女儿杰西卡，一定要"把屋门都锁上；若是听到鼓声和歪脖笛子的尖锐怪叫，不要爬到窗口向外张望，也别把脑袋伸到街上，盯着看那些戴着花里胡哨面具的基督徒傻瓜。我的意思是，把咱家的耳朵，也就是窗户，都关上；可不能让愚蠢浅薄的聒噪声钻进我清净的屋子。"【2.5】

另外，犹太教虽命令禁止淫乱，却从未提倡禁欲，而且鼓励"多生多育"；基督教提倡禁欲，赞美高尚德行。在《威尼斯商人》中，安东尼奥一直单身，除了与巴萨尼奥两个男人之间的高尚友谊，只字未提他是如何解决性欲的问题。莎士比亚显然要把他描绘成一个标准的基督徒。

犹太教劝人安于现状，贫穷为上帝所愉悦，富裕亦非罪恶；基督教宣传贫穷是美德，贪财即罪恶。犹太教对世人爱恨分明，具有强烈的复仇心理；基督徒待人则表现为博爱、仁慈、宽容。犹太教对仇敌，强调"你眼不可顾惜，要以命偿命，以眼还眼，以牙还牙，以手还手，以脚还脚。"（《旧约·申命记》19：21）耶稣的"山上宝训"则教导门徒："你们听见有话说，'以眼还眼，以牙还牙。'只是我告诉你们，不要与恶人作对。有人打你的右脸，连左脸也转过来由他打……你们听见有话说，'当爱你的邻居，恨你的仇敌。'只是我告诉你们，要爱你们的仇敌。为那逼迫你们的祷告。"（《新约·马太福音》5：43—44）

这不正是夏洛克所体现出来的，意欲置安东尼奥于死地的典型犹太教"恨仇敌"式的"报复",和以威尼斯公爵以及安东尼奥为代表的基督徒,法外开恩,宽恕夏洛克时,所表现出来的"爱仇敌"式的"仁慈"吗?

这似乎也体现出莎士比亚的良苦用心:伊丽莎白女王时代的人们对犹太人仍然普遍充满仇恨和敌意。因此,他把对夏洛克的同情藏了起来。

6. 犹太人与放高利贷者

在欧洲人文主义者眼里属于"黑暗时代"的"中世纪"(Middle Ages,476—1453),民间已有传说,犹太人在"逾越节"(Passover)时吃基督徒的肉。这个时候的欧洲又已是基督教(实际是罗马教)的天下,一代又一代的基督徒儿童,从小耳濡目染,接受犹太人是异教徒的教育,认为犹太人是杀害耶稣的凶手,是基督徒世界的仇敌,而且,犹太人是天生的放高利贷者。

这样的教育所引起的对于犹太人与生俱来的憎恨、厌恶,在《威尼斯商人》中的格拉西安诺身上得到完美体现。无论是每每提及,还是直接面对夏洛克,他不假思索就会从嘴里蹦出一连串"魔鬼"、"异教徒"、"犹太狗"、"该下地狱"、"像狼一样凶残嗜血"等轻蔑、侮辱、咒骂的字眼。当夏洛克庭审失败以后,喜出望外、幸灾乐祸的格拉西安诺,完全是用落井下石的奚落在对夏洛克说:"求公爵开恩,让你自己找个地方去上吊;不过,你的财产充了公,怕是连一根上吊绳也买不起了,结果到头来,还得花公家的钱吊死你。"【4.1】这句话透出两层意蕴:第一,在格拉西安诺的灵魂深处,耶稣是被犹大这个犹太叛徒害死的;干了坏事的夏洛克应该像犹大一样,"把钱丢在圣殿里,走出去,上吊自杀"。(《新约·马太福音》27:5)第二,夏洛克死不足惜,对这样的恶人,就不用去管上帝是否慈悲仁慈了。因为上帝爱基督徒,不爱犹太人。

这或许也是莎士比亚有意为之。如果按《圣经·旧约》,犹太人借钱给外族人时,可以获取利息。如《出埃及记》22:25 载:"如果你借钱给我子民中的任何穷人,不可像放债的人索取利息。"《利未记》25:35—38 载:"如果你有同胞穷得无法维持自己的生活……你借钱给他,不可索取利息……这就是我——上主、你们的上帝所颁布的命令。"《申命记》载 23:19—20:"你们借钱、粮食,或其他东西给以色列同胞,不可计算利息。借给外族人可以计算利息,借给以色列同胞就不可。"

也就是说,夏洛克的放债取息,不仅合情合理(合传统犹太人放债给"外族人"的情理),而且合法(符合摩西律法)。因此,在夏洛克的内心,靠放贷赚钱,天经地义。与之相反,安东尼奥恪守的则是基督信条,如《新约·马太福音》20：15载："难道我无权使用自己的钱吗？为了我待人慷慨，你就嫉妒吗？"《路加福音》6：35载："你们要爱仇敌，善待他们；借钱给人，而不期望收回！那么，你们将得到丰富的奖赏，而且将成为至高上帝的儿女，因为他也以仁慈待那些忘恩负义和邪恶的人。"显而易见，安东尼奥恰恰是在"使用自己的钱"，"待人慷慨"，"借钱给人，而不期望收回"，并由此遭到夏洛克的"嫉妒"。两相比较，夏洛克就自然成为基督徒眼里那"忘恩负义和邪恶的人"。

然而，正是基于这样的信条，在基督教兴起以后，从公元四世纪开始，基督徒神职人员被禁止放高利贷，否则开除教籍。五世纪时，最伟大的神学家圣·奥古斯丁（Aurelius Augustinus，354—430）提出，禁止任何人放高利贷。被誉为罗马教会第一位杰出教皇的利奥一世（Papa Leo I，440—461年在位）的著名格言，是"以金钱获利是灵魂的死亡"。到了七世纪，禁止放高利贷的禁令，已扩大到在俗的普通教徒。

十一世纪末，教皇乌尔班二世（Urban II，1035—1099年在位）对于高利贷及放贷行为，第一次做出了清晰而全面的界定和诠释：1.高利贷是指通过借贷而要求高于借贷价值的任何情况。2.通过高利贷赚钱是一种罪孽，《旧约》、《新约》都禁止此种行为。3.在所有物之外接受另外的所有物，是一种罪孽。4.通过高利贷获得的东西，必须完全归还给真正的主人。5.要求赊账购买者以更高的价格购买，是清清楚楚的高利贷行为。

1139年，在罗马教皇英诺森二世（Pope Innocent II，?—1143）任内，于拉特兰教堂（Lateran Church）召开的第二次拉特兰大公会议（Second General Council of Lateran）上，为规范教会内部纪律，信条的第二条明确规定："放高利贷者，将终身蒙羞，除非悔改，否则死后不得按教友——基督徒的葬礼入葬。"到教皇亚历山大三世（Alexander III，1159—1181年在位）时，他宣称"不可接受放高利贷者（泛指所有放贷人或银行家）的施舍。"再到1179年，第三次拉特兰大公会议规定，放高利贷者将被逐出教会。

从此，靠放高利贷谋利的犹太人普遍遭到全社会的排斥。到了中世纪伟大诗人但丁（Dante，1265—1321）笔下的《神曲·地狱篇》，放高利贷者不仅作为罪人被打入地狱，而且是与犯淫邪鸡奸罪的人待在地狱的"同一环"。

在罗马教会竭力谴责高利贷的同时，迫于压力的世俗王权，也不断发布禁止高利贷的禁令。例如，十四世纪，法国"美男子"国王菲利普四世（Philippe IV，1258—1314年在位）参照教会的谴责，颁布了若干法令，宣布"秉承上帝和圣父的禁令，无论数额多少，谴责和禁止一切形式的高利贷。"

1565 年，法国高等法院甚至颁布这样的法令："令凡知悉放高利贷者之男女来本院告发。一经查实，凡放高利贷者，不论其身份、地位、条件，亦不论性别男女、经商与否，一律罚银百斤。将视此类人等如传染瘟疫及危害公物者，灭之殆尽。"两年之后，对放高利贷者又加重了惩罚，对屡教不改者，除永远开除教籍，另加罚款，并没收财产。1579 年，法国再颁布《布鲁瓦诏令》："无论身份、性别、条件，禁止、杜绝任何人放高利贷或提供有息贷款；禁止任何人出租物品索要利钱，即便以公共交易的名义，亦断不可行。首次违反者，将处以当众认罪，开除教籍，直至判刑等。"这一条款，一直沿用到 210 年以后的 1789 年"法国大革命"。

耐人寻味的是，这一时期生活在瑞士的法国著名宗教改革家约翰·加尔文（John Calvin，1509—1564），却在重新诠释《圣经》，他提出圣法并不禁止高利贷，自然法允许高利贷，放债是提供帮助，任何劳动都应得到报酬。他甚至呼吁"不要让钱闲着，让它生利"。这便是贷款的法则。加尔文打破钱不生利的教条，为瑞士现代银行业的勃兴，打下基础，开辟了道路。与此相关，荷兰、英国先后将高利贷禁令废除，这对刺激两国经济在欧洲的率先发展，不能不说是强力的推动作用之一。

而事实上，民间高利贷始终有其广阔的市场空间，对此，严厉的法令并不能得到彻底执行，甚至有时连国王也需从富商那里获得有偿贷款。因此，敕令常常被变通执行。按今天的话说，许多事情都是特批特办，法外另行处理。即便在中世纪的商界，实际上业已存在两种借方与贷方，第一种是担保借贷，主要是个人之间的行为，多发生在市民与商人，或商人与商人之间。《威尼斯商人》中，巴萨尼奥在商人安东尼奥的担保下，向夏洛克借贷，即属此类典型；第二种是商贸借贷，主要发生在商人与银行之间，当然，商人之间也常彼此借贷。相较而言，前者利息高，风险大，属高利贷禁令谴责的范畴。后者为生产性贷款，利息不高，风险较小，也多少可以规避高利贷禁令的谴责。换言之，前者一般属于放贷人只借出金钱，自己无需付出时间和劳动，其所得利息被视为"卑劣的利息"；后者属于借贷人通过付出时间和商业劳动，得到利润，则被视为"诚实的报酬"。

到了十六世纪，放贷取息在威尼斯这样自由商贸的城邦国家，已成为当时社会的一种普遍现象。这正是《威尼斯商人》故事发生的大背景，也是夏洛克靠放债赚取"卑劣的利息"的生活现实。

四、言说不尽的夏洛克

1. 谁是第一主角?

毫无疑问,剧中的主人公是夏洛克,他是第一主角。美国学者 E.S. 斯托尔(Elmer Edgar Stoll,1874—1959)曾在《彻头彻尾的坏蛋夏洛克》一文中反问,既如此,"为什么莎士比亚却在第四幕结束之前,便把他的主人公从剧中赶出去了呢?这是一种他自此以后再没有重复使用过的花招——我认为,这是他无法把握的花招。"他还说:"吝啬鬼、高利贷者、犹太人——这三者自古以来便是大众厌恶和嘲笑的对象,无论生活中还是舞台上,均如此。把三者融于一身,是莎士比亚时代无论剧中还是'性格'刻画上的一种定规:在大众想象中,一个高利贷者是个长着鹰钩鼻子的卑鄙的吝啬鬼。因而,这便成为夏洛克和马洛笔下那脖子细长的怪物,即马尔他的犹太人巴拉巴斯那众所公认的原型。"

如前所述,夏洛克这个人物,以及巴萨尼奥向波西亚求婚,被视为这出戏的主要卖点。该剧以"威尼斯的犹太人"作为一个可替换的剧名,则是对当时最卖座的诗人、剧作家马洛的《马尔他的犹太人》的呼应或挑战。可这跟同样是"威尼斯商人"的安东尼奥有什么关系呢?

在莎士比亚的剧作中,还真找不出另一个人物像安东尼奥这样,在剧名中标出"威尼斯商人",却在剧中几乎成为一个有名无实的小角色:若按戏份的多少来分,最多的是波西亚,其次是夏洛克,然后是巴萨尼奥,安东尼奥的台词甚至不及他的朋友格拉西安诺、洛伦佐有特色。或许只有一种可能,即莎士比亚故意要以隐笔来写一个像他这样的基督徒商人。

《威尼斯商人》自问世以来,一直争议性极大,在莎翁作品中仅次于《哈姆雷特》。主要争议点有三:一是夏洛克作为一个反派犹太人,他到底是天生来的邪恶,还是因为一再遭受压迫、歧视才被迫疯狂复仇?二是这出戏通过夏洛克剧传达的意涵,到底是反犹太人,还是同情他们?三则是安东尼奥肯为巴萨尼奥追求富家女立下人肉借约,这两个男人之间的情感,到底出于友谊,还是暧昧?最后一点并不十分重要,其实理由很简单,因为在文艺复兴时期的文学作品中,经常用"神圣的友谊"(Godlike amity, i.e. divine friendship)来形容男人之间的友谊。在剧中,莎士比亚只是自然地让洛伦佐以此称赞波西亚肯为丈夫最好的朋友分忧。若非如此,会是莎士比亚把他自己与南安普顿伯爵之间的情感暧昧,折射到安东尼奥和巴萨尼奥的友谊上？未可知也！

2. 同情残忍的复仇？

我们先来看看夏洛克这个名字，Shylock 可能源自希伯来语 Shallach（i.e. cormorant），即"贪恋之人"之意；也可能源自《旧约·创世纪》49：10 中的"Shiloh"（旧音译"细罗"，今音译"夏伊洛"）。在詹姆斯国王版《圣经》中，它的意思是"鸬鹚"（Shiloh），一种肉食鸟类，转义指"贪婪之人"。此后版本的《圣经》，如"今日版《圣经》"（*The Bible in Today's English Version*）将此名改为了"Tribute"，译为"赐平安者"。但其在《圣经》中是救世主（"Messiah"）即"弥赛亚"之意。更有可能是取其谨小慎微、积聚钱财之含义，将 shy（羞涩；胆怯）和 lock（锁上；隐藏）两词合二为一成"shylock"，指毫无羞耻之心地贪婪聚财。

但是否存在这样一种可能呢？前边提到电影《威尼斯商人》的片头字幕，其中一句是"法律规定，犹太人只能居住在叫'Geto'的旧城里，日落，城门被锁（the gate was locked），由基督徒把守。显然，这锁上（locked）的城门意味着基督徒世界对犹太人的隔绝。那对于被视为异教徒的夏洛克来说，一旦抓住报复基督徒的机会，他当然会毫不迟疑地把"shy"（有"害羞的""腼腆的""羞怯的""畏缩的""回避的""难为情的"等诸多含义）"lock"（锁上），只有这样，他才能无所畏惧。

这正是那个对安东尼奥充满刻骨仇恨、意欲寻机报复的夏洛克——从旁白可直接看出他对安东尼奥发自心底的憎恶："瞧他那神情，多像一个面目可憎的税吏！我恨他，因为他是个基督徒；但我更恨的，是他那谦卑的愚蠢，他无偿往外借钱，把我们所有放贷人在威尼斯的利息都给压了下来。等我一旦有机会抓住他的要害，对这一段旧仇夙怨，我一定痛下杀手，报仇雪恨。他憎恨我们神圣的民族——他甚至在商人聚集最多的交易所——对我大声辱骂，骂我的交易，骂我千辛万苦赚来的利钱，也就是他所谓的利息。我要是饶了他，就咒我全族下地狱！"

【1.3】

这正是那个内心充满了受侮辱与被损害的犹太民族的强烈自尊，并时刻渴望复仇的夏洛克——当萨拉里奥听说安东尼奥有商船在海上遇难，担心他不能如期还钱，试图说情："即便他到期没还你钱，你也不会要他的肉。拿他一块肉能干什么？"夏洛克断然拒绝："可以做鱼饵。即使什么饵都做不了，我也能拿它解恨。他曾羞辱我，害得我少赚了几十万块钱；他讥笑我的亏损，嘲讽我的盈利，贬损我的民族，阻挠我的生意，离间我的朋友，激怒我的仇人；他的理由是什么？我是一个犹太人!犹太人就不长眼睛吗?犹太人就没有双手,没有五脏六腑,没有身体各部位,没有知觉感官,没有兴趣爱好,没有七情六欲吗?犹太人不是跟基督徒一样,吃着同样的食物,同样的武器会伤害他;身患同样的疾病,同样的医药能救治他;不是一样要经受严冬的寒冷和盛夏的酷热吗?你若刺破了我们,我们不一样流血吗?你若挠了我们的痒痒肉,我们不也一样发笑吗?你若给我们下毒,我们能不死吗?而你若欺侮了我们,我们能不报复吗?既然别的地方跟你们没有不同,这一点跟你们也是一样的。假如一个犹太人欺侮了一个基督徒,他会以怎样的仁慈来回应呢?复仇!假如一个基督徒欺侮了一个犹太人,那犹太人又该怎样以基督徒为榜样去忍耐呢?没说的,复仇!你们教了我邪恶,我就得用,假如我不能用得比基督徒更为出色,那将是我的巨大不幸。"【3.1】单凭洋洋洒洒这么一大段充满民族正义感,同时又对基督徒充满反讽的独白,莎士比亚的夏洛克,就已经超越了马洛的巴拉巴斯。夏洛克在此要表明,他除了是一个犹太人,更是一个人,一个跟基督徒一样的人!因为,基督徒也有邪恶,也要复仇!

这正是那个敢于咆哮公堂、义正词严地质问威尼斯公爵的夏洛克——"你们有许多买来的奴隶,你们像对待驴、狗和骡子一样,叫他们干低贱的事,做各种奴性十足的苦工,就因为他们是你们花钱买来的。我可否对你们说,给他们自由,让他们跟你们的子女结婚?为什么叫他们卖苦力、流大汗?不能把他们的床,铺得跟你们的床一样柔软;不能让他们品尝跟你们一样的饭菜吗?"【4.1】

早期基督教之所以能迅速壮大,皆因其是"穷人"的宗教,特别是强调不分种族、贫富,凡信耶稣是基督者,即可赎罪得救,由此产生了巨大的吸引力。在那些基督徒使团最初布道时,曾明确提出反对高利贷,解放奴隶。前者恰是安东尼奥蔑视夏洛克最重要的理由;后者则又是夏洛克抗辩公爵的道理。

这正是那个一旦时机出现,为能"公正地"得到一磅肉,"冷酷无情"、"极端残忍",绝无仁慈可言,绝无悲悯可讲的夏洛克——因此,从由波西亚假扮的法官嘴里说出的那一番关于"仁慈"的慷慨陈词,丝毫不能动摇他复仇的决心。——他说:"既然你是法律界一位当之无愧的栋梁,那我就以法律的名义,要你立即作出判决。以我的灵魂起誓,任何人都别想逞口舌之快,让我改主意。我到这儿来,就是要履行契约。"【4.1】

然而,夏洛克命运的逆转也从这时开始。他当然料想不到,他竟会因拒绝"仁慈"把自己逼上绝境。也许正因如此,曾几何时,人们便顺理成章地以为他最后陷入绝境是咎由自取,不值得同情。"夏洛克"这个名字,也因此成为"冷酷无情的高利贷者"和"不择手段的守财奴"的代称。

对于夏洛克的残忍，同情，还是不同情，或许根本就不是一个"值得考虑"的问题！

诚然，大陆历来有另一种看法，认为莎士比亚的本意，就是要把夏洛克作为一个不值得同情的犹太恶棍和狠毒的高利贷者来塑造的。因为他不是受种族歧视的普通人（他不是无产阶级；倒没把他说成是阶级敌人），像他这样有钱（靠放高利贷积攒了大笔家产）、有势（在法庭上，他并不把公爵和那些贵族放在眼里）又有神通（为报复安东尼奥，平日吝啬成性的他却肯花钱买通警官）的犹太富商，绝不会是作者同情的对象。像以上那一大段对公爵"义正词严"的慷慨陈词，只是他打着种族平等和人道主义的幌子，俨然以犹太民族代言人自居，表现出来的恰恰是他不达目的不罢休的诡计多端、虚伪狡诈。而这正是莎士比亚的高明之处。

见仁见智吧。

3. 演绎不尽的言说？

撇开莎士比亚的初衷是否真要把夏洛克塑造成一个"喜剧式的人物"，莎士比亚的朋友，同时也是"莎士比亚剧团"最早、最著名演员之一的理查德·博比奇（Richard Burbage，1567—1619），的确是"创造性"地把他在舞台上饰演的夏洛克，演成了一个"喜剧角色"。这样的表演似乎成为一个定式，并持续了很长时间。1741年，查尔斯·麦克林（Charles Macklin，1700—1797）对夏洛克进行了"革命性的阐释"。他不再把这个"莎士比亚刻画的犹太人"演成一个"低级喜剧式的人物"，而是大胆地把他演成一个心怀叵测、诡计多端、报复心重、"可怕的残暴"之人。当台上的戏演到一半时，观众鼓掌，对这个"新夏洛克"表示欢迎和接受。麦克林也因此成名。据说有一次，当时的英王乔治二世（George II，1683—1760）在看了演出之后，被这个感情热烈近乎悲剧性的角色，纠缠得夜不能眠。

1800年，演员弗雷德里克·库克（Frederick Cooke，1756—1811）又为舞台上的夏洛克，在"恶意"之外赋予了笃信宗教的色彩，且带有几分悲怆情调。

1814年1月26日对艾德蒙·基恩（Edmund Kean，1787—1833）是个值得纪念和记住的日子，他因在伦敦皇家居瑞巷剧院（Theatre Royal Drury Lane）的舞台上，以富有浪漫色彩的演技塑造出一个全新的夏洛克而一举成名。他摒弃了夏洛克身上所有令人反感的特征，把他演成一个有充分的理由怨恨，并由此酿成灾难的人物。从舞台表演的角度，基恩最具特色的创新，或许是把过去一直沿用的红胡子丢到一边，专为夏洛克配饰上稀疏的小黑胡子。莎士比亚并没有为夏洛克安排什么样的胡子。英国作家、评论家威廉·哈兹里特（William Hazlitt，1778—1830）在看了"基恩版的夏洛克"之后，有过这样的评论："我们原本希望看到一个年迈体弱的老头儿，貌丑背驼，思想畸形，笑里藏刀……一门心思只想如何实施报复。"由此也许不难推断，至少早期作为舞台人物形象的夏洛克，一方面，演员已惯于把他作为一个"低级喜剧式的人物"来表演，另一方面，观众也一直这样接受和理解。

戏不断在上演，演员也不断根据自己的理解来诠释角色。在漫长的时间里，夏洛克经历（或曰遭受）了许许多多不同的演绎，比如：有的让他具有些微的高贵气质；有的把他演成一个歇斯底里、装模作样的犹太人，身边总是跟着令人反感的土巴；有的把他塑造得虽外表奴性十足，在头脑智能和待人接物上，却要胜过那些基督徒；有的把他刻意演成一个受损害的犹太人，虽被斗败，却不服输；有的把他干脆演成一个令人万分同情的犹太人，最后自杀而死；有的把他演成一个既仁慈、又贪婪的犹太人；有的把他演成一个工于心计、两面三刀的人；有的把他演成一个智商极高，且富有代表性而又并非伟大之人；有的把他演成聪明、孤独、痛苦而偏执的犹太人，因不懂人情、心怀恶意，可悲的结局难以令人同情；有的把他演成一个十足阴险的阴谋家，难以产生感人的力量；有的把他演成一个过于自叹自怜的"没有毒的坏蛋"；有的把他演成一个毫无同情心、专爱挑剔他人，而又骄狂傲慢的犹太人；有的把他演成"富有人情味的坏人"，自珍自爱，却不自叹自怜，不为感情所动；有的把他演成一个自投罗网的犹太人，因吝啬成性遭受处罚，最后落得一个有尊严的穷鬼的下场……

最值得一提的是美国著名演员乔治·斯科特（George C. Scott，1927—1999）。1962年6月，他在纽约中央公园举办的莎士比亚戏剧节首演夏洛克，对这个已在舞台上活跃了三百多年的人物，做出了最具现代性，又富于独创性的诠释。比起陈旧的夏洛克，这个全新的"斯科特版"的夏洛克，更有头脑，更会嘲弄人，更令人望而生畏，同时又更为人所理解。例如，他如何表现夏洛克的痛苦自嘲呢？法庭那场戏，他饰演的这位意在复仇的高利贷者，为了得到那一磅肉，充分运用智慧，不无嘲讽地讨价还价，并随着心里愤世嫉俗的仇恨不断增强，着了魔似的尖声大叫，然后暴怒地讨债。相较之下，夏洛克的智商明显比他那些浅薄的威尼斯仇敌更胜一筹。这样的演绎，前所未有！

不过，用威廉·哈兹里特在《莎士比亚戏剧中的人物》中所言来描绘"斯科特版"的夏洛克，也许是合适的。他说："复仇欲望与冤枉感觉密不可分，这不禁使我们对他那藏在犹太长袍下的自豪精神表示同情。接二连三不公正的凌辱激得他要发疯，他因此才极力想通过'合法的'报复孤注一掷，把强加在他本人及其整个民族身上指责和压迫的重负卸下来。只是他为达到目的采取了残忍手段，而他又偏偏不肯放弃这种手段，才使我们转而反对了他。然而到最后，当他不仅渴望的复仇化为了泡影，还因他毫无悲悯之心地坚持依法办事，面临要过乞讨的生活，并遭人蔑视时，我们就又同情起他来，觉得对他的判决太严酷了。"

4. 海涅的夏洛克，我们的夏洛克？

德国诗人，同时也是犹太人的亨利希·海涅（Heinrich Heine，1797—1856）在其写于 1839 年的《莎士比亚剧作中的女性》一文中写道："当我在居瑞巷剧院观看该剧的演出时，在我包厢里的座位后面，站着一个脸色苍白、相貌英俊的英国人，在第四幕结尾时，竟动情地抽泣起来，还不停地喊叫：'这个可怜的人被冤枉了！'这是一张最崇高的希腊人的面孔，眼睛又大又黑。我永远忘不了他那双为夏洛克哭泣的大大的黑眼睛。"

不管海涅在居瑞巷剧院观看的，是不是"基恩版的夏洛克"，毫无疑问，是这个夏洛克刺激了他。他继而写道："当我一想到这眼泪，尽管在其戏剧框架上点缀着假面剧、狼人剧和爱情剧等种种十分欢快的人物，作者也有意把它定为喜剧，我还是把它当悲剧看。也许莎士比亚有娱乐'大众'之意，他写这样一个心里充满仇恨、残忍嗜血、又受尽折磨的狼人，就是要让他到最后，不仅丢了女儿、财产，还要遭受足够的嘲弄、讥讽。但这诗人的天才，的确在夏洛克身上体现出他抒写人性的天才手笔，而这可能超越了他的初衷，结果却是：尽管夏洛克有种种可笑、粗野之处，但诗人似乎通过他，在为一个不幸的教派辩护；由于种种神秘的原因，这个教派中的芸芸众生，无论地位尊卑，似乎都承载着上天积压在他们身上的仇恨，因而，他们不总是以爱来报答这种仇恨，也有复仇。

"我说什么呢？莎士比亚的天才超越了两种宗教、两个种族之间的争端，这部戏剧描写的并非整个是犹太人或基督徒，它写的是压迫和被压迫者，写被压迫者一旦得到变本加厉的复仇机会，会变得如何疯狂恶毒。它丝毫没有宗教纠纷的意味，莎士比亚只想把夏洛克塑造成一个天生憎恨仇敌的人；另一方面，莎士比亚也不曾把安东尼奥及其他人描绘成信奉'要爱你们的仇敌'的宗教的信徒。夏洛克对向他借钱的人说：'我对此总是宽容地耸一下肩膀，不予计较。'安东尼奥回答：'我今后可能还会这样骂你、吐你、踢你。'

"请问基督徒的爱的精神何在？说实话，假如莎士比亚有意用那些连给夏洛克解鞋带都不配的仇敌,来代表基督徒,《威尼斯商人》就是针对基督教的讽刺剧了。那个破产的安东尼奥是一个优柔寡断的人物,没有一点力量,无力去恨,更无力去爱,有一颗女人的心,身上的肉除了做'鱼饵',别无用处。不仅他没把三千块钱还给那个被骗的犹太人,巴萨尼奥也没还,这家伙简直就是一个唯利是图的小人,曾有一位英国批评家说他借钱就是为了'装体面',好去猎取一位富家的独生女及其家产做嫁妆。

"至于洛伦佐,就更是无耻劫掠的共犯,他如此爱慕金银珠宝、月夜音乐,要是普鲁士的法律,将会判处他十五年以下的监禁,还要打烙印,站枷笼。其他那些可称其为安东尼奥朋友的威尼斯人,似乎也并不那么恨钱,当他们可怜的朋友遭了厄运,他们除了在嘴上说些安慰的漂亮话,什么表示也没有。我们的虔诚信徒弗兰茨·霍恩(Franz Horn,1781—1837)曾说过一段颇煞风景却十分正确的话:'此处有一个问题,却很合理地发生了:安东尼奥何以落到这一窘迫的地步?整个威尼斯的人都认识他,尊敬他,他的好友都清楚他签了一纸可怕的契约,也深知那犹太人寸步不让。可是,他们竟都眼睁睁看着日子一天天过去,直到三个月契约到期,一切陷入绝望。'他有如此多的好友,且都是富商巨贾,凑够三千块钱救他一命,应不是难事。——毕竟是这样一条命!但他的这些朋友们慷慨解囊,多有不便,无一伸出援手相救,或许因为他们只徒有朋友的名分罢了。然而,对于这位经常宴请他们吃大餐的朋友,他们也会心生怜悯,对夏洛克破口大骂。这一伎俩可在毫无危险的情形下经常使用,也许他们觉得这样就算尽了朋友的义务。夏洛克固然有许多可恨之处,但假如他有点瞧不起这帮人,可能他真有点儿瞧不起他们,我们也很难怪他……

"恕我直言,全剧除了波西亚,夏洛克堪称最体面的一个人。他在交易所里大声嚷嚷,丝毫不讳言自己爱钱,同时,他还有更宝贵的一点,要对自己所遭受的不可言说的耻辱,进行公正的报复,以使受伤的心灵得到补偿;他们提出愿还他比欠款多三倍的钱,他一口回绝。只要能从仇敌身上得到一磅肉,别说三千块钱,三倍的三千块钱,他也不惋惜。"

这里有来自海涅作为夏洛克同族犹太人人文情怀上的精微敏感,更有来自天才诗人艺术灵性里的洞彻敏锐。

迄今,这段话也许仍不失为对夏洛克、对《威尼斯商人》及戏剧中的其他人物,最深邃、最精辟的剖析。

海涅让夏洛克离我们更近了!

对此,德国学者伯恩哈德·坦·布林克(Bernhard Ten Brink,1841—1892)

一定感同身受，他曾在《作为喜剧诗人的莎士比亚》一文中指出："夏洛克离我们太近了。当我们逐渐深入了解到他仇恨的根源，他的愤怒何以如此强烈，便感觉这个形象变得具有人的意义，因而落在他头上的不幸，才能深深打动我们的同情心。我们也只好认为，既然他的命运如此具有悲剧意味，并深深打动了我们，实在该认为这是一出悲剧，而不是别的。"

假如《威尼斯商人》到第四幕便戛然而止，那便不折不扣是一部关于夏洛克——威尼斯的犹太人——的悲剧。若果真如此，莎士比亚所要表达的思想也彰显无遗，即夏洛克并没有完全输在基督徒的"公道"上，他是被"上帝的仁慈"打败的。

五、《圣经》母题与《威尼斯商人》的潜文本

1. 威尼斯："地狱"中残酷的现实人生

英国批评家弗兰克·柯默德（Frank Kermode，1919—2010）说："《威尼斯商人》写的是审判、救赎与仁慈；是爱与仁慈的时代，替代人类历史严酷的四千年那孜孜以求的公道。此剧始于高利贷与污浊的爱，最后却以和谐与完美的爱结尾。它自始至终都告诉观众，这就是主题，除非下决心视而不见，否则没有人会误解《威尼斯商人》的主题。"换言之，这也是为什么莎士比亚要让全剧以"高利贷与污浊的爱"发生在威尼斯开篇，以"和谐与完美的爱"在贝尔蒙特落幕。

而"审判"、"救赎"、"仁慈"同时又是《圣经》的重要母题。莎士比亚对《圣经》烂熟于心，化用典故、引申寓意，可顺手拈来。《威尼斯商人》直接源自《圣经》的典故，比较明显的地方达数十处之多。莎士比亚如此设置，当是有意化"圣"为"俗"，用此构成戏剧的一个潜文本，或曰潜结构。耐人寻味的是，莎士比亚在犹太商人夏洛克和基督徒商人安东尼奥和他的朋友们身上，典型描绘出"圣"与"俗"的尖锐对立。简言之，犹太教的上帝和基督教的上帝，不是同一个神。用我们前述在"历史之眼"中所说，举个最简单的例子，夏洛克总是用"小"教（犹太教）"旧"（《旧约》）"经"（《摩西五经》）引经据典为自己撑腰，比如夏洛克引"雅各发家"的故事，为表明他"只想让钱像母羊生小羊一样，尽快生出钱来。"【1.3】而安东尼奥作为笃信"大"教（基督教）"新"（《新约》）"经"（《圣经》）的虔诚基督徒，讥讽夏洛克是一个"从《圣经》引经据典为自己辩解"的魔鬼，"一个拿神圣字眼为自己作证的邪恶灵魂。"【1.3】

先说"仁慈"成为该剧的重要主题之一,既有可能是莎士比亚从中世纪最具特色的宗教戏剧——"神秘剧"(Mystery play)——汲取了灵感,也有可能是他故意要露出比较明显的"神秘剧"痕迹,一方面不仅可以唤起曾喜欢过"神秘剧"的观众的某种记忆,另一方面,更可以让观众感受到宗教剧"神秘"之外丰富绵长的意蕴。

"神秘剧"是一种将独唱、重唱、世俗舞曲、教堂圣咏和吟唱诗人作品等,糅合在一起的综合艺术形式,也可以把它看成是中世纪的歌剧,内容取材主要源自《圣经》故事,带有浓重的圣母文化意蕴,直到十五世纪,仍在西欧戏剧界占支配地位。但从1559年起,伊丽莎白女王禁止了"神秘剧"的写作和演出。

一般的"神秘剧"常包含一场"末日审判"的戏,"公道"与"仁慈"在其中为到底谁能占有人的灵魂争论不休,而"仁慈"的鼓吹者往往就是圣母马利亚。莎士比亚当然不会傻到仅把波西亚描绘成那个意大利"傻瓜"故事里的"贝尔蒙特的小姐",他要运用灵妙的天才手笔,在波西亚身上把"一磅肉"和"选匣子"两个故事天衣无缝地完美交融在一起,让她女扮男装,成为主审夏洛克起诉安东尼奥一案的法官,这样既可以继承圣母"鼓吹仁慈"这一高尚的衣钵,同时又在"审判"中表现出一种神圣的庄严。

事实上,《威尼斯商人》第四幕中的庭审,不啻为"公道"与"仁慈""争论不休"的战场,或是像"神秘剧"中"末日审判"那样的一场戏。

再说"审判",第三幕中,夏洛克曾警告安东尼奥:"借据你不能矢口否认;我已立下誓言,定要履行契约。此前你曾毫无缘由地骂我是狗,既然我是一条狗,可要当心我的毒牙。公爵一定会为我主持公道。"作为商人,安东尼奥心里很清楚,"公爵也不能无视法律;因为威尼斯的商贸及其利润,都来自与各国通商,而外来者在威尼斯和我们享有同样的商贸权利,一旦违背,国家的司法公正就要遭到质疑。"

因此,第四幕一开始,夏洛克就拉开要讨"公道"的架势,而且他相信一定能讨回"公道"。对于公爵试图以"仁慈和悲悯"说情,夏洛克丝毫不动心,他的理由十分简单:"对于安东尼奥,我只有一种根深蒂固的仇恨、一种刻骨铭心的厌恶,所以我要跟他打这场无利可图的官司。"当束手无策的公爵再次良言相劝:"你不对别人仁慈,将来如何指望别人对你仁慈?"夏洛克的回答仍十分干脆:"我从不干违法的事,凭什么怕审判?"换言之,夏洛克并不惧怕"公道",因为他对威尼斯作为一个自由城邦的司法公正深信不疑,在他眼里,法律就是公道,正如公爵和波西亚所言,任何人无权修改法律。因而,当波西亚最后一次给他机会,提醒他"一定要拿出一点仁慈了。"他甚至理直气壮反问:"凭什么一定要我拿出仁慈?"显出十二分的不耐烦。

紧接着,剧中最集中,也最精彩地呈现"仁慈"的画面出现了,即波西亚当庭发表的那一大段酣畅、犀利、深刻的独白:"仁慈的美德非强迫而为,它像绵绵细雨从天而降,滋润大地。它赐予尘世双重的祝福:既祝福施与仁慈的人,也祝福得到仁慈的人。无比的威权,才能显出它无边的威力;它比国王头上的王冠更适于国王。国王的权杖不过代表世俗威权,它既是威严和权力的象征,也因此会使人对国王望而生畏、胆战心惊。但仁慈却有超越王权的力量,国王的内心便是仁慈的宝座,它体现的正是上帝的仁慈;当正义由仁慈来改变的时候,世俗王权才最像上帝神力的体现……因此,犹太人,尽管你要求得到正义,但只要想一想,假如把我们每一个人都归于上帝的正义之下,应该没有谁的灵魂能得到救赎。我们总为仁慈祈祷,也理应听从《祈祷书》的教导,以仁慈的行为来回报。"

英国著名学者约翰·多佛·威尔逊(John Dover Wilson,1881—1969)在其写于1962年的《莎士比亚的快乐喜剧》一文中指出:"波西亚的这番话是一切文学中最伟大的布道词之一,也是宗教思想的一种表达,可与圣保罗赞美爱的诗篇相媲美。当然,这是对犹太人说的。不过,对于莎士比亚写这段话的目的就是针对犹太人说的,我难以置信。但它完全是据对希伯来人不具任何意义的主祷文写成,这一事实意味着,它旨在打动基督徒的心。"他认为:"夏洛克被轻易放过了。他失去了因放高利贷积聚起来的财产——这是罪有应得。他被迫改信基督教——这是被迫的,却对他有好处。但他没像洛佩兹医生那样,被吊死、车裂和分尸,这让格拉西安诺极为失望……夏洛克是一个令人生畏的老人,但却是几个世纪以来种族迫害导致的不可避免的产物。莎士比亚并未在道德上对此进行描写,只是把情形揭示出来,他对夏洛克的做法既不赞成也不反对。莎士比亚从不表明自己站在哪一边。然而,可以肯定,假如莎士比亚活到今天,他会认为,仁慈(最广义的仁慈),即包含着理解与原谅的仁慈,才是种族仇恨和敌视的唯一的解毒剂。"

这可能是莎士比亚的初衷——只有"上帝的仁慈"能够完成对世间一切罪行与邪恶、仇恨与敌意的救赎,这既是《圣经》的重要母题,或也是莎士比亚始终坚持的信仰。在《威尼斯商人》中,这初衷可能体现在他对戏剧技巧十分精准、高明的把握上,因为恰是在夏洛克一再坚持要"公道"、拒"仁慈",并在波西亚反复表态法庭支持"按契约执行处罚"的关键时刻,剧情开始发生逆转,直到最后包括夏洛克在内的所有人得到"救赎"。因为颇具有反讽意味的是,夏洛克要的不是钱,是通过法律"公正的"复仇,即"公道";安东尼奥没被割肉,也不是巴萨尼奥带到法庭上、"妻子"波西亚比欠款多三倍的钱救了他，救他的恰恰是代表"仁慈"的"法官"波西亚本人。

无论如何，这一"审判"+"救赎"+"仁慈"的过程都异常紧张！如英国学者内维尔·考格希尔（Nevil Coghill, 1899—1980）所说："有一阵儿，我们看到仁慈成为公道的乞求者；过一会儿，转眼间，公道却又变为仁慈的乞求者。这种逆转发生在一瞬间，完全出乎并不知情的观众的意料……若要追索夏洛克离开法庭之后的思想，我们便很有理由怀疑，当他最终不得不接受洗礼，是否真的会拿起十字架，追随耶稣。不过，要是从安东尼奥的观点来看，夏洛克至少得到了享受永恒快乐的机会，正是他把这机会给了夏洛克。即便仁慈之路是艰难的，仁慈还是战胜了公道。"

而这又是多么精妙的一种戏剧张力！

2. 潜文本：在夏洛克和基督徒之间

没有内在矛盾的张力，便不成其为戏剧，没有张力的戏剧像白开水一样无滋无味。也许莎士比亚真的并不具有原创"张力"的天赋，但从他把诸多"原型"故事精妙地融汇在一起，并编织、制造完美"矛盾"的艺术本领来看，的确是天才的大师手笔。

在《威尼斯商人》中，除了"公道"与"仁慈"这一对产生巨大张力的矛盾，方方面面的矛盾其实无处不在，而且，所有的戏剧冲突都是由这一重又一重矛盾构成的，当然，这些也都是莎士比亚精心设计的丝丝入扣的戏剧线索，例如：富商安东尼奥的钱都在海上，手里没有现款，面对好友巴萨尼奥的求助，他不得不向夏洛克抵押借债；浪荡绅士巴萨尼奥爱上贝尔蒙特美丽的富家小姐波西亚，却因欠债累累无力追求，他只能硬着头皮找安东尼奥再次张嘴借钱；继承了父亲大笔遗产、待字闺中的波西亚，"自己情之所愿的，不能选；看不上眼的，也不能拒绝；就这样，一个活生生的女儿的意愿，被一位已死的父亲的遗嘱控制住了。"【1.2】她必须通过"选匣"才能嫁给巴萨尼奥。

夏洛克与仆人兰斯利特之间，也存在张力。夏洛克积累家产，正如他对安东尼奥所说，是靠着"善于理财，会赚利息"，财富来之不易，持家自然勤俭，绝不"挥霍无度"，他甚至嫌弃仆人兰斯利特"这蠢货为人还算厚道，只是太能吃；该他出力了，却慢吞吞地像只蜗牛；大白天的，比野猫还能睡。我家又不是懒汉的蜂房：因此，我把他打发走，把他打发给那个靠借贷度日的败家子，帮着他糟蹋钱。"【2.5】而兰斯利特离开夏洛克，转而去侍候巴萨尼奥，某种程度上也是爱慕虚荣，因为他的"新主人"会专门为他订制"新制服"。

这里又牵引出另一重矛盾。在第一幕第二场，当波西亚的贴身侍女兼朋友尼莉莎发完一通感慨——"人太有钱，挥霍无度，容易早生白发，家道殷实，财产适量，才能活得长久。"——波西亚马上称赞这实为人生格言。可是，她要托付终身的巴萨尼奥，不仅没有什么钱，甚至是一个靠借债"挥霍无度"的人。最后，当他终于如愿把这位"心目中的女神"娶到手，并拥有了她"所拥有的一切"以后，得知安东尼奥生命堪忧，才实情相告："我是一个绅士，这话一点不假。可是，亲爱的小姐，你会看到，即便我把自己说得一无所有，都是何等的夸大其词。我当初跟你说，我一无所有，其实那时我就应该告诉你，我比一无所有还要糟。因为，我向我的好友借钱，他为了供我开销，又向他的死对头抵押借钱。"这难道不是典型的爱情和仁慈让"浪子回头"的故事吗？

再来看夏洛克和女儿之间的矛盾。夏洛克心里十分清楚，独生女儿杰西卡是自己财产的唯一继承人，不用说，他以犹太人传统的父爱方式爱着女儿，而女儿却把家看作"地狱"，决心跟相爱的洛伦佐私奔，逃离家庭；夏洛克爱钱不假，当他发现女儿逃家时卷走了一小箱子金银珠宝，又气又怒又急，马上派人四处打探消息，"被贼偷走了这么多钱，还要再花这么多钱去找贼。"尤其当听说杰西卡在外面一晚上就消费八十块钱，更是心疼得要命，但他依然不惜耗费钱财要把女儿找回来。反过来，女儿是怎么做的呢？在波西亚家，她向安东尼奥的那些基督徒朋友们"告发"了父亲："我在家时，曾听他跟两个族人土巴和古实发誓，说宁要安东尼奥身上的一块肉，也不愿收他比欠款多二十倍的钱。阁下，我想，假如法律和当局都无力回天，可怜的安东尼奥怕要大难临头了。"【3.2】所以，对于夏洛克来说，既然基督徒偷走了自己的女儿，又有千载难逢的机会，那就把内心积蓄已久的复仇火焰烧向安东尼奥。

这里更深一层的意味是：把家视为"地狱"的杰西卡，可以跟心爱的情郎私奔逃离，而有理由把威尼斯视为一座"地狱"的夏洛克，却无处可逃；杰西卡与洛伦佐相爱，便等于皈依了基督教，她把自己变成了一个快乐、幸福的基督徒，而夏洛克被迫放弃自己虔诚笃信的犹太教，这给他内心带来的撕心裂肺的痛苦，绝不亚于失去了女儿和财产。也就是说，到第四幕结尾时，夏洛克已变成一个改变了原来信仰，失去了唯一女儿，所剩财产死后即自动转赠女儿女婿的老人。多么孤独，又多么可怜！今天，或许我们可以发出这样的一个疑问：这是上帝的仁慈吗？显然，莎士比亚给出的答案是：无论安东尼奥，还是夏洛克，他们能大难不死，仰赖的都是上帝的仁慈，只不过仁慈的理由不一样，结果更不一样。

因此,《威尼斯商人》的这一"悲剧"焦点,完全纠结、集中,并体现在夏洛克和安东尼奥的仇恨上。"世俗"的金钱在这一"世俗"的仇恨面前,完全变得软弱无力。

同样用"历史之眼"简单回顾一下,不难发现,夏洛克要割安东尼奥一磅肉报复这一"世俗"仇恨,无疑是处心积虑的。夏洛克谨遵犹太人的《摩西五经》,合情合理地"理财""赚利息",却被安东尼奥骂为"异教徒"和"凶残的恶狗",还往他的"犹太长袍上吐唾沫"。面对这样的奇耻大辱,夏洛克"总是宽容地耸一下肩,不予计较"。他琢磨出以"开玩笑"的方式跟安东尼奥签一纸契约,"写明,要是您不能在特定的某一天、某一地,将一笔特定的什么什么钱向我如数奉还,作为惩罚,我将依据契约,随心所愿挑好您身上的某个部位,精准无误地割下一磅肉。"这是因为他十分清楚,安东尼奥的全部生意就是他那些冒险的商船,而海上出没的"海盗"和"狂风怒涛、礁石险滩的威胁",是他赖以复仇的希望所在。一旦复仇的机会真的出现,他便从心底自然流露出基督徒眼里的"残忍"。比如,萨拉里奥说:"我从不知道世上竟有这样一个人面兽心的畜生,如此凶残贪婪,一心只想毁掉同类。"【3.2】(问题是,萨拉奥把夏洛克视为"同类"了吗?)当夏洛克在法庭磨刀,准备割肉时,格拉西安诺又教训道:"残忍的犹太人,别在鞋底磨,把刀放在灵魂里磨,才更锋利。但世上没有任何金属,没有,哪怕剑子手的斧头,也没有你阴毒嫉恨的一半锋利。""你的欲望像狼一样凶残嗜血、饥不择食、贪得无厌。"【4.1】(问题是,当夏洛克庭审落败,兴高采烈、幸灾乐祸的格拉西安诺,"狠毒"地让夏洛克去上吊自杀。)到了这个时候,绝望的安东尼奥不得不"准备好,以一种从容不迫的态度,去忍受他极端的凶残、暴怒。"【4.1】

莎士比亚的夏洛克令人望而生畏,还在于他熟谙世故,胸有城府,他为了能置安东尼奥于死地,不忘未雨绸缪。离期限还剩两个星期的时候,他对土巴说:"务必在此之前,替我花钱雇好一位警官。要是他到期不还钱,我就把他的心挖出来。如果把他从威尼斯除掉,我就可以随心所欲地做生意了。"【3.1】当然,这句话也可以用来形容夏洛克是多么的阴险歹毒。

这是"世俗"得栩栩如生的夏洛克。对于基督徒们的"世俗"言行,莎士比亚并没让夏洛克说太多,也主要是任其自由而真实地"表演"。不过,夏洛克的这句话:"瞧这些基督徒都是什么人,自己做起事来心狠手辣,便怀疑别人居心不良!"【1.3】足以说明,在这位犹太商人眼里,这些"新"教徒们也不过是人形魔鬼。因此,他才会恶狠狠地发出警告:"既然我是一条狗,可要当心我的毒牙。"【3.3】

最后的结果是，夏洛克没能在法庭上如愿得到"公道"，"仁慈"以"公正"的名义，成为战胜一切的伟大力量。

单从这一点而言，或因两种可能性并存，一是莎士比亚了解，伊丽莎白时代的观众对中世纪一些关于赎罪的故事比较熟悉，二则是他本人直接从中世纪描写借债人得救的故事中获得了灵感，这些故事以从高利贷者手中解救借债人，作为上帝替人进行赎罪的一种象征。故事一般是写"人"与魔鬼签订一份契约，但当魔鬼要攫取牺牲者性命的时候，"圣母"降临，呼唤"仁慈"，上帝把人救出。在《威尼斯商人》中，安东尼奥正是与他斥为"魔鬼"的夏洛克签约，生命危急关头，人间"圣母"波西亚出现，将他拯救。

莎士比亚应是有意将安东尼奥塑造为一个理想化的标准基督徒，一个高贵的绅士，一个富有的商人，一个虔敬的信徒，一个忠诚的朋友，一个被巴萨尼奥这个浪荡青年占据了整个情感世界的禁欲者。用今天的话来说，不要说他没有一个红颜知己，甚至连一个异性朋友也没有。这对他那个时代的观众或许有着非比寻常的意义，即在两个男人之间可以建立起一种"神圣的友谊"。

这的确是一种"安东尼奥、巴萨尼奥式"的友谊。关于安东尼奥的为人，莎士比亚十分注意从不同人的视角去描写，如巴萨尼奥对波西亚说：他"是我最好的朋友，他是最仁慈的一个人，心地最善良，最乐于助人，做事慷慨仗义。"【3.2】安东尼奥对巴萨尼奥最为慷慨仗义，巴萨尼奥借他的钱去挥霍，他不仅从不催着还债，当巴萨尼奥为追波西亚再次向他借钱时，他只是诚恳地表示："你一向正直，只要你的计划像你的为人一样值得尊敬，你放心，我的钱袋，及我本人，都归你调用；你所需要的一切，我都会尽全力帮你。"【1.1】当巴萨尼奥把安东尼奥用一磅肉做抵押，从夏洛克那里借的钱，买了贵重丰厚的礼物，要前往贝尔蒙特求爱时，两人在码头的分别，给萨拉里奥留下了无法磨灭的印象："尘世间再找不出一个比他更仁慈友善的绅士。巴萨尼奥和安东尼奥分手时，我见他对安东尼奥说，一定尽早赶回来；安东尼奥回答：'不必如此；别因为我误了你的终身大事，巴萨尼奥，等把事情办圆满再回来。至于我跟犹太人签的契约，也别让它搅了你的求爱之心。让自己快乐起来，心无旁骛地去求婚，把你求爱的看家本领都亮出来，还要不失时机地显出你的尊贵。'说到这儿，他眼里含着泪，转过身，再向后伸出手，紧紧握住巴萨尼奥的手，那份情谊实在令人感动。"【2.8】可贵的是，他时刻都在为他人着想，身陷囹圄，给巴萨尼奥写信，也是表示切勿勉强："唯望死前见你一面，你我之间的所有债务便两清了。事已至此，切勿勉强。假如你的爱人并不希望你前来探望，便就此作罢。"【3.1】在法庭上，安东尼奥生命攸关之时，对赶来试图救他的巴萨尼奥，表达的仍是对友情的珍爱："只要你是为失去你的朋友而悲伤，你的朋友就会对为你偿还债务无怨无悔；因为，假如这犹太人一刀下去割得足够深，我真心希望在那一瞬间便替你将欠债还清。"正因为此，这时已"浪子回头"的巴萨尼奥，也将肺腑的心声说出来："安东尼奥，我已结婚娶妻，我爱她像爱自己的生命。然而，在我眼里，我的命，我的妻子，甚至整个世界，都不如你的生命珍贵。我愿丧失一切，是的，为拯救你的生命，我愿把一切都牺牲给这个魔鬼。"【4.1】

然而，不无反讽的是，安东尼奥的基督徒模范言行，对他的那些基督徒朋友们似乎不起什么作用，巴萨尼奥一贯浪荡，是夏洛克眼里"靠借贷度日的败家子"，而且从一开始并看不出，他追求波西亚是只为爱情，不为财富；格拉西安诺是个十足的现实主义乐天派，安东尼奥向他表示："我只把世界当成一个世界，一个舞台，人人都必须在上面演一个角色，而我是一个心情忧郁的角色。"格拉西安诺从不会为什么事闷闷不乐，他的人生哲学是："让我来演丑角：我愿在欢声笑语中迎来衰老的皱纹；宁愿让酒去温热我的肝，也不愿让致命的呻吟把我的心变冷。"所以，他劝安东尼奥，"你对一些世俗之事过于认真：人活一世，对有的东西，你越在意，它反而会失去。"【1.1】友谊对他来说，也属"世俗之事"。"偷走"夏洛克女儿杰西卡的洛伦佐，就更是一个渴望得到实惠的物质主义者，最后，当他从尼莉莎手里接过夏洛克的财产授予契约，欣喜若狂，惊呼"两位可爱的夫人，你们简直是为荒野上的饥民天降'吗哪'。"对他来说，这两位夫人，就是给他带来意外之财的上帝。

莎士比亚可能在此想表达两层意蕴，一是基督徒们"世俗"方面并未显出有多么"圣洁"，二是暗示一种诫勉，因为从《旧约·出埃及记》（第十六章）和《民数记》（第十一章）不难发现，"吗哪"一词带有反讽的意味。当走在旷野上的以色列人饥饿难耐时，上帝天降"吗哪"，"各人按着自己的饭量收取。"结果，有贪心的以色列人多收取了"吗哪"，第二天早晨，他们的"吗哪""就生虫变臭了"。这不啻具有浓郁的诫勉意味，即洛伦佐所得这一份"吗哪"（夏洛克转赠的遗产）为上帝所赐，但假如他贪心不足，势必招致祸端。但从第五幕沉浸在音乐之声中的洛伦佐所说："假如一个人内心里没有音乐，或不会为任何甜美的和谐乐音动容，那他最适合去干叛国投敌、阴谋作乱、抢劫掠夺的勾当；他们的内心冲动像暗夜一样黢黑，他们的感觉性情如厄瑞玻斯阴阳界一般幽冥。"【5.1】对他"贪心不足"的担心似乎是多余的。另外，从对待爱情来看，洛伦佐也是真诚的，例如他赞美为爱情准备跟他私奔的杰西卡，"像这样一个聪慧、美丽、忠实的女

孩，我会把她安放在我恒久不变的灵魂里。"【2.6】

再回过来看这里，莎士比亚可能又有意设置了一处耐人寻味的对比。首先，前边讲过，按《圣经·旧约》，犹太人借钱给外族人时，可以获取利息。基督徒们是夏洛克的"外族人"，不是他的犹太"同胞"，他自然可以从他们身上赚钱获利。显而易见，套用这句话来说，基督徒所认定的"仁慈"对象，自然也不包括作为"外族人"（更是异教徒）的夏洛克。所以，安东尼奥只对基督徒"仁慈"，即便是向夏洛克借钱，还是不屑地表示："我今后可能还会这样骂你、吐你、踢你。要是你愿意借我这笔钱，别当成是借给朋友；世上哪有借钱给朋友，又从朋友身上赚取利钱的友情？而只当把钱借给了仇敌。"【1.3】借钱是否可以获取利息，以及"仁慈"是否应该一视同仁，不分族群，都成了双刃剑。

其次，安东尼奥骂夏洛克是一个会引《圣经》为自己开脱的魔鬼，"虚伪奸诈的外表多么体面动人。"【1.3】但这同样是把锋利的双刃剑，而且，最后被这把剑刺中要害的，恰恰是巴萨尼奥，这位安东尼奥最好的朋友。在法庭上，巴萨尼奥表示愿为救安东尼奥的命牺牲一切，而当帮他救了安东尼奥一命的"法官"波西亚向他索要戒指作纪念时，他却不忍割爱，给得极不情愿。当他向"夫人"波西亚解释时，又表示说："万般无奈，我只好叫人追上他，把戒指给了他。我被羞愧和礼貌所困扰。我不能让我的名誉就这么被忘恩负义玷污。"脸面和名誉远大于牺牲。因此，至少可以把那句话反过来这样说，虚荣浮夸的外表在他身上是多么体面动人！

这或许不是莎士比亚对基督徒的刻意嘲讽。但无疑，他要以此挖掘基督徒的日常言行与基督教义之间的巨大差异，并通过方方面面、形形色色的矛盾，凸显基督徒身上日常的行为失范，以及道德问题。这样，莎士比亚就给基督徒戴上了仇恨和敌视犹太人的有色眼镜，也自然显示出莎士比亚的思想深刻和艺术高妙。

不过，在今天看来，套用萨拉里奥的话，尽管莎士比亚也许真的力图要将安东尼奥塑造成一位举世无双的"仁慈友善的绅士"，但只要稍微跟疾恶如仇、爱憎分明的夏洛克一比，便显出了人物的软弱无力；再跟他的两个朋友一比，又显出了他的无趣无味，他既缺乏巴萨尼奥身上自然真实、爽性而为的"世俗"，更没有格拉西安诺身上玩世不恭、游戏人生的"粗俗"，整个身心都笼罩在神秘的忧郁里，他的人生目标只有两个，一是在"尘世间"获得"神圣的友谊"，二是在天国得到上帝的救赎。

3. 贝尔蒙特:"天堂"里美妙的浪漫爱情

丹麦著名文学史家、犹太人勃兰兑斯（George Brandes，1842—1927）说:"《威尼斯商人》的重要价值，在于莎士比亚赋予了原来表现不甚明显的性格特征以应有的深度和严肃性，在于此剧结尾时在月光如水的夜色中那令人陶醉的优美歌曲。"

比起发生在威尼斯剑拔弩张的剧情，在贝尔蒙特发生的一切，都是那么轻松、甜美，富于田园情调，尤其一开场，"皎月银光的夜晚，微风轻吻着树梢，不发出一点声音，"洛伦佐和杰西卡这对情人，坐在波西亚家的花坛里，他俩的那段以月亮和爱情为主题的对话，全然是一首洋溢着古典抒情浪漫、令人心醉神迷的爱情诗。

自然，在《威尼斯商人》中，除了夏洛克这个"悲剧"角色，最光彩照人的人物是波西亚。其实，整部戏围绕着三条主线展开:"一磅肉的故事"；"选匣子的故事"；"安东尼奥和巴萨尼奥的友谊"。三者相辅相成，相生相衬，互为表里，互为交织，缺一不可。我们不妨这样假设一下：假如没有安东尼奥和巴萨尼奥"神圣的友谊"，便不会发生安东尼奥和夏洛克之间"一磅肉的故事"，夏洛克是这个故事里的主角；同时，也不会发生巴萨尼奥和波西亚的"选匣子的故事"，波西亚是爱情故事的主角。友谊和爱情，也都是《圣经》母题。但在这里，"神圣的友谊"成为美好爱情的基础，爱情借"上帝的仁慈"又成为友谊的救星。

如果说莎士比亚要通过安东尼奥来塑造一个理想道德的基督徒楷模显得内劲不足，但他却让波西亚具有并焕发出了文艺复兴时期最富于理想意味的女性风采，她聪颖智慧，机智锐敏，风趣幽默，善于交际。从她对待前来贝尔蒙特选匣的求婚者来看，她还很懂得世故人情。重要的是，同样作为一个虔诚的基督徒，"一切听凭上帝安排"【5.1】的波西亚，比起安东尼奥似乎不食人间烟火的了无趣味，满身都弥漫着鲜活的灵气。尽管她深知按《圣经》所说，"讥笑人"是一种"罪过"，她还是禁不住对不喜欢的人与事，既会表面敷衍搪塞得让人心里有苦说不出，更会在背后不动声色、尖酸刻薄地"讥笑"挖苦。

波西亚的这一特性首先在第二、三幕的"选匣子的故事"中得到充分显露。她让尼莉莎说出求婚者的名字，然后逐一点评：那不勒斯亲王在她眼里，"就是一头小马驹，除了他的马，不会说别的；还特别强调亲自钉马掌，是他的看家本领。我猜他妈妈多半跟一个铁匠偷过情。"【1.2】她讽刺"一脸苦相"的帕拉丁伯爵，恐怕要变成爱哭的哲学家；她挖苦法国贵族勒庞"画眉鸟一叫，他马上跳舞；他会跟自己的影子比剑。"她讥笑着装古怪的英格兰青年男爵的"行为举止来自世界各地。"她的刀子嘴绝不轻易放过求婚者的毛病。

然而，在那个时代，像波西亚这样卓越的女性，心里渴望"躁动的青春就像一只野兔，它会跳过跛脚老人用良好格言编织的罗网。"【1.2】但"一个活生生的女儿的意愿"，对婚姻自由的选择，却要被父亲的一纸遗书限制住了。因此，"选匣"定终身，成为喜剧戏份里唯一令人紧张的地方，观众和波西亚一样，担心选错匣子嫁错郎。不过熟知莎士比亚喜剧写法的观众和读者，大可不必为此担心。正如巴萨尼奥在开始选匣以前，波西亚对他说："我的画像锁在其中一个匣子里；假如您真心爱我，就一定能把我找出来。"【3.2】

匣分金、银、铅，三次选匣也是按其成色顺序进行。三个匣子上各有一句题词，先由第一个前来选匣的摩洛哥亲王，一下说出："第一个是金匣子，上面的题词是：'选我者，得众人之所得。'第二个是银匣子，上面的允诺是：'选我者，尽得其所应得。'第三个铅匣子，上面的警告也像铅的颜色一样生硬：'选我者，须倾其所有做赌注。'"【2.7】

多佛·威尔逊指出，莎士比亚运用"选匣"这一古老的喜剧性手法，使之成为剧情的关键性支点。莎士比亚要表现的是，"选匣"代表着三个选择者三种截然不同的身份、地位、人生观、价值观、爱情观，同时也不无讽刺地反向象征着由于他们望文生义，本来就该或只配得到那样的命运。比如，摩洛哥亲王自认为有"一颗金子般的心灵，决不能在徒有其表的垃圾废物面前屈尊受辱；我不会拿任何东西为铅冒险。"他又自觉身价远比银子值钱，便选择了金匣，结果打开一看，得到的却是在眼窝里藏着一张纸卷的骷髅，上面是一首诗，开头几句警言赫然写的是："闪光的不一定都是黄金，／要时常把此言牢记在心。／多少凡夫俗子不惜生命，／只为看到我外表的光鲜。／镀金的坟墓里爬满蛀虫。"【2.7】

对此，时至今日，我们又有多少人真正认识到了呢？

阿拉贡亲王刚开始选匣，一上来就先将"低贱粗劣的铅匣"排除在外，而只在金、银之间权衡得失。他认定"徒有银色装饰"的银匣，是其"所赢得"，打开后，却得来一幅傻瓜的画像和一张字卷，上面写着："有的人终身只与幻象亲吻，／那便只能得到幻象的祝福。／的确，／世人果然真有傻瓜，／像这银匣，徒有银色装饰。／无论你娶谁为妻带上卧床，／你也一辈子都是傻瓜脑壳。"【2.9】

通过不无调侃、又灵巧睿智地描绘选匣，天才的莎士比亚让求婚者的言辞及每个匣子里所藏警示性的格言诗篇，都具有深邃、丰富的意蕴。比如，选匣前的阿拉贡亲王嘴里念念有词："但愿那些个荣耀的地位，高贵的等级，显赫的官阶，都不是靠营私舞弊的欺骗得来;但愿那些得到清白荣誉的人,都是应得之人!"【2.9】这何尝不是莎士比亚通过阿拉贡亲王之口,在表达对时政、时弊、世人、世事的讥笑呢?

如前所说,选匣过程中的紧张,发生在巴萨尼奥选匣的那一瞬间。莎士比亚先是通过波西亚的独白,将一个"腼腆少女"动情的内心揭示出来,以便让随情而发生的一切自然而合理。比如,她绝不会用乐声和歌手去引导摩洛哥亲王、阿拉贡亲王选匣,可她唯恐巴萨尼奥一旦失手,自己将抱憾终身。"你在那里奋战,我在这里观望;/内心的惊恐却要超过你万分"这两句就将波西亚一颗躁动的青春少女之心,惟妙惟肖地刻画出来。

在歌声的引导下,巴萨尼奥深切领悟到:"但凡事物都可能表里不一,因而世人总被事物的表面装饰所欺骗。在法律上,有什么贪污腐败的案情,不能经过一番纯熟老道、动听煽情的言辞,将罪恶遮掩?而在宗教上,又有什么本该下地狱的罪过,不能得到某些一脸严肃的牧师的祝福、支持,并从《圣经》中引经据典,用华丽的装饰把丑行隐藏?……换言之,装饰就是虚假的真实,这个狡诈的时代,专门用它来骗聪明人。正因为此,你这炫目耀眼的黄金,麦达斯的坚硬食物,我偏不要你;银子,你这苍白的、人皆用之、流通世间的贱奴,我也不要你;可是你,这朴实无华的铅,毫不起眼,并令人心生退缩,而你的质朴却比雄辩的口才更能打动我,我就选了你吧。"【3.2】

或许莎士比亚要在此处故意留出一个悬疑:假如没有导向性的歌词,在波西亚眼里气质高贵的巴萨尼奥,会自甘选择"朴实无华"、"毫不起眼"的铅匣吗?当然,这很好解释,看似必须遵循父亲遗嘱、无权自由选择婚姻的波西亚,完全可以凭智慧找到属于自己的幸福。

当选择铅匣的巴萨尼奥打开匣子,如愿得到了波西亚美若天仙的画像,一张纸卷上写着:"你若对结果称心如意,/那就接受命运的祝福,/回转身,向你的情人,/以爱的一吻缔结婚约。"然后,波西亚向巴萨尼奥表示以身相许,把自己以及自己所拥有的一切都献给丈夫,并赠送一枚戒指,让巴萨尼奥发誓:"要是哪一天您让它离身,丢失,或转送别人,那便预示着您爱情的终结,而我必将因此对您严加谴责。"【3.2】

莎士比亚在此,为发生在第四幕庭审之后,救了安东尼奥一命的"波西亚法官"向巴萨尼奥索要戒指作纪念,以及由此而引发的第五幕中的"戒指事件",巧妙地设下了伏笔。当巴萨尼奥选中匣子,波西亚表示愿以身相许时,莎士比亚故意卖关子,让她过分自谦地表白:"我是一个没有读过书的女子,既缺乏教养,又毫无经验。幸亏她还不算老，可以学习上进；更幸运的是，她没有笨到难以施教；而最最幸运的，是她愿把那颗温柔的心奉献给您，由您来引导；您就是她的主人、她的总督、她的君王。"【3.2】因此，当安东尼奥在法庭上见到那个"博学多才的法官"时，无论如何都不会把"他"同新娶的这位"没有读过书"、"既缺乏教养，又毫无经验"的新娘联系起来。

莎士比亚的艺术构思真是灵妙：当波西亚打算女扮男装，准备离开贝尔蒙特前往威尼斯，去救助身陷绝境的安东尼奥，她说的那一段独白，可视为故意要制造一起"戒指事件"的导火索。这时，波西亚已深知新婚的丈夫曾是一个浪荡绅士，她对此不仅并未感到惊奇，还在庆幸自己得到一个回头浪子做丈夫，并且准备去救助帮丈夫赢得自己的安东尼奥。因此，当得救的安东尼奥向她真诚致谢时，她亦十分真诚地表示："对于一个人，能随心所愿便是他最好的酬劳。而对于我，救了您，正是随我心愿；按我自己的算法，我已从中得到最好的酬劳。我从未想过贪图什么酬劳。"【4.1】但此刻，安东尼奥尚无法领悟她的言外之意。他一直蒙在鼓里，直到第五幕结尾处，才从贝拉里奥写给波西亚的来信中，得知事实真相。

对于波西亚则不然，似乎一切都在她的意料和掌控之中。比如，她说，等穿上男装以后，"我会以一种青春期男孩儿尖嗓破声时的嗓音说话；把走路时轻盈的两个小碎步，变成男人的一大步；我会像一个爱吹牛的小伙子，聊起打架格斗来，津津乐道，还会精心编一些谎言，比如一共有多少位尊贵小姐如何爱我，全被我一口回绝，最后她们都因相思成病，抑郁而亡。——我实在无能为力呀！可我深感懊悔，尽管如此，我的初衷并非是要害她们丢了命。诸如此类不成熟的幼稚谎言，我随口就能编出二十个，谁听了，都会一口咬定，我走出校门也就一年多。这些出口成谎的无赖玩的那些拙劣把戏，我脑子里不下一千种，这回都要拿出来用。"【3.4】这绝妙地说明，波西亚对男人有怎样的花花肠子，又有怎样的虚假伎俩，心知肚明，洞若观火。甚至可以这样讲，当她把戒指赠给巴萨尼奥，说完："我奉上这枚戒指，要是哪一天您让它离身，丢失，或转送别人，那便预示着您爱情的终结。"巴萨尼奥当即信誓旦旦地表示，"当这枚戒指一旦离开这根手指，那便意味着生命已离我而去。"【3.2】此时，她心里已经觉得，只要略施小计，让这枚戒指离开丈夫的手指也并非绝无可能。因此，她才要故意一试，导演了一出离奇的"戒指事件"，令巴萨尼奥和格拉西安诺这两个大男人难堪到无地自容，同时，这可以让她和尼莉莎抓住丈夫的把柄，将主动权攥在手里，确保婚姻生活不出意外。在那样一个时代，这该是多么机智灵慧的新女性！

在此之前，杰西卡曾对情人洛伦佐说："要是巴萨尼奥阁下能踏踏实实地过日子，娶到这样的夫人，那真是天赐良缘，可谓天作之合，他在人间便享受到了天堂的快乐；假如他不能规规矩矩地过日子，便不配享有这个福气，而且，显而易见，他永远上不了天堂。"【3.5】这既是在评价巴萨尼奥，希望他珍惜到手的幸福，同时更是在敲打洛伦佐一定要"踏踏实实"、"规规矩矩"地过日子。此处自然暗含这样一层意思，即巴萨尼奥娶波西亚之前的"日子"应算不上踏实、规矩。这也是波西亚的担忧，在从威尼斯回贝尔蒙特的路上，她"每到一处，都要双膝跪地，祈祷新婚幸福。"【5.1】无论波西亚、尼莉莎、杰西卡，剧中的三位女性都渴望得到幸福美满的婚姻生活。

莎士比亚从两个层面塑造波西亚，首先，通过庭审断案"一磅肉"，让她摇身一变，成为一个身着男装、巾帼不让须眉的奇女子——"法官波西亚"。这样的法官来得也并非突兀，当波西亚送别巴萨尼奥，不知接下来将演出怎么一出好戏的洛伦佐，赞美波西亚："新婚之际便能忍受与丈夫离别，这足以证明，您对那神圣的友谊，具有一种善解人意的高贵情怀。然而，当您知道这一情怀给了谁，被您救助之人是怎样一位真正的绅士，是我的主人、您的丈夫多么要好的一位朋友，我相信，这一善举带给您的骄傲，是您平常任何普通的慷慨之举所达不到的。"【3.4】若非有如此的"高贵情怀"，也就不会有那个最初让夏洛克误以为是"丹尼尔再世"的"法官"。而当"他"对夏洛克一字一句，掷地有声地说："这契约清楚地写明，你可以割'一磅肉'，却只字未提你可以取一滴血。""你准备割肉吧。一滴血也不能流，只能割分量精准的一磅肉，重了不行，轻了也不行；假如你割下来的肉，比精准的一磅，不管多了，还是少了，或者分量的轻重只在毛发之间，不仅如此，只要天平出现一丝一厘的偏差，你也死定了，而且，还要罚没你的全部财产。"【4.1】夏洛克的悲剧下场从这一时刻来临，剧情也由此急转直下。

其次，通过波西亚精心策划、自编自导的"戒指事件"得到如其所料的圆满解决，我们发现，这位实际上等于把自己主动嫁给巴萨尼奥的新娘，是一位对未来的婚姻生活胸有成竹，亦对丈夫驾驭有术的女性。这在"戒指事件"达到高潮的时候，表现得最为酣畅、戏谑。在这场戏中，波西亚和尼莉莎像演双簧一样，把两个失去戒指的新婚丈夫，弄得百口莫辩、尴尬异常。当波西亚说："我对天发誓，见到这枚戒指之前，我绝不上你的床！"尼莉莎马上跟一句："不见到我的戒指，我也不上你的床。"当尼莉莎说："好在我心里很清楚，那个拿了戒指的书记员脸上一辈子也不长胡子。"波西亚又马上紧跟："我敢拿生命打赌，一定是哪个女人把这戒指拿走了。"当波西亚貌似挑衅地说出："要是把我独自一人留在家里，以我此时完好的贞洁名誉起誓，我一定与那博士同床共眠。"尼莉莎也立即响应：

"我也跟他的书记员睡：因此你要当心，务必守着我，千万别离开。"在此，莎士比亚一方面在剧情中合情合理地刻意让两个新娘，用女人的"性语"，去刺激丈夫，另一方面，是为了挑逗和激发观众的"性"情。

当"戒指事件"真相大白以后，男人又以调情的语调开始回击。比如，恍然大悟的格拉西安诺难以置信地问尼莉莎说："你就是那个给我戴绿帽子的书记员？"尼莉莎调皮地回答："是的，不过那书记员永远也干不了给你戴绿帽子的事儿，除非他真能长成一个男人。"仿佛从梦中醒来的巴萨尼奥，则温情脉脉地对波西亚说："亲爱的博士，今晚您跟我睡——我不在家的时候，您也可以跟我妻子睡。"

最后，全剧在格拉西安诺带有戏谑狂欢曲意味的诗中结束："还有两个小时就要天光大亮，／咱立刻上床，还是明晚再说？／白天来了，我也盼早降夜幕，／好跟博士的书记员鱼水交欢。／知足，这辈子再没啥可担忧，／千万别把尼莉莎的金箍看丢。"【5.1】格拉西安诺担心的是，在以后的日子里，自己千万别让尼莉莎给自己戴上男人最怕的绿帽子。

从落幕回望全剧，剧中凡带或浓或重口味的粗俗"性语"或较为含蓄的"性双关语"，差不多都出自格拉西安诺之口。他几乎张嘴就是性，他的性思维、性联想无比发达、丰富。莎士比亚就是要以此让他变得有趣，比如，他在和萨拉里奥一起等候洛伦佐，来接杰西卡私奔时，也能不经意地随口说出不无爱情哲理的话："追求时的那股兴奋，比追到手享受的时候大多了，世间万物，莫不如此。一艘挂满旗帜的船，驶离港湾，在被淫荡的风搂着、抱着的时候，多么像一个风流倜傥的浮华少年！等它回港，船帆褴褛，海浪把船身毁损得斑驳支离，淫荡的风把它侵蚀得瘦骨嶙峋、破烂不堪、穷困潦倒，这个时候，又多么像一个失魂落魄的纨绔子弟。"【2.6】

毋庸讳言，莎士比亚的所有戏都跟"性"有缘，无论莎士比亚本人是否颇好此道，它的确可以增添剧中浓郁的戏谑成分，同时满足那个时代观众的胃口。事实也的确如此，剧中除了格拉西安诺，还有一位小丑式人物兰斯利特，他先是夏洛克的仆人，后转去侍候巴萨尼奥。在他身上折射出莎士比亚式喜剧的一个重要特点，即每一部莎剧，几乎总有至少一个小丑。设计这样的角色，不外是为了给喜剧增添多一点的戏谑调料，把观众的兴致胃口吊起来。世俗的男人，会有谁不喜欢性呢？

有趣的是，兰斯利特这个人名就非常讲究。在以"第一对开本"为底本的"皇家版"里，此人名为 Lancelet（兰斯利特），意思是"小矛枪"（Little lance），转义指男人的阳具；而"牛津版"、"新剑桥版"、"贝七版"等其他多数版本，都作

Launcelot（兰斯洛特），与亚瑟王（King Arthur）故事中，著名十二圆桌骑士的第一勇士 Sir Lancelot（兰斯洛特爵士）同名。这当然是别有用心的，因为在亚瑟王的故事中，兰斯洛特与亚瑟王的妻子通奸。不管用哪个名字，莎士比亚想要说的是，剧中的这个"小丑"，像与亚瑟王妻子通奸的兰斯洛特一样，用自己的"小矛枪"同一个黑人女邻居通奸。正如洛伦佐讽刺他的："这件事我要是向社会交代出来，总比你把黑人的肚子搞大更有话说；兰斯利特，那个摩尔人怀了你的孩子。"

【3.5】

兰斯利特的姓氏 Gobbo（高波），在意大利语中是驼背（hunchback）的意思。也许，莎士比亚想暗示兰斯利特的父亲老高波，除了眼睛瞎，还是个驼背。这一点在剧中没有说明。不过，从今天的艺术角度来看，有理由把第二幕第二场老高波和兰斯利特父子对话的搞笑戏，视为一处败笔。尽管此处的盲父认不出儿子，明显是莎士比亚对《旧约·创世记》第二十七章雅各骗取盲父以撒祝福的戏仿，但从整个剧情来看，显得多余。正因为此，现代的演出，包括好莱坞电影版的《威尼斯商人》，都将这场大戏删除了。

然而，从文本的角度，莎士比亚或许又有他的深刻用意，因为在第一幕第三场，夏洛克讲述"雅各发家"时提到："我说的可是我们圣祖亚伯拉罕后裔的那个雅各——给他舅舅拉班牧羊，多亏他有位聪明的母亲为他精打细算，才使他成为第三代继承人。"但上帝在《创世记》第二十五章第二十三节显示的是，"耶和华对她（雅各的母亲）说：'两国在你腹内，两族要从你身上出来，这族必强于那族，将来大的要服侍小的。'"这一圣迹表明，雅各成为以色列第三代族长，并非如夏洛克所言，是靠母亲的"精打细算"，而是上帝在以扫和雅各两兄弟尚在母腹之中的时候，就已经遴选了雅各。莎士比亚会是有意用老高波这一滑稽的盲父形象，作为对夏洛克所讲"雅各发家"的一个回应吗？他是要以此将夏洛克犹太教的神圣外衣剥掉，揭穿他名为"精打细算"靠利息赚钱，实则嗜钱如命、高利盘剥吗？不过，尽管剧中没交代高波父子的宗教身份，但从夏洛克严守犹太教来看，他肯接受兰斯利特当他的仆人，说明兰斯利特不是一个基督徒。那这是莎士比亚故意模糊吗？这里对《圣经》不无消解意味的戏仿，是以基督徒戏仿的方式来颠覆夏洛克，还是也同时以戏仿的方式颠覆基督徒呢？这又是一把双刃剑吗？

无论第四幕的悲和第五幕的皆大欢喜，是否会使观众在心理感觉上产生巨大落差，莎士比亚是要用诗意的美好爱情，为他初衷要写成喜剧的这部戏，划上一个完美的句号。撇开第五幕中的戏谑成分，第五幕的这样两段蕴含诗意哲理的两段话，堪称《威尼斯商人》的主题，同时也是《圣经》母题的点睛之笔。

当洛伦佐和杰西卡一起坐在花坛，仰望皎月，听着音乐时，洛伦佐说："月光在这花坛上睡得多么甜美！就坐在这儿聆听，好让乐音悄悄爬进我们的耳朵。悦耳和谐的音乐，最适宜在轻柔的静谧和夜色中弹奏……天空中那么密匝匝的镶嵌着金光耀眼的圣餐盘。看呀，哪怕一个最微小天体的运转，都像一位天使在歌唱，又有无数围绕它、闪烁着永恒光芒的小天使，发出此起彼伏的合唱；原来在我们不朽的灵魂里，也有像这样的和谐乐音，但当这具泥土做成的躯壳，把灵魂封进肉体凡胎以后，便再也听不到这样的天籁之声了。"【5.1】

这是藉天使的歌唱，呼唤尘世间的美好灵魂！

波西亚到家之前，远远望见了家里的烛光。她禁不住发出这样的感慨："那小小的蜡烛，将光线照射得这样远！一件善事之于卑微、邪恶的尘世，也正如这烛光在闪耀。"【5.1】

这里寄托着莎士比亚的理想：只要人间有彰显"上帝的仁慈"的"善事"，"卑微、邪恶的尘世"就有希望！

六、写作时间和剧作版本

1. 写作时间

1596 年 6 月，埃塞克斯伯爵（Earl of Essex）率领一支英格兰远征军，出其不意进攻加迪斯港（Cadiz harbour），缴获了两艘西班牙大商船圣马蒂亚斯号（San Matias）和圣安德雷斯号（San Andres）。当时，英格兰人随即把作为战利品的圣安德雷斯号改名为安德鲁号（Andrew），并以此代称满载贵重商品或值钱货物的大帆船。如第一幕第一场开始，萨拉里奥戏谑地将安东尼奥的商船称为"我那艘安德鲁号宝船"。这是细微却十分重要的证据，即《威尼斯商人》的写作时间，不应早于 1596 年的夏天。直到今天，许多英国水手还以"安德鲁"（The Andrew）代称英国皇家海军（Royal Navy）。

显然，此剧的写作最迟也一定不会晚于 1598 年，因为在这一年 7 月 22 日，成立于 1557 年的伦敦书业公会（the Stationers' Register of London）的登记册上注明："7 月 22 日，詹姆斯·罗伯茨（James Roberts）经两位管理员之手，为其《威尼斯商人》，又称《威尼斯的犹太人》一书注册登记，从即日起，前述詹姆斯·罗伯茨本人，或其他任何人，如未经合法而卓有声望之内务大臣剧团同意，均无权印刷该书……"由此也不难看出，这意味着莎士比亚当时所属的内务大臣剧团，已试图制止他人随便印刷这部剧作。

六个星期之后的 9 月 7 日，作家弗朗西斯·米尔斯（Francis Meres，1565—1647）的《智慧的宝库》（*Palladis Tamia, Wits Treasury*）一书，在伦敦书业公会注册登记。米尔斯在这部英国早期重要的文学史著作中，论及莎士比亚的六部喜剧和六部悲剧，喜剧依次为：《维洛纳二绅士》、《错误的喜剧》、《爱的徒劳》、《爱得其所》、《仲夏夜之梦》、《威尼斯商人》；悲剧依次为：《理查二世》、《理查三世》、《亨利四世》、《约翰王》、《提图斯·安德洛尼克斯》《罗密欧和茱丽叶》。遗憾的是，其中《爱得其所》（*Love's Labour's Won*）剧本失传，没有存世。

2．剧作版本

1600 年出版的《威尼斯商人》第一四开本，因其极有可能是按莎士比亚本人的原稿付印，而被称为"好四开本"。

为刺激读者胃口，它的标题页是这样写的："有关威尼斯商人的最精彩的历史故事。其中有犹太人夏洛克对上述商人的极端残忍，要从他身上割下分量恰好一磅的肉；还有波西亚通过三个匣子抽签选情郎。威廉·莎士比亚编剧，内务大臣供奉剧团（Lord Chamberlaine his Servants）多次演出。詹姆斯·罗伯茨（J·Roberts）为托马斯·海斯（Thomas Heyes）印刷出版，将于挂有绿龙标识的宝莱斯教堂（Paules Church）庭院发售。1600 年。"因此，该本也通称"海斯四开本"。

另一个四开本，即第二四开本，经著名学者波拉德（A.W.Pollard）研究证实，虽其所标出版日期也是 1600 年，却是出版商威廉·杰加德 1619 年对"海斯四开本"的盗印。此本是他为托马斯·巴维厄私自印刷，错讹很多；同时，他还盗印了其他人的共九部剧作。他这样做，显然是为了规避内务大臣于 1619 年 5 月 3 日发布的一项命令：未经授权，"国王剧团"（此时"内务大臣剧团"已更名为"国王剧团"）所属剧作，任何人不得私自印制。因此，他在此本的标题页上，故意将出版日期标注为"1600 年"。这便是《威尼斯商人》同时有两个 1600 年"四开本"的由来。

1623 年第一对开本的《威尼斯商人》，底本是根据 1600 年的第一四开本，并对其做了一些必要的校正修改，而且，很明显，按照剧团的演出脚本，增加了一些舞台提示和音乐线索。

不朽的莎士比亚！不朽的文学艺术形象夏洛克！

参考文献：

1. 刘炳善编纂《英汉双解莎士比亚大词典》，河南人民出版社 2002 年版。

2. 张泗洋主编《莎士比亚大辞典》，北京：商务印书馆 2001 年版。

3. 梁工主编《莎士比亚与圣经》，北京：商务印书馆 2006 年版。

4.〔美〕Stephen Greenblatt 著，辜正坤、邵雪萍、刘昊合译的《俗世威尔·莎士比亚新传》，北京大学出版社 2007 年版。

5.〔美〕David Scott Kastan 著，郝田虎、冯伟合译《莎士比亚与书》，北京：商务印书馆 2012 年版。

6.〔美〕Williston Walker 著《基督教会史》，孙善玲、段琦、朱代强合译，中国社会科学出版社 1991 年版。

7. *The World and Art of Shakespeare,* by A.A.Mendilow & Alice Shalvi, Israel University Press. Jerusalem. 1967.

8. *How Shakespeare Changed Everything,* by Stephen Marche, Harper Collins Publishers. 2011.

9. *How to Teach Your Children Shakespeare,* by Ken Ludwig, Crown Publishers, New York, 2013.

10. 参考的中英文《圣经》版本有：中国基督徒三自爱国运动委员会、中国基督教协会 2002 年发行的《圣经》；西班牙圣保禄国际出版公司 2007 年版《牧灵圣经——天主教圣经新旧约全译本》；《圣经》（现代中文译本），香港圣经公会 1985 年；《圣经·新约全书》，中国天主教主教团教务委员会 2008 年；*Good News Bible*, United Bible Societies, London，1978；*The Jerusalem Bible*, Doubleday & Company, Inc. Garden City, New York，1968；*The Holy Bible*, In The King James Version, Thomas Nelson, Inc. New York. 1984；*Holy Bible*, New International Version, Zondervan Bible Publishers, Michigan. 1984。

对话

想象历史的方法
——关于电影《黄金时代》的讨论

想象历史的方法
——关于电影《黄金时代》的讨论

■ 文/吴晓东　路杨　等

一、从片名说起：何谓"黄金时代"？

吴晓东：许鞍华导演的电影《黄金时代》对我们这些学习中国现代文学的观众来说似乎有更多值得关注的话题。这不仅仅因为它在银幕上再现了我们熟悉的作家萧红，以及围绕着萧红展演了以鲁迅为核心的现代作家群像，还因为它在电影语言上有自觉而特异的追求，同时也因为《黄金时代》关涉到一部关于现代作家的传记片如何讲述传主的故事，进而如何传达民国想象乃至如何叙述历史等一系列话题。我们先请路杨做这次讨论的引言人，然后大家畅所欲言。

路杨：应当说，许鞍华导演的这部电影《黄金时代》的定位是非常奇特的。所谓"文艺大片"的悖谬组合，既选择了相对小众的"文艺片"设定，又选择了商业"大片"式的明星阵容与市场定位。然而与同时收获柏林双熊、海外口碑与过亿票房的《白日焰火》不同，《黄金时代》尽管在宣传造势上不遗余力，还在第71届威尼斯电影节上入选为闭幕影片，但却遭遇了票房上的滑铁卢。截至目前《心花路放》已破十亿，而《黄金时代》还不足五千万。而与此形成对比的是，《黄金时代》引发的批评声音却很热闹。喜欢的人，认可的是它在制作过程中的诚意与拍摄品质的精良，认为这是"最近几年用烂片做底子的中国电影银幕上透出来的一束亮光"；而反感的人，则质疑它在创新与"实验"背后的"矫情"和"空洞"，甚至将其比作一篇"被史料压垮的论文"。论战双方可说是势均力敌，值得注意的是，无论是"挺黄"还是"倒黄"，所争论的焦点非常一致，又各有道理。而从电影宣传到影片公映，首先引发的就是关于片名"黄金时代"的争议："倒黄派"质疑的是编创者的"断章取义"，并未理解萧红使用这一语汇时的具体语境，而影片所展现的也并不是一个想象中的"黄金时代"。"挺黄派"则认为这一充满歧义的命名恰好暗含了萧红书信中的反讽意味，并对那段历史具有一种"复杂多义"的概括力。

吴晓东：不管"挺黄"还是"倒黄"，只要不是"扫黄"就好。（众笑）我们还是来一起看一看萧红当年提到"黄金时代"这一判断时的原始语境，也就是萧红在日本时写给萧军的书信："均：你是还没过过这样的生活。和蛹一样，自己被卷在茧里去了。希望顾（固）然有，目的也顾（固）然有，但是都那么远和那么大。人尽靠着远的和大的来生活是不行的，虽然生活是为着将来而不是为着现在。"这句话说得非常好，让我想到了卡夫卡曾说过，他相信的是"最远的"和"最近的"，但卡夫卡是把"最远的"和"最近的"并列在一起，两者缺一不可。而萧红的反思是："人尽靠着远的和大的来生活是不行的，虽然生活是为着将来而不是为着现在。"萧红的文字虽然朴实，意蕴还是非常深远的。接下来就进入"黄金时代"的语境了："窗上洒满着白月的当儿，我愿意关了灯，坐下来沉默一些时候，就在这沉默中，忽然像有警钟似的来到我的心上：'这不就是我的黄金时代吗？此刻。'于是我摸着桌布，回身摸着藤椅的边沿，而后把手举到面前，模模糊糊的，但确认定这是自己的手，而后再看到那单细的窗棂上去。是的，自己就在日本。自由和舒适，平静和安闲，经济一点也不压迫，这真是黄金时代，但又是多么寂寞的黄金时代呀！别人的黄金时代是舒展着翅膀过的，而我的黄金时代，是在笼子过的。从此我又想到了别的，什么事来到我这里就不对了，也不是时候了。对于自己的平安，显然是有些不惯，所以又爱这平安，又怕这平安。"这段话其实相当复杂，于是她又担心简单的萧军误解，于是接着说："均，上面又写了一些怕又引你误解的一些话，因为你一向看得我很弱。"看来萧军还真是不了解萧红。换做是我看到萧红写下这样富有韵味和深意的文字会五体投地的，但萧军也并没有因此回心转意。（众笑）

所以说如果看过萧红所有的创作而不只是看电影的读者，是一定会爱上萧红的，但是作为电影的观众却未必有这么幸运。我刚才读的就是"黄金时代"一词的原始出处和具体语境。路杨刚才指出了"倒黄派"和"挺黄派"的两种看法，但这两派关于"黄金时代"的语义的理解，好像并没有什么内在分歧，理解的都是准确的，只是出发点和判断的姿态有差异而已。大家对此有什么自己的判断么？

李想：我觉得萧红这句话本身可能就有一种反讽的意味。影片的制作者可能把"黄金时代"理解的简单了一些，他们也许很愿意给萧红一段舒适安静的生活，但视野比较局限，这里并不是说舒适、安闲就是她的黄金时代。我想，这可能与许鞍华导演自己所一直关注的市井生活，那种"大时代"中的小人物的生活有关系。

吴晓东：我当时观影的感受和李想有点像，那种内在于萧红的复杂性和反讽性没有得到很好的表现。萧红那里的关于"黄金时代"的反讽性，是否落实在整部电影的结构上？大家觉得许鞍华和编剧李樯意识到这种反讽意味了么？

张玉瑶：李樯自己对于"黄金时代"有一个解释："'黄金时代'这个词有波涛般的诗意，有点像桃花源，里面有种反讽。可她就是生在那个时代，使她成就为萧红的也的确是她人生的黄金时代。"所以我觉得主创人员还是意识到了其中有反讽性，但主观上又想让萧红表现出某种意气风发的状态。创作上应该有一种矛盾态度。

吴晓东：也就是说创作者对此是有自觉的，只是一个传达得到不到位的问题。

邱雪松：我的初步感受是影片中的萧红没有一个真正严格意义上的"敌人"，没有一个她"恨"的人，即使仅有的几个情敌，她都不"恨"。但实际上无论是作为个人的萧红，还是她的作品，爱与恨的对峙都是非常鲜明的。相对而言，鲁迅和萧军应该算影片中爱恨表现得比较鲜明的人物。我想导演没有把这种反讽性和人物的复杂性表现出来。包括萧红写《呼兰河传》的时候，她刚刚完成了《马伯乐》，而电影对《马伯乐》仅提到一句。

吴晓东：作为作家和历史人物的萧红，她的爱恨情仇的确是非常鲜明。所以大家熟知的《生死场》写到最后，金枝说"从前恨男人，现在恨小日本子"，随后一转"我恨中国人呢！除外我什么也不恨"。简直有点冒天下之大不韪，但恰恰是在这种表述中，萧红自己心灵深处的某种情感的强度得到了震撼式的宣泄。我同意雪松的观点，电影中萧红情感的强度和指向表现得不够鲜明。其实萧红这样的情感型作家，其情感的强度和高度在现代作家中差不多是首屈一指的，但电影没有把萧红的情感传达得很到位。在萧红自己的写作脉络中，她要是把"黄金时代"看成反讽表述的话，那么这种反讽美学在她写于抗战时期的《马伯乐》中就是一种自然延伸。或者说她对世界的直觉感受可能是有反讽倾向的。《马伯乐》的世界在电影中被忽略了。即使是研究界目前也没有谁能把《马伯乐》和萧红创作的整体性关联起来。

赵雅娇：在广电总局今年3月发布的电影剧本立项公示上，该片当时的名字还叫《穿过爱情的漫长旅程》,这一更名的过程透漏了编导的某种野心。整部作品有一种反高潮化的倾向,却在题目中用了《黄金时代》这样充满了力与美的字眼。萧红的一生被各种声音叙述,她的个体性并不是很强,而这或许更接近萧红生命的姿态本身。她身上交织着许多矛盾的因子。在她那里,坚强与脆弱、独立与依赖,如此密不可分地厮缠在一起。无论是战火纷飞中的颠沛流离还是婚恋生活的一波三折,在某种程度上都参与构建了萧红破碎的一生。借助戴望舒在萧红墓前写下的一首诗加以理解:"走六小时寂寞的长途 / 到你头边放一束红山茶 / 我等待着长夜漫漫 / 你却卧听着海涛闲话"。这也有点像这部电影带来的感受。对于萧红的故事,观众可能期待一个高潮迭起的故事,最终收获的却是一种充满了空白、沉默和不确定的破碎讲述。因此,当我们拉开距离以一种整体性的感知进入《黄金时代》的时候,这种破碎感被凸显得非常深刻。在这种意义上的呈现使得《黄金时代》的叙述从总体上契合了萧红和其所处时代的某种内在性的图景,或者说形式本身就是内容,许鞍华和李樯构建了一种与影片所记录的萧红人生和表现的时代形态互文的原始而本真的文本形态。对影片的感受,在相当的意义上可以置换为对萧红及其时代的感受。

吴晓东:雅娇提供了一种新的见解,她认为编导恰恰以这样的一种方式(包括标题的改动,包括各种各样声音来叙述的方式)呈现了萧红某种形象的整体性,涵容了她破碎的一生,也涵容了她跟各种人纠缠的一生。电影表现出来的这种形式,包括反高潮,包括破碎性以及靠人物关联建构的传记图景——形式就是内容本身,这里有一种互文性。这个判断还会延续到我们下面的讨论,因为这涉及如何呈现一个作家的传记形象的问题,是一个很好的问题。

李超宇:我想再谈谈"黄金时代"在萧红信中的原始语境问题。萧军在给这封信做注时说,他并"不欣赏"萧红信中的这种"思想,感觉,情绪",但这种情感可能是多病者与敏感者才有的。电影中鲁迅就曾对萧红说:"我们都是爱生病的人。"或许这也是萧红与鲁迅更为相通的原因之一。在这封信的开头萧红就写到了自己的病状,而整封信的风格也与鲁迅记自己病中情形的《这也是生活》相似,特别是鲁迅希望许广平打开电灯:"因为我要过活。你懂得么?这也是生活呀。我要看来看去的看一下。"但许广平没有开灯,此刻鲁迅的感觉与萧红很像:"街灯的光穿窗而入,屋子里显出微明,我大略一看,熟识的墙壁,壁端的棱线,熟识的书堆,堆边的未订的画集,外面的进行着的夜,无穷的远方,无数的人们,都和我有关。我存在着,我在生活,我将生活下去,我开始觉得自己更切实了,我有动作的欲望——但不久我又坠入了睡眠。"这其中,有着病人特有的、对生命的眷恋和对自我存在的不厌其烦的确证。

但萧红与鲁迅不同，萧红年轻且在日本，因此，"黄金时代"的感觉是只属于萧红的，但萧红在信中马上加了一个"此刻"。我认为，"病中"与"此刻"是解读萧红"黄金时代"的关键前提。身居异国，不必为生计问题谋划，使她感觉到了自由，而疾病的束缚却使她清醒地意识到了"笼子"。由这个逼仄的空间，进而就想到了逼仄的时间，原来这一切不过是短暂的，虚幻的，迟早会回国，迟早又是原来苦苦奔波的生活。

导演许鞍华提到"黄金时代"有反讽之意，也说到如果萧红长寿将经历"文革"，相比之下此时也确为"黄金时代"。这样的理解还没有达到本质。萧红是被启蒙过的人，所以她会像鲁迅那样考虑"之后怎样"的问题，故而会永远痛苦，因为这种思考问题的方式本身就难以得出"积极乐观"的答案，很简单，最为终极的"之后"便是死亡。也正因为这样想问题，所以萧红像鲁迅一样，格外珍视当下，尤其是在病中，对生命的眷恋会具体化为对此刻的眷恋，这便是她提出"黄金时代"的原因。

这个片名之所以惹争议，首先就是因为萧红所写"时代"的词义很容易扩大而不容易缩小，所以与其说"时代"，不如称其为"时刻"。至于"黄金"二字，同样容易被庸俗化处理，包括影片的宣传片称"每个人都有属于自己的黄金时代"、"一切都是自由的"同样没有显示萧红的本意。电影的一套"自由体"海报早已为网友所诟病，我认为编导和演员对"黄金时代"的引申处理所流露出的不少对时代本身的向往，已经远远偏离萧红的原意。毕竟这是一个战火不断，民不聊生的时代，不浪漫，更没有诗意，"想去哪儿就去哪儿"也并非他们真的想去，而是因为逃难和流亡。而历史本身或多或少地击碎了编导与演员的向往，在影片中保留了一定的真实面目。预告片以萧红的口吻说出这样一段话："我不能选择怎么生，怎么死，但我能决定怎么爱，怎么活，这是我要的自由，我的黄金时代。"而事实上，萧红也并没能真正决定"怎么爱，怎么活"，即使在特定的时空（即"笼子"）中实现了，不过只是一个瞬间，这个瞬间也就是她的"自由时刻"与"黄金时代"。她要的"自由"是趋近于"虚无"的。

吴晓东：超宇最后对"自由"的总结，包括萧红对于"短暂"那种难能可贵的瞬间的领悟、把握，像她写过饥饿的人"饿"的那种状态，特别是咀嚼食物时样子的把握，的确可以反映出萧红当时真实的处境、心理和期待的。我倒是觉得超宇有一点把握得特别好，就是"黄金时代"这个命名其实是编导对于萧红和萧红所处的这个时代的一种命名，即使他们意识到了萧红"黄金时代"所蕴含的反讽

想象历史的方法　237

性，但是编导自己的判断本身还是带有某种现实深意的。换句话来说这可以纳入到我们最近这些年来的所谓"民国想象"。

孙尧天：听了我们刚才对片名的讨论，基本是从"是"和"不是"的二元论基础上出发的，也就是说，我们似乎总想为这个电影寻找到一个确定的基调。但这里我想引入的是李樯在接受采访时所提到的这部电影使用的"解构手法"。李樯最终致力的是抹除真实和虚拟的界限。以此反观电影命名的话，我觉得"黄金时代"很可能是在很偶然的情况下，从萧红文章中挑出来的词，因而这也就取消了我们刚才所讨论的"是"或者"不是"的那些意义，编导似乎也没准备说那个时代是"黄金的"、"自由的"，抑或不是，可能只是一个对各种矛盾的概括，但也只是暂时性的，背后并没有什么确定性的、鲜明的指涉。

许莎莎："黄金时代"的片名本身就是一个很取巧的选择，引发误读也是自然的。

刘奎：我觉得"黄金时代"还是渊源有自的，并不是说找不到名字的权宜之计，莎莎说它"讨巧"，它讨什么巧也可继续分析。"黄金时代"的来源，跟前些年学术界所说的1930年代是国民经济发展的"黄金十年"有关，与文化研究、上海研究的兴起，以及民国热等文化现象都不无关联，这是这个命名来源的宏观文化语境，而这些文化现象所塑造的民国形象，具有浪漫、小资、自由、文艺、摩登等诸多特征，虽然是民国形象，也很"后社会主义"，非常贴合当下消费时代的文化特征。因此，我觉得这个命名也不算偶然。

吴晓东：有两种命名的历史性，一种是我们这个时代的历史，也就是刚才刘奎指出来的，背后是一种对民国的想象，对民国形象的判断，肯定基于当下的历史意识；另一种历史性，是萧红自己命名的历史性，这个历史性是她个人的生存处境，及萧红与其所处时代的相关性。从萧红自身意义上说，她所联想到的这个概念与当时"黄金世界"的范畴有着复杂的关联，如鲁迅《影的告别》里就说："有我所不乐意的在天堂里，我不愿去；有我所不乐意的在地狱里，我不愿去；有我所不乐意的在你们将来的黄金世界里，我不愿去。""黄金世界"是当时文学界一种较为普遍的历史认知与想象。

刘奎：这确实是具有对话性的，1930年代也称"红色三十年代"，左派带来了对未来的乌托邦想象。但萧红的命名一开始就有点不同，她在"黄金世界"前面加了限定词"我的"，而且"笼子里"的说法，也是一种个人化的封闭空间，与时代语境中那个具有历史远景的说法不同。

吴晓东：萧红所命名的黄金时代，个体性的特征是更为主导的。

路杨：我觉得这个命名的讨巧之处不在于主创者感觉不到其中的悖反、张力或是反讽，如尧天所说，这个片名的选择或许是个偶然，但他们很快就会从各种阐释和批评中发现，这个偶然的选择却刚好给了他们一个可进可退的余地，来解释其中的争议性。而争议本身也是制造话题性的手段之一，促使观众买票进场一探究竟。

刘奎：但这个命名也可能是两不讨巧的，学术界也不认可，消费者的观影体验也会与前期造成的期待形成很大的落差，票房就好不了。

黄锐杰：这个片名还是特别讨巧的。我相信选用这名字的时候剧组将之前我们讨论的各个方面的因素都考虑进去了。片名的选择更多是一种宣传策略，跟票房紧密挂钩。选择这一具有多重意涵的片名，潜在地争取到了持不同立场的各种观众，等于取了一个最大公约数。

吴晓东：电影命名最终是和销路相关的，就像很多人的书经出版社编辑处理之后都会改头换面。总的来说，从各种角度考虑，这部影片的命名应该说是成功的。

路杨：刘奎刚刚提到的"民国想象"问题，在《黄金时代》的前期宣传和实际影片之间，其实也发生了某种错位。在电影漫长和浩大的宣传过程中，"民国"无疑成为了吸引话题、制造话题的主要焦点，而片名"黄金时代"也一度变成了对这一历史时代的一种标签式的想象。《黄金时代》借鉴了《白日焰火》大规模、全方位的立体化营销模式，通过各类新媒体对"民国"话题的策划，引导人们对一个所谓"真实的民国"发生兴趣。诸如"民国文艺圈什么样"、"民国文人的衣食住行"、如何打造"民国文艺范儿"之类的话题，与对萧红故事的讲述，经营着"民国"在日常性与传奇性之间的张力，在娱乐与消费中将人们对于"民国"的想象转化为一种猎奇的欲望与碎片化的认识。而这些汹涌而至的营销文案，也在有意无意之中构成了影片的前文本。除了掀起一阵"民国热"为《黄金时代》造势之外，也为观众提供了对于影片的前理解和某种观影期待。然而"千呼万唤始出来"的电影本身，却与这种观影期待中的"民国想象"发生了一定的错位与悖反。

应当说，前文本提供的"民国想象"，并不出这些年来"民国热"中呈现的一般形态。不过与以张爱玲为代表的老上海的怀旧情调不同，这次"民国热"的焦点集中在一种浪漫主义的、理想化的时代想象。而在追慕某种"一切都是自由的"民国范儿的同时，对民国人物的八卦索隐背后的犬儒主义姿态也同样严重。在一定程度上，《黄金时代》或许担负着疗救这种"民国病"，打破这种在"重写历史"的书写实践过程中建构起来的民国想象与常识的期待。而《黄金时代》的实际影片，又确实与其宣传策略中的"民国想象"形成了一定的张力。人们在影片中看到的反而是"找不到的自由"，那个呐喊着"想怎么活，就怎么活"的萧红，恰恰是活在一个"想怎么活，就不能怎么活"的漩涡里。这也正是片名"黄金时代"的歧义性所在。毛尖的专栏文章其实质疑的并不是电影的命名，而是借这个由头，对在接受过程中被文艺化、理想化的民国时代进行质疑。她对"谁的黄金时代"的叩问，恰恰是对之前接受过程中的启蒙想象与理想主义的批评。但问题是宣传策略中的判断同时也是为编创者所内在默许的，"一切都是自由的"这样的口号，在他们的访谈中屡屡可以见到具体的回声。但正如超宇所说，影片呈现的恰恰是一个苦难的、庸常的、动荡而无诗意的时代。这就带来了其自我阐释与实际影像之间的落差与错位。在对于"民国"的历史认识上，编剧李樯对自身的"无力感"其实也有所自觉："我们有限的认知，面对在民国这样一个波澜起伏的时代，你一旦去评论它，就像一滴水融入到大海，你永远是被它裹挟而下的，你很难跳出来对它有一个冷静的、旁观的、宏观的认知，你面对它是很乏力的。你怎么说它你都身在其中，沦陷其中的感觉"。而在电影叙事的层面，这种"无力感"则体现为历史想象力的匮乏。

吴晓东：路杨这里触及的是两种"事实"，借用戴锦华老师援用的术语，一个是"影片的事实"，就是电影文本，电影自身呈现出来的内部图景以及阐释；而另一个则是"电影的事实"，即影片的资金来源、制作和发行过程、获奖情况，等等，包括了宣传策略、广告、放映等一系列围绕电影生成的总体过程，是电影与我们身处的社会现实之间的关联。在《黄金时代》的创作与发行过程中，的确存在着"影片的事实"与"电影的事实"的冲突。比如电影海报中鲁迅的那句"想骂谁，就骂谁"，就显得非常拙劣。此外我的感觉是，《黄金时代》提供的这种"民国想象"有点空洞，它的指向性不是特别明显。反而是影片中的色调、色彩感，制造了一种稍有质感的历史氛围，反而是一些细节更有震撼力，也更令人触动。或许正是这些细节建立了和历史之间的物质性关联。至于电影传达了怎样的"民国想象"，我认为即使有也是"去意识形态化"的。换句话说，萧红所纠葛的所有作家说到底都是左翼作家，从东北流亡作家群，到以鲁迅为中心的作家群，更不用说胡风周围的作家群，但是电影中的萧红最后选择的道路却是和这些人背道而驰的，这多多少少也隐含着编导的情感判断和价值判断。在电影中，我们对左翼作家其左翼身份的感受并不是十分鲜明，除了电影中提到金剑啸的牺牲外，观众不见得能辨识出他们身份上的左翼倾向。这也和某种意识形态的遮蔽或选择是有关联的。这种关联性和这种"民国想象"所试图淡化的政治性、革命性、左翼性，其实也都是今天的"民国想象"、"民国范儿"或者对民国的美化所带来的内在问题。这些问题其实也都渗透在《黄金时代》整个的意识形态立场和历史感的追求上,也就是这部电影中所谓"讲述历史的时代"(即我们今天所身处的时代)所灌注进去的,也在历史呈现的层面反映了出来,而这也是我们接下来要重点讨论的。

二、叙事风格:纪录片还是故事片?

路杨: 回到《黄金时代》引发的"两极化评价",除了片名的问题,焦点主要在于对电影叙事手法的褒贬不一:"倒黄派"认为这是一次失败的形式实验,既造成了接受上的困难,也没有提供创造性的表意。"挺黄派"则认为这样的形式实验体现了许鞍华艺术创造的"野心",电影强烈的风格化是对于时代审美的挑战。而争议的发生正是电影在形式上打开的接受分化与话题空间。

作为一部以萧红为主角,并以其命运为叙事线索的电影,《黄金时代》具有浓厚的"传记片"色彩。也正是由于有2013年霍建起执导的电影《萧红》在先,许鞍华等人才不得不另觅片名。从"萧红"到"穿过爱情的漫长旅程",再到"黄金时代",片名的转换,带来的同时是影片定位的转换:"黄金时代"的命名,显现出编创者在一定程度上洗白其"传记片"元素与"爱情故事片"类型的努力,但大多数接受者还是会首先将其作为一部萧红的传记片来看待,而由此呼唤而出的批评倾向在于:对影片"图解"其传主方式的评价,多于对影片本身的阐释。可能是出于对这一问题的自觉,《黄金时代》以一种非常学究气的、"文献片"的方式,规避了电影《萧红》在史实层面上遭到的诟病,但其对史料的过度依赖,也造成了影片叙事的巨大负担。

《黄金时代》中所使用的"间离"手法,是令其中的角色纷纷看向镜头,进行"预言式讲述",以不同人物的视点结构萧红的故事,催生了一种纪录片式的观影体验。关锦鹏在电影《阮玲玉》中也曾温和地使用过这一手法,但发生在演员张曼玉与角色阮玲玉之间的"间离",只是营造了双重幻觉,而非直接打破幻觉。而《黄金时代》的确要大胆得多,直接在历史时空中跳进跳出,作为讲述者的角色从影片开头那张遗像一样的萧红开始,就已经具有了某种"超现实"的色彩。

"故事片"的内在规定性,在于隐藏起摄影机,以剪辑的方式达成一种"故事自己呈现"的拟真效果。一旦演员望向了观众,这种现实主义幻觉就会被打破,观众也就会意识到叙事行为的存在。《黄金时代》打破了这种规定性,将叙事变成了某种虚构的"口述史"。故事中的人物纷纷出场充当叙事者,以期构建出一种视点的多样性。例如在编剧李樯的构想中，梅志承担的是非常私人化的视角，而白朗则代表着一个小群体的视点。

但这种多视点结构，对于叙事者身份的选择和视点位置的赋予，是有所倾斜和分化的。值得注意的是，除了萧红本人，所有能够对镜讲述的叙事人，都是处在萧红情感故事边缘的人物。而位于故事核心的人物，只能在不同程度上作为"被讲述的人"。或许实在是出于对鲁迅的敬畏之心与想象乏力，编创者没有让鲁迅对镜讲述。此外，在所有关于萧红的讲述中，只有萧军在影像的层面保持了叙事者与人物的区隔，设置了一个"老年萧军"的回忆者形象与"青年萧军"的现在时形象。而骆宾基也从未转向过镜头，其讲述都是画外音的形式。换言之，在所有"超现实性"的对镜讲述者之外，萧军和骆宾基保持了他们"现实性"的叙事人形象，而在这种"超现实"与"现实"的分野之中，已经暗含了一种"看与被看"的关系。而比他们待遇更低的则是端木蕻良，作为一个彻彻底底的"被讲述者"，整部影片从来没有出现过端木的声音。即使是在那场"二萧分手"的"罗生门"中三位当事人的不同说法，也是通过一个带着"说书人"腔调的聂绀弩的转述呈现的，而并非由三位当事人自己讲述出来。

在这样的视点分配格局之下，影片也就无法生成编创者所许诺的某种"多声部"或"复调性"，正是由于这些处于事件核心的人物，被以各种不同的方式放置在了"被讲述者"的位置上，被或多或少剥夺了发声的权限。而作为旁观者的讲述者再多，也只是在相互补充的意义上，拼凑出萧红的故事，而不是在相互参照、对话甚至争议的意义上，打开历史想象的多义性空间。因而多视点并没有构建出萧红形象的复杂与厚度，为众人所注目的也只是一个特立独行，命运乖蹇的女人（及其情史）而已。讲述人自身的功能性又总是压过其作为人物的形象性，除了罗烽白朗对"被捕"一段的讲述，大多数讲述人因无法用镜头语言带出自身的历史，而只能作为萧红"个人社交史"中的单元或节点。这样的"纪录片"也就只能停留在"个人史"的意义上，而洗脱了群体性时代的底色。

吴晓东：在所有的讲述者中，我觉得蒋锡金的形象是比较可爱的。但是为什么没有安排鲁迅对镜讲述呢？做到这一点也并不难。因为鲁迅为《生死场》写过序，可以考虑让他直接对着镜头把序言念出来。但是编导不让鲁迅对镜讲述，会不会是因为影片将鲁迅也作为一个核心的"被讲述者"来处理？通过"谁在讲述"和"谁被讲述"，的确将人物区分为两种阵营，"被讲述的"可能就是历史中有故事的、处于中心的重要的人物。倒并不是说东北作家群中的其他作家不重要，而是说就萧红的传记生涯而言，这些"被讲述者"才是最重要的，包括鲁迅也被纳入其中。可以做这样的"过度阐释"吗?

赵雅娇:或者说把鲁迅作为一个重点,一方面是因为鲁迅对于萧红有着不同一般的意义,另一方面会不会是想要把鲁迅作为黄金时代的一个代表性因素,事实上鲁迅是非常能够代表这个时代的特征的。包括一些海报的排列顺序,一般都是萧红第一,萧军第二,接着就是鲁迅。许鞍华是不是就这样把鲁迅置于一种类似于全程独白的话语体系当中,承担一种对时代发声的角色任务。

吴晓东:鲁迅的位置肯定是这样,因为电影中的鲁迅是呈现真正意义上的对话性的。按理说对镜说话本身就都是自反式的视角,但事实上影片中只有没有对镜说话的鲁迅真正承担了对萧红所处的时代的某种反思式的角色。

刘奎:吴老师的话打破了我的一个疑问,影片中很多人物的讲述其实都是"去历史化"的,是把我们从历史时间中带出来,但鲁迅则始终是身处历史深处的一个反思者形象。但不知为什么,鲁迅这个形象似乎处理得不是特别成功,感觉是影片少有的几个笑点之一(众笑),鲁迅的腔调,文艺腔或者说杂文腔特别明显,他的对白是直接引用他的杂文。而他讲话时往往对着远方,似乎缺少一个对话者。

吴晓东:一部传记故事片,鲁迅的出现观众总是要笑的,这部影片鲁迅的形象已经处理得不错了,我注意到笑的人并不是很多,已经算是相当成功了。

李想:我觉得编导在有意识无意识中对鲁迅还是有一种敬畏,或者说他们打不破那种神化的鲁迅的形象。一个细节是鲁迅的出场:一个长镜头从鲁迅的楼下往上面推,一直推到鲁迅的窗子,窗子里的鲁迅在写作。另一方面,电影也是很注意这个人物的。电影中本来讲到鲁迅已经去世了,萧红在痛哭,后来又"莫名其妙"的活过来出现在电影中了。当然,这种回忆叙事方式为穿插带来了方便。但也可以看出,编导可能很有意识的以鲁迅为一个线索,和萧红形成对话关系。

程远图:我也认为电影通过呈现出如此的鲁迅形象,似乎是在告诉观众,影片中其他的人物可以被自由地想象,但是鲁迅不行。其他人物可以通过日常化的处理方式呈现在荧幕上,但鲁迅的形象却不能被随意塑造。因此片中鲁迅的语言几乎都摘自他的作品,没有进行口语化处理,拗口晦涩,演员的表演也给人有些"装"和"端着"的感觉,显得僵硬、呆板,不够自然——这是影片中鲁迅形象给人的直感印象,于是我试图去思考电影塑造这种鲁迅形象的动机问题。这就涉及了当代人的鲁迅想象(据我所知,目前为止研究者还没有发现任何鲁迅的影像资料,这或许也正是最令影片制作为难的地方):一方面,鲁迅是二十世纪中国最深刻的思想者,影片有种向他致敬的意味,预告片中的第一幕呈现出的不是萧红而是鲁迅,甚至预告片中的画外音也不是《呼兰河传》或《生死场》,而是《野草》中的段落;正片中鲁迅出场的镜头尤其让人印象深刻,镜头从鲁迅上海住所的门牌上升至红色的砖墙,然后到窗口再到伏案写作的鲁迅,并伴以充满神圣感和温暖感的音乐,改变了电影的格调。我认为,电影通过这种比较保守的呈现方式,使作品文本直接进入到影像表达中,这也是呈现鲁迅经典形象的最佳方式。

顾甦泳:在画面之外,鲁迅与萧红也出现过对话的关系。在《黄金时代》电影分镜头剧本的第120场中,萧红(画外音):"……鲁迅先生家的花瓶里种的是几棵万年青,我第一次看到这花的时候,我就问过这叫什么名字,屋里不生火炉,也不冻死。"鲁迅(画外音):"这花,叫'万年青',永远这样!"应该是比较有意识地在构成两个人的对话。

吴晓东:当时的画面中出现的也是万年青,对吧?后来在鲁迅去世的时候,万年青又出现了一次,只有一个空镜。

刘奎:二萧与鲁迅的来往书信中提供了很多资料,其实萧红向鲁迅提过很多类似这样幼稚的问题,两人的关系是非常生活化的,而不是影片中这种"端着"的感觉。

吴晓东:大家觉得扮演鲁迅的王志文的表演是不是"端着"的呢?

赵雅娇:我的感觉是初看觉得怪异,全程不讲生活语言。但是同时,就是这个文绉绉的鲁迅却让我觉得越看越可爱。这个形象打破了我们一般对于鲁迅的一种刻板印象,手里夹着一支烟,很严肃。影片中的鲁迅非常立体,既可爱生动,又沉着有力。反而显得亲切,也让电影院发出了三个小时中仅有的几次笑声。

吴晓东:是善意的笑还是调侃的笑?

赵雅娇:应该是觉得有点怪异。

吴晓东:还是善意的笑吧。我是因为热爱鲁迅,所以观影期间几次感动最强烈的地方都是鲁迅出场的时候,对我个人而言是如此。

路杨:我想李樯在意识上是很想把鲁迅日常化的,但是在潜意识上或许根本做不到这一点。影片中鲁迅"理发"的场景其实是编剧自己设计的,希望在这样一个日常场景中还原出一个凡俗的鲁迅。但是"被理发"的鲁迅却坐在那儿说"我时时感到独战的悲哀"(众笑),与日常场景本身是相悖的。人物形象的日常化可以通过生活的细节来充实,尤其是萧红的回忆文字也提供了大量丰富的细节可资利用,可是没有办法做到的是思想形象的日常化。

而与我刚才所说的多视点对叙事的切割相伴随的,恰恰是细节的过剩。丰富的细节,诚然是喜欢捕捉人间烟火的许鞍华的拿手好戏,也吻合萧红本人的创作对细微体验的敏感，其中的很多细节也不乏动人之处（如搬家时那个掉落的脸盆，战乱中嬉戏的孩子等等）。然而这些细节，亦步亦趋地跟在作家作品和回忆录的后面，无法填充的是叙事性的空白。仅靠细节能否撑得起历史，表达对于时代的感受，是可疑的。那个跌落的搪瓷盆及其之前的讯问、被捕与逃亡，或许是电影中最富于时代感的段落之一。但这些动作性的事件总是被讲述、对话或仓促的掠影所取代，作为个人感受的细节则被放大，在某种程度上，显示出导演无法用镜头语言完成叙事的无力感。对于细节的迷恋，只能更加凸显出叙事镜头的失败。

叙事结构的碎片化与叙事镜头的缺乏，所指向的叙事性的匮乏，带来的则是内含其中的某种"整体性"的缺失。从片名的选择，到形式的实验性，本都显现出编创者把握历史时代的野心。正如编剧李樯所说，"说它是写萧红，但它又不是，它写了一个时代和一群人。萧红只是一个穿针引线的人"。历史人物的还原、多视点的设置、生活细节的钩沉，也可视为影片为营造某种"时代感"或者"历史感"所做的努力。但在史料的铺排之外，真正需要建构与提供的是对于历史的理解。"史识"的匮乏，使得史料堆砌，带来的并非开放性的意义空间，而是对意义的放逐。而这种历史感的缺失，在很大程度上，来源于叙事性的缺失。

叙事行为的自我暴露，同时也就意味着一个凌驾于各位讲述者之上的叙事者的存在，但问题正在于，影片中的人物望向了谁的摄影机呢？《黄金时代》有纪录片的结构，却缺乏一个控制大局的叙事者——人物望向的是一个"无主"的镜头。需要指出的是，真正的纪录片所追求的"真实"不仅是风格意义上的，它所遵循的前提，是一种"我们能够通过摄影机记录真实"的历史观。但《黄金时代》借用了纪录片的外壳，却反过来拆解了这一前提，因而它营造的只是一种"伪纪录片"风格。

但实际上，这样的结构本来可以负担起更复杂的表意。多视点的讲述，也更易于表现萧红作为"这一个"在她所处群体之中的特殊性与边缘感。可惜的是，电影只停留在史料的表层，去复原一个复杂的社交网络，而没有下工夫去探究促使这群人"聚合"与"分化"背后更大的动因。因而群像的失焦，不止是令作为主人公的萧红失焦，而是整体性的失焦——登场的人物再多，也无法提供一种整体性的历史图景。

黄锐杰：关于萧军、端木蕻良、骆宾基为什么没有对镜讲述，我有一个解释。其实在刚才路杨讲的对镜讲述形式之下，还有一层更基本的嵌套叙事结构。可以注意到，整部影片的核心叙事人其实是萧红。由一开始的死者视角开始，我们就已经进入了萧红的叙事世界。在这个大框架下，又嵌入了三重叙事。三重叙事如中国套盒般层层嵌套。具体而言，第一重叙事是东兴顺旅馆萧红与萧军相遇时，萧红对萧军讲述自己的童年生活。这重叙事被嵌入进了第二重叙事中，即萧红在西安碑林向端木蕻良讲述自己和萧军相爱的故事。这第二重叙事又被嵌入进了最后的第三重叙事中，即在香港，萧红向骆宾基讲述自己和萧军分手以及和端木蕻良结婚的故事。影片并未直接点明这三重叙事，但是有过好几次暗示。这些暗示往往是通过镜头的叠加完成的，暗示着时空的重合。结合这种嵌套叙事结构，或许可以解释为什么萧军、端木蕻良、骆宾基三人没有对镜讲述，这是因为他们各自在三重叙事中都是听故事的人，起着一种结构性的作用。或者说，他们的故事紧紧围绕着萧红展开，他们的意义由萧红赋予。其中萧军曾经以老年萧军的身份短暂出现，不过这个萧军并不是萧红讲述中的青年萧军。非常有意思的是，在这种嵌套叙事中不断出现对镜讲述和旁白，这些讲述和旁白与萧红的嵌套叙事间构成了一种补足和对话的关系。

吴晓东：确实在对镜访谈式叙事之外还有一些别的叙事形式。关于这些叙事形式之间的关系，我们可以继续讨论。

顾甦泳：我认为"画外音"这种贯穿性的叙事手法就很值得注意。画外音在影片中共出现九十多次，其中，萧红的画外音最多，萧军、端木蕻良、骆宾基的画外音也较多，但这几个人则大多没有看过镜头。我将画外音大致分为两大类。较少的一类是结构型的，主要起到转场、引出、提示等作用。如第201场中，聂绀弩（画外音）："老年端木的说法是……"引出了老年端木对当时情景的回忆和叙述。较多一类的画外音是内容型的，即人物通过画外音讲出自己作品或书信等的内容（如萧红读出《呼兰河传》或《回忆鲁迅先生》中的文字），或表达自己的心情、态度、回忆往事或是交代细节进而推动情节的发展。但在这一类中，似乎出现了很多可替代的或者不必要的画外音，比如第21场中，萧红（画外音）："咖啡店的窗子在帘幕下挂着苍白的霜层，我把领口脱着毛的外衣搭在衣架上。"完全可以通过非画外音的表演来替代。

黄锐杰：我觉得这里凸显的是萧红在回忆和讲述，而她的讲述是最底层的叙事，之上再插入那些旁白、访谈。

吴晓东：那么萧红的第一段对镜讲述就是那一段黑白的、报出生卒年的段落。

李想：萧红跟丁玲聊天的时候也望向了镜头，没有说话，表情很游离。丁玲也在对话中转向了镜头。我一直有一个问题是：他们在看着谁呢？谁在镜头背后？特别是丁玲看镜头的时候，我有一种意识：难道他们是在对萧红说话吗？难道故事的倾听者就是传主本人？影片的开头那个特别的"遗像"式的"萧红自述"

是自说自话还是面对大众？我也想不太清楚。但是，我能隐约感觉到这种一层一层的叙事设置是有意味在里面的。

黄锐杰：这些应当是嵌套在萧红"自报家门"的开头和结尾的大结构内部的。

李琬：编剧李樯在自述其意图时谈到历史"这个时空是超越我们的"，在我看来，电影在某种程度上对这种"超越性"时空的实现，就在于人物叙述的两种"非自然"时态中。一种是演员类似于预叙的"将来完成时"讲述，一种就是死者的叙述，即影片开头萧红"本人"对自己出生和死亡的讲述。这种形式，让我想到本雅明在《讲故事的人》中的观点："在死亡的那一刻，不仅一个人的知识和智慧，而且连他全部的真实生活——而这正是构成故事的材料——才首次呈现出可传达的形式。"而正是死亡，赋予了死者以讲故事的权威。这两种特殊的叙述时态，暗示着被讲述的人是处于作为存在的完成状态，它使得全片笼罩着一种"宿命"般的必然性。这种宿命感也基本吻合于在萧红自身的文学创作特别是《生死场》所展现的：预叙手法、循环的时间观、空间强于时间，以及萧红的自我预言："我将孤苦悒郁以终生。"

黄锐杰：我觉得这种死亡的权威性最终被许鞍华和李樯"解构"的一面给部分消解了。在死者讲述中不断插入来自对镜讲述和旁白的声音不免给人轻佻和混乱的感觉。就对镜讲述而言，角色似乎总要跳出萧红的讲述来独立发言。而且其发言非常诡异，一方面他/她停留在角色当时的心理状态中，另一方面，他/她又跳出了角色设定而以"后设视角"预告故事进程，这潜在地构成了对讲述中的故事和对讲述中的角色身份的颠覆。

吴晓东：这意味着整部电影背后还是有一个更为超越的叙事人在掌控叙事。就像李想说的，具体到电影镜头，谁在镜头后面？我们看到的是角色在对我们说话，但是难道这些人就是对着观众在说话吗？他们应该对谁说话呢？这涉及意义如何生成，历史如何被讲述的话题。路杨的判断是整部影片缺少一个宏观掌控叙事的叙事者，最后难以真正呈现历史，这里面就会有张力。这个问题相当重要，涉及这部影片背后有没有一个真正的历史叙述者的问题。换个角度，整部电影也可以理解为萧红个人在叙事，在隐喻的意义上，她把其他人的叙事吸纳到了自己的讲述中。

刘东：我的感觉有些不同。我好奇的是这部"未隐藏起摄影机"的故事片，和纪录片的不同在哪里？电影为了"间离效果"而刻意为之的纪录样式让整个片子的故事讲述碎片化，简单的时间线性逻辑也与一般意义上的纪录片处理相同。但手法和剪辑上与纪录片的共同之处最终仍旧没有给我一种纪录片的感受，摄像机不断自我暴露的故事片，为什么也还是成为了故事片？这部片子的叙事动力一半是旁白，一半是自我暴露的镜头人物，还有一小部分是混剪的自述。电影表意不发生于镜头与镜头之间，而产生在自述和旁白中，这似乎是与故事片最大的不同，而与纪录片最大的靠近所在。但与纪录片不同的是，旁白是由多个故事中的次要人物担当的，突破了纪录片中出场或不出场的主讲人一以贯之的声音。但电影中直面镜头的讲述人在自我暴露之后仍旧留存着戏中人物的情感与表现方式，这些情感的细节（如舒群的叹气、蒋锡金的哭泣、张梅林和张秀珂的胆怯等等）实际上都隐含了讲述人并不客观这一暗示，而纪录片所假定的前提则是主持人或旁白声音的权威性。这两者之间的张力或许可以解释为什么会有一种非纪录片亦非故事片的纠结感受。叙事距离的存在无法引起我们对故事的认同，而拼接化的讲故事的方式又使叙事失去了它的权威性。

三、抒情与回忆：个人或群像的失焦？

李想：我想为刘东"仍然是故事片"的感受提供一个"抒情性"的视角，最初源于我对《商市街》和《黄金时代》的对比。《商市街》是萧红带有自传性质的散文，其中很多片段都被直接或者略有改动的镶嵌入了影片中，比如，电影中萧军的那句经典台词"你是在烤火腿啊"，又比如，二萧住进了宾馆之后找可以喝热水的器皿，《商市街》里的描述是在找到脸盆之后又找到了更为体面的刷牙杯，而电影里面就没有让二萧发现这个杯子，这样才形成了两个人用洗脸盆喝水的温馨又略带感伤的画面。这些片段的选择和改编大多数是出于观感的愉悦性。然而即使是这种出于视觉美学的动机，却可能塑造出与萧红文字中不同的人物形象和境况。在《商市街》里萧红对于那个充满了车夫伙计的小饭馆是有卫生和环境上的思虑，感到一丝委屈的。而电影中这一桥段却充满了贫穷的欢愉和诗意，带来一种动荡时代里的现世安稳。许鞍华善于处理的市井生活画面似乎在这个三十年代的动荡缝隙中得以复苏。这个"大时代"中的"小时代"也许才是导演想表达的一个值得回忆缅怀的"黄金时代"吧。

由此，《黄金时代》的细节里充斥了抒情的调子，然而电影所选择的却是一种看似客观的叙述形式——即众人的回忆和叙述作为电影的架构。表面上看来，这种形式是一种对于萧红文体的刻意模仿。通过众人的回忆我们似乎看到了萧红文字里对时空的自由调度，从而革命性地把"萧红文体"应用于电影叙事。萧红的作品，在散文、诗歌和小说之间不断跨界，正如萧红自己说的，他们说我的作品不好，是因为我不是按照他们的要求写的。这一话语也被安置在了电影中，颇有夫子自道的意味。

然而即使是时空措置的文学或影视作品，也一定有一个内在架构隐藏其后。萧红的小说之所以能够在各文类中自由穿梭，很重要的一个原因就是"回忆"视角的介入，正是"回忆"作为结构才可能勾连往事，形成一种抒情的格调。同样，电影也正是凭借众人的回忆来结构影片，并起到抒情的效果。然而所不同的是，萧红的抒情基于文字的形式，更像是一种在自己的"后花园"里的自说自话，这里面包含了一种独语体的美学形态。而电影《黄金时代》在"众目睽睽"之下的抒情最终只能沦为对萧红的缅怀。影片将近结尾处，主人公萧红在临时医院死去，所有的目击者依次站出来面向镜头说话，每个人的话语里面充满了爱戴和怜悯，一时间让人觉得似乎这些说话的人不是罗峰、白朗、胡风，倒像是许鞍华、李樯以及一切还活着的人对于已逝作家的缅怀，甚至是对于萧红所生活过的时代的缅怀。

最后说一点抒"情"的局限。作为一部带有实验性质的作家传记电影，可能正是这种想要"表达萧红"的愿望，使得《黄金时代》陷入了抒情的困境，它只看到了萧红，而没有看到萧红所看到的。影片中，当萧军第一次和萧红在关押萧红的房间里讨论问题的时候，谈到了两个问题——"什么是爱"和"为什么活"。显然，整部电影也很关心这两个问题。在爱情层面，《黄金时代》关注了女作家情感波折所带来的刻骨撕裂，一个明显的桥段是烙印在手臂上的烟，但这并不能揭示出萧红自觉地放弃母性（《弃儿》）和妻性（《商市街》）的行动背后的意义。在关于"活着"的这一问题上，《黄金时代》所理解的生死也不是《生死场》中力透纸背的生死。可以说《黄金时代》虽然很用心地找到了萧红所属于的群体——左翼作家群，但是却没有能够充分利用起这一个有效的资源去启动萧红。所以，抒情越是用力，就越让人感到一种局限。当然，这么要求对于一个生存于"娱乐至死"时代的大众媒介来说，似乎是有些苛刻了。但是，如果电影作为一种大众媒介依然能够保持一种艺术上的追求，我期待它可以超越于人们对于民国旧事的考古渴望，超越对于女作家的身世挖掘，并且超越简单的文艺抒情。

吴晓东：李想说得非常精彩，很多地方很有见地，包括电影中比较诗意的部分。这个话题的确特别值得讨论。这里实际上触及导演许鞍华擅长什么的问题。而应用镜头语言进行细节描写，则是许鞍华最擅长的一种抒情的方式。比如，我也关注到萧红和弟弟喝咖啡的那一场，他们喝完咖啡后镜头推成一个窗玻璃上霜花的特写镜头，这就不是纪录片所习惯处理的，而是电影镜头的抒情呈现。比如萧红大雪天爬上阁楼，中景镜头处理她探出头。这个时候大家都想知道她看到了什么，然而我却不希望镜头反打萧红的所见，因为我知道她将看到的不过是哈尔滨普通的街道。但即使她看到的只是普通的街景，这种"凝望"的动作和抒情方式本身也会给镜头带来一种诗意。

李想提到的最后的问题是，抒情过于用力可能带来某种局限性。但是我个人认为这种局限并不是诗意镜头或者说电影的抒情性带来的，而可能是没有处理好抒情和叙事的关系。如果叙事和抒情处理得非常完美的话，电影将可能呈现为一个非常有机的整体。换句话说，抒情和叙事之间的裂隙并不是抒情性本身的局限，而是导演缺乏一种对二者更有效的驾驭。这可能涉及编剧和导演对于电影的不同理解和互相妥协。如果应用既成的概念术语，这部电影可以看成一部"作者电影"。但它的复杂性在于其"作者"不仅包括导演，还包括了编剧。据我有限的了解，对镜讲述的设计包括"间离"结构可能更多来源于李樯这个男编剧。这就可能在文学语言和电影语言之间造成某种裂隙，所以就不像电影《阮玲玉》处理得那么圆熟。我个人觉得关锦鹏在处理作为演员的张曼玉和作为人物的阮玲玉之间的转换是非常自如的，让观众甚至感觉不到切换的痕迹，当我还在认定电影中出现的是张曼玉以演员的身份评论自己演的角色的时候，影片不知不觉已经进入民国情境，张曼玉已经变成她饰演的阮玲玉了。这可能是《黄金时代》没有做到的。在同为"作者电影"的《阮玲玉》中，电影导演的风格可能贯穿的更为有始有终。而在《黄金时代》中导演和编剧或者说电影和文学之间还有一种没有完全妥帖和未圆满的融合之处。而李想刚才提到的抒情性视角可能是更让人感动的。特别是处理哈尔滨生活的部分，抒情性镜头运用特别多。我自己更喜欢这个部分，包括人物塑造、心理呈现，对于饥饿、贫穷、落败的哈尔滨的呈现还是比较有真实感的，这里的历史感和细节呈现还是很成熟的。而到了影片的后半阶段，由于要通过人物叙事体现萧红和其他人物的纠葛，那种令人感动的抒情性镜头就相对少了。

另外，李想提到影片"只看到了萧红，而没有看到萧红所看到的"，这一点也很有见地。其实萧红对于人生、时事、人物、历史是有自己独特的理解的。但是，导演可能没有花更多的精力来表现萧红的独特观照，只呈现了一些大家都知道的片段。而恰恰是萧红的独特观照可能更感动我们。这个话题我们之后还会谈到，也就是记录作家的电影应该如何来呈现作家的创作世界和精神世界。

张玉瑶： 与"抒情性"相关，我想谈谈影片中的"回忆"。看《黄金时代》就像在看一场盛大的、多层嵌套起来的回忆。影片一开始就强调说，人物死了，而且是传主死了。接下来的叙述便自动成为一种倒叙，其目的非常坦率，即重新

"建构"萧红而非"复活"萧红。

因此，影片的叙事存在先天的悖论性，萧红作为主人公，却几乎被完全置于客体的位置上，而真正有话语权的则是那些和她有过交集的人们。萧红被朗读，被回忆，整部影片中都充满了此刻与彼刻、活着的人与已逝者之间的延滞性和距离感。比如，在二萧的故事结尾，出现了坐在墙头上现出一副聆听者姿态的端木；而在萧红和端木的故事当中，就插入了守在床边、同样是一副聆听者姿态的骆宾基。故事表面上呈现为萧红的回忆行为，但在事实上，构成的却是端木、骆宾基等人的回忆，并协助形成了他们后来的回忆录文本，也就是影片所不遗余力采集的资源。萧红一开始就不是被放在自己的文字中复活，而是放在别人的文字中被呼唤，且未能被成功唤醒。最明显的例子就是二萧分手的真相，三个回忆者给出三种相互矛盾的说法，而电影未加过滤和筛选地就将它们全部呈现于银幕之上，甚至还有画外音"而某某的说法是……"此时，影片的焦点是回忆者自身在这段旅程中的辩白与位置，而那个正在"穿越爱情的漫长旅程"的萧红是失焦的，她的求爱、求自由、求解放都成为了有些大而无当的能指，也给某些网络评论中所谓萧红很"作"甚至"脑子不好"的判断留下了缝隙。

从"回忆"的角度来看，老年萧军、老年端木以及丁玲在影片中的回忆录写作行为，还有许广平、罗烽、白朗、聂绀弩、舒群、蒋锡金等人对着镜头说话的所谓"间离"手法，其实都是把回忆落在了可见的形式层面。可惜这类硬性插入的"回忆"与回忆行为本身缺乏良好的衔接性，人物与他们的话语、身份间是一种被外在绑定的关系，在试图走近萧红时却瞬间推远了她。那么，无论用不用"间离"，其本质和传统的人物传记片都是一致的，而"间离"本身也成为一种写实性的表述而丧失其实验性。相较之下，末尾骆宾基一段的处理反而较为圆融。画面上，骆宾基一边吃糖一边流泪，仿佛看见萧红倚在窗台上抽烟、在路上回头相望，这些细节都平行地影像化了骆宾基事后写《萧红小传》的回忆行为，和萧红有着一种近乎共时性的关系，缩短了建构性回忆带来的距离感。

影片最令人产生共鸣的，并非是多方回忆所交织成的萧红，而是萧红自己的回忆，虽然这在整部影片中表现较少，也没能成功地作为灵魂性的统摄。其中一处是萧红对于鲁迅的回忆，《黄金时代》中的鲁迅显然参考了多种鲁迅形象，也产生了不同程度的误解，但那个从萧红《回忆鲁迅先生》等文字中形成的鲁迅侧面无疑才是最为真挚可感的。另一处是结尾。结尾仿佛是倒叙完成后的补叙，影片并未随着萧红之死而圆满关闭回忆，而是在回忆链条上打开了新的缺口：呼兰县城张家花园里的幼时情景浮现，《呼兰河传》中的文字融在了这幅画面中，而萧红写完《呼兰河传》的最后一句"我所写的并不是什么优美的故事,只因他们充满了我幼年的记忆,忘却不了,难以忘却,就记在这里了",尔后起身离开,电影结束。"就记在这里了",是萧红作品与人生经历的双关语,回忆和写作结合了起来,显得欲尽未尽。相比之下,编剧李樯为萧红所加的那句带有强烈后设性的自我评述"若干年后我不知道我的那些作品还有没有人翻开,但我知道我的绯闻将永远流传"就显出了一种斩钉截铁的苍白与单调。对于一部作家传记片而言,最终依然是靠作家自己的回忆与文字来打动人,而影片中萧红的回忆则未能从其他话语迷障中穿越出来,这是它的巨大缺憾。

李超宇:电影用"访谈"来处理"回忆",其实暴露了主观性的"回忆"与客观的"史实"之间的裂隙。在处理"二萧分手"的情节时,电影看似是在以"争议"的方式还原历史真实,可问题在于,哪怕聂绀弩没有介入萧红的感情纠葛,他就应该被视为"客观",进而就可以把他的回忆当作"史实"吗?只要稍作一点考证,我们就可以发现聂绀弩在情感上是偏向萧军的,在他的《萧红一忆》和《怀曹白》中,都表现出对萧红的不满。因而看似旁观者的回忆也容易掺杂情感判断,而不尽如想象中那么客观。但影片对众多回忆者性格经历表现的单薄,恰恰剥夺了观众自主判断的可能。以聂绀弩为例,导演并没有把他拍成一个"萧军党",观众也就无法判断其言说的可信度,也就失去了影片使用"访谈式"想要达到的历史真实。

赵雅娇:与以上问题相关,我想谈谈电影中"个与群"的关系问题。在电影中,我们可以清楚地看到导演和编剧把萧红塑造为一个有创造力的有个性的自律的主体的意图,同时,更内涵一种更大的史诗性的追求,打造一批曾经出现在萧红周围的向不同方向延展的作家群像,以此使当时的时代以负载着正面的历史能量的文化形象而呈现。因此,电影非常重视萧红的位置问题,她的存在不仅仅是作为一个独立的个体而存在的,通过她所勾连出的三个群体都具有同样的重要性。从电影的更名来看,电影试图在个人史的叙事结构之上构建一个更加宏阔的群体史的话语空间。

第一个群体自然是东北作家群,第二个群体是以鲁迅为中心的文人集团,第三个是以胡风为核心的七月派同人。电影对这三个群体的展现虽然不断地穿插闪回,但都大体勾勒出了其基本面貌,也在电影表意的功能上基本完成了其对时代风潮中的文人群体的整体性形象的塑造。以此来讲一个"黄金时代"是可能的,也的确在观众的观影感受中营造出了这样的一种氛围。但是,就我的感受而言,这种群体性的塑造也止于对氛围的点到为止,而没能在细部和深处达成一种有效的塑造，这就使得群体的整体性意义显得有些单薄和平面。二十世纪上半叶中国文学社团流派是随着中国现代文化及其主体的现代知识分子诞生的国民的"群"的观念，形成的一种特殊的精神载体。对其群体生存的"公共性"空间的建构和营造应该可以为影片带入历史纵深感和时代特异性，其间滋生的冲突与稳定、抵牾与平衡的诸多生态现象同样是时代精神的写照。同时，民族革命和解放的这一根本目的是诸多群体集合的最初动因也是最高追求，左翼文艺青年的辗转流离不仅仅内涵身世之感，更重要的是其间蕴藏着反抗和斗争。而这些面向在影片中是阙如的，也就削弱了影片对整个时代宏观整体性特质的把握和彰显。

同时，群体中每一个个体的主观精神和个性特征的丰富性也没能得到有效地展开。他们的风格只能展示有限的侧面，或者可以说，他们的出现某种程度上是服务于萧红这个主人公的，只有当与萧红发生关联时，他们的故事才能被带入到整部电影的话语空间之中。例如片中对蒋锡金与萧红的交往实在交代太少，以至于当他讲到萧红去世后在银幕上的情感喷发就让人觉得莫名其妙。当每个人的形象都服务于总体的构建时，其作为个体的独特性被遮蔽了，最终构成了对个人的消解。但颇有意味的是，这种叙事对于萧红作为一个个体与这三个群体的关联的展示又恰到好处。在文学社群聚合中发挥最重要作用的应该是意识的趋同。翻检萧红的文字并配合各类萧红的传记，我们可以发现虽然萧红与这三个群体都交往密切，留下许多真实的事实记录，但是在真正的精神思想层面和感情心理层面，萧红始终在这些群体中处于漂浮游离的状态。

在哈尔滨，1932年二萧参与了金剑啸、舒群、罗烽、白朗、方未艾等人一起在"牵牛房"进行的左翼文化活动，左翼文化圈正式向她开放。但是这个以文艺沙龙的形式进行地下党接头的事实，对萧红一直是瞒着的。而萧红在相当长的一段时间中都是忍着饥饿来参加聚会的，她在聚会场所做的最多的事情就是吃，这一点在电影中得到了非常传神的细节呈现。萧红在散文《"牵牛房"》中说："使我不耐烦的倒不十分是剧团的事情，因为是饿了！（叹号）我一定知道家里一点什么吃的东西也没有。"季红真在《萧红全传》中说："饥饿和对于吃的打算，使她和朋友们在心理上疏远。"

1937年在上海，胡风约请黄源、曹白、邱东平还有二萧准备筹办一个刊物，《七月》由此诞生，名字正是萧红起的。除了七月同人，这一时期她来往的主要都是流亡的东北人，大家谈论的都是如何投身抗战之中，而萧红对此似乎总抱有一种淡淡的态度。在1938年4月《七月》杂志第三次座谈会上，萧红说："作家不是属于某个阶级的，作家是属于人类的。现在或者过去，作家的写作的出发点是向着人类的愚昧！"这就是萧红最为个人性的一面，萧红始终都把写作看做是自己最重要的追求。她在电影中说："我就是想找个地方安安静静地写作。"而她的写作理念又很特立独行，因此她的个人选择和文学追求都与她所在的群体有着一定的距离，这就造成了她对于群体的游离。在影片中，萧红始终是作为一个独立的个体被呈现的，她被从所有的群体中抽拔出来，显示出一种边缘性，在所有群体画面中，萧红大多都不处于中心位置。在整个影片中真正让她动容的人只有两个，一个是萧军，一个是鲁迅。对于群体，她的心理依赖和精神共鸣都显得非常浅淡。当她回到属于自己的世界，一个人出现在画面中时，个人性特征则被大大凸显，而最重要的一种表现就是"寂寞"。有一个画面在电影中至少出现了两次：萧红一个人坐在鲁迅家的院子里，抽着烟，手里拿着海婴的玩具小汽车敲着自己坐着的椅子腿。这种寂寞本身就凸显了她与群体的精神上心理上的疏离。

因此是否可以说，影片试图把萧红放置在一个群体和时代的背景中叙述，让她的个人性呈现通过群体的背景而突出，但问题就在于萧红本身是一个个人性的自我而非一个社会性的存在。所以，当影片试图以群体性的回忆去呈现萧红而非让萧红自我呈现时，这种方式本身就已必然遮蔽了萧红本身的独特性内涵，从而也就削弱了萧红作为银幕形象和历史人物的艺术表现力和感染力。而当萧红形象在这部电影中没能展示出其内在的丰富性和与时代与群体的强力勾连时，整部影片的内核也就显得力量匮乏，其震撼力被大大削弱，对意义的呈现也就显得飘忽暧昧了。

吴晓东：雅娇是从个人与群体的关系讨论《黄金时代》的，这也是编导的意图。雅娇更强调的是萧红的个人性特征。但是你说"萧红是一个个人性的自我而非一个社会性的存在"，这个结论多少有些绝对，在萧红三十一岁的生涯中尤其是离开家之后，她一直同几个男人以及他们所属的群体有着密切的关联。就文学和个性而言，萧红的个人性非常强，但是问题就在于萧红的这种个人的独立性没有使她强大到得以摆脱各种各样的关系的程度，包括人际关系，婚姻关系，她并没有获得经济上的完全独立也妨碍了她的人格独立。但更重要的是萧红的情感依赖，她的情感需求量特别大，依赖性就比较强，也塑造了她的情感方式。这也就意味着即使她获得了经济独立，获得了个性独立，但是情感上她做不到独立。你认为这部电影中时代性叙述遮蔽了萧红的个人性内涵，我非常同意，但是另一方面，只强调她的个人性边缘性的特征也有缺失。

刘奎：雅娇刚才所说的"群"还是主要侧重于文学和政治的群，其实我觉得对于萧红来说，东北作家群这个"群"也是比较特殊的，有地缘乡谊因素融入进来。萧红交往的很多人，罗烽，萧军，端木，都是东北作家。另外就是"群"的叙述和个人传记之间的关系，如何以一个个人的传记去包含一个群的书写，这本身就是有点矛盾性的。"群"在很大程度上是一个历史的横切面，是个广延的东西。个人的叙述必然是编年史的向前不断推进。所以当电影以个人为中心的时候，"群"的呈现只能是你方唱罢我登场。所以说"群"的社会性就无法真正表现出来。这个电影虽然有三个小时，但是我们的感觉节奏还是比较快的，这就跟它的传记性有关系。人物带入很多，但是每个人都无法展开。

张玉瑶：在三个小时之内把每个人的个性展示出来是不是有些苛求。不是说电影中每个人没能得到有效的呈现，而是说缺乏一个有效的焦点。有部电影叫《午夜巴黎》，也是呈现群像，但是电影把那群人都集中在一个写作的行为上，这就有一个聚焦的焦点。《黄金时代》中的各种人物则是一个散点的关系，是失焦的。

三、"间离效果"：历史化还是"去历史化"？

顾甦泳：在《黄金时代》中，"看镜头"作为制造某种"间离效果"的工具，贯穿于整部影片当中。我根据李樯刚出版的分镜头剧本，对电影中的"看镜头"进行了一个统计和分类，从第一幕萧红凝望镜头开始，到最后一幕萧红转身望向镜头结束，前后出现了四十五次左右，可以分成三类。第一类是人物不脱离叙事过程的短时间看镜头，共出现约十二次。比如第10场，和萧红一起走过的陆哲舜朝镜头一笑，一闪而过；第262场，萧红慢慢睁开了一下眼睛，看到镜头，眼泪流出来。这些看镜头包含在故事的脉络之内，人物都是无声的。这种看镜头可以在瞬间击破叙事的封闭性，在传递情绪的同时把对故事和人物的评判权交给观众。第二类是人物不完全脱离叙事过程的长时间看镜头，共出现约九次。如第131场，许广平从院外进来，关上铁门后看到镜头走过来，在镜头前站住，忧伤地对着镜头，然后开始讲述；再如第183场和第207场聂绀弩的讲述。这些对镜讲述与前后情节之间没有明显的断裂，人物处在融入情节和跳出情节之间。第三类是人物完全脱离叙事过程的更长时间的看镜头和讲述，共出现约二十四次。又可大致分为两小类，占大多数的一类是无电影情节作为背景的纯访谈式看镜头讲述，比如第30场，白朗、罗烽夫妇的交替讲述；第116场，胡风、梅志夫妇的讲述，讲述者作为"局外人"的属性基本压倒了作为"角色"的成分。另一小类是有情节做背景但讲述人和人物完全剥离地看镜头讲述，比如第107场和第115场，聂绀弩都是一个人坐在一旁，背对现场的其他人进行讲述，而其他角色则各行其是，构成了某种表演与旁观的多层对话情景。总体来说,这些叙事手法都具有"元电影"的色彩,类似于在影片中反射电影自身制作过程的自反式元电影,典型的有维尔托夫的《电影眼睛》、基顿的《摄影师》、伍迪·艾伦的《星尘往事》等等,但这些电影中运用自反手段的目的就是为了表现电影制作过程从而实现对电影规则的反叛,它们要表现的就是形式本身,从这个意义上来说,《黄金时代》中的暴露摄像机又明显不同于上述电影,它更像是导演给一个在历史上真实发生过的、大家或多或少会有些了解的故事加上一点调味品,是对史料的繁琐所做的形式上的平衡。影片满足于叙述"已被叙述过"的真实,而这种自认为的真实很可能是"非真实",甚至最大的虚妄。可以说,《黄金时代》有在电影语言和叙事方法上的追求,作为一件艺术品是自足的,但作为一部旨在探索萧红一生、展现所谓的"黄金时代"的社会性的电影,则是远远不够的。

吴晓东:甦泳首先提出的问题是,对镜讲述的形式背后的意味是什么?很多演员身在历史处境中,又超越了历史,站在所有的故事都发生之后的"后设视角"来讲述。只有部分讲述者,如白朗、罗烽和梅志的几段讲述,看不出他们到底是处在什么情境之中,但大部分讲述者还是在具体情境中对镜头说话的。而甦泳更关注的问题是,这种以"纪录片"式的真实讲述方式讲出来的"真相"难道就是不容置疑的"真实"吗?这一追问有更本体的意义。

李琬:关于《黄金时代》,我有影视编导专业的朋友认为,"间离"使用得太过分,与电影《阮玲玉》较为温和的方式形成对比,从接受者的角度来说,影片是不太成功的。但我却认为影片中的间离使用得不够,或者说没有达到预期效果。影片中大部分间离的镜头是由人物完成"讲述"历史的功能,但"讲述"和"展示"之间并没有形成足够的张力。讲述只是在补充影像的展示,帮助导演完成叙事。编剧李樯自述其意图时说,希望观众对故事"保持距离";历史真实不可完全接近,"历史是一个乌托邦"。他认为:"我们经常从历史中发现新的东西,这是现在时空有的。其实历史已经消失了,但我们从历史的遗迹、文献当中,发现了崭新的东西,这个东西是未来式的。虽然它已经消亡了,但它在未来才被我们发现。所以,这个时空是超越我们的。"但《黄金时代》虽然实现了一定的"超时空"性,却仍然没有"发现崭新的东西",因为创作在根本思路上存在难以调和的矛盾:对历史的复原和拆解——也即文本的历史化和历史的文本化——形成两种互相牵制的力量。其实从文字到影像,有点像是另一种维度的"翻译":按照本雅明的说法,在原作中,语言和内容像果皮和果肉紧紧结合在一起,但翻译后的语言和内容之间充满皱褶。而导演的做法是取消了这种本来可以生成的皱褶,僵硬地复制了电影的"原作"——文献,这也就大大削弱了创作者本来想要营造的张力关系。

刘奎: 我想集中分析一下"间离效果"问题。影片的开头是一个较为特殊的镜头,让我印象最为深刻,萧红直接对着镜头叙述她的生,她的死:"我叫萧红,原名张乃莹,1911年6月1日农历端午节出生于黑龙江省呼兰县的一个地主家庭,1942年1月22日病逝于香港红字会圣士提反女校的临时医院,享年31岁。"看似第一人称的叙述语言,但实际上也是叙事元语言,它至少表明了传记作者的存在,或者导演的存在。这种镜头语言不仅在故事片中少见,在人物传记片中也不多。很多批评家提到这部影片的间离效果,但往往是一带而过,对于导演如何运用间离效果、效果如何、在这个消费时代为何要用间离手法,以及为何消费者不买账这些问题很少深入探讨;另外,不管编导事后如何否认,这最起码也是一种有效的参照。还是回到第一个镜头,其间离手法在于,萧红的自我介绍,表明了她既是萧红,同时又不是萧红,这些话不是传记人物的,也不完全是传记作者或者演员的;而是某种综合。正如布莱希特针对《伽利略传》所说:"演员作为双重形象站在舞台上,既是劳顿,又是伽利略。表演者劳顿不能消逝在被表演者伽利略里,这种表演方法也被称之为'史诗的'表演方法,这种方法到头来只是意味着对真实的、平凡的事件不再加以掩饰。"间离效果所起的作用,是为了"不再企图使观众如醉如痴,让他陷入幻觉中,忘掉现实世界,屈服于命运"。如果这是导演有意为之,那么,她的目的显然达到了,因为自始至终我都没有"如痴如醉"的感觉。(众笑)

第一个镜头的间离效果,消除了我的一些怀疑,因为在宣传策略中过分渲染"黄金时代",让我觉得这个片名有些俗滥,很担心萧红的故事又被讲述为一个庸俗的浪漫故事。但这部电影一开头,无论是萧红的视角,还是死亡的阴影,叙事者都似乎是有意要打破这重民国氛围,因而消除了我的疑虑,使我得以安心地看待萧红的际遇,而不是故事,看她可能遭遇什么,如何应对。接下来的影片也确实如此,充满了饥饿、逃难、战争、疾病等,整体显得压抑、阴暗,这与片名"黄金时代"形成了一种有效的反讽的张力。

这种张力结构的构成,不仅是通过萧红的传记叙述达到的,也是导演一再运用元语言所带来的,在影片中元叙事语言一直凌驾于情节之上,角色经常跳出情节,对着镜头微笑、讲话,不断提醒观众镜头的存在,让观众时刻保持着清醒,与萧红一道经历着她的苦难历程,而不是在电影院看一出苦情戏,或消费一个悲情故事。通过这种方式,导演抗拒了讲述一个完整故事的诱惑,保持了某种痛苦的清醒，就这一点来说，我对影片是持肯定态度的。因为，如果从电影实验的角度来看，编导就不是要讲一个故事。倘若从故事片的角度要求它，确实可能错位。

这部电影的镜头元语言用得如此之多，以至于每个主要角色（鲁迅、骆宾基除外，原因大家也讨论过了）都曾跳出情节，也跨越时空对着镜头讲述萧红的故事，甚至讲述自己的未来。但一个有趣的现象是，演员汤唯只出现在第一个镜头，后面便都是角色萧红，是一个被讲述者，这是我前面说第一个镜头比较特殊的原因，也就是说，影片的间离效果是有限度的，有选择性的。导演挑选的是文艺范儿的汤唯，看到的是二人之间的一致性，在宣传中也一再强调汤唯如何入戏，强调的是二人之间的重合度，而非间离性；因此，影片一开始就是分裂的，影片所用的间离手法，其实都发生于叙事进程之外，如果我们将其他人物的饶舌通通剪掉，萧红的故事并不受多大影响。从这个角度来看，所谓的间离效果，只是增加了讲述方式的复杂性和新鲜感，而不是萧红这个人物的复杂性，它对于我们理解萧红所起的作用有限。因此我和李琬的感觉相近，这部影片的弊病不在于间离效果用得过度，而是用得不到位，它的效果应该是让观众走出电影院后，反思萧红及其时代，而不是为其讲故事的手法所困。

影片的间离手法，主要用于讲述者，这形成了一种奇观，不同时间出现的讲述者，在同一个叙事层面对我们讲萧红的故事，这首先带来的是叙事的碎片化，其次则是"非历史化"，众多的元语言其实将我们带出了历史。无论是碎片化还是非历史化，这都不是间离效果的本意，在布莱希特看来，"陌生化就是历史化，亦即说，把这些事件和人物作为历史的，暂时的，去表现"。同时，间离效果的陌生化，与俄国形式主义的陌生化又不同，虽然前者也是从美学角度出发的，但并未停留于审美领域，而是带着强烈的价值诉求："真正的、深刻的、干预性的间离方法的应用，它的先决条件是，社会要把它的境况作为历史的可以改进的去看待。"本雅明在《什么是史诗剧》一文中，对布莱希特的实验给予了高度评价，不仅认为"经过这样一番努力，是可以实现一种政治意图的"，同时，也强调了布莱希特真正的创新性："艺术的利益与政治的利益是多么协调一致。"但从影片中，我们看到的只是萧红的挣扎，是带有犬儒色彩的"只想找一个安静的地方写作"，看不到萧红作品中那种悲悯意识，看不到她的社会情怀。

当然，我们并不是要从布莱希特的角度来要求《黄金时代》，而是以此作为参照点，探讨《黄金时代》在价值关怀层面的缺失，这首先表现在视点的游移，如萧红与萧军分手的那场戏，影片的重点在于当事人的不同说法，路杨也提到，这借鉴的是黑泽明《罗生门》的手法，不同的人来讲述同一个故事，叙事者也不知道何者为真，最终形态只能是导演将不同叙述剪贴到一起，但这也至少表明，导演并不是以萧红为中心，而是以如何讲述为重心。虽然可以说这是编导的有意追求，是想将真相留给历史，但这还是意味着价值判断和人文关怀的缺失。从萧红的角度来看，与萧军分手无疑是她传记生涯的一个节点，但导演并未展现出她此时的复杂性，未展现出她情感的矛盾。

从这个角度来看，《黄金时代》的问题是，在消除了民国热的谜魅之后，为何以及如何讲述一个萧红的故事。从影片来看，这似乎还是一个不甚明了的问题，如此，影片才充斥了如此多的元叙事话语，这显示的是它的未完成性。镜头的元语言，固然让观众无缘"黄金时代"，同时也让观众无缘萧红在历史深处的感性挣扎，她的痛苦是被讲述的痛苦，而不是她的个体生命与时代问题之间相互纠缠的痛苦。

吴晓东：刘奎认为间离手法的运用指向的是讲述层面，而不是历史呈现与价值判断，换句话说，本来是作为手段的叙事方法，反而成了目的。所有的讲述方式，都应该指向人物，这些人物包括萧红，即历史人物本身，同时也应该指向观众本身。正像刘奎所说，间离所产生的，应是让观众再度和深度思考的效果，而且布莱希特的间离效果，在历史层面是隐含着价值判断的。我们更熟悉的是曹禺话剧《雷雨》的序幕和尾声，是有宗教场景和氛围的，但所有实际演出环节都给删掉了，但曹禺当年在写自述的时候，说他是希望观众看完这个话剧之后，带着一种悲悯和思考离开剧院。这就是所谓的间离效果，这也是布莱希特间离手法背后的形式与价值一体性的判断，他让观众关心的是历史、人物、真实这一类问题，而不是他的手段。换句话说，不能让观众最终困惑于讲述手段本身，这也多少解答了甄泳的困惑。《黄金时代》的讲述方式、镜头语言、画面呈现这些形式的背后，它的某些价值取向和历史取向多多少少有些悬置和阙如，我觉得这是编剧的主观意图，李樯就说他想让历史呈现它的多重性，被讲述的多重性，或历史真相的不可探知性，这是内在于创作者的意图之中的。

刘奎的发言，把间离效果的原始出处给我们带了进来；而除了间离效果之外，布莱希特的表现主义间离理论中，还有重要的一点是强调虚拟性，这个话题我自己趁机也想发挥一下（众笑）。路杨刚才说真正意义上的故事片拟设的就是摄像机的不存在，但《黄金时代》正相反，所以刘东刚才说这是一部"'未隐藏起摄影机'的故事片"，刘东的问题是"这与纪录片的不同在哪里"？为什么"摄像机不断自我暴露的故事片也还是成了故事片"？所以路杨称之为"伪纪录片"形式。为什么这样一个在形式上追求纪录片手法的电影，给我们的感觉最终仍然是故事片呢？除了涉及布莱希特的间离效果以外，也与虚拟性有关：影片中人物对着镜头的叙事，表面上看似乎是纪录片式讲述，但本质上是一种虚拟性的讲述，这种虚拟性使得它仍然被当作一个故事片，而不是纪录片被接受。因为在真正的纪录片中，所有讲述人的讲述，都是在事后面对镜头讲述真实的历史，但《黄金时代》中大部分人物的讲述，都是处在历史情境中的，所以刚才甦泳关于人物对着镜头讲述的分析是有意义的，他归纳出了几种类型，其中运用最多的类型，是人物未脱离历史情境，或者说是处于历史情境中的讲述，这构成了这部电影与纪录片本质上的区别，是一种虚拟。

我认为大家如果只关注影片的间离效果，那么对人物的讲述所应有的形式意义和内容意义，就会有所忽略。我的感觉是《黄金时代》中人物的讲述生成了某种叙述的力量，萧红及萧红和其他人结缘的故事，很大程度上是被讲述出来的，因此，故事甚至历史可能只存在于讲述中；尤其是一个已逝的作家的故事，如果不被讲述，也许就会阙如，所以，电影中人物的讲述体现的是叙述本身所具有的功能和力量。同时，这也关系到路杨所涉及的群像问题，或他人对萧红的影响问题，因此，电影也在展示萧红与她同时代人的关系，电影中的其他人物并不是被动的讲述者，同时也是历史和故事的制造者和参与者，只是在萧红的故事中他们更多充当着见证者，有的位置比较居中，有的则比较边缘而已。影片编导的意图可能正是在这种讲述与被讲述的人物关系中来呈现历史。

孙尧天：我想谈谈电影的结构方式与其背后的历史观之间的关系。我认为《黄金时代》是一部有着浓烈的解构主义趣味的电影。一般观者希冀寻求的真实感在电影中被悬置起来。对于演员刚刚还沉浸在故事之中扮演属于他的角色，但随后就面对镜头评说故事发展的这种结构设计，编剧李樯在面对《大众电影》的采访时称其为"预言性讲述"。许鞍华也屡屡在访谈中表示，她觉得"叙事特别重要"，而且电影的叙事风格又让她感到"特别过瘾"。电影票房遇冷，我认为最根本的原因在于《黄金时代》的解构主义历史观对电影的本质以及观众的观影期待所带来的冲击。

许鞍华和李樯在最近两次访谈中表示，他们对于简单地以"间离效果"定义电影的叙事手法并不认可。许鞍华深知"间离效果"对于电影观感的颠覆性后果，并对电影与舞台进行了区分，即电影更强调"真实"，而舞台则必须"抽离"，如此，《黄金时代》就有把电影进行舞台化的实验性倾向。她似乎在电影叙事原理上感到了犹豫和矛盾，事实上关于电影的叙述手法，许鞍华基本听从了李樯的意见，但许鞍华也提示到，李樯努力在"抽离"与"不抽离"之间寻找平衡。而李樯则直接撤开了电影叙事手法与"间离"说的关系,在他看来,演员在面向镜头讲述的时候"并没有脱离自身的角色","它不应该是戏剧中布莱希特所谓的间离,那个间离以后你必须不是那个人,或者你即使面对观众的时候,你也无非在那个人物里面,直接跟观众诉说你内心的东西。但是这个电影经常会破坏掉我是这个人物,并且又特别是这个人物"。李樯的回应其实很有意思,区别于舞台上的"间离效果",电影中的人物几乎处于无法被定位的状态,当演员面对镜头的时候,他仍然是他正在扮演的角色,而扮演的角色又像先知一样向观众布告了故事的发展,李樯将其称作"预言性叙述",除了表述某种叙事上的风格外,"预言性叙述"设置了一个全知或者后知的叙述视角,正像《百年孤独》的开篇那样,叙事者从历史的此刻出发,再从未来反观过去,因此这些人物自身的时空关系是混乱的,也就是他们只是作为时间交错的影像而出现,并不能在确定的意义上对其时空属性做出判断,许鞍华也说"时间彻底都乱了",过去、现在、未来的线性叙事模式因而也就被打破了,这种超时间性与超空间性的叙事让人想起意识流手法,但《黄金时代》又明显不是一部意识流电影,它在总体上又遵守了纪录片从生到死的时间进程,因而很难用某种既定术语为电影的表现手法做概括。

人物角色在特定时空中"行动"和超越时空关系的"评说"被并置在一起,这种"蔚为奇观"的情形表达了什么意图呢?电影的叙事设计同时展露出的是相应的时间观或者历史观图景,或是一种"历史想象"。杨早挖苦这部影片是"一篇被史料压垮的论文",转引鲁迅批评郑振铎的文学史"不是史,只是史料长编",但李樯却表示,他本人不相信史料可以还原历史,所以联系电影创作者自身的意图,杨早的批评就显得不太能中肯綮,但并非无效,因为这种叙事方式总在无意识地加强资料堆积的印象。我想指出的是,李樯并没有企图以详细的史料编排复原历史,而是恰恰针锋相对地指出"真相不可能被知道",这是一种激进的历史不可知论。因而《黄金时代》绝非是要对历史的真实性进行评说——"历史想象"是重在"想象"的。那么史料的丰富和扎实呈现,所致力唤起的也就仅是在"私人的视角"下被"感受出来"的东西,而李樯又告诉我们,连这个感觉最终也是不可信的,一切都是被"虚拟"出来的。

由此重新审视人物的对镜讲述部分,这一风格的选择,其意图就是在强调演员们在演的过程中行动,而不是在所谓的历史中行动,从而挑战了人们"求真"这种传统的观影期待,所谓的"真"已经在这部电影诞生之前就被否定了。人物的时空关系的混乱也是必然的,因为你无法从一个确定的维度说明他身在何时、何地,如笛卡尔《第一哲学沉思录》中所说,你是你自己,但你同时可能是另外一个人。编剧没有给出判断，因为一切布置都是"虚拟"的，历史真实乃是"虚无"的，因而我们才会惊讶于"二萧分手"有三个版本。李樯在反驳"间离效果"时称，角色并没有从角色中跳脱出来，他的理想是把人物塑造在"既是"又"不是"的边界上，对此，李樯坦言自己也不知道应该如何用理论总结这种手法，他的"结构正是对那个时代的一种解构"，而他的最大的创意也正是在这里。其实，李樯的表述也可以替换为"演员"并没有从"演员"中跳脱出来，"演员"自始至终都是"演员"，以此才能让观众知道，电影只是在"扮演历史"而不是在还原历史。如果观众在传统的审美趣味和期待视野中去观看这部电影，必然会陷入否定的循环所造成的历史判断缺失而不知所云。看完电影后，我深深感到了编创者对叙述手段的迷恋与对历史判断的迷失，抑或判断的无能，这也是影片"去意识形态化"的表现吧，对电影修辞方式的强调使得电影内容显得暗淡无光，李樯在访谈中曾说，"看完影片之后，你会觉得挺震撼的"，这种"震撼"恐怕也是在不可知论对电影本质颠覆之后的一种观影效果吧。

吴晓东：尧天的讨论引入了编剧的历史观对电影有多大程度影响的问题。我们可以从两方面思考这个问题。一方面，李樯在采访中表现出的对历史的理解，或者说这种"解构主义的历史观"，在这部电影中多大程度上落实了？另一方面，尽管按照李樯的说法，电影表现的是历史的不可知论，但影片大部分叙述表达的又是一种呈现"信史"的意识，这与解构的历史观之间多少还是有些矛盾的。

邱雪松：我有一个比较低级的问题，我们能在多大程度上对主创李樯想要追求和达到的"间离效果"予以承认？布莱希特基于严肃的先锋戏剧表演提出了"间离理论"，而电影我认为是"消费品"。我的疑问就是"间离"和电影能否简单通约。在这儿我想到了作家阿城的话，他很赞赏戏剧《暗恋桃花源》，但认为电影版"糟蹋了"，原因就是该剧"间离"的先锋性效果被电影"包起来打不破"。换句话说，戏剧表演可以通过换幕、换景、演员表演的现场感等带来或加强"间离性"，而电影的观看必须是"一次性"不间断连续完成的。因此对《黄金时代》的"间离"，熟知现代文学的我们看这部电影没有任何困难，它对我们是无效的，达不到目的；对于普通观众而言，这个过于频繁的"间离"切断了观影体验的完整性，导致很多观众完全不知道电影在演什么，票房就是最好的说明。而李樯却在访谈中予以这个手法很高的评价，甚至是在历史叙述层面的意义和价值，我个人觉得这种后设性的拔高阐述很可疑。

孙尧天：他觉得自己是个哲学家。（众笑）

吴晓东：雪松，你说你的观点比较低级，其实是"最高级"的，低级就是高级（众笑）。因为我们真是不能过于相信编剧和导演的自述。李樯对电影形式设计的自述中，必然有一些理论化的提升。但问题是这些理论化的东西在影片中落实了吗？落实的效果如何，是正面还是负面？的确，观影感受是观众说了算，不是编剧的自述所能决定的。可能是影片这种脱离了故事的情节进程，直接让讲述者面对观众自说自话的方式，在客观上多多少少带来了疑似的"间离效果"。所以大家把它和"间离效果"类比，我个人觉得也只是类别而已。能不能真正用"间离效果"说明这种叙事形式带来的美学效应，可能也还是值得进一步讨论的。刚才刘奎指涉的布莱希特的那些观点，从审美形式引渡到历史判断和价值判断，而不是把价值立场和道德指向从审美中抽离，还是令我比较信服的。

秦雅萌：编剧李樯曾坦言自己看到的萧红本就是碎片化的，"越走近越看不清"，我想这大概也是影片叙事碎片化的一个原因。但关键要看每一个"碎片"是如何被选取的，以及"碎片"之间表现出何种关联？我认为电影所选择的"讲述历史"的方式并未"解构历史"，反而不可避免地带来了"诠释历史"的效果，因此也就限定了接受者多样的想象空间。从电影及其宣传中，还是可以看出"黄金时代"的精髓在"自由"二字，但萧红的故事并没有在"自由"与"困境"的悖反中被讲述。影片的"间离"效果使得观众一次次意识到自己的时代与萧红的时代的距离，而问题在于，距离产生了之后怎样呢？我们这个时代与萧红的"黄金时代"的对话性又在哪里呢？进一步的问题是作为"民国想象"的二三十年代的历史，应该如何被讲述呢？

黄锐杰：确实不管是嵌套叙事还是对镜讲述形式都旨在打破影片的现实主义限制，不过就效果而言，我觉得这种叙事技巧的运用并未走向真正的解构。这里呈现出的对抗意图多于解构意图，即试图通过"超现实主义"叙事技巧抹去历史的熟悉感，对抗主流历史叙事。具体而言，对镜讲述带来的间离效果作用是"切断"，将主流历史叙事"间离"出去，而嵌套叙事和对镜讲述、旁白等多视点叙事则试图呈现历史的多义性。这种多义性不意味着意义不存在，而更像是为建构一套不同于主流历史叙事而做的准备工作。换言之，这种旨在呈现多义性的形式其实并未填充进多义性的内容，甚至形式的多义性和内容的单一性之间构成了一定张力。就像大家提到的，多视点叙事带来的对话性其实并不强。这部片子背后确实有一个超越的叙事人，但我比较赞同路杨说的，这个叙事人无法真正掌控叙事，叙事形式的多样恰恰凸显的是内容的单薄，形式多样带来的是混乱，而没有塑造出一个历史中的立体的萧红。其实在访谈中李樯已经明确承认自己要塑造的是一个"人道主义"的萧红，其潜在对话者其实就是主流历史叙事中的"红色"萧红。

此外我想由两极分化的评价出发谈谈这部电影背后的意识形态图景问题。这部电影两极分化的评价背后其实存在着双重分裂。一是以影评人为代表的知识人的分裂。这其实是一场意识形态争论，呈现为两个萧红之争。这部片子出来后，基本上我的"左"一点的朋友都不大满意，而我"右"一点的朋友都有较高评价。在媒体的笔战中，双方的争论以传记片如何处理历史为出发点，其争论的焦点集中于详实的史料能不能还原历史这一问题上。喜欢这部影片的人盛赞许鞍华用繁琐的史料复原了历史现场，反对者则认为这种用史料堆积出来的历史过于零碎而且是有选择性的——比如将回忆录里扶起摔倒的萧红的老人替换为国民党老兵。季剑青写了一篇不算影评的评论，我觉得很有典型性。他区分了历史与历史感，认为《黄金时代》用史料堆积起来的个人史的叙事根本不可能完成书写时代的任务，而没有大革命时代这一背景，我们根本不可能理解萧红做出的选择。这背后的真正争论其实是萧红究竟是一个追求自由、追求个性解放的新女性（李樯说的个人主义者、人道主义者），还是投身于大时代，同情底层，有革命倾向的左翼进步作家。显然，影片的呈现在向前一个萧红倾斜。不过公允地说，这种倾斜并非绝对。事实上影片自身的暧昧也为这种争论提供了空间——起码与宣传片中的"民国范儿"完全不同。

这种知识人的分裂几乎出现在中国各大舆论事件中。我个人赞同季剑青的观点，不过我认为我们不该简单在意识形态争论的层面上理解这一观点，更重要的可能在于，为什么《黄金时代》不能吸引普通大众？我们这个时代究竟需要什么样的历史叙事？这就涉及电影两极分化的评价背后的第二重分裂，即精英与大众的分裂。这部电影票房不好，关键是大众不买账。这里说点题外话，也就这几天，似乎为了对抗票房，豆瓣上的文艺青年默默将《黄金时代》的分数从6.5分刷到了7.1分，这可以说是第二重分裂的一个表征。这重分裂与意识形态带来的立场分歧无关。大众不买账，直接原因是电影太闷，整整三个小时而没有一个波澜起伏的故事，一般观众受不了。受叙事的先锋性拖累，甚至大众喜闻乐见的多角恋桥段也没能挽回票房。不过我个人认为这还不是《黄金时代》遭遇滑铁卢的根本原因。《黄金时代》的不卖座，可能与当代大众的保守化倾向有关。在吐槽《黄金时代》的大潮中，许多人众口一词批评萧红"作"，认为这么一个神经质、道德败坏（主要因为爱情上的放任和弃婴问题）的女人自作自受。我们当然可以批评大众"愚昧"。但问题也就来了，如何讲述萧红的故事才能让这些不了解萧红的人理解萧红？如何让这些潜在地既反对放任自由也反对抗争政治的大众理解中国步入现代过程中的激进选择？这其实并不是当下的中国才要面对的问题。在美国，精英们同样必须面对民间保守主义思潮复兴问题（集中体现为民粹主义与反智主义倾向）。革命的世纪已经远去，当务之急在于如何处理革命的遗产，这事关我们今日的道路选择。如果一个国家的人民不能理解一个国家的过去，这个国家就没有根基。在这个意义上，这部致力于刻画"民国"——这一中华人民共和国前史的电影还是格局太小。没有大时代，我们根本不可能理解萧红。

吴晓东：因为我们都是现代文学的专业研究者，对我们而言，萧红就像亲人一样。但对于大众来说，他们确实不熟悉电影要讲述的萧红这一人物。观众问题是电影很重要的一个层面。我们在这里的自说自话因此有必要和大众的视野有机地联系起来。不过，电影格局再大一点大众就更能接受吗？这可能也是一个问题。

五、性别与历史："写作者"萧红何在？

戴安德：对于《黄金时代》而言，性别关系也是非常关键的。从内容上看，萧红更接近哪些人物？很明显是许广平和丁玲，例如《商市街》出版之后，谁是她的读者？电影用镜头带出的是许广平的肯定性评价。我想细读其中一个镜头。就是萧红和聂绀弩在西安一起吃饭，萧红还处于一个彷徨的状态中，聂绀弩对她说你应当记得你在文坛的地位，你是《生死场》的作者云云。当时镜头停留在萧红的立场上，有十几秒之久，而聂绀弩则试图唤醒这个镜头，不断挥手提请萧红和观众的注意。无论是一般观众，还是专业的接受者，大概都能辨认出这个镜头的三个层面：第一是萧红的角度，第二就是导演，第三就是观众——观众可能无法不认同萧红的立场。这个镜头让我想到萧红和导演的关系，因为导演本身也是女性，我们是否也应当注意到这个问题。许鞍华怎样表现萧红这个对象？其中有一种很亲密的感觉。说到电影语言的话，这部电影还是比较强调家庭空间和女性空间的。锐杰谈到电影没有涉及大的问题，而这也是内在于性别视角中的。因为这部电影还是比较强调细节和微小的空间，这些空间正是女性的空间。在前半部分，摄影也比较强调"垂直"的方式，其实拍得很好。带来的效果是让我们感觉人物完全没有选择，没有自由，只有到电影的结尾，很暗淡的镜头中突然出现了一个比较亮的、从树上俯视的镜头，可能使用了小型无人机航拍所得。这些地方也都是很有垂直性的，很给观众自由把握的空间。我想导演对于萧红还是很同情的。

吴晓东：安德的镜头分析非常别致。电影对哈尔滨的生活的表现，与萧红之间还是存在一体性的，换句话说，哈尔滨的生活再困窘，萧红还是可以掌控的，女性空间和女性叙事和萧红自身是一体性的。反而之后走向上海，走向社会，走向左翼青年，走向革命，走向延安等一系列生涯，都不是萧红所能够掌控的。所以早期萧红的空间大都是女性空间，这与导演自身的性别意识有关，而这种同情是电影中不言自明的层面。

李琬：波伏娃在《第二性》里写道："大多数女英雄是由于她们命运的特殊性，而不是因为她们行动的重要性才显得与众不同的。"我觉得整部电影再次印证了这句话。《黄金时代》，至少从它呈现的样貌来看，仍然是高度性别化的书写。创作者和观影者仍然无法跳出对萧红"绯闻"的想象和消费，对于萧红最重视的行动——写作——却没有给予足够的关注。

而萧红写下"黄金时代"的时候，正是在东京，萧红暂时脱离了萧军，也脱离了男性秩序，获得了相对安定的生活。但萧红自己也非常清楚，这时代并不真正安乐，也非常短暂。萧红曾不断地挣脱妻性和母性。她与父亲关系不合，逃出家庭，拒绝了女儿的身份；她将自己的孩子送人，放弃了母亲的身份；她转徙于不同的男性，并因为她缺乏传统意义上的"妻性"而始终没有获得稳定的妻子身份……但在这种试图挑战社会陈规、反抗男性主导的社会秩序的挣脱过程中，萧红失去了女性得以在社会秩序中维系自身的身份认同。借用了《浮出历史地表》里的说法，"黄金时代"或"女性乌托邦"终将由于女性对男性的依赖而崩溃。对于萧红来说，这不仅是由于她情感和生理上对男性的依赖，更是由于她不能完全实现经济独立这一困境。

此外，电影中屡屡出现的食物，也能够形成一条相应的解读线索。祖父的橘子，代表着萧红内心最初的和最深层的爱和温暖。在咖啡馆，特写镜头展示了俄国女人桌上的奶油蛋糕，通过剪辑，这个镜头直接对比了萧红和弟弟的餐桌，赤裸裸地揭示了萧红贫困的生存处境。欧罗巴旅馆的黑列巴和白盐以及小饭馆里吃饭的场景，表现了二萧之间最为欢乐的时光。接下来是鲁迅家宴，这些家宴都是许广平亲自制馔，与此形成对比的是萧红不善于做饭，在镜头语言上的直观表现就是与剥豆荚的许广平形成对比的是萧红独自吸烟的落寞背影，这似乎再次暗示萧红身上"妻性"的缺失，和她试图通过写作、通过对新女性身份的获得而同时进入和摆脱男性主导秩序的渴望与苦闷。然后是在日本和许粤华吃饭的镜头，画框为我们呈现了一个由两位女性共享的温馨的女性世界，这与其后暗藏的两人间惨烈的情敌关系形成了反讽。在武汉饮冰，表现了萧红在绝望中的挥霍。而在香港，最后的流食，片中萧红说的那句"好像完全好了似的，吃了这么多"，颇有反讽的意味，这里的食物已经预示着生命的衰败和尊严的最后剥夺。

食物对于萧红，是很有意味的话题。首先，萧红长期挣扎在基本生存层面，这构成了她对生存的某种本质性的体察，而她在《商市街》中大量书写自己面临的饥饿，直接表现了她作为弱者的社会处境，加深着她对自身弱者地位的认知，并影响了她的写作。同时食物也成为欲望的转喻和隐喻，对食物的等待与渴望和她与萧军的恋爱关系交缠在一起。按照列维纳斯在《从存在到存在者》里的说法，"爱的特征是一种无法熄灭的、本质的饥饿"，"欲望其实是一种没有目标的饥饿"。因为贫困和饥饿，她才和萧军紧密地互相依赖（在《牵牛房》里萧红写过，她和萧军都像吃饭一样吃松子："起先我很奇怪，两人的感觉怎么这样相同呢？其实一点也不奇怪，因为饿才把两个人的感觉弄得一致的。"）萧红一方面从这种生存层面建立的亲密关系中感到快乐，另一方面又流露出警惕和悲观。

吴晓东：女性视野的确是这个电影中的一个必然的视野。电影中萧红不断与不同的人物对话，但真正形成对话的还是丁玲，和其他人其实谈不上真正意义上的对话。但与丁玲形成的是人生道路选择上的对话。电影中的丁玲形象非常好，充满了生机，在选择了奔赴延安的革命道路之后如此意气风发，生命有了如此坚定的目标。虽然后来她在延安也发生了意识上的波动，但至少在与萧红相遇的当时，人生道路和政治选择的结合赋予了她某种坚定性，而这种坚定性一直是萧红找不到的。也不是萧红自己不想找到，但的确是纠葛于男人的关系、政治的关系和个人创作的天赋，而不得不如此。

路杨：我想谈谈在性别视角之下，萧红形象的分裂与失衡的问题。影片在叙事性的匮乏之外，还表现出一种"行动"的匮乏。既缺乏叙事上的推动力与戏剧性，也放弃了用镜头记录行动，从而使人物表现出强烈的被动性。这里涉及的则是影片如何处理萧红与其时代之间的关系问题。时代之于萧红，在影片中更多只是作为一个纷乱的布景，而没有形成内在的推动力，个人与历史表现为某种两相分离的状态。例如在萧红与家庭的关系、与文坛的关系、与文人群体的关系这些与时代摩擦力最大的地方，电影基本上是将其处理成了一系列个人选择或者个性问题。影片并没有呈现出这些根植于历史情境中的悖谬性，而是用一种个人命运悲剧的方式将其合理化了。而"生活者"萧红的形象，正是被一种类似于"宿命"式的东西笼罩着，而遮没了其个人选择中的那些必然性和历史性的因素。

与"生活者"萧红相对的，是"写作者"萧红的缺失。而如何用影像表现"写作"，也是《黄金时代》面临的另一个大问题。影片在人物语言和讲述性的语言上，过度依赖作家的文字，例如让讲述人搬演出他们回忆录中的场景，用汤唯的画外音复述萧红作品中的段落，或是让躺椅上的鲁迅背出他杂文中那些诘屈聱牙的句子。而随之产生的问题是书面语与口语的不调和，以及文学语言与镜头语言的错位。这当然表现出创作者历史想象力的匮乏与笨拙,更重要的是,萧红的作品本身不能代替对"写作"的表现。

电影所表现的"写作者"萧红,是仅限于性别结构之中的。电影中的确反复出现过萧红写作的镜头,但在这些镜头中除了萧红,总是有一个让人不省心的男人(众笑)。要么是以写作中的萧军占据画框的中心位置,萧红只能缩在他背后的床上,因为恐惧萧军对她的轻视才拿起纸笔,写下《弃儿》。而在文坛上声名鹊起之后,写作中的萧红终于占据了画框的中心位置时,却被突然闯入画框、翻找东西要去约会情人的萧军打断了写作。即使是独居日本时期的萧红所写的,也是给萧军的书信。与萧军分开之后,写作《回忆鲁迅先生》的萧红再一次处在画框的中心时,背景则是翘着二郎腿优哉游哉的大少爷端木。

这些表现写作的镜头,诚然体现了萧红如何用"写作"与"第一性"对抗、争取女性位置的努力,在女性生活的意义上,"写作"也是作为其排遣情绪、保存自我意识的方式。但伴随画外音对萧红文学世界的选择性切割,这种置于性别结构中的"写作"镜头,失去的是对萧红作品中更广阔的历史对象的呈现。《生死场》中的乡村与农民动物性的生存与死亡,生命的愚昧与坚韧,正是萧红对时代和历史的独特体认与关怀,这既是萧红见容于左翼文艺阵营之处,又包含了她区别于其他左翼作家在写作与道路选择上的特殊性。值得注意的是,萧红的写作对细节的捕捉只是一个切口,提供的是某种时代观感而非小情小绪。对于四十年代迁徙途中的萧红而言,《马伯乐》的写作更是显现出一个自觉的写作者不断拓展其写作疆域的抱负。然而越到影片后部,萧红这种在写作意识上的"打开",却被对悲剧命运的呈现不断拖拽到一个封闭的空间之中,只余下一个自我回看的怨艾姿态。在这个问题上,影片反映出来的正是一贯的,对于一个"写作者"萧红的无法驾驭。又或者说,只有当萧红的人生与写作不存在界限时,她的写作才能够被表现,正如编剧李樯所理解的那样:"她的作品跟她真实的经历是重合的。"而在这种"自叙传"式的前提下,作为"写作者"的萧红也就被抽空了与她所关切的历史图景之间的关联。

由此,"生活者"萧红所追寻的自由,就变成了一个远离时代命题和历史远景、纯粹个人主义或自由主义意义上的"自由",而不是"写作者"萧红所感知、所把握到的那种为乡村、为东北、为整个民族所渴求的"自由"。失掉了一个为此而抗争的"写作者"萧红,"生活者"萧红也就只能处于一个不断被拖进命运悲剧的被动状态。在影片中,作为"生活者"的萧红,除了不断伸手去抓住一根又一根的"救命稻草"之外,行动力是非常匮乏的,也正是因此,作为"写作者"的萧红才尤为重要。"写作"才是萧红的行动，是她触摸历史、介入历史的主动方式，而不是仅在命运的意义上一味被动的承受者。有了"写作者"萧红，编剧李樯在民国作家身上隐约感受到的那种"在压力下极大反弹"、"被动地追求自由"所可能产生的张力感才可能实现。而缺乏对"写作者"萧红的表现，"生活者"萧红就变成了一个浮泛的表象，缺乏精神性的坚实的内里，其命运的乖蹇，也就丧失了普遍性与历史性。又或者说，影片缺乏的是一个能让"生活者"萧红在命运的泥潭和历史的洪流中"立住"的支撑，这个支撑既能在萧红的个人命运内部解释，是什么支持着她在如此踉跄的人生中仍能写出优秀的作品，也能够回答银幕外的观众，这个"脑子不太好"又"有些神经质"的女人，为什么值得被书写，被表现。但电影并没有为我们提供这种情理上的依据，与价值上的支撑。

吴晓东：无论我们对这个电影评价有多高，但是假如网络舆论中的大众只是将萧红视为一个"脑子不大好"又"有些神经质"的女人，都意味着这部电影是失败的。这里最重要的话题是，电影为什么对于萧红的人生经历表现得如此翔实，但一个作为"文学者"的萧红还是没有真正呈现出来，而只是呈现为一个"作女"的形象，而不是一个"伟大的作家"一个真正有创造力的作家的形象。比如林贤治就认为，就创造力而言，萧红是高于张爱玲的。这一点当然还可以讨论，谁高谁低只是次要问题，但问题是一个"伟大的作家"形象并没有被真正体现出来。所以大众如果看到最后得到的观感只是如此，那么作为作家的萧红是缺失的，这决定了这部电影只能沦为一部失败之作。萧红的精神世界、心灵世界、她所看到的东西、她的判断、她个人在文学中和这个时代真正的关联性，都没有真正呈现出来。虽然电影中也表现了萧红的若干文本，但并不足以抵消整体上作为作家的萧红的缺失。而电影中直接指涉萧红创作的文字，如开头和结尾中引述的描写后花园的文字，带来的是电影中最令人感动的部分。也就是说萧红的写作中呈现出来的图景，才真正打动我们。但电影在这一点上的表现是不够的。

许莎莎：我想导演和编剧所面临的难题或许是：在这样一个年代，如何去叙述一个像萧红这样的女性？讲她在自己的写作王国中所进行的思考吗？讲她与那个年代政治的关系吗？这样的电影会有人去看吗？因而编剧最终选取的情节线索只能是对商业电影的一种妥协，讲一个著名女作家与四个男人的感情戏，劲爆又有料。但编剧和导演似乎又不敢或不能明目张胆地讲述"女人萧红"而不讲述"作家萧红"。所以在那些为爱痴狂、为爱颓废的间隙，我们能看到一点点关于"作家萧红"的事，让我们对萧红的文学自觉有一点模糊的印象，但这点印象太少了。而且如路杨所说，影片中大量对于萧红作家一面的表现还都是和她的情感线索绑在一起的，比如对"二萧"作品的评价高低是与"二萧"感情出现罅隙相关的，又比如她与端木谈文学是伴随着对端木的初步好感，似乎文学只是萧红感情生活的一个调剂和副产品。但萧红的文学版图显然不止这些，她对文学的信仰和思考也不是纯靠悟性与感性。这也就解释了为什么电影无法包含像《马伯乐》这样的作品，因为那里所表现出的丰富性和复杂性与"女人萧红"根本无法兼容。而即使是对"女人萧红"，编剧和导演的呈现也未必到位。所以说《黄金时代》最大的问题就在于类型定位模糊不清：它有着文艺片的实验形式，讲述的却是一个商业电影的故事；也没法完整地讲述一个女人的故事，因为问题恰恰就在于对象的选择。萧红本就不是一个商业时代所能理解的女性，又何必让她作为我们对那个"黄金时代"怀旧的一个象征符号呢？

李雅娟：我同意莎莎所说，即使是对"女人萧红"，电影的呈现也有问题。随着看不见摸不着的萧红与其"时代"之间的关系被看得见摸得着的萧红与诸人之间的个人关系所取代，萧红的感情生活因此成为影片主线，时代已经被碎片化、"背景"化了，只是隐约闪现于罗烽、白朗的被捕，武汉被炸后的废墟，丁玲的灰色军服，香港的隆隆炮声，如果将这些视为三十年代国家政治的隐喻，而且因为萧军选择投身实际的革命斗争而导致与萧红的分手，那么，"时代"一方面是萧红感情生活发展的背景，同时也成为她感情生活进而是其文学作品的异己物，萧红说"我只想有一个安静的地方写作"。或许萧红独居日本时作为点题的一段独白更加意味深长："自由和舒适，平静和安闲，经济一点也不压迫，这真是黄金时代，是在笼子里过的。"延伸出来的问题是：笼子外面有没有黄金时代？

时代与写作、政治与文学的分歧被对立化之后，萧红与萧军、端木蕻良之间的感情纠葛就被处理成肥皂剧的三角恋爱桥段。骆宾基问萧红为什么能跟端木这样的人一起生活三四年？与萧军的豪爽、奔放、富于男子气概、强烈的政治抱负相比，端木被塑造为懦弱、文雅、精明的布尔乔亚式白面书生。萧红回答："筋骨痛过之后，皮肉的痛就算不得什么了。"而这也就是萧红向骆宾基发问的"私生活的浪漫"。身为女性的萧红，寻求的是怎样一种依赖？是两害相权取其轻，还是执著于爱的自由？私人感情之事外人很难也无权置喙，但这种处理方式，我感到无法呈现萧红的女性意识与男性权力之间的复杂关系，也许只能让观众尤其是女性观众重新回味一句老话：男怕入错行，女怕嫁错郎。萧红病重时对骆宾基说"也许我的作品不会再有人读，但我的绯闻会永远流传"，恰恰像是这部影片的一个注脚。

女性意识与男性权力的复杂关系，可以隐喻性地类比于萧红的文学与政治、写作与时代的关系，这些导演都选择回避，因此也许难以深入探讨萧红如同与什么搏斗似的所追求的爱与自由到底是什么。萧红临终时的几个段落，我觉得是影片最好的部分，或许只有在弥留之际，当生命渐渐脱离身体之时，人才可以真正摆脱一切外在关系的束缚，所谓"长恨此身非我有，何时忘却营营"，有身（生）即有束缚。此时仅仅注视自身纯粹的生命，也安然享受别人的爱，但这是自由或者自由的爱么？

李松睿： 许鞍华在谈到为何想拍以萧红为主人公的电影时，曾坦言自己最初并没有想拍萧红。她只是看了一部法国电影，讲两个女孩，一个来自乡村，一个来自城市，两个人相遇后各自讲自己的经历。许鞍华很想拍一部类似的影片，后来在构思过程中决定拍成两个女作家相遇的故事，此时便想到了丁玲和萧红，两人在抗战期间相遇，并也曾长谈过。只是因为政治方面的原因无法表现丁玲，才最终选择了以萧红作为女主人公。

由此可见，虽然《黄金时代》拍得很用心，但选择萧红，并不是由于许鞍华对这位女作家很认同，很有感觉，而只是出于一种偶然。丁玲曾说自己是女作家，但不卖那个"女"字。但很遗憾，许鞍华选择萧红并不是因为她是作家，而只是因为她是女人。最初让许鞍华触动的并不是萧红本人，而只是一个关于两个女人的故事。而且这个女人并不是一个生活在大时代而是一个生活在"小时代"中的女性。在我看来，正是由于导演其实只想拍女人，因此在影片中，我们看到的不过是萧红的情感经历、萧红的软弱、萧红对于政治的拒绝、萧红的任性、男性对于萧红的压迫与背叛、萧红在怀孕期间所遭遇的种种不便——这些与女性问题相关的东西才成了影片重点表现的对象。以这种方式塑造的萧红，渴望着男性的爱，执意要做一个纯粹的作家，要超越她的时代。应该说，这样去表现萧红当然没有什么错处，但如果只有这些东西，那么作家本身的丰满也就消失不见了。影片中有一个场景特别有意味。许广平和梅志在厨房剥毛豆，萧红坐在庭院里的小板凳上，在寂寞中抽着烟。镜头模拟许广平的视线，从厨房向外拍摄，前景是黑乎乎的厨房，而厨房的门外，则是沐浴在阳光中的萧红背影。我相信许鞍华导演一定非常喜欢这个场景。这个镜头在电影中出现了三次。同期套拍的纪录片《她认出了风暴》，海报也选用了这个画面。在我看来，这个在厨房外面的寂寞身影，大概可以代表许鞍华对萧红本人的理解：孤独、寂寞、不谙世事、不幸生逢乱世，又遇人不淑，因此只能在饱经苦难后孤苦死去。但问题在于，萧红的这个形象，是从厨房的视角看到的。如果我们稍微引申一点的话，厨房这个意象代表着某种身体性的东西，在某种意义上它的确是超越时代的，因为任何时代的人都要吃饭。

但问题在于，厨房的视角永远属于"小时代"，它无法看到大时代的丰满与雄浑。于是作为作家的萧红也就消失不见了，她文字的雄奇瑰丽壮阔，无法在电影中得到展现，呈现在观众面前的，只是一个笼中的世界。萧红深陷其中，万分绝望，但却无可奈何，只能枯萎凋零。从这个角度看，来自香港的女导演许鞍华虽然努力去捕捉萧红，以精益求精的态度对待电影，但来自小时代的她似乎无法捕捉那个在大时代的激荡中走过来的萧红，因而只能用厨房的视角、小时代的视角去看待萧红。而萧红也只能留给她一个背影。从许鞍华以往的作品来看，细腻有余而大气不足，她不过是一个身处小时代的女性导演。她可以被萧红的身世命运感动，但无法理解作家精神世界的伟大，也不能把握波澜壮阔的中国民族民主革命的历史。因此她的影片才会被萧军、舒群、端木、骆宾基、胡风、聂绀弩等人的视角打乱。其中最关键的原因，是导演自己无法形成一套完整的叙事、一个流畅讲述历史的史观。最终，《黄金时代》也就只能不断在东北、上海、武汉、重庆以及香港等地交叉反复，混乱不堪。

在我看来，《黄金时代》拍成这样，本身就是我们生活在"小时代"的征候。今天，几乎一切宏大叙事，如共产主义与资本主义、劳动者与压迫者、善与恶、罪与罚等，都已经失效了，如何讲述故事就成了一个问题。因为故事如果要好看，必然要具有某种叙事的推动力，而宏大叙事恰恰提供了这个东西。由于宏大叙事的失效，如何讲故事已经成了一个世界性的难题。因此好莱坞电影这两年才会出现频繁拍摄续集。新的故事几乎无法讲述了。比如谍战影片007系列，老版很好看，而近两年的新版007只能变成无限的怀旧。许鞍华其实也面临同样的问题，她只能在萧红身上发现一个"女"字，却无法辨识出一个大时代的女作家。说到底，还是许鞍华对民国没有一个整体的理解和体会，也就没法讲出民国的整体精神。无论道具做的多精美、场景的还原度有多高，那个时代的精气神是捕捉不到的。

当然我们必须承认，作家的生命经历本身就不太容易呈现在影像上。因为作家毕竟只是一直在写作，没有什么动作。尤其是动荡年代的女作家，她不仅要经历政治变动、社会变动，还要经历性别秩序的变动。所有这一切，都必然在她生命中留下无数裂痕。萧红的写作与人生的矛盾，她的选择让人无法理解的地方，都与此有关。所以较好的拍法，或许可以借鉴英国女作家多丽丝·莱辛在《金色笔记》中尝试的写法，把作家的写作、作家的精神、作家的生活以及她与时代变化的互动（如苏共二十大事件对世界共产主义运动的影响）等等，这些相互矛盾、相互分裂的东西共同呈现出来。我想许鞍华可能也有这样的想法，但她让萧红分裂在别人的讲述中，令影片显得非常散漫，也让观众在观影过程中昏昏欲睡。但如果能着力呈现萧红本人的种种矛盾与分裂，或许更能抓住作家在精神上经历的痛苦、作家在大时代中所受到挤压，影片也会更吸引人一些。

吴晓东：松睿的发言具有总结的意味。我尤其欣赏他所谓《黄金时代》"本身就是我们生活在'小时代'的征候"的说法。在这样一个"小时代"如何讲述波澜壮阔的大时代的故事，既关涉着我们如何建构过去，其实也关系到我们如何认知现实，以及如何想象未来。

书评

Bringing the World Home:
Appropriating the West in Late Qing and Early Republican China

Romancing the Internet:
Producing and Consuming Chinese Web Romance

Rethinking Chineseness:
Translational Sinophone Identities in the Nanyang Literary World

Milestones on a Golden Road:
Writing for Chinese Socialism, 1945—1980

把世界带回家：清末民初的西学东渐

■文 / 余夏云

所谓"世界主义"（cosmopolitanism），李欧梵说："也是殖民主义的副产品"。[1] 这个观念明白无误地显示，帝国主义的全球扩张，带出了第三世界国家对于全球性空间（global space）[2]的政治-文化想象和自我定位：它既敦促着像中国这样的民族去确认其在环球空间里的地理位置，也刺激着其以平等参与者的角色加入到以"国族-国家"（nation-state）为成员的现代世界体系之中，更催生了其在文化层面上的世界诉求，特别是对西方文化的热烈拥抱。也因此，"世界主义就意味着'向外看'的永久好奇心"。[3]

不过，也有另外的学者指出，这种所

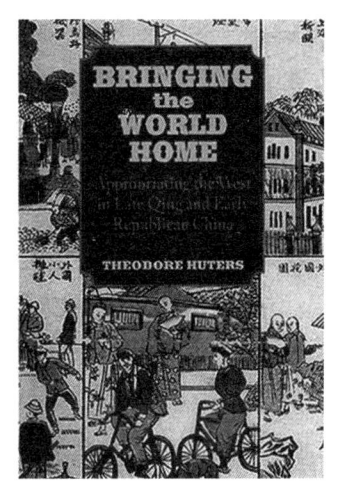

《把世界带回家：清末民初的西学东渐》（*Bringing the World Home: Appropriating the West in Late Qing and Early Republican China*），胡志德（Theodore Huters），夏威夷大学出版社，2005 年。

---

[1] 李欧梵：《上海摩登：一种新都市文化在中国 1930—1945》，毛尖译，北京：北京大学出版社，2001 年，第 327 页。
[2] Tang Xiaobing, *Global Space and the Nationalist Discourse of Modernity: The Historical Thinking of Liang Qichao*. Stanford: Stanford University Press, 1996.
[3] 李欧梵：《上海摩登》，第 328 页。

谓的"向外看"不见得就是扩大思路，反而有可能是自我设限。以列文森（Joseph Levenson）为例，他就将近世中国的思想转变处理成从"天下"到"国家"的缩变（contracting）进程。① 而"天下"在中文里本有广狭二义，分别对应着今日的"世界"和"中国"，② 也因此，从天下到国家，不仅是眼界变小，更有可能引发狭隘的地方主义（provincialism）和民族主义。柯瑞佳（Rebecca Karl）就曾直言不讳地指出："事实上，在1907—1908年间，早年广泛的全球主义在中国民族主义者的话语形成中起的团结一体的作用几乎已经是强弩之末，一个构想上更狭隘的民族主义的时代（它的概念形成很大程度上归功于此时被遗忘的全球的广泛性）已经到来了"。③ 此外，就文化层面上的世界主义而言，列文森更发展出"共产主义的世界主义"和"资产阶级的世界主义"两种不同的分类。他提请我们注意，"资产阶级的世界主义"究其实质，是一种西方化行为，如果任其发展，则有可能蜕化成一种与中国语境完全脱节的"无根"的世界主义。④

列文森的意见，充分展示了其敏锐洞察力和预见性，可是一个显然的偏颇是，他过分低估了中国文化自身的斡旋能力和转化效率，用他自己的话说，他完完全全是把它们处理成了博物馆中的遗迹和死物，也即"博物馆化"（museumization）了。⑤ 李欧梵有关"上海摩登"的研究已经证明，即使当列文森所谓的那种"资本主义的世界主义"在三、四十年代发展到极致之时，上海也没有就此失去其特殊的文化风格和历史血脉，变成一座扁平的世界之城。由此我们可以说，"世界主义也是殖民主义的副产品"的言外之意是，中国并不完全是被殖民主义强行纳入到世界体系之中的（be bought into world），恰恰相反，它是在"把世界带回家"（bring the world home）——这个意象，是胡志德对清末民初之际，社会和文化领域内"挪用西方"现象的概要性总结。

---

① Joseph Levenson, *Confucian China and Its Modern Fate: A Trilogy*, vol. 1. Berkeley: University of California Press, 1968, p.103.
② 罗志田：《天下与世界：清末士人关于人类社会认知的转变——侧重梁启超的观念》，《中国社会科学》，2007年第5期，第191页。
③ 瑞贝卡：《世界大舞台：十九、二十世纪之交中国的民族主义》，高瑾等译，北京：生活·读书·新知三联书店，2008年，第246页。
④ Joseph R. Levenson, *Revolution and Cosmopolitanism: the Western Stage and the Chinese Stages*. Berkeley: University of California press，1971。对此书更详尽的解释参见何恬：《地方主义与世界主义》，《读书》，2009年第1期，第45—54页。
⑤ 列文森：《儒教中国及其现代命运》，郑大华、任菁译，北京：中国社会科学出版社，2000年。

此书承续威廉斯（Raymond Williams）关于"文化与社会"①双线交互的研究思路，重点探讨了1895年以来，中国思想界和文学界所表现出来的那种如钟摆般回旋不已的新旧纠结之感。在胡志德看来，清末的思想家和小说家们，虽对西方有一种从器物到制度，乃至观念上的全情投入，并每每诉之以二元结构来解释中西差异，可实际上，对内中的复杂和混乱，他们并不是没有洞察，而是碍于时势，不得不对西方进行形象上的修缮和改造，从舆论上为改革赢得合法性。而与此相应，基于改革最初的阻力，以及思想家们自身无法摆脱的传统因袭，同时也因为他们对传统价值的珍视和透彻了解，本土文化从来就没有在挪用西方的过程中间断过。也由此，旧学、新说，旧制、新礼在这些人的思想世界和文字想象中展开了一场旷日持久的竞合、折冲。表面上，这个结论不过是重蹈了那个四平八稳到令人生厌的中西交互的故调，可进入到文本研究的纤细纹理之中，我们看到，胡志德有力地揭示出：世变之亟，应对危机的法门，特别是在思想文化领域，不必只是诉诸实际的改革或改良行动，而是去表现彼时文化的危机究竟到了何种程度（p.99）。这个观念，令我们从惯常的"解决问题"的思路中跳脱出来，由"答案"中心主义转到对问题本身严峻性和复杂度的考量上来。

以胡志德在书中讨论的语言为例。我们今天的思考当然是就着胡适等人的引导，以所谓的"文言"和"白话"来做截然的切分，前者是僵死的文化，而后者则是鲜活的存在。也因此，应对文化转型，就语言层面而言，是要废文言、立白话。可事实上，即使抛开了这种对立关系的臆想性和杜撰性不提，单单说文言和白话有没有自身变化的层次这一点，我们就可以发现，过去的讨论不是将其本质化，就是就之单一化。胡志德指出，文言在清末的发展至少包含以下四种类型：一是可以上溯到桐城派的古文体；二是以"文"为核心的文选派；三是梁启超所代表的新文体；四是经世致用主流之外的文字书写，如王国维。这四种书写理论和形态，在胡志德看来不必只做困兽之斗，它们以各自的方式建立起了思想与实践的关联，并将之应用到对现实危机的处理之上。在这个层面上，古文不仅具有它的多面性，是一个复数化的存在，同时也不必谨守其精致到"无用"的精英风格和表述程式，而可以对现实有一种直接的介入性。

借由这个观察来检视，我们则可以说，过去对林纾的翻译研究，总有一种偏视，即我们只在乎林纾翻什么、怎么翻、又翻出了哪些思想，却绝少考虑他用什

---

① Raymond Williams, *Culture and Society: 1780—1950*. New York: Columbia University Press, 1983.

么来翻。林纾用古文做翻译的事实和举动，其实是想证明，古文在世变之下仍有它的活力和价值，特别是在承载新思想和新观念方面，较之白话、新文体其能力亦不遑多让，当然更不必落入后来为"五四"所指定的僵死格局之中。同理以推，徐枕亚风行一时的《玉梨魂》以四六骈俪的文选语言写就，自然也就不是对这种装饰过度语言的缠绵依恋，甚或是做无意义的垂死挣扎。配合着"小说"这种在彼时冉冉升起的文体，徐枕亚想借骈文来一试身手的心思，其寓意不点亦明，他想以骈文的小说化，来推动旧语言的翻新和现代，显示骈文在言说当下、处理时代方面所具有的积极能量。而且尤有可说的是，这种骈文小说，就其构造而言，其实仍透露出传统士人乃至新式知识分子所拳拳服膺的社会责任和文明愿景。萧驰说，骈俪文的四六对仗和变化，其实暗含一套中国人的宇宙本体论，即世界的实相应是由平衡、对称，且变化的准则所支配。[1]引申这样的认识，我们则可以说，晚清乱世之中，徐枕亚试写骈文，暗含的乃是重组宇宙秩序的抱负。他以文字的想象来重组失序的符码，召唤的乃是正义的诗学和诗学的正义。这种纸上文章，当然是小说家的无奈，但同时也是他的特权。而且以一种更为后设的眼光来看，徐枕亚所经营的这种"美学化的社会意念"，使得其表现"直扑"后来走俏欧美的"新批评"及其经典意象："精致的瓮"。

而如若我们能放大这种比较的意识，则更可以首肯中国现代文学之中，自有一种"世界性因素"。[2]在这种理论视野之下，所谓的"挪用西方"不必只是事实上的影响与借鉴，而可以是一种唐小兵所谓的"差异性的寰球想象"（global imaginary of difference）[3]：它突破以欧洲为中心的单线进行的时间和现代化方案，转而强调中国可以带着自身的差异参与到世界文学之林。在这个方面，"挪用西方"是对西方有所关照、反思，甚至于抗拒。以《歇浦潮》为例，胡志德说，整个故事所呈现出来的种种乱象，特别是通过应用西洋事物（例如汽车、电灯）以及新式生活（如小家庭等等）所造成的各类败德行为，实在令人不忍卒读。这些包含着强烈讽刺与暴露，同时也是颓废的表述，一方面可以顺理成章地理解成构建民族主体的进程，如何充盈着各种矛盾和挑战；但是另一方面，它也可以被视为对建立主体这一沉重道德任务的无情否认。就更为深远的意义来说，这种对个

---

[1] 萧驰：《中国抒情传统》，台北：允晨文化，1999年，第298页。
[2] 陈思和：《20世纪中国文学的世界性因素》，《中国当代文学关键词十讲》，上海：复旦大学出版社，2002年，第233—272页。
[3] 与这一观念对应的是以启蒙为诉求的"全球一致的想象"，即global imaginary of identity，参 Tang Xiaobing. *Global Space and the Nationalist Discourse of Modernity*, pp.224—238。

人放浪生活的反复描摹,甚至显示出一种最终的绝望:"对于那些担负着上海,乃至全中国未来的人们而言,仅仅在轻浮和自我毁灭的消闲中浪掷光阴,并拒绝去规划一个新世界,是他们所能做的最具破坏性的事情"(p.249)。胡志德的这个解读,对于那些怀抱进步观点的评论者而言,也许恰恰印证了鸳鸯蝴蝶派是反动逆流的界说。不过,回到中西对话的层次上,这种绝望的否认也有力显示,所谓的"现代化"不必只是一个西方行为或助益,中国的作家们尽可以提出他们千差万别的应对方案,以供读者自行甄选。从这种拒绝也是应对的思路出发,我们会发现,目前对于"中国文学现代化"的解读仍有其武断之处。即无论是"借鉴革新",还是"继承改良",其所谈论的都还是中国文学的西化程度,而没有降到一个更低的层面上来关注,现代化首先是对西方的拒绝或接受。也因此,这样的现代性可以不是以西方马首是瞻,或者跳不出由其设定的某类模式。

经由上面的简短介绍,可以说,胡志德的讨论大大丰富了我们关于中国主体性问题的理解,以及这种主体性建设中所遭遇、拒绝,同时也突破、超克的种种复杂表现。不过有趣的是,当我们以这种丰富来回望他对"西方"的定义和描述之时,又会发现,他的处理不免也落入了平面化西方的误区之中。我们可以追问,作为"西方"的英国和作为"西方"的美国,甚至作为"中介西方"的日本,是不是在中国接受了同样的礼遇,扮演了相同的角色,提供着毫无差距的功能?而且更重要的是,西方是不是真的能够由东方这样予取予求,其表现和渗透的方式是不是只在文字和思想的界面存在?对于这一系列问题的思考,将会很快把我们的从"帝制末"带向下一个"世界末",在那里,西方的形象得到了更大程度的彰显,但这种彰显,却恰恰是通过其"不在场"的方式完成的,也由此,中国的主体性面临着更为强劲的考验和挑战。

网络多情：中国网络言情小说的生产与消费[*]

■ 文 / 殷海洁（Heather Inwood）
译 / 吴娟娟　校 / 康　凌

《网络多情：中国网络言情小说的生产与消费》（*Romancing the Internet: Producing and Consuming Chinese Web Romance*），冯进，莱顿：博睿出版社，2013年。

在中国，异军突起的网络文学——通常指通俗小说——备受瞩目。它不仅带来了丰厚的利润，而且催生了不计其数的新文类与新文本。热门的网络小说往往被改编成网络游戏、电视剧或电影，以获取更高的经济回报。据2014年7月发布的有关数据显示：文学已成为中国大陆排名第十的最流行的网络活动，超过2.89亿，即45.8%的网民都利用网络来满足对文学的热望。尽管网络文学产生了不容置疑的文化影响，催生了不可小觑的经济效益，但直到2013年，冯进女士《网络多情：中国网络言情小说的生产与消费》的问世，才出现了第一部研究中国网络言情小说的英语作品。言情小说无疑是这个声势浩荡且日益重要的文化生产领域里的主要类型。冯进对网络言

---

[*] 本书评授权来自邓腾克（Kirk Denton）教授主持的Modern Chinese Literature and Culture Resource Center，特此说明并致谢。

情小说的几种次级类型的探讨引人入胜。采用以读者为中心的研究方法，作者探究了网络文学生产的互动模式如何塑造言情小说的内容，并影响其在以女性为主导的粉丝群体中的读者接受。作者集中考察了"晋江文学城"和"丫丫的港湾"这两个网站中最流行的几种言情小说文类，即"耽美"、"女尊"、"同人"和"穿越"异性恋爱情故事等小说。通过细致分析文本，描写生产者与消费者的渴望与诉求，作者为我们打开了一个包涵文学审美、个人志向和社会关怀的世界。任何一个不熟悉中国网络文学生产模式的人，抑或是如饥似渴的网络文学读者，如若没读过该书，也未必知晓这样一个多维世界。

尽管全书不时涉及参与式媒介和文学生产之间的互动所带来的概念议题，（尤其是导言部分和第一章），但是《网络多情》一书的重点在于分析文本细节，考察读者接受，而非探讨由个案研究所引发的理论问题。这样一种文本导向的研究方法有利于纠正目前研究的错误倾向。作者认为，当前汉语研究学者过度强调理论，而西方学者的研究则集中在中国的审查制度和公民自由方面，忽略了文化生产者本身及其作品，以及作品的消费者。[①] 相应的，作者的原始资料也侧重投身于网络言情小说创作与批评的中国女性的文学品位。包括小说、评论、口头交流，如粉丝为补充喜欢的文本而制作的视频短片、漫画等多媒体材料，与在中国和美国的言情小说阅读者的访谈等，最为独特的，还包括自2000年代后期以来作者作为网络文学的参与观察者，或者说学者粉[②]的自身经验的民族志记录。尽管作者十分谦逊地将这种方法称为"跨领域的大杂烩"，但是，她将小说文本的细读、读者互动与来自文学、媒体、社会研究领域的评论结合起来，由此不仅勾勒出这种书写文类的语境，赋予其新的深度，同时也利于促使中国当代文学的研究汇入世界文化、粉丝研究的发展大潮。

《网络多情》一书里探究的各种小说，究竟在多大程度上可以称其为"文学"，或者至少是值得严肃的学术考察的创意性写作，是该书试图回答的问题。为此，作者仔细考察了言情小说这一宽泛名目下所涵盖的——在一般读者眼中它们的情节与思维模式似乎大同小异——各种文本与文类。作者将这些文本看成是女性作家具有丰富创作力的表现，同时也是在日新月异的后社会主义的中国社会里，作家和读者回应他们所面对的多重诉求的方式。在中国，言情小说长期处于边缘地

[①] 该观点首次被贺麦晓在研究中国网络文学独具开创性的作品中提出来。详见即将出版的专著《中国网络文学》（纽约：哥伦比亚大学出版社，2015年）。
[②] 马修·希尔斯：《粉丝文化》，伦敦：劳特利奇出版社，2002年。

位。正如作者所言，在言情小说这方面，以往的学术研究乏善可陈，其原因部分归于这样一种共识：言情小说是"专为女性读者生产的庸俗消遣"（p.8），不符合长久以来中国对文学功能的期待，即文学应教化民众，定国安邦。如果说言情小说在中国学术界只处于边缘位置，那么在媒介消费者方面，其价值也未获认可。作者在书中说道：采访对象往往不愿意面对面讨论他们的在线文学活动，而是倾向于在在线论坛和评论区域匿名发表意见。但有意思的是，粉丝们为热爱言情小说提出了形形色色的理由，如"保持身心健康"、"学习人生经验和处理人际关系的技巧"、与在线的人保持联系等等（p.90）。作者的研究贡献在于既分析了这些理由的合理与否，又展示其所分析的作品是值得阅读和研究的。它们不仅反映了当代中国社会固有的许多矛盾，同时，不论是对作者还是读者，都发挥了重要的作用，包括挪用甚至颠覆了支配中国公共领域的"男性化的"文化产品，并以此揭露了父权制的压迫，以及试图构建"不同的情感结构"（p.108）。

《网络多情》一书由一篇简短的导言、五个主要章节和结尾部分组成。结尾部分重新重访了"中国网络言情小说能做什么"这一核心问题。即使是对汉语言情小说的来龙去脉不大感兴趣的读者，只要仔细阅读导言和第一章，也能收获良多。在第一章"一个简要的谱系"里，作者概述了言情小说的发展历程，从前现代的"才子佳人"白话小说，民国时期的"鸳鸯蝴蝶派"的作品，一直追溯到台湾畅销小说家琼瑶之后。将言情小说融于网络文学的商业化、后改革时代"独特的集体意识"的出现（p.32），以及对言情小说的社会和政治态度的改变等大背景中。这章也试图剖析困扰通俗小说研究学者的一些难题。如反复阅读和书写在类型上几乎一样的文本究竟有何意义（p.41）？鉴于二十世纪中国文学的主旨是进步和现代化，而中国网络文学里，以跨越时空的穿越小说为代表的书写时光倒流、历史倒退的创作却如火如荼，这种现象又该作何解释（p.35-p.38）？

就这些问题的答案，作者在第一章进行了简单概述，并在随后的四章做了详尽的阐述。该书的中心论点之一，是网络言情小说反映了二十一世纪初中国女性作家所处地位的重重矛盾。一方面女性意识逐渐觉醒，对能力超凡、在公共领域也卓尔不群的女英雄的冀求日益高涨；另一方面，女性气质的传统性解读，使社会更加看重女性家庭主妇的角色。最终，作者还发现很多言情小说都呈现出一种"内转"（p.40，p.51，p.135，p.173，p.175）或者说"内奔"，即"回归自我内在的圣洁"（p.40）。与其说这是对现在依然存在的女性压迫的反思，不如说是女性的自我赋权。它鼓励作者和读者给全新的性别身份和性关系以创造性表达，来重新书写以男性为中心的叙述模式，甚至刷新社会的接受度，正如后几章所阐述的那样。作者还注意到网络言情小说的另一特点：读者趋向于在小说和现实生活中进行双向推演。一些学者称这种阅读方式为"用性别方法解读叙事"（p.45）。具有性别特征的阅读策略模糊了现实与虚构的界限，作者对此并不排斥。作者同时注意到，这也是一种重新书写与解读已有的以男性为中心的叙事方法，这种方法无疑更好地满足了女性作家的冀求和粉丝的热望。作者补充道：阅读虚构文本与消费者的现实生活相融合的程度，是与网络文学网站环环相扣的社会互动紧密联系的。在文学网站上，参与式在线阅读的实践既具有乐趣，又挑战了言情小说与粉丝的真实生活之间的界限。

在第二章"耽美"里（更早的版本首次发表在 *MCLC* 上），作者探讨了网络言情小说的几个主要文类，着重分析了载于"晋江文学城"的耽美小说。跟网络小说的大多读者一样，"晋江文学城"的读者也主要集中在 18 至 30 岁，且绝大多数属于"三高"人群，即高职务、高学历、高薪水（p.53）。作者简单介绍了上世纪九十年代，耽美小说从日本（当地称为 Tanbi）经台湾传入大陆的历史，她指出，粉丝群体的相对年轻化，在一定程度上解释了为什么这种文体特征和以描写男性性爱为主的主题会大受青睐。虽然作者坦言，耽美小说的阅读者中不乏同性恋者，但该章的重点是探讨异性恋女性读者，她们往往希冀在男性同性恋言情小说中寻找到"超凡绝尘的浪漫爱情"（p.72），通过阅读这种类型的小说，来寻找女性心目中的"理想男性气质"，尽管这种气质只存在想象中，并不会成真。作者也探究了"雌雄同体的读者"这个概念，该概念是美国言情作家劳拉·金塞尔（Laura Kinsale）提出来的。劳拉认为，女性读者在阅读过程中将自己等同于书中的女主人公或是那些"乏味的女主角"来感同身受，体验那个虚构的世界，而实际上往往更倾向于将自己等同于更加强大的男主角。与劳拉的观点一致，作者也认为，耽美小说的异性恋女粉丝一方面将男主角作为叙事的主导力量，同时又幻想能有一种雌雄同体的男性美，可以减轻"盛气凌人的男性气质下潜藏的危险"（p.80）。至于耽美小说为何大受粉丝吹捧，作者总结：女性读者通过阅读这种类型的小说，可以"探索自我的主体性，挑战主流文化价值标准，超越性别和类属的界限"（p.82）。很显然，相比小说中频繁出现的性爱场景和不同类型的性爱（参见 p.75-76，以及 p.80 中对父子乱伦的阐述），作者结论的纯洁颇令人玩味。作者的结论可能是正确的，但人们不禁会怀疑，前面提到的耽美小说的粉丝——即所谓的"腐女"，虽然粉丝们会说"腐女"是一种积极的身份标签——不愿意过多透露她们在网络活动习惯中比较禁忌的方面这一现象，是否正是该书较少着墨性欲，无论是异性恋还是其他的性欲的原因之一呢？

第三章"男性征服世界，女性拯救人类"探讨了女尊小说。女尊小说似乎是该书考察的几大言情小说类型里最具"女权主义"的了。顾名思义，女尊小说置故事背景于女性统治的社会。跟"种马小说"中的男主人公一样，这些女人位高权重，享有无穷乐趣。不仅在公共空间呼风唤雨，还拥有不计其数的异性恋情人。女尊小说映射了女性作家和女性读者的内心世界：渴求挣脱性别的束缚，释放自我，同时希冀能在网络空间"参与公共生活"，"重写父权叙事"（p.91）。令人可喜的是，作者同时发现，在女尊小说里，恋爱关系不像书中考察的其他小类一样占据着中心位置，女主人公们有同等的机会取得政治、战事或商业上的成功。女性占据中心舞台，而男性，很自然地受困于家庭角色。但这种逆转权力结构的颠覆性含义却常被消解，因为女尊小说创作者往往将女主人公置于命运的安排下，将她们的权力归于高贵出身等世袭因素，而不是自强不息，奋斗不止的精神（p.93）。女尊小说的女主人公常常通过时光倒流的方式逃回到某个想象的历史时期，在那里，她们能找到"更加如意的情感生活"，能实现在现实生活中的此时此刻不能实现的梦想（p.94），这一点同样让人怀疑。第三章还包含了三个女尊小说的概要，对为何吸引粉丝做了引人入胜的文本分析，进一步阐释了在后社会主义的中国社会里矛盾重重的女性地位。她们既受制于传宗接代的压力，同时又渴望能实现"自我扩张的雄心大志"（p.107）。

第四章"重写经典，修正错误"，更为详尽地考察了网络言情小说的创作者和粉丝是如何操控现有的文本和媒介来创作和回应小说的。这种趋势在前文已提及。该章直接应用了作者作为一个学者粉的民族志经历和粉丝文化的研究成果。开篇引用约翰·菲斯克给"粉丝"下的定义，即"粉丝是文化的决定因素的特殊组合"，它攫取、改写了官方文化的价值，同时，它又"立于官方文化之外又反对官方文化"（p.109）。中国的同人小说也在这些类似的源头上找寻灵感：如热播电视剧（特别是中国和韩国的电视剧）、当代作家如金庸的武侠小说、日本动漫和漫画、西方从《简·爱》到《哈利波特》之类的畅销书，中国古代的五部白话文巨著（p.117）等等，而唯独不包括中国现当代的作品或文学形式。大概现当代的文学作品没有在网络上传播，不受年轻读者喜欢，难以改编成商业性电视剧或电脑游戏等原因能解释这个现象。作者饶有兴味地提到，中国前现代的白话文小说特别容易在网络上改写，因为这些作品本身就汲取了多年（有些甚至几百年）的舞台或口述民间传统（p.118）。因此，网络同人小说的创作者不但能避免剽窃的罪责，而且还参与到继续流传和发展这些符合不同读者和历史时期口味的叙事。作品被在线"粉丝"戏仿重写最多的作者，首当其冲是琼瑶。她的言情小说，改编的电视剧、电影，很多被改写成了"反琼瑶同人小说"。这些小说颠覆原作品中人物的命运，贬低原男女主人公，而抬升"可怜的小人物"的命运（p.128）。相似的，作者认为反琼瑶同人小说的接受既反映了女权主义的立场，同时也揭示了对"女性气质"的传统性解读的潜意识承认。这种矛盾在同人小说中处于中心地位，因而，这类小说可以在理论上被概念化为这一文类的"开放式档案"或"开放式经典"，它们始终在被其他文本改编、重写、添加或挪用。

在第五章"如何造就白马王子"里，作者将注意力转向了一种女性读者特有的阅读倾向，她们趋于在阅读文本时指认最理想的男主人公，或者是最佳的爱恋组合（又名"官配"），这是该书所探讨的几种阐释策略里边最引人注意的。其他阐释策略还包括：将国际时事新闻移入读者的评论、倾向于以传记或自传式的方式来攫取意义、依靠想象填补叙事的空白（这种现象称为"脑补"）、在回应某个特定作品时引述其他的文本与媒介（p.148）等。该章节着重描写并试图理解女性创作的文本里对男性的理想刻画。以男性为中心的文学趋于将女性描画为"男性的玩物"，而女性作家则趋于"对男性人物进行对比、批评、尽情地按想要的样子来刻画"（p.146），作者对这两种趋势做了颇具争议的区分，但我认为这种区分是有问题的。因为这两种趋势并没有大的区别。对异性的肆意的想象性压迫似乎在网络小说里非常盛行，这无疑是跟性别区分相关的，而性别区分在中国网络文学的营销与出版业里非同小可。（详见后文）

女性作家笔下和女性读者心目中的男主人公，往往融杂了自相矛盾的现代和传统的特性。作者在探讨"白马王子"这一章中提出的问题，与这种矛盾性息息相关。作者观察到，理想的男性兼具以下这些特点：恪守一夫一妻制、深沉冷静、机智果敢、能力超群、身强体壮。尽管这些特点与中国前现代或现代的男性形象并不一致，因为前现代或现代的男性形象更多倾向于"玉树临风、多愁善感、多情多义、自然也妻妾成群"（p.145），但是，当代网络言情小说创作者更加青睐将故事背景置于过去历史中。关于这点，作者做了两方面的解释：一方面，比起现代背景，前现代背景"更容易让人发挥想象"，女性作家和读者可以完全忽略现实生活中并没有这样完美男性的事实。另一方面，前现代背景更利于"角色扮演和表演"（p.146）。如若借鉴许多文学、游戏、媒体研究学者提出的"世界建构"的理论来分析,[①]这一点还可进一步探讨。对许多类型小说创作者而言,前现代的中国不仅是一个跨越虚构世界的"永恒世界"[②],而且与实际的过去历史灵活地联系在一起。网络小说偏好将故事背景置于清晰可辨的特定历史时期,这跟网络小说的奇思妙想性质离不开:被称为"架空"或"无中生有"的小说,往往通过指涉具体日期、朝代、人物、地域、社会习俗等,影射具体的历史"现实"。因此,与其说这种奇思妙想植根于(或多或少)完全虚构的世界,就如托尔金或C·S·路易斯的作品,不如说是诞生于流传于网络的对中国前现代的集体想象再现,然后再将当代社会的各种主体性移植其中。在某种意义上,可以说网络上那些言情小说和其他幻想类型小说的创作者,都参与了中国历朝历代无不在时刻进行的对历史的重写,只不过主要的区别在于,这些写手、创作者的艺术水平大幅度地提高了。

该书的结尾部分重申了许多在前五章已探讨过的话题,如身份创制、文本挪用、女性气质的矛盾定义、网络言情小说里现实与虚构世界的模糊界限等。同时,也为如何透过该类型小说解读中国的现代性,提供了进一步的思考。有些观点颇有说服力。比如,作者注意到,李海燕对现代情感自我的概念化,特别是"五四"时期备受欢迎的情感启蒙结构,"在网络言情小说里,很显然是缺失的"(p. 174)。相反,作家们寻到了另一种自我:侠肝义胆、出类拔萃,甚至强同超人、足智多谋、权力显赫,恪守传统伦理道德,同时又孜孜以求"自由、民主、富强"的现代理念。这可能就是作者所说的"杂糅与全新的现代身份的特有形式",在

---

① 比如,韩瑞:《论文学世界》,牛津:牛津大学出版社,2012年;戴维·赫尔曼:《讲故事与脑科学》,剑桥:麻省理工学院出版社,2013年;科林·B·哈维,玛丽-劳勒·莱恩,Jan-Noël Thon:《跨媒介的故事世界:朝向一种媒体自觉的叙事学》,林肯:内布拉斯加大学出版社,2014年;T·L·泰勒:《世界之间的游戏:探索网络游戏文化》,剑桥:麻省理工学院出版社,2009年;马克·J·P·沃尔夫:《构建虚拟世界:次创造的理论与历史》,纽约:劳特利奇出版社,2012年。
② "永恒世界"是游戏研究的术语,指在游戏中,即使某个玩家退出游戏,这个游戏世界依然存在并能得以发展。在玛丽-劳勒·莱恩看来,"跨虚构"是指"虚构实体的跨文本流动"。跟跨媒介世界不同,跨虚构世界能在同一媒介中跨文本而存在。例如在网络穿越叙事里,不论人物何时穿越进历史时期,前现代中国继续存在,历史继续发展进步。正如在角色扮演的游戏中,通过主动融入周围的环境,玩家可以改变历史轨迹——或者更确切地说改变历史叙事。详见玛丽-劳勒·莱恩:《跨越媒体的跨虚构》,《理论化叙事性》,柏林:沃尔特·德·格鲁伊特出版社,2008年,第385—418页;玛丽-劳勒·莱恩:《跨媒介讲故事与跨虚构性》,《今日诗学》34,第三卷(2013):第362—388页。

"后现代的中国网络空间"里（p.175），这种形式占主导地位。

　　作者指出，中国女性作家不仅用言情小说来洗脱"万物皆阴柔"的污名，而且利用它们来抵抗市场经济的威胁。这一论点无法令人信服。尽管作者十分关注基于论坛的在线互动活动的社会性特征，但在该研究中，文学网站的商业特性在很大程度上被她当作是一件理所当然的事，只在导言部分稍有提及，而后了无踪影。在中国网络平台上，文学作品的创作、分享、批评、改编、回应、署名、售卖等各种各样的方式都由市场经济原则来决定，因此，如果认为言情小说作家不像其他网络小说的创作者那样钟情于推销和售卖作品，是非常幼稚的（本人相信作者的本意并非如此）。如何既娱乐、吸引又取信于广大与自己有点相似的读者，是言情小说女性作家面对的又一日常挑战。任何依赖艺术来谋求生计或填补家用的文化生产者都面对着这样的挑战，因为他们纠结于南辕北辙的需求之间，既要维持自我的完整（或者说社会身份的完整独立），又必须求取商业上的成功。

　　作者的这部作品颇具开创性，但有几点值得进一步关注和探讨，特在本文的结尾提出来。本人认为，作者提出的某些基于性别的假设和推论是有问题的；网上的女性作家常将男性作家所著的作品描述为男性至上的或是歧视女性的，而作者似乎将这一点作为事实接受了下来，并用"以男性为主导"、"以男性为中心"、"种马"等等之类的词汇来指称它们，以此来为女性作家创作的一系列对比鲜明的文本辩解，认为这些文本是女性作家为缓解在以男性为主导的虚构或"现实生活"中的生存威胁而创作的。诚然，不容否认，女性创作或为女性而创作的通俗小说，应当为女性的权利摇旗呐喊，应当给予"女性"视角和审美以创造性表达，但这并不意味着男性读者不可以阅读、不阅读或不喜好这样的作品。这也同样适用于"以男性为主导"的小说。在作者看来，除言情小说之外的所有小说都是"以男性为主导"的。男性作家的小说不仅同样能包含浪漫色彩（不仅只关注"性"），而且女性读者也能阅读和欣赏这些把男主人公置于中心地位，且轻描淡写浪漫爱情的小说。再者，除非进行非常完善的民族志学考察，并以线下数据作为佐证，否则，在使用匿名或笔名的文学网站里，作者和读者的性别身份和性取向几乎无法确认。毋庸置疑，很多女性更加倾向于沉浸在第一章提到的所谓的"以男性为导向"的小说里（如末世小说，网游小说，甚至以男性为主的穿越小说），而不愿在其他章节中提到的许多小说或类型小说上浪费时间；并不是所有男性作家笔下的小说都有让人无法容忍的性别歧视观念，正如并不是所有女性在阅读通俗小说时，都在寻找理想的男性或英雄形象。而这一点也正是该书忽略了的（同性恋男性或女性又持怎样的观点呢？）。冒着追究太过的风险，我想问的是，用性别研究的方法来分析网络言情小说,虽在某些方面不无益处,是否同时也有将同一种二元对立的性别区分和刻板印象给具体化的风险,显然,正是这些区分促使了很多女性作家创作言情小说(而并非偶然的是,许多文学网站泾渭分明地分为"女生网",或"女生小说",其他的都是"以男性为主导"的类型小说,这种现象反过来又助长了性别的二元区分)。我对未来从不同的方法和理论视角来解读中国网络小说中的性别问题的学术讨论非常有兴趣;显然,这个话题还有很多值得探讨的空间。

最后,网络通俗小说的再媒介化,以及高度社会化、交互式的书写、分享、阅读模式,[①]提出了很多值得继续探讨的理论问题。读罢该书,我有两个问题反复揣度不得其解。这两个问题与当下盛行的挪用和改编网络文本密切相关,也跟在这个"无限制数字复制的时代里"如何定义"文本本身"(p.42)紧密相连。正如作者在第一章中所阐释的那样,文本之内和文本之间的重复与复制,未必会减少小说作为一种艺术形式所拥有的本雅明式的灵韵:这些特征正传达了小说创作者的在场,而不是缺场。创作者"重复生产与消费"的独特风格以自身的方式赋予了小说以意义和乐趣。[②]这些挪用与复制的主题跟作者提到的粉丝研究和"开放式档案"的概念相关。在第四章讨论过的同人小说,以及任何借用以往文本,反过来又自觉或不自觉地成了未来用文本建构世界或扩展世界的灵感源泉的文本,都有力地说明了这点。在网络时代,挑战"文本"界限的不仅是挪用或重复,围绕着网络小说的社会互动——常被称为"副文本"或"元文本"——也同样是文学作品的有机组成部分,当吸引读者在线阅读小说的不是小说本身,而是与读者们的对话时尤为如此(p.156)。

其次,作者在结尾部分提到文本挪用的伦理道德和这些创作在人文艺术领域的价值,这些问题值得进一步讨论。作者洞察到,"挪用事实上是一种形式特别的移情,因为它要求借鉴者有天马行空般的想象才能重构和重铸原文本"(p.173),这一鞭辟入里的观点,很显然与之前的假设是密不可分的,即网络文学的发展

---

① 关于"再媒介化"的概念详见 J·大卫·伯尔特和理查德·A·格鲁辛:《再媒介化:认识新媒体》,剑桥:麻省理工学院出版社,2000年;J·大卫·伯尔特:《书写空间:计算机,超文本和打印的再媒介化》(第二版),新泽西州:劳伦斯-艾尔伯协会,2001年;阿斯特莉特·埃尔,安·里涅:《媒介化,再媒介化与文化记忆动态》,柏林:沃尔特·德·格鲁伊特出版社,2009年。

② 在网络时代的诗坛研究上,本人表达过类似的观点,不幸的是,当时并未阅读这本书。详见殷海洁(Heather Inwood):《诗歌流毒:中国新媒介场景》,西雅图:华盛顿大学出版社,2014年,第41、44、194页。

不仅会改变中国的小说创作，而且会广泛地影响当代中国社会的"道德和情感"（p.82）。不言而喻，这项以读者为中心的文类研究本身无法解答这一问题；这样一个项目需要考察的资料、背景和人物远超两个网站及网站上的作者和读者。然而，正是冯进的努力得以使这项工作真正开始：如果无论是在线还是线下，中国的类型小说都保持着当前如火如荼的增长态势，并不断多样化的话，《网络多情》一书必将被认为是一部破冰之作，它将帮助我们重新理解当代中国文学，以及它在其生产者与消费者的生活中所扮演的复杂角色。

反思中国性：游移于南洋文学世界中的华人身份*

文 / 唐丽园（Karen Thornber）
译 / 于 弋　校 / 康 凌

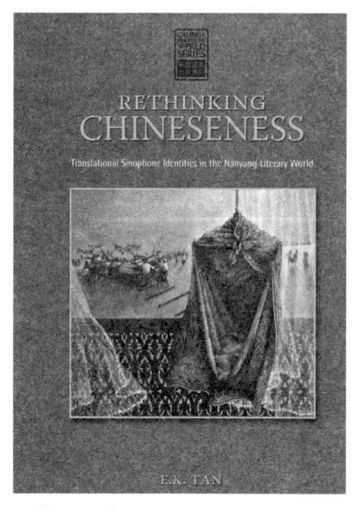

《反思中国性：南洋文学世界中的翻译性华语语系身份》（*Rethinking Chineseness: Translational Sinophone Identities in the Nanyang Literary World*），陈荣强（E. K. Tan），坎布里亚出版社，2013年。

作为第一本主要研究二十世纪末至二十一世纪初东南亚华语语系文学，特别是该时期新加坡和马来西亚华语语系文学的英文专著，陈荣强的跨学科作品《反思中国性：南洋文学世界中的翻译性华语语系身份》对于华语语系研究、中国研究、东南亚研究，以及离散研究、比较文学、世界文学等领域均作出重要贡献。陈荣强的作品研究细致、文思缜密，通过透视为英语学界所忽视的郭宝崑、张贵兴和罗惠贤的作品，重点探讨了南洋华人、他们的家乡（婆罗洲、马来西亚和新加坡）和他们想象中的故国（中国）三者之间的关系。他尤其注意到这些作家是如何通过对于不断动摇"中国性"这一观念，而"努力重新唤起故乡归属感的"。《反思中国性》以失落与游移为主题，

---

* 本书评授权来自邓腾克（Kirk Denton）教授主持的 Modern Chinese Literature and Culture Resource Center，特此说明并致谢。

探讨了"作为一种身份类别,中国性是如何在南洋华人的作品中被不断重构,以在全球化时代背景下昭示华语语系文化的更大内涵"及其原因(p.3)。陈荣强还向我们展示了南洋华语作家们是如何运用叙事来重估其复杂而多面的身份。

第一章"补白:战争和一种与华语语系的马来亚华人身份的铭写"重点分析美国籍马来西亚小说家兼医生罗惠贤的英文作品《断语》(2004)。小说以二战期间日军攻陷新加坡为主要背景。小说的主人公克劳德·林,在日本人残酷折磨之下精神游离于意识和无意识之间,他业已断裂的身份意识因而变得更为破碎。他身份问题源自这样一个事实:克劳德是所谓土生华人,也就是接受过英文教育的第二代华语语系主体。克劳德的父亲已经英国化了,并认为只有采用英国习俗才能获得并确保其社会地位。而克劳德的奶奶Siok,则尽力教给他中国神话和中国古代经典,因此奶奶成为他与中国传统的唯一真正纽带。对克劳德同样重要的是教他学汉语的凌黎,一位抗日战争中的英国特工。然而,克劳德并未不加批判地采用中国身份。相反,根据陈荣强的观点,克劳德"在马来亚华语语系文化中重塑了中国文化,这是因为他亲历战争并认识到使用本土身份的必要性"(p.56)。此外,正是通过重新整合他遭遇日本人的创伤经验,并用一种治疗性叙事重构该事件,克劳德才有能力接受他破碎而不断变化的身份,一种"概念化、情境性的翻译性身份"(p.59)。《断语》有效地将非官方叙事融入官方战争叙事,在结构上摹写了主人公精神升华的过程,"一种利比多驱力在被抛过程中的转移"(p.103)。

在第一章中,陈荣强重述了马来亚的陷落(1941年12月7日)以及其他一些重要作品的背景,以此试图复原日本占领马来亚时期的叙述缺失,其重点不再是迄今已被广为关注的由英国人和澳大利亚人所构建的叙事,而是表达南洋华人的观点、他们的记忆和记忆重构的机制。他认为,日本人的占领促使华语语系的马来亚中圈产生了新的"本地身份和意识",从而最终促使他们创造出一种后殖民华语语系马来亚身份(p.102)。

《反思中国性》第一章的中心是一位英语作家,而第二章"虚构起源:元叙事和华语语系马来西亚神话的创生"则依据吉尔·德勒兹和费利克斯·瓜塔里的理论,指出马来西亚华语语系文学的悖论——它虽然使用一种"多数"语言,却应被理解为一种"少数文学"。本章的重点是马来西亚华语语系作家张贵兴和黎紫书。分析认为,他们在"塑造(或重塑)身份、认同和文化调和的政治时采用一个反常角色来观察和操纵语言的与文化霸权的结构限制"(p.111)。陈氏指出,这部分原因是马来西亚华语语系文学虽然遵循汉语语义,但它也用外来词汇加以点缀。这类词汇来自像英语和马来语这样的其他"多数"语言和文化,以及像闽南语和潮州话这样的"少数"的中国语。正如陈氏所言,写作涉及"同时发生的对于相关语言和文化的占有和剥夺"(p.112)。

陈荣强特别感兴趣的是张贵兴的小说《群象》(1998)。在这部作品里,中国身份变成了"流动的指符",而马来西亚华语语系身份是通过运用一些叙事策略构建神话得以实现的,其中包括元叙事(如元历史叙事和元小说叙事)和自造语言。在论述中,陈荣强探讨了汉语写作的悖论。一方面,使用汉语抑制了马来西亚作家们的创造力,即便未能迫使他们消除多元文化和多语种的倾向,也会让他们在许多方面举步不前。另一方面,陈荣强认为,这一"少数文学"内部的翻译行为揭示了汉语无法对所有非汉语表达进行翻译。

《群象》发生在婆罗洲东马来西亚的热带雨林。这部小说讲述的是在沙捞越共产党消亡时期两个中国移民家庭(施家和余家)的故事。通过描写年轻的男主人公和他舅舅共产党领导人余家同(通过他的札记)的经历,小说涉及诸多方面:殖民主义、族群斗争、种族紧张关系、战争和身份建构。特别值得一提的是年轻的男主人公和大象的关系以及《群象》的叙述者如何将这些动物和华语语系马来西亚人进行广泛对比。陈氏尤为关注大象的群居倾向,其社会结构的基础和人类社会一致,也是氏族和家庭。他还准确地指出,正如书中人物遇到的群象似乎能意识到和故土的分离,华语语系马来西亚人永远知道自己漫游在"移民史所带来的精神荒原中"(p.134)。更重要的是,外来殖民者对两者施加了同样的暴行:正如华语语系马来西亚人发现干涸的湖中成堆的大象骨架是英国殖民者屠戮的结果,西班牙和荷兰殖民者制造了成千上万马来人的死亡。然而,具有讽刺意味的是,华人和马来人在吉隆坡开战时,遭受伤亡最大的却是华人。

陈荣强还充分关注张贵兴的文学风格;特别是诗性语言和元小说的运用使作家能够超越中国文学传统的限制。通过揭示张贵兴作品的自反性,陈氏认为张的创作反映出他的自身背景——一个带有混合身份的第三代华语语系马来西亚人。《群象》包含多语种表达,其中有汉语、英语、马来语、粤语、客家话、闽南语、泰米尔语和荷兰语。但张贵兴和他作品中的叙事者并未明确关注语种的多样性。此外,张贵兴的元语言结构最终构建的这种语言仍然有些含混不清。不管怎样,《群象》试图基于马来西亚华语语系作家的杂糅环境与经验,策略性地重新塑造他们的身份。陈荣强认为,将"故乡"转化为一个超越地域限制的语言符号,可以让人产生家的感觉,不管一个人实际居住于何方。换言之,无家可归是家的感觉的第一步。也就是说,华语语系的写作超越了文件上的流亡,事实上,这些作品的语言流动性构建了一种归属感,一种"置身家中的体验"(p.164)。

第三章"超越多种族主义：开放文化与新加坡华语语系身份的诞生"将焦点对准新加坡，特别是该国著名剧作家郭宝崑，他即便身陷囹圄，仍努力构建一个多元文化的本土身份。透过郭的作品，陈荣强特别关注其对于新加坡的多种族政治的探究。通过细读他的多语种戏剧《寻找小猫的妈妈》(1988)和多元文化的音乐剧《郑和的后代》(1995)，陈荣强讨论了郭宝崑对于"开放文化"的倡导。开放文化颂扬混合文化对于语言和种族起源限制的超越(p.171)，倡导"交流、多样性、创新性和转变，以生成新加坡人所独有的文化身份"。针对因语言政策而分化的多种族主义的国家意识形态，郭呼吁新加坡人建立一个"基于种族和睦的，由本国不同族群所分享的共同文化"；他相信，实现该目标的最佳地点之一是剧院，那里的艺术形式能使新加坡人"超越多种族主义的藩篱"(p.177)。

郭宝崑的《寻找小猫的妈妈》作为新加坡的第一部多语种戏剧（包括新加坡的四种官方语言：英语、华语、马来语、泰米尔语，以及一些中国方言如闽南语、潮州话、广东话），是这一现象的关键例证（尽管此点存在争议）。该剧的中心人物是一位说闽南语的母亲，她客居于迅速变化的新加坡；而她的孩子已采用华语和英语这样的官方语言，于是这位母亲以猫为伴。但《寻找小猫的妈妈》并非简单地批评新加坡的多种族主义、多元文化主义和语言政策，该作品还致力于推动国家和人民"去想象一个共同的文化：它超越本国各族群之间的藩篱，而仍然欣赏它们的差异"(p.183)。本剧所依据的是所谓群体共享的多语言主义，即观众是由熟练掌握不同语言或不同语言组合的个体所构成；沟通的失败不仅是戏剧本身的重要部分，而且是观众体验的重要部分。

《郑和的后代》以中国明朝宦官郑和的生平为依据，郑和通过几十年的旅行（从中国出发途经爪哇、苏门答腊、印度、锡兰、中亚、肯尼亚等地），从而接受了各种文化和宗教；郭宝崑将郑和视为一个多元文化主体的榜样，一个可能比新加坡当代领导人更理解多元文化潜能的个体；郑和虽遭阉割，但依旧热爱生活并以一种当代新加坡人尚未做到的方式探究自身的无根性。郭对于郑和的超然性身份很感兴趣：郑和甚至在接受佛教教义和汉文化的同时，还能保持他的穆斯林和阿拉伯信仰、语言和文化。在《郑和的后代》中，郭赞扬郑和依靠移动，依靠寻路而非根源去找到家。郭致力创建新加坡人的文化身份，并用多语种戏剧来揭露多种族政策对于创造一个共同的国家文化的束缚。

《反思中国性》的后记题为"探索被忽视的关联：华语语系的血统"，它将我们的注意力引向了联结不同人群与思想的横向网络所具有的重要性，他特别指出，试图将华人身份看作一个一成不变的单一实体是存在重大内在缺陷的。陈荣强呼吁重视频繁发生的本土族群的消亡问题，这里的潜台词是，他们"只有屈从于全球超级大国的规则和霸权"（p.219）才能融入整个世界。《反思中国性》提出了一个迥然不同的良好愿景：华语语系族群直接参与全球文化生产，不必为了西方和中国的欲望而牺牲自我的"本土性"。总结全篇时，陈荣强提出，"将南洋华人经验作为一种华语语系文化重新加以阐发，能够厘清南洋华人与祖籍文化之间的复杂关系，因为我们得以提出一种不受均质的中国中心论话语影响的论述"（p. 222）。尽管关于南洋华人的论述很难不受中国中心论的话语影响（而且后者本身也远非"均质的"），但陈氏的主要观点却是正确的：无论华语语系主体身居何地或使用何种语言，他们能够很容易地解构本质化的概念，避免复制压迫性话语，并为各种不同文化之间的互动和协调创造空间。

《反思中国性》为未来的学者开辟了诸多途径，他们应当更加细致地观察各种文本。伴随该领域的发展，以及越来越多的东南亚华语语系文学的原作和译本得到广泛阅读，人们将不再需要陈氏所提供的情节摘要式的文本，更多的篇幅将放在分析上，身份及身份形成问题将被纳入对华语语系族群诸多其他关注点的探讨之中。同等重要的是对东南亚和其他华语语系文学空间的多语种本质的探讨，以及对华语语系文学和其他文学之间关联的探讨。

金光大道上的里程碑：
1945—1980 中国社会主义写作[*]

■文/陈江北（Roy Bing Chan）

译/吴伟红　校/康　凌

近年来，学术界对了解"改革开放"前中国社会主义制度下文化生产的兴趣正持续升温。[①]这些著作不仅承担了为我们提供1949年至1976年文学史实的任务，也向对此感到陌生的西方自由主义头脑们阐明了不同美学与文化生产的范例。此类研究并非谴责政治化艺术缺乏任何持久而人性化的审美价值，而是试图诠释中华人民共和国艺术生产的各种前提条件。而且，这些著作让我们得以为本科生和研究生们解答如何以及为何这一时期的中国艺术家、官员和批评家们会按照特定方式行事，所以它们对研究和教授这一时期文化史的学者们具有重大影响。

将中国社会主义文学理解为不过是一个专

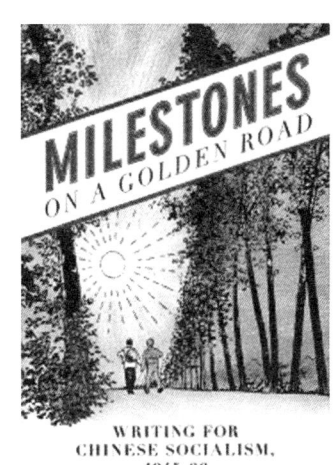

《金光大道上的里程碑：1945—1980中国社会主义写作》（*Milestones on a Golden Road: Writing for Chinese Socialism, 1945—1980*），王仁强（Richard King），不列颠哥伦比亚大学出版社，2013年。

---

[*] 本书评授权来自邓腾克（Kirk Denton）教授主持的 Modern Chinese Literature and Culture Resource Center，特此说明并致谢。

（注①转下页）

制国家试图向大众灌输思想的意识形态工具，这一观念无益于对这一时期的全面了解。这一时期的文学并非一统，而是在数十年间不断演变出不同版本。社会主义美学牢牢植根于艺术和政治的关系的论战中，也是对自晚清以来所提出的美学如何介入反帝斗争和国家建设这一问题的不断回应的一部分。比起二十世纪中国的其他文学运动，社会主义文化生产更加肯定了美学能够帮助人们发展其精神与感官能力，以更有力地直面全球现代性的挑战。但正如其他与政治权力紧密结合的美学体制一样，身处中国社会主义制度下的作家发现自己若非更甚，也至少同样易于受到严峻苛刻、变化无常的政治变动的攻击。

中国社会主义美学也顺应了世界范围内试图营造一种政治化艺术实践的尝试，特别是那些受到前苏联政策影响的国家；众所周知的是，许多中国文人曾阅读过前苏联的文学和理论，和/或曾在前苏联接受教育。但正如马克·盖姆萨（Mark Gamsa）的近著所提醒我们的，中国作家和批评家也曾阅读及接触过十九世纪俄国批判现实主义文学，尤其是别林斯基、车尔尼雪夫斯基、杜勃罗留波夫的作品。① 这些俄罗斯批评家们拓展了以文学表达民族精神这一浪漫主义理念，关注文学如何才能真正表达"人民"——现代政治主权似乎就脱生于这一神奇的范畴中。代表并脱胎于"人民"的文学自然与民主代表制和权威性问题不可分割。共产主义政权常因搞"社会改造"而备受诟病，"社会改造"企图完全重构人的个性，这常对立于某种既定的"人性"观念。但当谈及美学，社会主义者的"改造"行为就显而易见了。他们承认美学在塑造感官体验时的力量，并对此力量十分看重。国家对美学的扶持与控制是更为宏大的生命政治工程的重要组成部分，其宗旨在于人口管理与培养有益于国家政治目标的经验共识。

王仁强的《金光大道上的里程碑：1945—1980中国社会主义写作》是丰富我们对社会主义美学经验之了解的一大贡献。他的书涵盖了社会主义文学史不同阶

（接上页注①） 最新著述可见文棣（Wendy Larson）：《从阿Q到雷锋：二十世纪中国的弗洛伊德和革命精神》，斯坦福：斯坦福大学出版社，2009年；白培德（Peter Button）：《中国文学和审美现代性中对"真实"的构造》，莱顿：博睿出版社，2009年；冯丽达（Krista Van Fleit Hang）：《人民喜闻乐见的文学：毛泽东时代初期（1949—1966）的文学》，纽约：麦克米伦出版社，2013年；芭芭拉·米特勒（Barbara Mittler）：《不断革命：理解"文化大革命"中的文化》，麻省剑桥：哈佛亚洲中心出版社，2012年；亚历山大·库克（Alexander Cook）：《毛泽东的红宝书：全球史》，剑桥：剑桥大学出版社，2014年。

① 马克·盖姆萨：《俄罗斯文学在中国：一个道德榜样与实践手册》，纽约：麦克米伦出版社，2010年，第29页。（见MCLC Resource Center Publication的评论，2012年9月）

段作品的案例研究，并详细介绍了每个阶段相应的当务之急和政策变化，以及引起作家们争论不休的政策方针。除此之外，该书也因王仁强对其所考察作家们的采访而更为丰实。尽管王仁强承认回忆本身就含有捏造的成分，但这样的口述材料有助于赋予这些面目模糊的作家以生命力，也有助于我们了解这些作家们的创作动机。

该书书名中的"金光大道"直接致敬浩然的同名小说，他也是王仁强在本书所研究的案例之一（"金光大道"是一个指代社会主义的理想主义追求的司空见惯的比喻）。社会主义写作意在鼓舞人们在免于殖民干涉和文化停滞的另类现代化道路上不断前进；但正如王仁强在其文末注释中所提醒我们的，中国在那一时期为创建社会主义现代化所付诸的巨大努力最终证明"此路不通"（p.209）。正因为如此，本书的基调带着一抹忧郁。

全书正文分为四部分，前有引言，后有结语。每一部分主写一个特定的时期：解放战争时期（1945—1949）、"大跃进"时期（1958—1960）、"文化大革命"时期（1966—1976），以及紧随其后的后毛泽东时代（1979—1980）。此外，每一部分由两个章节组成，每一章节均考察了特定的小说或短篇故事。

第一部分探究了在中华人民共和国建国前数年间，作家们如何将在延安新制的文学教条融合到其创造崭新"大众形式"的尝试中去。在第一章，王仁强解读了马峰和西戎的《吕梁英雄传》（四十年代中期以连载形式发表）是如何重写民间传统的，就像明代小说《水浒传》的风格一般，前者致力于创造出吸引非城镇读者的生动叙述。与此相对，第二章则详述了《暴风骤雨》（1948）如何体现了周立波试图通过小说创作将前苏联社会主义现实主义规范引入到中国文学的土壤中。

第二部分探究的是"大跃进"时期的艺术宣传。王仁强解读了李準的著名短篇小说《李双双小传》（1959），它讲述的是在"大跃进"期间一个半文盲农妇如何成为村庄领袖，并从性别压迫和家务琐事的束缚中解放出来的事迹。王仁强认为，李双双这一社会主义新女性模范的形象可追溯至唐代变文传统中的泼妇形象。

在其对李準的讨论中，王仁强从修辞角度入手，在行文间思忖着为何作家们一方面深知社会主义制度的匮乏之处，另一方面又描绘出大众食堂堆满食物的光辉图景，而现实中真正的农民却在挨饿（p.90—91）。作家们究竟在何种程度上犬儒式地落入党派路线之中，抑或他们如此愚昧轻信，以至于无视他们所写地方和人们的种种绝望现实？王仁强没有提供明确的答案，而这也许更接近真相——导致作家公然做出此类虚假政治宣传的动因是复杂多方面的，其中包括专制主义的压力、自我的欺骗、追名逐利的职业野心，以及一些真实的希冀，即希望他们所描绘的丰饶景象能在不久的将来——实现。

如果李準这个著名的故事（已被拍成家喻户晓的电影）表现的是妇女在集体大生产中潜藏的英雄性，那么的第二个研究案例，胡万春的故事《特殊性格的人》（1959）就使我们得以窥见以奥斯托洛夫斯基1936年写就的《钢铁是怎么样炼成的》主人公保尔·柯察金为原型所创作的男性生产者的英雄形象。王仁强认为，胡万春所描绘的钢铁般的主人公王刚是其遵从前苏联模式刻画"正面英雄"（polozhitel'nyi geroi）的尝试。有别于俄国十九世纪文学中被动、柔弱而肤浅的英雄形象，"正面英雄"的与众不同之处就在于其改造世界的能力。大跃进是一次至为极端的政治宣言，它宣扬人可以改变世界的唯意志理念，而"正面英雄"王刚无疑是其最佳文学代言人。

"文化大革命"对感官的夸大的意识形态攻击——感官是"金光大道"的赘尾，最终将会被灭除——是本书第三部分的主题。如王仁强所言，在这一阶段，趁着意识形态的"倾向性"，中国社会主义文学创作达到了最高潮；而所谓意识形态"倾向性"即充满激情与悲情的歌功颂德，这"将在七十年代后毛时代涕泪横流的宣泄中被洗刷殆尽"（p.113）。在这一部分，王仁强探讨了浩然歌颂五十年代土地改革的史诗性作品《金光大道》（这一四卷本作品的前两卷分别发表于1972年和1974年）。除此之外，王仁强也讨论了张抗抗的《分界线》（1975），该小说史诗般地讲述了下乡知青如何革命乡村的故事。在这两部作品中，具有传奇英雄主义色彩的人物似乎遵循了早期社会主义的典型创作模式，然而王仁强认为，这些英雄人物被极度夸大的能力使他们看起来更像是超自然的神灵而非人类。通过借鉴约瑟夫·坎贝尔（Joseph Campbell）的《神话的力量》（*The Power of Myth*），王仁强对浩然的主人公高大泉进行了有趣的讨论，指出主人公在小说中类似于神话传说中的光辉征程（p.121）。除了王仁强的分析，笔者在此也建议使用弗拉迪米尔·普洛普（Vladimir Propp）的《民间故事的形态学》（*Morphology of the Folktale*）帮助我们辨别（中国社会主义小说）独特的"主线"是如何随时间流逝而不断演变的。

王仁强的著作的最后一部分写的是毛泽东去世后的文学创作。陈国凯的"伤痕"小说《代价》（1980）和张一弓对"大跃进"的修正主义描绘《犯人李铜钟的故事》（1980）尝试记叙社会主义建设时期真正的社会现实。王仁强解释道：这两部作品虽然仍采取了社会主义文学的创作传统，但意在揭露历史错误而非赞颂虚假成就（p.197）。这类文学作品穷尽了社会主义创作在形式上的可能性，所以一些截然不同的文学模式，特别是西方的现代主义，将很快主宰作家们的创作灵感。

王仁强对这些作品及其作者和历史背景的清晰细致的阐述无疑值得褒奖。本书按时间顺序展开,让我们对从新中国成立前期到八十年代改革初期的漫长社会主义文学创作史有了完整而清晰的认识和思考。然而,本书的一些部分其实可以受益于更多的理论支持;尽管王仁强对这类文学的熟悉程度不言自明,但若他能从文学/文化理论中汲取更多营养,那他对其所选文学作品做出的分析将更为细致而有深度。但无论如何,本书对各个时期的社会主义小说的介绍是必要且清晰的,它将为研究中国社会主义时期的广大教师和学者提供重要的文献参考。[①] 更重要的是,鉴于我们目前正面对着一种迥然不同的晚期资本主义"整体美学",王仁强对社会主义历史中失败的美学试验的分析能够打开一个重要的空间,以便我们更为批判地反思当代自身的处境。

[①] 读者需注意王仁强曾编辑过《李双双的故事》和《犯人李铜钟的故事》作为单卷本发行;对于《金光大道上的里程碑》而言,王氏对两个故事的翻译使我获益良多。可见王仁强:《中国大跃进的英雄:两个故事》,火奴鲁鲁:夏威夷大学出版社,2010年。

本卷作者、译者简介

（按目录顺序排列）

戴从容　　复旦大学
黄昱宁　　上海译文出版社
俞冰夏　　青年翻译家
btr　　　青年翻译家
刘志荣　　复旦大学
刘大先　　中国社会科学院
黄孝阳　　江苏文艺出版社
黄德海　　《上海文化》杂志
木　叶　　《上海电视》杂志
刘　涛　　中国艺术研究院
张定浩　　《上海文化》杂志
姚　伟　　慧韬书院
格利高里·纳吉（Gregory Nagy）　　哈佛大学（Harvard University）
范若恩　　复旦大学
王　晨　　青年翻译家
远清扬　　哈佛大学（Harvard University）
王观泉　　文史研究学者
傅光明　　中国现代文学馆
吴晓东　　北京大学
路　杨　　北京大学
余夏云　　西南交通大学
殷海洁（Heather Inwood）　　曼彻斯特大学（University of Manchester）
吴娟娟　　复旦大学
康　凌　　华盛顿大学（Washington University in St. Louis）
唐丽园（Karen Thornber）　　哈佛大学（Harvard University）
于　弋　　华中师范大学
陈江北（Roy Bing Chan）　　奥勒冈大学（University of Oregon）
吴伟红　　复旦大学

《文学》稿约启事

上海文艺出版社特聘陈思和、王德威两位先生主编《文学》系列文丛，每年暂出"春夏""秋冬"两卷，每卷三十万字，力邀海内外学者共同来参与和支持这项工作，不吝赐稿。

※《文学》自定位于前沿文学理论探索。

谓之"前沿"，即不介绍一般的理论现象和文学现象，也不讨论具体的学术史料和文学事件，力求具有理论前瞻性，重在研讨学术之根本。若能够联系现实处境而生发的重大问题并给以真诚的探讨，尤其欢迎；对中外理论体系和文学现象进行深入思考和系统阐述，填补中国理论领域空白，尤其欢迎；通过对中外作家的深刻阐述而推动当下文学创作和文学理论发展，尤其欢迎。

谓之"文学理论"，本刊坚持讨论文学为宗旨，包括中西方文学理论、美学、中国现当代文学及外国文学的研究。题涉中国古代文学研究者，如能以新的视角叩访古典传统，或关怀古今文学的演变，也在本刊选用之列。作家论必须推陈出新，有创意性，不做泛泛而论。

※《文学》欢迎国内外理论工作者、现当代文学的研究者将倾注心血的学术思想雕琢打磨、精益求精、系统阐述的代表作；欢迎青年学者锐意求新、打破陈说和传统偏见，具有颠覆性的学术争鸣；欢迎海外学者以新视角研究中国文学的新成果，以扩充中国文学繁复多姿的研究视野。

※《文学》精心推出"书评"栏目，所收的并不是泛泛的褒奖或针砭之作，而是希望对所评议对象涉及的议题，有一定研究心得和追踪眼光的专家，以独立品格与原作者形成学术对话。

※《文学》力求能够反映前沿性、深刻性和创新性的大块文章，不做篇幅的限制，但须符合学术规范。论文请附内容提要（不超过三百字与关键词）。引用、注释务请核对无误。注释采用脚注。

稿件联系人：金理；
电子稿以 word 格式发至 wenxuecongkan@163.com；
打印稿寄：上海市邯郸路 220 号复旦大学中文系　金理　收　200433。

三个月后未接采用通知，稿件可自行处理。本刊有权删改采用稿，不同意者请注明。请勿一稿多投。惠稿者请注明姓名、电话、单位和通讯地址。一经刊用，即致薄酬。

《文学》主编　陈思和　王德威
2013 年 1 月 1 日

《文学·2015 春夏卷》要目

【声音】
·新传播方式下的文学形态·

"云批评"时代 　　　　　　　　　　　　　　　　　　　　　　　　严　锋

豆瓣，新文学或知识的再生产 　　　　　　　　　　　　　　　　　霍　艳

微信时代文学与传播的新状态：论微信与文学 　　　　　　　　　　张永禄

生活充满偏见，和对的人在一起：论微博与文学 　　　　　　　　　项　静

【对话】

跨越百年的对话——晚清通俗文学与当代网络小说 　　　　　范伯群　刘小源

【评论】
·创伤经验与中国当代文学·　　　　　　　　　　　　　　　　主持 / 陈绫琪

遭遇历史幽灵：第"1.5 代"的文革"后记忆" 　　　　　文 / 陈绫祺　译 / 康　凌

记忆停顿：从毛式历史到痞子历史——关于《阳光灿烂的日子》

　　　　　　　　　　　　　　　　　文 / 柏右铭（Yomi Braester）　译 / 王卓异

寻根派与先锋小说中的反抗与宿命论　　文 / 桑禀华（Sabina Knight）　译 / 胡　楠

云南 1968 年的知青梦：文学和电影绘制的历史创伤

　　　　　　　　　　　　　　　　　文 / 白睿文（Michael Berry）　译 / 孔令谦

【心路】

你和你脚下的土地 　　　　　　　　　　　　　　　　　　　　　　臧　杰

【著述】

"通过你、为你、在你之中"——格奥尔格的诗的圣餐仪式

　　　　　　　　　　　　　文 /W·布劳恩加特（Wolfgang Braungart）　译 / 杨宏芹

《牧歌》：格奥尔格塑造的诗人-先知 　　　　　　　　　　　　　杨宏芹

《赞歌》：格奥尔格对新诗与自我形象的思索 　　　　　　　　　　杨宏芹

【谈艺录】

尤涅斯库《椅子》评述 　　　　　　　　　　　　　　　　　　　　张文江

《奥赛罗》导读 　　　　　　　　　　　　　　　　　　　　　　　傅光明

【书评】

没有大师的圈子：斯特凡·格奥尔格的身后岁月 　　　　　　　　　杨宏芹

图书在版编目（CIP）数据

文学.2014秋冬卷/陈思和,王德威主编.-上海：上海文艺出版社.2015.2
ISBN 978-7-5321-5583-5
Ⅰ.①文… Ⅱ.①陈…②王… Ⅲ.①文学研究-文集
Ⅳ.①I0-53
中国版本图书馆CIP数据核字（2015）第026741号

出 品 人：陈　征
责任编辑：林雅琳　肖海鸥
封面设计：CI WEI

文学・2014秋冬卷
陈思和　王德威　主编
上海世纪出版集团
上海文艺出版社　出版
200020 上海绍兴路74号
上海世纪出版股份有限公司发行中心发行
200001 上海福建中路193号 www.ewen.co
上海景条印刷有限公司印刷
开本700×1000　1/16　印张19.5　插页2　字数339,000
2015年2月第1版　2015年2月第1次印刷
ISBN 978-7-5321-5583-5/I・4451　　定价：35.00元

告读者　如发现本书有质量问题请与印刷厂质量科联系
T：021-59815389